新潮文庫

四度目の氷河期

荻原　浩著

岩波文庫

四季・衆花開

室生犀星作

岩波書店

四度目の氷河期

1

博物館の中は、ひんやりと冷たくて、かび臭く、あぶくが弾《はじ》ける音に似た外国語と、たくさんの死に満ちていた。

タカアシガニが永遠にはりつけにされた壁の横を通り、ゾウアザラシの剝製《はくせい》を取り囲んでいる人々をすり抜けて、ぼくは博物館の奥へ向かった。そこにひとつの通路に続くドアがあることはすでに知っている。

ドアを開けて中に入る。狭い通路の両側にさらにドアが並んでいる。そのひとつの前で立ち止まった。部外者は立入禁止の鉄扉だ。専用の鍵《かぎ》がなければ開けることはできない。さっきから何度もそうしているように、ポケットに手を突っこんで、指先の重い鍵の感触を確かめた。

鍵を差しこんで回す。ジグソーパズルのピースが嵌《はま》る時の音がした。

中は五メートル四方の小部屋になっていた。中央に横長の陳列ケースが置かれている。長さも幅も厚みもちょうど棺桶《かんおけ》ほどのガラスの箱だ。人が横たわっているところも同じ。

ガラスケースの中のその人は、乾ききった赤茶色の肌をしていた。弾力を失った手足は枯れ枝同然で、天井に向けられた眼球のない目は何かに驚いている。頬骨がめだつ顔はひどく疲れて見えた。

ぼくは失われた眼球に映っていた一万年前の光景を思い、ケースに顔を近づけて、薄く開いた唇が最後に発した言葉を聴きとろうとした。

北緯五十五度にあるこの街の寒さは厳しくて、博物館の中にいる誰もがぶ厚い冬支度をしていたけれど、ぼくはTシャツの上にダウン・ジャケットをはおっているだけだ。

寒くはなかった。むしろ暑かった。

全身の血液がたぎっているのがわかる。ぼくの体を流れる血が、古代の血と呼応して、化学反応を起こしたのかもしれない。

かすかに残った綿毛のような髪をガラスごしになぜて、ぼくは陳列ケースに眠るその人へ呼びかけた。

「父さん」

2

生まれた時から、親のいない人間の気持ちがわかるかい。

ひとことで言えばそれは、体の中に見えない穴ぼこをひとつ開けたまま生まれてきたようなものだ。

人によっては壁に残った画びょうの痕《あと》ほどの穴かもしれないけれど、ぼくにとってのそれは、洞窟《どうくつ》並みだった。しかも古代人が暮らした洞穴みたいに深くて、複雑に入り組んでいる。

ぼくはその穴ぼこを埋めるのに十七年十一カ月かかった。来月、十八歳になるぼくには人生のすべての時間だ。

自分に父親がいない。そのことを最初に意識したのは、四歳のときだった。母さんといっしょにヒーロー戦隊の屋上ショーを見に行った時。それはぼく自身のいちばん古い記憶でもある。

なにしろまだ四歳だったから、場所に関する記憶はあいまいだ。たぶん家から電車で三十分ほどかかる大きな街のデパートの屋上だと思う。その頃、ぼくが住んでいたのは、アトラクションショーどころか、誰も名前を知らない演歌歌手がCDショップを訪れただけで大騒ぎになる町で、デパートはおろかスーパーマーケットもなかった。

四歳。より正確に言えば、四歳九カ月の時だ。なぜ正確にわかるのかと言えば、その日、撮った日付け入りの写真がアルバムに残っているからだ。それ以前の自分自身の写真は、いくら首をひねっても、その時、自分が何を見て、何を考えていたのかなんて、まるっきりわからない。

たくさんの人の背中。それがぼくの頭の中で回りはじめた記録映像の、記念すべきファーストシーンだ。会場に遅れて到着したのだと思う。母さんはしっかりした人だけれど、時間に関しては別で、時計の針の進み具合と、靴のひもを結ぶ速さや自分の歩幅との違いをうまく理解できない人だから。椅子《いす》席はもういっぱいで、ぼくらは立ち見席の後ろにようやくもぐりこんだ。たぶん、そんなところだったんじゃないかな。四歳のぼくは、母さんをギオレンジャー・レッドより大きいと信じていた。だけど、じつは、おとなの中ではずいぶん小さい人なのだということに気づいたのも、この時が最初だ。

小さな母さんと、もっと小さなぼくの前には、おとなの男の人たちが壁になってそびえ立っていた。壁の上にはぼくと同じぐらい小さな子どものお尻《しり》が並んでいる。肩車という言葉はまだ知らなかった。誰かにしてもらったこともなかったはずだ。おとなの男の人たちとその肩に乗った子どもたちは、テレビの中のヒーロー戦隊の合体ロボを見ているようだった。

母さんはぼくの手を引いて、けんめいに前へ進もうとした。このへんは想像に違いないのだけれど、なぜかぼくには、その時の様子がありありと目に浮かぶ。色白の顔を真っ赤にして、頭の上で束ねた髪を振り乱し、いつもの静かな声を少し尖《とが》らせる母さん。ちょっといいですか。前に行かせてください。お願いします。人垣のすき間にもぐりこもうとして、ハンバーガーのミンチ肉みたいにはさみこまれ、悲鳴をあげる母さん。いっしょにサンドされた、ピクルスみたいなぼく。でも、壁はぴくりとも動かない。

そのうちにショーが始まってしまった。人間の森林の中で、テレビよりも雑音が多いテーマソングを、絶望的な気分で聞いたことを、おぼろげに記憶している。

というわけで、ぼくの頭の中のMDに録音された最初の音楽は、超人戦隊ギオレンジャーの主題歌。もう少し気のきいた曲にしたいものだ。モーツァルトとかマイルス・デイビスとか、あるいはブルーハーツとか。けれど、事実だからしかたない。この曲はいまでもそらで三番まで歌えてしまう。

テーマソングが、怪人たちが登場する時の不気味な音楽に変わった時、ぼくは涙目になっていたと思う。たまらずに、頭上の子どもたちのお尻を指さした。

「ねぇ、ぼくにもあれをやって」

いまでもはっきり覚えている。母さんがぼくを見下ろして、つり眼がちの大きな目を見開いた。それから少しだけ悲しそうな顔をした。昔から母さんは悲しい時、唇をすぼめるくせがある。梅の花のつぼみみたいなその唇をすぐに漢数字の「一」のかたちに変えて、きっぱりと言った。

「いいわよ、ワタル」

そうだ、自己紹介がまだだった。ぼくの名はワタル。南山渉《みなみやまわたる》。戸籍上の名前はそうなっている。

ここからの話は、しばらくの間、半分は想像だ。なにしろ幼い頃の記憶は、映画の予告篇のように断片的でとりとめがないし、ぼくが世の中のさまざまな物や現象や人の感情を適切に表現する言葉を覚えるのは、まだまだ先だから。

ただし後から誰かに聞かされたこと、自分で知り得たこと、それらを忠実に踏まえて、できるだけ嘘《うそ》のない言葉で語ろうと思う。ぼくの十七年十一カ月の人生について。人生を語るには短すぎるだなんて、何も知らない人には言って欲しくない。

人ごみの中で母さんが腰をかがめた。この頃からぼくは他の子どもより体が大きかった。小さな母さんにはたいへんだったろう。ぼくを肩に乗せて立ち上がるまではよかったが、音に合わせて揺れるダンシングフラワーみたいによろけた。

ぼくの頭が、前にいた男の人の肩を直撃してしまった。不機嫌そうな顔が振り向く。その顔の上には、もうひとつの顔。ぼくよりずっと高い場所から、同じくらいの年の子どもが見下ろしていた。なんでそんなところにいるの、という表情だった。

ぼくを乗せた母さんはよろよろよろけながら、人の壁のすき間を探した。だけど、簡単にはいかない。肩車をしているのはみんな男の人で、母さんの身長にぼくの頭ひとつ分を足しても、たいていの男の人の背丈に勝てなかったからだ。

ようやく母さんより少し大きい程度の女の人の背後にもぐりこんで、ショーを見ることができた。怪人たちはもう退治されていて、超人たちも頭しか見えなかった。

女の人は、隣の男の人と、肩車をされた子どもに笑いかけていた。怪人がいないショーよりも、そっちのほうが気になった。まわりの子どもたちは、みんな男の人と女の人、二人で一組のおとなと一緒だった。

その日、家に帰ったぼくは、持っている絵本を全部ひっぱり出して眺めた。絵本の中の子どもには、たいてい「母さん」しかいない。『みにくいあひるの子』も『猿カニ合戦』も『あかずきん』も。『ジャックと豆の木』だってそう。それが普通だと思っていたのだ。いまにして思えば、仲のいい夫婦や頼もしい父親が出てくる絵本を、母さんがぼくに与えないようにしていたのかもしれない。でもその仕事は完璧《かんぺき》じゃなかった。

『青い鳥』には「お父さん」が出てくる。

『ピーターパン』のダーリング家の姉弟には「パパ」。

気づかなかった。四歳九カ月のぼくの目は二枚の金貨になった。言葉としては知っていたが、四歳の頭では、オオカミを撃つ猟師や、雲の上に住む大男と同じ脇役《わきやく》扱いにしていた。「父さん」というのは、つまり、そういうことだったのか。目をまん丸にしたまま、ぱたりと絵本を閉じて、肩を自分でもんでいる母さんを振り向いた。

「ねぇ、ぼくの父さんは、どこにいるの」

母さんは唇を梅のつぼみのかたちにした。

「ワタルが生まれる前に、なくなったのよ」

「なくなったって、なに？」

「死んじゃったの」

「そうか」

簡単に納得したのは、人の死というものを、乾電池の切れたおもちゃぐらいにしか理解できない年齢だったからだろう。

母さんの部屋にある本棚の上の、ぼくの目と手が届きにくい高さに置かれたアルバムに気づいたのは、それからしばらくあとのことだ。正確な時期は覚えていないけれど、踏み台の使い方を覚え、人の死が電池切れより深刻らしいことに気づきはじめた頃だと思う。

母さんは大学の研究者だったから、部屋は本で埋まっていた。厚さ三十センチの壁紙を張りめぐらしたような部屋だった。背の低い母さんは、棚の上のほうの書物を取るために、本屋さんが使うような二段タラップ式の踏み台を使っていたのだ。

アルバムの中には、赤ん坊の頃からのぼくがいた。たいていはぼくだけ。母さんと一緒に写っている写真は少ない。撮ってくれる人がいなかったのかもしれない。

父さんの写真は一枚もなかった。

ぼくが生まれる前の母さんの写真も。

ぼくが生まれる前には、世界の歴史が始まっていなかった。そう思えてしまうようなアルバムだった。

ぼくは普通の子どもとは違う。いま思えば、そのことに関して疑念を抱くようになったのは、あの日からかもしれない。小さな子どもにだって、大人の秘密の匂《にお》いを嗅《か》ぎ分けることぐらいはできる。

「ワタルが生まれる前に、なくなったのよ」あの時の母さんの言葉を、ぼくは信じた。

だが、ごく一般的な意味においてじゃない。

ぼくの父さんは、ぼくが生まれるずっとずっとずっと前に死んでいるのだ。

3

ぼくは普通の子どもとは違う。

それを少しずつ自覚しはじめたのは、幼稚園に入園してからだ。

幼稚園に通いはじめたのは、五歳をすぎた歳《とし》。年長組から。それ以前は、母さんが仕事に出かけている時には、近所のお婆《ばあ》さんの家に預けられていたのだそうだ。

お婆さんの名前はソメノさん。

「あなたをとても可愛《かわい》がってくれたのよ。いまは森林組合の駐車場になっちゃったけど、坂の下に、昔は雑貨屋さんがあって、ソメノさんが独りでやっていたの」

ソメノさんには悪いけれど、まったく覚えていない。ソメノというのは苗字ではなく下の名前。ぼくがまだお腹《なか》にいる時に、この町へ引っ越してきた母さんの唯一《ゆいいつ》の友だち。他の人たちには「よそ者」扱いされたが、ソメノさんだけは親切に面倒を見てくれたのだそうだ。ソメノさんがいなかったら、ぼくを産むことができたかどうかわからない、私たち二人の恩人よ、と母さんは言う。

母さんはときどき「ソメノさんさえいてくれたら」とため息をつく。目の前の見えない誰かに話しかけるように。たいていは二人で食べるには多すぎる量の料理をこしらえた時。もしくはぼくが原因不明の熱を出した時。そうでなければ、近所のおばさん連中に手ひどいよそ者扱いをされた時だ。

ソメノさんはぼくが五歳になる少し前に、お風呂場でころんで亡《な》くなったそうだ。だから母さんは昔から口うるさく言う。「お風呂場の石鹸《せっけん》は、きちんと元の場所に戻しておくこと」

たった一個の石鹸で、人は命を失うことがあり、誰かが長く悲しむこともある。悲しみは石鹼じゃ落とせない。

ソメノさんの店では売っていなかったボディソープを、ぼくの家で使いはじめたのは、田舎町のお金のない家庭にしては、かなり早い時期だったと思う。

幼稚園の話に戻ろう。

最初に気づいたのは、ぼくが他の子のようにおとなしく座っていることができないということだ。

机の上で工作をしていても、先生がお話を読んでいる時でも、お尻は五分もしないうちに、椅子から離れたがってむずむずしはじめる。

牛乳パックでロボットをつくることや、イソップ童話が嫌いだったわけじゃない。手はハサミを動かそうとする。耳は怠け者のキリギリスの行く末を聞こうとする。でも、体の他の部分がぼくの言うことをきかない。

最初は窓の外を眺めて我慢する。ぼくが通っていた「こまどり幼稚園」は公立だったが、近くに県会議員が住んでいたから、田んぼばかりの町には不似合いな、教会風の立派な園舎を持っていた。大きな掃き出し窓の上部にはきらきら光るステンドグラスがはめこまれている。でも、そこから見えるのは、やっぱり田んぼ。

運がよければ、田植え前のれんげ田の上にヒバリが飛んでいたり、面白いかたちの雲が浮かんでいたりしていて、それを眺めて時間をやり過ごすことができた。でも、いくら田舎だって、空を見上げるたびにヒバリやトンビが飛んでいたり、雲が動物のかたちをしているとはかぎらない。

窓から視線を部屋に戻して、さっきから一センチも動いていないように見える他の子たちや先生の姿が目に飛びこむと、髪の生えぎわに汗がにじみ出てくる。天井がどんどん低くなっていき、落ちてきそうに思え、壁が迫ってくるように感じる。そうなると、もうだめだ。

椅子から立ち上がって、大声をあげそうになるのだ。部屋が静かであればあるほど、その衝動が強くなる。波のない水面に石を投げたくなるのと一緒で、しまいにこぶしを口に突っこんで唸《うな》ることになる。うーうーうー。

こうすれば気持ちがしずまることはわかっていた。うまくいけばだけれど。

「どうしたの、ワタルくん」

先生が異変に気づいて声をかけてくる。このあたりでたいていぼくの頭の中で、スイッチの音がする。切れる音なのか入る音なのかはわからない。何かが変化する不吉な音だ。

ぱちん。

この音がしてしまうと、ぼくの口は全開。

わーわーわー。

幼稚園時代のぼくのあだ名はサイレンだ。もうひとつのあだ名は消防車。いったん声をあげてしまうと、今度は走りまわらずにはいられなくなる。出入り口になっている掃き出し窓から、靴下のまま外へ出てしまう。風が強くて、雲が急ぎ足で流れていくような日はとくに。

記憶しているかぎり、ぼくは幼稚園に入った最初の二カ月で、園舎で三回サイレンを鳴らし、二回園庭に出動した。幼い頃の記憶のかぎりだから、実際にはもっと多かったかもしれない。

外にいる時にはこんなことはない。草むらに寝ころんでいる時には、ずっと雲や鳥を眺めていることができる。川や池の水がきらきら光る様子に見とれ続けることもあったし、雪の降る日には、たっぷり時間をかけて雪だるまをつくることだってできた。

幼稚園という環境に溶けこめなかったのかというと、そういうわけでもなさそうだ。いつからそうなったのか自分ではわからないが、四歳九カ月以降の、映画の予告篇のような切れ切れの記憶のかけらと、後から聞かされた母さんの話とをつなぎ合わせると、幼稚園にあがる前から、部屋の中でじっとしていることができない子どもだったようだ。

ソメノさんが亡くなってからしばらくの間、ぼくは母さんが仕事に出ている間、ひとりで留守番をすることになった。いくら田舎の町でも保育園のひとつぐらいはあったのだろうが、そうしなかったのは、たぶん経済的な事情だ。

大学の研究者といっても、母さんはただの助手。収入が少ないうえに、買わなければならない本がたくさんあった。自分自身にはまるでお金をつかわない人だった。いつも同じジーンズを穿《は》き、上着も季節によってTシャツがトレーナーに替わるぐらいのもの。冬物のコートは一着で、お化粧もほとんどしていなかった。唯一の贅沢《ぜいたく》はボディソープ。

ぼくにつかうお金でせいいっぱいだったのだと思う。贅沢とは言えないものかもしれないが、ぼくにはおもちゃも服も、ひととおりを揃《そろ》えてくれた。友だちがいなかったから比較しようもないけれど。他人と比較しなければ、不幸せも貧乏もない。

幼稚園に入る前の数カ月間、母さんが町はずれにある研究所へ出かけてしまうと、ぼくはいつもひとりぼっちだった。

研究所は自転車で十五分ほどの場所にあったから、お昼には帰ってきた。だけど、ぼくに昼ごはんをつくると、また出ていってしまう。その時がいちばんつらかった。

夕方までのその数時間が、あの頃のぼくには、自分が化石に変わってしまうのじゃないかと思うほど長い長い時間だった。

母さんはぼくを一人で残していくことをずいぶん心配して、テーブルの上にいろいろなメモを書き残していった。ぼくにわかるように絵とひらがなを使って。

『おやつは（れいぞうこの絵）の（シュークリームの絵）』

『（ぎゅうにゅうの絵）も　のむこと』

『いけ（近くにあった貯水池のことだ）には　いかないこと（ぼくを怖がらせるカッパの絵）』

『（コンセントの絵）に　ぴんどめを　つっこまないこと』

『（針を大きく描いた時計の絵）にはかえります』

母さんはあまり絵が上手じゃないから、意味不明のものも少なくなかった。『いけには　いかないこと』の後に描かれていたのは、いま考えれば、カッパではなくカエルだったかもしれない。

研究所の他の人たちは、マンションやスーパーマーケットがある他の町に住んでいたけれど、クルマの免許がなく、子持ちの母さんが選んだ住まいは、家賃がただ同然の、古い民家を改装した小さな平屋だった。部屋はお茶の間と寝室と母さんの書斎の三つだけ。全部畳の間だ。

寝室が当時のぼくの主な居場所で、おもちゃ箱があり、絵本が並んだ本棚があり、部屋のひと隅には、誕生日に買ってもらった、ぼくの宝物だった合体ロボが置かれていた。

母さんが家にいる時には、まるで気づかなかった。昼間でもぼんやり暗いこの部屋は、ひとりでいると、とたんに薄気味の悪い場所になる。天井の雨もりのしみがヒーロー戦隊を襲う怪人の顔に見えてきたり、カーテンのふくらみの中に誰かが隠れているふうに思えたり。宝物のはずだった合体ロボも見たくはなくなった。いきなり首がこちらを向くような気がしたからだ。

お茶の間には小さなテレビがあったし、ゲーム機も持っていたけれど、自分しかいない家で勝手に音が鳴り、誰かがしゃべることが怖くて、スイッチには手が伸びなかった。

ひっそり静まり返った部屋でひざを抱えて座っていると、体中に棘《とげ》の生えたたくさんの虫が這《は》いまわっている気分になってくる。皮膚のすぐ下で蠢《うごめ》く何万匹もの虫をなだめるために、ぼくが最後に選ぶ居場所が母さんの部屋だった。

窓以外の壁はぜんぶ本棚。三十センチの壁紙が寝室やお茶の間より部屋を狭くしていた。でも、母さんの私物が並ぶここなら、他の場所より少しだけ落ち着けた。ひらがなしか読めない（それも「ぬ」と「ね」の区別はまだつかない）のに、ぼくはかたはしから本をひっぱり出して読んだ。

「・・と・・の・・は・・する・・により・・・せしめ、また・・であろう」

「・・・を・・せぬば・・は・・という・・にならねだろう」

半分は外国語で書かれたものだった。理解できないのは同じだから、外国の本も読んだ。読んだというより、写真や絵や図形を眺めた。遺伝子工学に関する専門書だから、面白い絵なんかなかったが、日本のものとは違う色彩やデザインが物珍しかったのだろう。

母さんが残していく時計の絵は、たいてい午後五時二十分をさしていた。職場で無理を言って帰っていたらしいけれど、忙しい時にはそうも言っていられなかったようだ。

本を読むふりに飽きると、何度もお茶の間へ戻り、壁かけ時計を見上げて、メモに描かれた時計の針と見比べた。覚えたばかりの時間の読み方が間違えていやしないかと思って。

絵とほんものの針の位置がぴったりになっても母さんが帰ってこないと、そのうち窓を不気味な色に染める夕日みたいに、頭の中へ妙な考えが差しこんでくる。

もしかして、このまま母さんが帰ってこない、そんなことがありえるだろうか。なぜか、研究所の床に大量の石鹸がまき散らされていて、それに足をとられて転倒してしまう母さんの姿が浮かんでくる。目をつぶると、外国旅行用の大きな旅行鞄《かばん》を手にした母さんが駅のホームに立っている光景が見えてくる。

そうなるともうたまらない。家から飛び出した。

『そとへでるときには（カギの絵）』という貼《は》り紙がしてあるドアを抜け、小さな花壇のある庭を三段跳びし、白いペンキを塗った木の扉を開けて、外へ駆け出す。あてはなかった。遊びに行く友だちの家なんかない。近くに同じ年頃の子どもが少なかったというより、母さんとぼくが「よそ者」だったからだ。

カギは渡されていたが、足を向けてもいい場所は決められていた。家の前にある坂の下は、かつてソメノさんの店があった駐車場のところまで。そこから先は材木を積んだトラックが通る危ない道だったからだ。坂の上は木々が迷路のように立ちはだかる雑木林の手前まで。その先に踏み入ると、ヘンゼルとグレーテルみたいに迷子になると教えられていた。目じるしのパンくずを食べてしまうのは、小鳥じゃなくてタヌキやノネズミ。

家の前には果樹園が広がっていたが、あまり近づかないようにしていた。ここの持ち主は、なぜかぼくと母さんを嫌っていて、ぼくが枝先の梨《なし》を眺めているだけで怒鳴りつけてくるからだ。以前、ここのフェンスが壊され、梨が盗まれたことがあった。盗《と》られたのは下の方の実だけだから、子どものしわざ。その犯人をぼくだと思いこんでいるのだ。

家の裏手は空き地。奥には下手くそなカッパの絵（あるいはカエルの絵）まで描いてぼくを行かせまいとした貯水池がある。

母さんと取り決めた境界線の内側が、あの頃のぼくの全世界だった。

ぼくは坂を駆け降りて、道の端っこから、母さんの自転車が見えないか確かめる。坂を駆けあがって、雑木林の手前に積まれた丸太の上に立つ。ここからだと、より遠くの道が見渡せるのだ。

何度もそれを繰り返す。無人販売所で野菜を買って帰る時には、裏手から入ってくることもあるから、空き地に行く。ぼんやり待っていられなくて、貯水池に近づきすぎない場所をぐるぐると走りまわる。

寒い季節だったから、じっとしているのがつらかったせいもあるだろうが、それ以上に、走っていないと不安だった。疲れるまで走って、休んで、また走る。この頃のぼくは一カ月で一足の割合で子ども用スニーカーを履きつぶしていた。

そのせいか、幼稚園に入ってからも、園舎での長い苦痛の時を首尾よくやりすごしたぼくは、休み時間になるやいなや外へ飛び出て、砂場や滑り台に固まる他の子どもたちを尻目《しりめ》に園庭を走りまわった。制御装置が故障した回転木馬みたいにぐるぐると。

いつもそうだったわけじゃない。お絵描きの時間は、比較的安心。

絵は好きだった。クレヨンを手にしている時には、不思議とむずむずする気持ちを押さえることができた。でも、問題はここにもあった。先生がぼくの描く絵や塗る色に、しばしば眉《まゆ》をひそめるのだ。

「ねぇ、ワタル君、リンゴは四角形じゃなくて、丸いものでしょ」

そう言って、クラスでいちばんお絵描きのうまい女の子の、まん丸に棒をつけた可《か》愛《わい》らしいリンゴの絵と、ぼくのものを同時にかかげてみせる。みんなが笑った。

「黒いニワトリなんて変よ。カラスじゃないんだから」

そうかな。ぼくにはリンゴはあまり丸く見えないけれど。それに母さんの部屋の外国の本だと、ニワトリは黒かった。

「もうひとつ。ゾウさんの色は黄色じゃないでしょ」

好きなように描きなさいと言われたから、そうしているのに。ぼくはこういう時も叫び出しそうになる。降園時間になると、母さんはいったん研究所を離れて、ぼくを迎えにきてくれた。幼稚園に入って二カ月ほど経《た》った頃だったと思う。母さんが先生に呼ばれ、職員室から長いあいだ出てこなかったことがあった。

先生との話を終えた母さんは、ぼくを家ではなく『まつのや』へ連れて行った。町では数少ない飲食店。ラーメンやしょうが焼き定食からコーヒー、あんみつまでメニューに載せている店だ。

久しぶりのクリームソーダを減らさないように、ゆっくりゆっくり耳搔《みみか》きみたいにスプーンを使っているぼくに母さんは聞いた。

「ねえ、ワタル、椅子《いす》にじっと座っているのって、たいへん？」

「うん、ぼくには」

「どういう感じ？　イライラするの？」

「どうかな」ぼくは首をかしげた。知ったかぶりをしたが、じつは「イライラ」という言葉をよく理解していなかったのだ。いまから考えると、確かに何かに苛立《いらだ》っていた気もする。でも、あの頃の気分をより正確に表現すると、イライラというより「むずむず」だ。

かしげた首をもとに戻してスプーンをなめていたぼくに、母さんは言った。

「でもね、ワタル。工作の時間には工作をしなくちゃだめよ。バスの運転手さんだって、バスに乗ったら、後ろの席で景色が見たいと思っても、ハンドルを握らなくちゃいけないでしょ。そうしないとバスが動かないもの」

「そうだね」

母さんがバスの運転手をたとえに使ったのは、その頃のぼくの憧《あこが》れの職業だったからだ。

「サッカー選手は試合中にはサッカーをする。キャッチボールをする人はいないわよね。小学生になると、算数の時間には算数をするし、理科の時間には理科の勉強をするのよ。母さんだって、研究所では研究をしてる。みんなそうやって毎日を過ごしているの。幼稚園は、そういうお兄さんやお姉さんたちやおとなが普通にしていることの練習をするところなのよ。ちょっと大変だなと思っても、幼稚園でみんなが一緒に同じことをする時間には、そのお約束を守らなくちゃ。だって、みんながしたいことだけしていたら、世の中はめちゃくちゃになっちゃうでしょ。それはわかる?」

「うん」

母さんはきちんと筋道を立てて話をする人だ。事実をいくつも並べて検討し、最後に答えを導き出す。「検証なくして真実なし」それが口ぐせ。カレーライスをつくる時だって、材料を分量通りに切り、時間をはかって順番に鍋《なべ》にいれる。母さんのつくるカレーライスは、いつも正確にカレーの味がする。

「我慢はできる？」

「できると思う」

田植えの季節になれば、田んぼに毎日人が来る。それを眺めていればなんとかなるだろうと思ったのだ。「お弁当を手づかみで食べたりすることがあるのはなぜ？」

「なんとなく。おハシが持ちづらくて」

「お箸《はし》が小さくなっちゃったのかもしれないわね。新しいお箸を買いましょう」

母さんが自分の肩まで背丈の伸びたぼくを眺めて言う。どちらかというと細いほうだけれど、肩幅があって、やけに手足が大きかったのは、すでにこの頃からだった。

「ゾウを黄色に塗るのはどうしてなの」

なぜだろう。ぼくは考えてみた。

「頭にうかぶんだ。太陽の色みたいに輝いて見えるの」

ぼくの持つクレヨンには十二色しかなかった。金色のクレヨンがあればそれを使っていただろう。

母さんは先生のように怒りはしなかった。小さく笑って、ぼくの髪をなぜてくれた。

「そうね、自由は大切ね」

「ジユウ？」

これも知らない言葉だった。母さんは難しい言葉を難しいままぼくに語りかけてくる。簡単な言葉だけ使っていたら、新しい言葉を覚えられないからだと言う。ぼくは四十五度ぐらい首をかしげた。

「あなたの心があなたのあるがままであること」

ますますわけがわからない。母さんは、どう説明しようか考えるふうに、眉根をきゅっとすぼめた。

「つまり、誰からも邪魔をされずに、あなたの思うとおりに考えたり、喋《しゃべ》ったり、体を動かしたりすること。お絵描きの時に、どんな色を使うかは、人が決めることじゃなくて、あなた自身が決めることよね。使う色でその子どもの心の中がわかるという人もいるけれど、科学的根拠はないのよ。でもね、自由が欲しかったら、まずお約束を守ること。それから人に迷惑をかけないこと。バスの運転席に座ったら、ちゃんとバスを走らせること。それさえきちんとできるなら、あとはあなたの自由よ。ゾウを何色に塗ってもいいし、休み時間にずっと走りまわっていたって、かまわない」

その翌日から、母さんは幼稚園が終わったぼくを研究所へ連れていくようになった。

母さんの仕事が終わるまで、中庭で遊ぶのだ。狭い庭だったが、真ん中に魚が泳ぐ池があり、ひと隅にはヒツジを飼う囲いもあった。幼稚園や家の周囲より、よっぽど退屈しない。

ぼくはここで毎日、池を棒でつつき、フェンスのすき間からヒツジを眺め、研究室の窓を覗《のぞ》いて母さんの姿を探した。

それからしばらくのあいだ、ぼくはいきなり叫んだり、外へ飛び出したりすることはなくなった。箸を大きなものに替え、お弁当を手づかみで食べることもやめた。が、あいかわらずウサギやシカやゾウを黄色に塗り、休み時間はぐるぐる幼稚園の庭を走りまわった。

面白がって、ぼくと一緒に走ろうとする子も何人かいたが、みんなすぐにやめてしまう。ぼくには絶対追いつけないし、あっという間に差を広げられるからだ。足の速さにかけては、昔から人に負けなかった。

農家の子どもが多かったこの幼稚園では、運動会は稲刈りの後に行なわれる。そのための駆けっこの練習が九月から始まった。年長組は長距離走。幼稚園の隣の空き地にぼくらを集めて先生が言った。

「みんなぁ～、いまから神社まで走りますよ～。先生の後についてこれるかなぁ」

使いこんだジョギングシューズに履き替えた先生は張りきっていた。長距離といっても子どもの長距離。空き地から神社までは、広い畦道《あぜみち》を通って五百メートルぐらい。でも、どこへ行くにもクルマが必要な田舎には、走るのが不慣れな子どもが案外に多い。先生の指さす先を見て、フルマラソンに初挑戦するみたいに顔をひきつらせている子も少なくなかった。

先生が笛を鳴らし、颯爽《さっそう》と走りはじめた。真っ赤なジョギングウエアと自分の実力を見せびらかすように園児たちを置いてきぼりにする。それから余裕の笑みを浮かべて振り返った。

「ごめんね～、速すぎたかな」

ぼくは、ただひとり、その横をすり抜けた。

先生のあわてた声と足音がぼくの背中を追いかけてくる。

「ワタル君、待ちなさい」

三度目に聞いた「待ちなさい」は完全に息が切れていた。

神社の鳥居の前でぼくは、まだ畦道の途中を走っている先生と、そのはるか後方に置き去りにされて、親鳥から見放されたヒヨコみたいにぴーぴー騒ぎながら駆けているクラスの子たちを待った。

先生は鳥居に手をついて呼吸を整えながら、ぼくに驚きの表情を向けてきた。いつも叱《しか》られてばかりだけれど、ようやく褒《ほ》めてもらえる。そう思うと嬉《うれ》しかった。だけど、先生は不機嫌な声でこう言っただけだった。

「一人で走ったら、危ないでしょ。速ければいいってもんじゃないのよ」

幼稚園の運動会は、みんなが「あんこ山」と呼んでいる丘の麓《ふもと》の休耕地で行なわれた。

園児の数は少ないが、土地はあまるほどある。近隣の人が総出で草むしりをした地面に白線が引かれ、県会議員がいちばんいい席に座るテントが張られ、テントのないロープの向こう側にビニールシートが敷かれた。

ロープでへだてた父兄席には、園児の両親だけじゃなく、兄弟姉妹やお祖父《じい》さんやお祖母《ばあ》さん、親戚《しんせき》の人まで集まってビデオやカメラを構え、応援団をつくっていた。田舎は人の数が少ないかわり、集まりには誰も彼もが駆けつける。

ロープの向こうには、珍しくきちんとお化粧をした母さんの顔もあった。そして、ぼくにだって応援団はいた。研究所でぼくを「ちび研究員」と呼んで可愛がってくれていた人たちが何人か来てくれたのだ。

すごく嬉しかった。ぼくは母さんと長い間ふたりぼっちだったから。脳味噌《のうみそ》に羽根が生えて飛んでいってしまいそうな気分だった。嬉しくて、お遊戯ではみんなの倍の速さで腰を振った。くす玉割りでは、自分の帽子まで投げてしまった。

年長組の徒競走はプログラムの最後。グループ分けは背の順で決められていたから、ぼくが走るのは、最後の最後。お弁当の時間に研究員の人が言っていた。「ワタルは大トリだな」。大トリ。その日最大の見せ場のことだそうだ。ぼくは食べていたおなりさんを喉《のど》につまらせてしまうほど興奮した。

年長組は、楕円《だえん》に引かれた白線のまわりを一周する。大人用のトラックに比べたらずっと小さいのだが、幼稚園児にとっては、無事に戻ってこれるのかどうかわからない、長く険しい道のりだ。

スタートラインに立ったぼくは走る前から、走り終えた時のように、胸がどきどきした。

ピストルが鳴った。

最初の十メートルで、みんながどよめいた。ぼくを指さす人もいた。

二十メートル。ぼくは他の子の五メートル先を走っていた。

あっという間に第二コーナーにさしかかった。ほかの子たちはまだ第一コーナーだ。

前方から声が飛んできた。

「ワタル、すごいぞ!」

「ワタル、行けっ」

研究所の人たちだ。

第三コーナーの向こうに母さんの顔があった。

母さんは、笑っていた。握りこぶしをつくった研究所の人たちに囲まれて、色白の顔を赤く染めていた。あんなに嬉しそうな母さんの顔はひさしぶりだった。

両足に翼が生えた。

第四コーナー。後ろのみんなは、まだ半周も終わっていない。息が続かなくて、脱落する子もいた。ゴールテープは目の前。

スピードの落ちないぼくに、みんなが驚きの声をあげているのがわかった。

ひさしぶりに、体にむずむず虫が宿った。気分がいい時の、むずむず虫。

一周じゃ我慢できない。

もっともっと母さんに笑って欲しかった。母さんにいいところを見せたかった。

まだまだぼくが走れるってことを、速いだけじゃなくて持久力もあることを、研究所の人たちや、ぼくを梨泥棒《なし》だと思いこんでいる町の人たちに、見せたかった。

ゴールした後、走り続けてもいいだろうか。ぼくは考えた。それは人の迷惑になることだろうか。約束を破ることだろうか。

たぶん、ならない。母さんもみんなも喜んでくれるだろう。

みんなに半周近い差をつけてゴールテープを切った。

先生が一等の旗を持って近づいてくる。

ぼくはその横をすり抜けた。

気持ちよかった。空はクレヨンの青より透きとおった青さで、秋の終わりの風が肌をひりひりと刺す。血液が体中を力強く駆けめぐる。むずむず虫が羽虫になって体から飛んでいく。みんなの笑う声や先生の怒る声は、その時には、ぼくへの歓声にしか聞こえなかった。

目の前に金色に輝く象が現れた。湾曲した長い象牙《ぞうげ》も、岩山のように大きな体も、きらきらと輝いている。

なんだろう、あれは。母さんの言っていた、「自由」という言葉をふいに思い出した。あれが、自由だ。

ぼくは金色の象に向かってひたすら走った。

空き地の端まで駆け、柵《さく》を跳び越え、その先の丘を駆け登った。

母さんはまた先生に呼ばれた。

園長先生に強く勧められて、ぼくは隣町の小児科クリニックへ行くことになった。

下された診断は「ＡＤＨＤ」。注意欠陥・多動性障害だ。

「集中力に欠け、落ち着きのなさが目立つ。情緒不安定で衝動的に感情が爆発する。典型的な症状ですね」

医者は自信たっぷりにそう言って、たくさんの薬を処方した。

薬はぼくの気分を憂鬱《ゆううつ》にし、食欲を失わせ、枕に頭を置けば一分で眠れた寝つきのよさを奪った。そのくせ「症状」はかえって悪くなった。

稲刈りが終わると、窓の外の景色はとたんに単調になる。土と枯れ木の色は退屈で、ヒバリも飛ばない。それもいけなかった。

ぼくは再びサイレンに逆戻り。消防車となって出動した。

研究者である母さんは、ＡＤＨＤに関してさまざまな本を読み、二回目の診察の時、医者にあれこれと質問を投げかけた。

「感覚統合体操はどうなのでしょう」

「薬物療法だけでなく、行動療法も必要ではありませんか」

医者は母さんの話にいちいち頷《うなず》き、カルテに何か書いてはいたが、ぼくたちが部屋に入るまでやっていたゴルフの練習の続きが気になっている様子だった。診察の後には、またもや大量の薬を渡された。家に帰った母さんは薬の詳細をパソコンで調べ、それからゴミ箱に捨てた。

「私だって学者のはしくれよ。どの薬が必要で、どれがいらないかぐらいわかる。どれもワタルに必要な薬じゃなくて、きっと先生が新しいゴルフクラブを買うために必要な薬よ」

母さんは医学に近い研究をしていたから、医学には懐疑的だったのだ。

「あんなお医者さんのところへ行った私が馬鹿だった。障害ですって？　医者ってわからないものには何でも名前をつけたがるのよ。言いわけがわりに名前をつけてもらって、こっちが安心すると思ったら大間違いだわ。ワタルはＡＤＨＤなんかじゃない。いい、いまから私が検証してみせるから」

そして母さんは研究所での仕事の続きみたいな口ぶりで、こんなことを言った。

事実１、薬を服用しても、副作用以外に変化が見られない。

事実２、ＡＤＨＤの場合、乳幼児期に人見知りをしない、親の後追いをしないのが特徴。あなたは、いまだに人見知りだし、昔は私の後ばかりついてきた。

事実３、ＡＤＨＤの子どもはしばしば人の目を見ないで話をすることが多い。あなたはまっすぐ人の目を見て話をする。

母さんはひとつずつ指を折っていった。片手では足りなくて、もう一方の手も使い、それからパチンと指を鳴らした。

「検証終わり。ゆえにあなたはADHDじゃない。いい、ワタル。これはあなたの個性なの。少し個性が強すぎるだけ。母さんもあなたのいまの『個性』の強さを、いい方向に持っていくやり方を考える。『がんばれ』って言っちゃいけないって書いてある医学書もあったけど、がんばりましょ。努力のないところに成果は出ないもの。あなたも我慢できる時は、がんばってみて。無理はしなくていいから」

だからそれからは二度とクリニックへは行っていない。

ぼくは人と話をする時に、それまで以上に、相手の目をのぞきこむようになった。母さんにしては多少強引と思える検証の正しさを証明し続けるために。成長してからは、喧嘩《けんか》を売っていると勘違いされて、しばしばトラブルの引き金になるのだけれど。

4

小学校に上がってからのぼくは、教室の窓から外へ飛び出すことはなくなった。出たくても、無理だった。なにしろ小学校には掃き出し窓はなく、しかも一年生の教室は二階にあった。

叫んだことは何度か。口にこぶしを入れるタイミングが遅すぎたのだ。でも、それも夏休みまでに収まった。自分をコントロールする手段をいろいろ試して、うまくいく方法を見つけたからだ。母さんの言うとおり。努力のないところに成果は出ない。

ぼくはこうすることにした。叫びたくなったら、下唇を指で小きざみに弾《はじ》いて、あばばばば、と小さな音を立てる。走りたくなったら、机の下で両足をぱたぱた動かす。床につけないようにぱたぱたさせるのがコツだ。そして、頭の中では大声で叫びながら空の真下を走る自分の姿を思い浮かべるのだ。

ぼくの場合、きっと心と体がくっつきすぎているのが問題なのだ。心とは違うことを口にしたり、行動したりできるように訓練するのが、おとなに近づく道。

あばばばば。ぱたぱたぱた。授業中に二、三回、これをやれば落ち着く。算数の時は五回ぐらい。あばばばば。ぱたぱたぱた。

「うるさい」

先生からはたびたび叱られたけれど、叫び声をあげて教室から飛び出すよりはましだ。

小学校に上がっても友だちはできなかった。誰だって教室で突然叫んだり、下唇をあばばばさせてばかりいる子とは、友だちにはなりたくないだろうし、そもそもぼくはあいかわらず、休み時間になるとひとりで校庭を走りまわっていたから。ただしいつも校庭を走れるとはかぎらない。なにしろ小学校は幼稚園よりはるかに人の数が多い。しかも校庭は、一年生にとっては怪物みたいに大きな上級生たちの天下だ。サッカーの邪魔だと言われてボールのかわりに蹴《け》られたり、大縄跳びの縄の中に飛びこんで、母さんより胸の大きな女の子たちに縛られたりする。

そのうちにぼくは休み時間中の新しい居場所を見つけた。ジャングルジムの中だ。真ん中に座っていると、なぜか落ち着いた。狭い場所が苦手なぼくでも、壁と天井があるようでないような、ここならだいじょうぶ。ボールのかわりに蹴られる心配もない。

ここで目を閉じて、チャイムが鳴るまで野原を駆けまわる自分を想像して過ごした。努力なくして成果なし。だんだんと狭い空間が苦手ではなくなっていった。「ジャングルジム大帝」というあだ名で呼ばれていたぼくは、まるでここの主《ぬし》みたいに、ジムへ遊びに来る子に挨拶《あいさつ》したり、中へ案内したりするようになった。一緒にてっぺんまで登ったり、ジムの中で追いかけっこしたりもした。

小学校一、二年の頃のいちばんの思い出は、ジャングルジムから見上げるいくつもの四角に切り取られた空と錆《さ》び止めのペンキの匂《にお》いだ。

ぼくはしだいに社交的になり、ジャングルジムで知り合った仲間たちと、ときには放課後も遊ぶようになった。家を訪問し合ったりもした。ようやくぼくに訪れた黄金時代。いい時だった。

しかし、いい時というのは、長続きしないものだ。短い間だから「いい時」が「いい」とわかる。三年生になると、貴重なジャングルジム仲間がぼくから離れていった。急にみんなの態度がよそよそしくなったのだ。

原因は「大人の噂《うわさ》」だ。小学一、二年坊主《ぼうず》には意味がわからない、ぼくや母さんに対するひそひそ話をみんなが理解しはじめたのだ。

ぼく自身も理解できるようになってしまった。ソメノさん以外の人々が、ぼくや母さんを特別な目で見ていた原因は、「よそ者」だからというだけじゃない。「父親のいない子」であるためだ。

学校にはぼくと同じ境遇の子どもが何人かいたけれど、田舎の町では、そういう子どもに対して厳格なランク付けが行なわれる。

最上位は「父親、あるいは母親と死別した子ども」。誰もが優しい。人は自分より不幸な人間が大好きなのだ。第二位は「父親と離婚した母子家庭の子」。みんなの目が少し冷たくなる。ちなみにこの逆の「母親と離婚した父子家庭」は学校にはいなかった。そして最下位は「結婚もせずに子どもを持った女の子ども」。このケースは一例だけ。つまりぼくと母さんだ。

地理的な表示は「町」だが、このあたりは昔からの農村だ。シングルマザーという言葉がそう悪くない響きに聞こえるようになるのは、何年もあとになってから。しかも都会でだけ。この町に、ひとりで大きなお腹《なか》を抱えてやって来て、ひとりで子どもを産み、育てている母さんを、みんな快く思っていなかった。

研究所で働いていることも、特別な目で見られる理由のひとつだった。

母さんが勤めていたのは、所属していた大学と民間企業が共同で建てた「相原遺伝子研究所」。

後になって知ったことだが、もともとは県会議員が製菓工場を誘致するはずだった土地に、国会議員と大学が話に割りこんで、この研究所が建てられたそうだ。

工場を農閑期の働き場所にあてこんでいた土地の人たちにとっては、手を伸ばそうとしたお菓子を石鹼《せっけん》に替えられたようなもの。工場ができれば、山のようなお菓子が手に入ると信じていた子どもたちにとっても。

しかも遺伝子研究所なんて何をやっているのか、普通の人にはさっぱりわからない。「伝染病の研究らしい」という噂は、いつしか「あそこは黴菌《ばいきん》を撒《ま》き散らしている」になった。

近所の人々は、母さんとはろくに話をしないのに、いろんなことを「知っていた」。母さんにはまったく身に覚えのない母さんの過去まで、知っていた。

母さんは嘘《うそ》の少ない人だけれど、ぼくに語れない事実をいくつも持っていた人だ。父さんとは死別したわけではなく、最初から結婚をしていなかったという事実もそのひとつ。ぼくが知ったのは、母さんの口からではなく、まわりの人の囁《ささや》き声からだった。

「淫売《いんばい》」「尻軽女《しりがる》」「捨てられた二号」

ぼく自身に関しては、こんなことも。

「父《てて》なし子」それから「外人の子」

外人の子。

畦道《あぜみち》で一服しているおばちゃんたちが、ぼくを横目で睨《にら》んで言った言葉だ。最初は誰のことだろうと思った。ぼくがそう見えるらしい。

学校でも、ませた女の子から聞かれることがあった。

「南山くんって、ハーフなの？」

ぼくに言われても、困る。ハーフなんて見たことがないから。鏡に映る自分がそうだと言われても、ぼくには鏡の向こうとこちらで首をひねることしかできない。ぼくの肌の色は白くも黒くもない。むしろ母さんのほうが白いし、鼻だって高かった。

髪の毛が茶色で巻き毛だからだろうか。紅茶キャンディみたいな瞳《ひとみ》の色を「なんか変」と言われたことは幼稚園時代にもあった。小学生の男の子は鏡なんかろくに見ないけれど、たまに眺めると、確かにほかの子に比べると、顔の凹凸が深い気がしないでもない。

「ぼくの父さんはどんな人だったの？　どこに住んでいたの？　名前は？」

母さんにそんな質問を繰り返していたのはこの頃だ。

母さんはいつもこう言う。

「そうね、いつかあなたにも知ってもらわないとね」

そしてこう続ける。

「でも、ごめんなさい。いまはまだ許して」

梅のつぼみのかたちの唇を見ると、なにも言えなくなる。それからは聞かないことにした。

友だちがいないくらいはまだよかった。そのうちぼくはイジメに遭うようになった。黴菌みたいに撒き散らされていた大人たちの悪意が、子どもにも伝染したのだ。イジメのボスは、果樹園の持ち主の親戚《しんせき》の子、「ジャンボ」。体格や髪形が有名なプロゴルファーに似ていることからついたあだ名だ。背はぼくと同じぐらいで、体重はぼくの一・五倍。

自分と同じぐらい背が高くて、スポーツが得意で、だけど走る速さが決定的に違うぼくに、敵愾心《てきがいしん》を抱いていたのだと思う。

イジメと言っても、殴ったり叩《たた》いたりされるわけじゃない。体が大きく、顔つきもみんなと少し違うらしいぼくが薄気味悪かったんだろう。

遊びの仲間に入れてもらえない。体育のドッジボールの時間に集中攻撃を浴びる。どうせ二階からいきなり「ガイジン!」と叫ばれ、モノを投げつけられる。その程度。どうってことはない。ほんとうだとも。このくらいで泣くぼくじゃない。

一人で遊ぶのも、楽しいもんだ。昔から、そうしてきたのだし。

学校が終わると、家にランドセルを置いて、すぐに外へ出た。戸外を走りまわることはすでにぼくにとって問題行動ではなく、趣味になっていた。ライフワークと言ってもいいかもしれない。小学三年生にして授かったライフワーク。

ぼくの家があった一帯は、山も丘も森も川も野原も揃《そろ》っている素敵な場所だ。住んでる人間さえいなかったら、もっと素敵だっただろう。

以前は近づくことを禁止されていた場所も、小学校二年生からは出入り自由になっていた。ぼくは貯水池で溺《おぼ》れたり、雑木林で迷子になったりする、か弱いちびすけじゃなくなっていた。

走るだけじゃなく、泳ぐことも、体を機敏に動かすこともぼくは得意だった。球技はボールがまわってこないからだめだったけれど、個人種目やスポーツテストでは、ほぼすべていちばん。体育の時間に五十メートル走やマラソンがあった後には、同級生たちがぼくに少し優しくなって、あれこれ話しかけてくれた。

ちなみに学校の成績も悪くなかった。ランドセルを一度も開けずに翌朝学校に行ったりしている生徒にしてはという意味だけれど。母さんの心配をよそにテストの点数はクラスの真ん中あたりに踏みとどまっていた。日が暮れて家に戻っても、母さんがまだ帰っていない時には、母さんの部屋で本を読むことが日課になっていたおかげかもしれない。

森でセミやクワガタを捕まえ、貯水池で一緒に跳びはねてカエルを追いかけ、川で魚を釣る。友だちなんかいなくたって、やることはいくらでもある。大きな虫や魚が自分の手に収まった瞬間には、ぼくのむずむずが少しだけ収まった。生き物が少なくなる冬場には、雪と遊んだ。小さなカマクラをつくって中で寝ころぶ。園舎の中でさえじっとしていることができなかった頃に比べたら、ぼくは大いなる進化をとげていた。釣りを教えてくれたのは、相原遺伝子研究所で母さんと同じ助手をしていた高橋さんだ。幼稚園の運動会の時に、ぼくを応援しに来てくれて、ビデオも撮ってくれた人。

ときどきは走って三十分の距離にある研究所まで遊びに行くこともあった。母さんは怒りはしなかったが、みんなの手前、ぼくの顔を見てもひと声かけるだけで、すぐに仕事へ戻ってしまう。ちょっと寂しかった。かわりに相手をしてくれたのが高橋さんだった。ぼくにジュースをおごってくれたり、部外者が入っていい場所を案内してくれたり。高橋さんからはいろんなことを教えてもらった。

幼稚園児の時は気づかなかったが、たとえば研究所のペットだと思っていたヒツジやイヌがじつは実験動物であること。敷地の奥に立つ焼却炉の使いみちを質問した時、高橋さんは聞こえないふりをしたけれど、母さんが動物を飼いたがらない理由がなんとなくわかった。

母さんや高橋さんたちが研究しているのは「動物発生工学」であること。ＤＮＡの塩基配列を解明して生物の系統進化を調べている——もちろんこの時のぼくには、ほとんどの言葉が外国語に聞こえた。覚えているのはこのひと言だけだ。「アマガエルのクローンをつくったこともあるんだぜ」

かつて母さんが留学生として、その頃はソビエトと呼ばれていたロシアにいたこと。母さんが外国に長く滞在していたことは聞かされていたけれど、場所は知らなかった。シビルスクというところだそうだ。

「大学院時代から君のお母さんは優秀で、論文が認められてソビエト科学アカデミーの客員研究員に招かれたんだよ。シビルスク研究センターにいたんだ」

ぼくが四年生の時、高橋さんが家業を継ぐために研究所を辞めてしまった時は、とても悲しかった。心のどこかで、高橋さんが父さんだったらいい。そんなことを考えていたからだ。家に帰っても釣りの話ができるし。父さんさえいればいじめられることもないし。

いま考えれば、母さんよりいくつか年下だったけれど、高橋さんのほうも、ぼくの父親に――というより母さんの旦那《だんな》さんになりたかったんじゃないかと思う。母さんと話をする時には、ふだんよりまばたきが多くなっていたし、ぼくと釣りに出かけた時も母さんの話ばかりしていた。

釣った魚は食べてあげなくちゃだめだ。そう教えてくれたのも、高橋さんだった。

いつか高橋さんとキャンプに行き、イワナを釣って食べた時のことを思い出して(母さん以外の人と遠出することなんてまったくなかったから、あの日のことはすべてが思い出だ)、魚が釣れると焚《た》き火をし、釣り糸を切るためのハサミではらわたを抜き、木の枝で串ざしにして焼いて、食べた。

ぼくはいつもお腹を減らしていた。母さんはこの頃には助手の中でも古株になって、給料も少しは上がっていたから、食べるものに困るほどの生活をしていたわけじゃない。食べても食べてもお腹が減るのだ。

新しい本を買うのをあきらめて、山盛りのおかずを用意してくれる母さんに、楽をしてもらいたい気持ちもあった。夕方、釣った魚を食べても、夜にはお腹が減るのだけれど。

クチボソはまずまずいける。フナは食べ飽きた。たまに釣れるウグイがごちそうだった。

ザリガニも食べた。きちんと背わたを取ればエビと変わらない。取らないと泥の味になる。カエルも足をむしって食べた。ケンタッキーフライドチキンに似た味だ。のどが渇いたら渓流の水を飲み、デザートにグミやアケビを食べ、野の花の花心を抜きとって蜜《みつ》をすすった。

毎日、ぼくがそんなことばかりしていることに気づいた母さんは、かつてＡＤＨＤと診断された時とは別の心配を始めた。

イジメのことは話していなかったから、ぼくの家に友だちが来ないのは、ゲーム機やソフトが足りないからじゃないかと考えたらしい。無理をして、あれこれ揃えてくれた。それでもダメだとわかると、ぼくを町の少年サッカーチームに入れた。

だけど、そこにはジャンボがいた。デブのくせに。

最初の体力測定の時、五十メートル走をさせられた。コーチはストップウォッチを眺めたまましばらく銅像になった。「ほんとうに四年生か？」

すぐにぼくはフォワードの練習に加わることになった。

ジャンボは当然ながらゴールキーパー。しかも補欠。カエルみたいにジャンプを繰り返す練習ばかりさせられていた。ブタガエル。それが面白くなかったらしい。学校と同じことを始めた。

パス練習の時に、ぼくだけを仲間はずれにする。壁とパス練習をするぼくにボールを蹴《け》りこんでくる。ミニゲームの時、必要のないチャージを入れてくる。

それだけなら我慢はできた。他人に何をされ、何を言われても、気にしない。九歳にしてぼくはそれを処世術として身につけていた。でも、ある日、どうしても我慢ができなくなった。やつがチームメートのひとりに、こう言っているのが聞こえたからだ。

「あいつの髪がなんでウンコ色なのか知ってるか？　母ちゃんが金をもらって外人とセックスして生まれたからだぜ」

ジャンボに歩み寄ると、やつは半歩後ずさりして丸い顎《あご》を突き出した。

「俺《おれ》とやる気かよ、梨《なし》泥棒のくせに」

何の根拠もないのだが、その時、ぼくは思った。梨泥棒はこいつのしわざだ、と。頭の中でスイッチが入ったのか切れたのか、どちらかわからない音がした。

気づいた時にはジャンボに飛びかかっていた。やつが髪の毛をひっぱるなんて、情けない反撃をするから、ボンレスハムみたいな腕に噛《か》みついた。ジャンボが養豚場のブタそっくりの悲鳴をあげた。

母さんに連れられて、ジャンボの家へ謝りに行った時には、悔しくて涙が出た。アカンべをしているジャンボに頭を下げさせられたからじゃない。ジャンボの母親が、ぼくの母さんに向かって「身持ちの悪い女は、しつけもできない」と言ったからだ。

「身持ちが悪い」。意味はわからなくても、それが梨泥棒と同様の手ひどい侮蔑《ぶべつ》語であることは、何度も他人に聞かされていたぼくはよく理解していた。母さんはそれでも頭を下げ続けた。

帰り道、バス通りの手前で母さんが、道の左右を確かめるついでみたいに顔を振り向けてきた。もう目線はそれほど変わらない。梅のつぼみみたいな唇を開いて言った。

「ねぇ、ワタル、いつかの母さんの言葉、覚えてる？　自由を手にするかわりに守らなくちゃならないことは何？」

ぼくは復唱させられた。「人に迷惑をかけないこと。約束を守ること」

サッカーチームはクビになった。ジャンボを泣かしたことで、学校でいじめられることはなくなったが、ぼくはいままでより孤独になった。

運動会は、ぼくが唯一《ゆいいつ》、みんなの話題の中心になる機会だった。でも、運動会が近づくと先生たちは、ぼくに困惑した目を向けてきた。

ぼくの通っていた小学校では、運動会で本人や親が傷つかないように、あらかじめ生徒のタイムをはかり、タイムの近い子ども同士を走らせて、ほぼ横並びにゴールさせる工夫をしていた。だけどぼくは一番速いグループに入っても、圧倒的な差をつけてしまう。ＰＴＡの役員の子どもと同じ組になった三年生の時、担任はぼくにこう言った。

「何も無理して全力疾走しなくてもいいんだよ。みんなと一緒にゴールするのも、気持ちのいいものだからね」

気持ちいいもんか。その年はいつも以上にがんばって、二位に十メートルの差をつけた。

四年生の運動会の時は、当日になって走る組の人数を調整して、ぼくは独りきりで走らされた。「一人、余ってます」という感じで。

他にとりえは少ないけれど、ぼくの足の速さは、みんなを喜ばせるものだと思っていた。でも、そうじゃなかった。

一人、余ってます。

人と違いすぎることは、良いことではないらしい。ぼくは九歳にしてそのことを知ってしまった。

自分は人とは違うのだろうか。いつもそんな不安に苛《さいな》まれていた。

自分が人とは違う。内心の不安が決定的になったのが、小学五年生の時だ。

ある朝起きて、トイレに行った。小のほう。寝る前に牛乳を飲みすぎたのだ。パジャマのズボンごとパンツを下ろし、そこで異変に気づいた。

おしっこの行方《ゆくえ》をぼんやり見送っていたぼくは愕然《がくぜん》とした。驚いて手を離してしまったから、おしっこが弧を描いて、便器のふたを直撃した。この頃のぼくの性器は、朝起きると、いつもより少し大きく固くなって、発射角度の調整が難しくなっていたのだ。

寝ぼけまなこをこすって、自分が見たものを、もう一度確かめた。見間違いかと思って。

見間違いじゃなかった。おちんちんの上がぼんやりと薄黒いのだ。カビが生えたように。

自分の股間《こかん》に顔を近づけるというのは、案外に難しい（やってみてごらんよ、ほら）。ぼくは腰をかがめ、首筋がつるほど顔を下に向けた。

毛。

カビのようなものは毛だった。

誰が見ているわけでもないのに、あわててパンツを上げて、自分の恐ろしい秘密を隠した。その朝は、いつも山もり二杯食べるご飯がのどを通らなくて、一膳《ぜん》目を半分残してしまった。「具合が悪いの？」母さんの声が、遠い場所から聞こえた。

お風呂から出た後、パンツを穿《は》かずに冷蔵庫の牛乳を取りに行くのが、ぼくの楽しみのひとつだったのだが、その日からきっぱりとやめた。

生えはじめた毛は、髪の毛と同じ速度で伸び、数カ月後には、小さなジャングルになった。鳥の巣に芋虫が迷いこんだような自分の股間に、何度ため息を落としただろう。

おちんちんだけじゃない。

そのうち唇の上も煤《すす》けてきた。書道の時間に隣の子から言われた。「南山くん、口の上に墨がついてるよ」

腋《わき》の下にまで毛が生えてきた時には、目の前が暗くなった。

もちろん大人になれば、体のあちこちが毛深くなることぐらい知っていた。でも、それは、まだまだずっと遠い先、いままで生きてきた時間と同じぐらいの時を経た後の出来事だと思っていたのだ。自分は世界でいちばん毛深い小学五年生かもしれない――そう考えると泣きたくなった。

体の異変は止まらなかった。

もともと学年で二番目だった身長が、五年生の一年間で、十二センチも伸びた。母さんの身長を追い越してしまった。男子の成長のピークは中学生から。保健の授業で習った内容に従えば、このままのペースで伸び続けると――ぼくの計算では二メートル四十センチ。化け物だ！　恐ろしくなって試し算はしなかった。声も変わってきた。

音楽の時間に『おお牧場《まきば》はみどり』を合唱すると、「♪おお牧場はみどり」の「は」の部分で声がかすれてしまう。トゥイーティがドナルドダックになってしまったみたいに。そのうち「みどり」も歌えなくなった。

顔にも変化が現れた。唇の上の毛が気になって、ぼくはこまめに鏡を見るようになっていたから、日々の変貌《へんぼう》をいやおうなく目にすることになる。

顔に吹き出物が多くなった。顎が長くなり、丸かった頬もこけてきた。そうすると、みんなと少し違うと言われる顔が、確かに言葉通りであるように思えてきた。突然変異。研究所で覚えた、その言葉にぼくは怯《おび》えた。

ぼくの苦悩は、まだまだ続く。

ある晩、夢を見た。夢の中には裸の女の人が出てきた。たぶん数日前、クラスの男子の一人がこっそり持ちこんだヘアヌード写真集を、みんなにまじって覗《のぞ》きこんだせいだろう。

夢の女の人は、ぼくを抱き寄せた。スイカみたいな乳房の間に顔をうずめた瞬間、下半身に違和感を感じて目を覚ました。腰骨が痺《しび》れている。その痺れが下腹部にまわり、それからいきなり――

自分の体が爆発したと思った。ぼんやりしていた頭がいっぺんに覚めた。

パンツの中が生温かく濡《ぬ》れていることに気づいたのは、突然の出来事に脳味噌《のうみそ》がようやく追いついた時だ。

おねしょをしてしまった。最初はそう思った。やばい。五年ぶり。隣で寝ている母さんを起こさないように、そっとトイレに行った。

パンツを濡らしたおしっこは、普通じゃなかった。ねばねばしていて薄いミルク色をしていた。

悪い病気に罹《かか》ったのじゃないかと疑った。自分の怪物化がさらに進んでいることを知って、ぼくは絶壁から突き落とされた気分になった。とりあえず母さんには知られないほうがいい。本能的にそれを感じたぼくは、パンツを洗い、濡れたまま穿いて、ふとんに戻った。

勃起《ぼっき》や夢精のことを知ったのは、だいぶ後になってからだ。セックスに関してぼくは奥手だった。知りたいと思わなかったのだ。「お前は母ちゃんが外人とセックスしてできた」「お前の母ちゃんは金をもらってセックスしてた」セックスという言葉はぼくにとって嘘《うそ》っぱちばかりの、「くそったれ」と同義語だったのだ。

いったい自分の中で何が起きているのか。ぼくはいつも不安だった。教室で叫び出すくせが再開してしまいそうだった。

小学五年の夏は、秘密の夏だった。

プール授業が始まる前日、ぼくは風呂場で母さんのシェーバーを使って、腋の下の毛を剃《そ》り落とした。切り傷を三カ所つくった。

競泳パンツに着替える時には、タオルでしっかりとガード。ジャンボの子分に脱がされそうになったが、ぼくが本気で怒ると、身をすくませて手をひっこめた。背が高いだけではなく、ひょろひょろだった体にゴツゴツと肉がつきはじめたぼくを、クラスの誰もが怖がっていた。ジャンボでさえ目が合うのを避けていたほどだ。

夜寝る時はいつも仰向《あおむ》け。おしっことは違う奇妙な液体が出てしまうのは、うつ伏せになった時だったから。一緒の部屋に寝ていた母さんに知られないように、パンツの中にはティッシュをつめた。それでも月に何度かは、パンツを濡らし、洗面所でこっそり洗った。

ぼくは怪物になってしまうのだろうか。自分の体が誰かに乗っ取られていくようで恐ろしかった。この頃のぼくは、裸の女の人の夢だけでなく、自分が変身してしまう夢をよく見た。フランケンシュタインと狼男のあいのこみたいな怪物だ。汗まみれで飛び起きると、部屋の鏡に自分の顔を映し、夢だったことを確かめる。

「どうしたの」

隣のふとんで目を丸くしている母さんに、ぼくは言った。

「ねぇ、そろそろ自分の部屋が欲しいんだけど」

相談する人もいない。高橋さんさえいてくれたら。ソメノさんを恋しがる母さんの気持ちがわかった。

森や川へ出かける回数が減った。魚釣りやカエル捕りを心の底から楽しめなくなったからだ。自分が怪物に変身するかもしれないのに、カエルと一緒に跳びはねているほど、ぼくは馬鹿じゃない。

何年かぶりで、母さんの部屋で過ごすことが多くなった。

母さんのもとにはさまざまな書物が届く。たまに論文だけでなく、雑誌に原稿を書く仕事を頼まれるからだ。たいていは専門家同士の秘密を共有するために書かれたような難解な内容だったが、ときどきは小学生のぼくにもかろうじて読めるものもあった。

さほど難しくはない（母さんの読む本にしてはだけど）その科学雑誌を手にとったのは、すねや腕にも毛が生えはじめた頃だ。声はドナルドダックどころか、ヒキガエル。口をきくたびに笑われて、ぼくは教室で喋《しゃべ》ることさえ嫌になっていた。

なにげなくページをめくっていた手が、ある記事で止まったのは、「シビルスク研究センター」という名前が目に飛びこんできたからだ。母さんがかつて留学していたところだ。

記事はこんなタイトルから始まる。

『クロマニヨン人？　シベリアのアイスマン、公開される』

これまで秘密のベールに包まれていた、ロシアが所蔵する古代人のミイラがこのほど一般公開された。

ミイラは十二年前、旧ソ連時代に西シベリアの氷河で発見されたもの。発見場所に近いシビルスク研究センターのセルゲイ・ミハイロフ教授らが、炭素の放射性同位元素の測定を行った結果、ミイラの死亡年代はおよそ一万二千年前であることが判明した。

氷河で凍結乾燥したミイラは、腐敗と屍蠟《しろう》化を免れ、完全な遺体として形をとどめている。身長173cm、生前の推定体重65kg。脳容量は約1400cc。年代的にはクロマニヨン型に位置し、身体的特徴も類似点が多いが、発見された場所がこれまでのクロマニヨン人の遺跡・化石出土場所に比べて東部であること、またミトコンドリアDNA解析では、アジア系モンゴロイドとの遺伝的近縁性も有することが判明したため、コーカソイド系とモンゴロイド系の新人が交配した人類であるとも考えられている。

胸がどきどきしてきた。うなじの毛がちりちりするような予感。

シベリア・アイスマンの死体の周囲からは、フリント石器、枝角製の槍先《やりさき》が見つかっている。人類のルーツと種の伝播《でんぱ》を探る上での貴重な資料として、アイスマンを保管するシビルスク博物館では、今後も定期的に公開を続けたいとしている。

何度も読み返した。記事に添えられていた不鮮明な写真も繰り返し眺めた。よく見ると渋色をした、人のかたちの干物じみたものが写っている。

クロマニヨン人。こども図鑑で名前を見たことがあるぐらいだ。

翌日、ぼくは学校の図書館で『人類進化の大いなる道』という本を借りてきた。

クロマニヨン人は、現代人の直接の祖先である新人（ホモ・サピエンス・サピエンス）の一派。現在のコーカソイド（白人）の原型と考えられています。約四万年前から一万年前までの、第四氷河期の過酷《かこく》な時期を生き抜きました。精巧な道具により、マンモスやトナカイなどを狩猟し、絵画、工芸、装身具、埋葬《まいそう》をはじめとする儀式など、旧人を陵駕《りょうが》する高い文化を有していたことが知られています。クロマニヨンの名前は、最初に骨が発見されたフランス・ドルドーニュ地方の洞窟《どうくつ》にちなんだもので、この地方の方言で「大きな穴」という意味です。

本に描かれていたクロマニヨン人の顔は、力強く、気高い。ぼくにはそう見えた。白人の祖先にしては色黒で、鼻梁《びりょう》が太かった。どこかで見たことがある顔だ。

ぼくの予感は確信に変わろうとしていた。激しくなる動悸《どうき》を押さえて、考えた。まず検証しなくては。検証なくして真実なし。

ぼくは母さんみたいに指を折っていった。

事実1、母さんはぼくが生まれる少し前まで、ソビエトのシビルスクにいた。

事実2、そこで遺伝子の研究をしていた。

事実3、母さんはみんなが言うような「知らない男と平気でセックスする女」なんかじゃない。先月までずっと隣で寝ていたぼくがいちばんよく知っている。

事実4、生命が誕生するのは交尾、つまりセックスだけとはかぎらないことを、ぼくは高橋さんに教わっていた。人工授精という手もあるのだ。

事実5、ぼくの顔や体は他の子と違う。ふつうの日本人とは違うようだ。ただし、外国人とだって違う。

そう考えれば、何もかもが納得できた。なぜぼくが屋根のある場所ですぐに叫び出しそうになり、野山を走りまわると気分が落ち着くのか。

森の動物をつかまえると、どうして胸がどきどきして、幸せな気分になるのか。ザリガニやカエルまで食べてしまうのか。

昔、ゾウを黄色に塗っていたことだって、説明がつく。ぼくは現代のゾウに色を塗っていたわけじゃない。あれは氷河期の太陽に全身の毛を光らせたマンモスだ。

以上、検証終わり。

シベリアの氷河が溶けるように、事実が姿を現した、ぼくにはそう思えた。ぼくはすべてを理解した。自分が何者なのかを。

ぼくはクロマニヨン人の子どもだ。

5

知恵の輪は好きだろうか。

ぼくはあまり好きじゃない。輪が解けるまでのもどかしさは、遊びというより苦痛でしかないし、解けたら解けたで、なぜそうなったのかは謎《なぞ》のまま。両手に別れたふたつの輪に、新しい問題を突きつけられた気分になる。しかも、一度はずした輪はもとに戻すことができない。

小さい頃からぼくの頭の中でからみあっていた、大きくて難解な知恵の輪がするりと解けた時も、まさにそんな気分だった。

ぼくは洗面台から手鏡を持ち出して自分の顔を映した。それから図書館で借りた『人類進化の大いなる道』をひざに載せ、クロマニヨン人の顔の復元想像図を眺めた。ふたつに別れた知恵の輪を見つめるように。何度も。

クロマニヨン人の顔は、彫りが深くて白人的だ。ただし鼻は太くて、顎《あご》ががっちりしているところは、アジア人的でもある。ひたいは狭い。想像図はひげ面《づら》でボサボサ髪だから、ぼくに似ているようには見えないが、全体的な特徴は同じ。もしぼくがどこかで行き倒れになったまま地層に埋もれ、一万年後に発見されて、誰かがもとの顔を知らないまま想像だけで頭蓋骨《ずがいこつ》を肉付けしたら、こんな顔になるのかもしれない。

『頭蓋冠が凸状』と想像図には説明が加えられていた。頭のてっぺんのことらしい。触ってみると、

ふむむ。出っぱっている気がしなくもなかった。

『頭蓋冠が凸状で、おとがいが突き出ている』

おとがい？

母さんの部屋へ行き、国語の辞書で意味を調べた。

おとがい【頤】したあご
辞書をなぞっていた指を、自分の下顎に当ててみた。

あ。

確かに突き出ている。こうなったのはつい最近。あちこちから毛が生え、体がゴツゴツしはじめると同時に、ぼくの丸かった顎の線は尖《とが》ってきた。なるほど、そういうことだったのか。独りで頷《うなず》きながら、顎をしゃくりあげてみると、おとがいがなおさら飛び出した。

寝室へ戻るついでに、お茶の間の簞笥《たんす》の上に置かれた裁縫箱の中を探った。母さんはぼくたち二人が着るセーターを手編みしていたから、そこにはいつも毛糸が詰まっている。めあては黒色の毛糸玉だ。

クロマニヨン人の想像図が載ったページを開いて、壁に立てかけた。その頃には部屋のただの飾りになっていた合体ロボの埃《ほこり》を払ってつっかえにし、手前に鏡を立てる。いつも母さんが散髪していて、「まっすぐ切りそろえすぎだよ」と文句を言っている前髪をボサボサにした。毛糸玉をほぐして細長い束にし、しゃくりあげた顎にあてがってみた。そして、想像図と見比べると——

そっくり。

空から見えないハンマーが落ちてきて、ぼくの凸状の頭蓋冠を打ちすえた。

鏡の中で目を丸くしている自分に問いかけた。

父親がクロマニヨン人。そんなことあるわけない。常識でモノを考えろ、校長先生だって朝礼で言っていたじゃないか。

鏡に映ったぼくが首を横に振った。

父親はクロマニヨン人。だって、それしか考えられない。常識はモノを考える時のじゃま、高橋さんはそう言っていた。

だけども——。

鏡のこちら側にいるぼくの言葉を、向こう側のぼくがさえぎった。

だけどもも、へちまもきゅうりもないよ。考えてみろよ、母さんが外国人とセックスしたなんてことのほうを信じろっていうのかい？　それしかないじゃない。

鏡の両側で二人のぼくは大きく首を頷かせた。

賛成多数により、可決。

たどりついてしまった現実は、薄くひげが生え、アヒルみたいな声の小学生には、石ころをつめた鉄製のランドセルを背負わされたも同然だった。でも、違う答えの可能性については考えようともしなかった。息苦しいほど重いけれど、その新しいランドセルが、ぼくの抱えていた不安や苛立《いらだ》ちや疑念を、すっぽりしまいこんでくれたからだ。自分にのしかかってくる、世界の空気の重さに押しつぶされそうになりながらも、ぼくは心の中でしっかりとランドセルの肩ベルトを握りしめた。

最初に考えたことは、パンツをおしっことは違う液体で汚してしまった時と同じだった。

このことは絶対に他人に話しちゃだめだ。自分だけの秘密として抱えていよう。ぼくは『クロマニヨン人　エサを与えないでください』という札がさがった檻《おり》に入れられて、大勢の見物人に囲まれている自分の姿を想像して、ぶるぶると首を横に振った。

自分の正体を知ってしまったことは、母さんにも内緒にするつもりだった。人工授精でクロマニヨン人との間に子どもをつくったことは、母さんにとっても重大な秘密のはずだ。自分が秘密にしていたことを他人に知られてしまうことが、どんなにつらいかは、夜中に汚してしまったパンツを母さんが洗い直しているのを知った時、身にしみている。

それだけ決めてしまうと、驚くほど冷静になれた。

自分が得体の知れない怪物になっていく、という恐怖心はかえって薄れた。クロマニヨン人の外見は、現代人とそう変わらない。「槍を捨て、髭《ひげ》を整え、きちんと服を着て、ニューヨークのソーホーを歩けば、芸術家か哲学者に見えることでしょう」と本にも書いてある。父親がピテカントロプスでなかったことを感謝したいぐらいだった。

もう一度、黒の毛糸を顎にあてがってみた。何本かを口の上にも這《は》わせ、落ちないように唇をとがらせた。そして鏡の中に声をかけてみる。

「ほっほっほう」

うん、それほど悪いものじゃない。

『人類進化の大いなる道』を最初から読んでみた。それが義務である気がしたのだ。猿人から原人、旧人から新人、そして現代人へ。四足歩行のサルみたいなシルエットが、二本足で立ち上がり、片手に棍棒《こんぼう》を持ち、体がだんだんスマートになっていく。こども図鑑の系統図を見慣れたぼくは、人類の進化はまっすぐな一本道だとばかり思っていた。だが、この本によると、そうではなかった。

かつて地上に現れた人類の祖先は少なくとも十七種類に及ぶ。現在の人類、ホモ・サピエンスは、唯一《ゆいいつ》、絶滅を免れ、生き残った一種だ。

ホモ・サピエンスの祖先はアフリカで誕生した。世界各地の人々のＤＮＡ（この時のぼくには、意味がよくわかっていなかったのだが、人間の子が人間として、カエルの子がカエルとして生まれてくるのはDNAのおかげ、という本の説明に、カエルの子に生まれてくることを想像して体を震わせながら、深く頷いた）を調べて辿《たど》っていくと、人類はみな、二十万年前のたったひとりのアフリカ人女性の子孫であることがわかるのだそうだ。だから最初の人類の肌は黒かったらしい。

彼らの一部はアフリカを離れてユーラシア大陸に進出し、さらに南太平洋やアメリカ大陸へと渡る。そうしていくうちに、土地ごとの気候風土に合わせて、肌の色が薄くなったり、縮れ毛がまっすぐになったり、体格や鼻のかたちが変わったりしていった。人間には生物学的な「種」の違いなどなく、人種というのは、ほんのわずかな地域格差のことなのだ、と著者は説明している。

いい意見だ。肌の色で差別したり、対立したりすることは、人類の長い歴史からみれば、夏休みの日焼けの度合いで喧嘩《けんか》をしているようなもの。「外人の子」や「ハーフ」なんて、ほんのわずかなことの、半分ぐらいわずかなことなのだ。

さて、ぼくら――あえて、そう言わせてもらおう――クロマニヨン人は、人類の直系の先祖のうちの、アフリカを脱出して、ヨーロッパ方面に渡った一派だ。

こうした学説がなかった頃は、現在の人類の源流はひとつではなく、ペキン原人がアジア人の祖先であり、ネアンデルタール人がヨーロッパ人の祖先、という説が信じられていた。

でも違う。およそ三万年前までクロマニヨン人はネアンデルタール人と共存していたのだ。どの程度の接点があったのか、仲が良かったのか、争いをしていたのかまでは、解明されていない。だが、なぜネアンデルタールが滅び、クロマニヨンだけが生き残ったのか、理由は明白だ。

それは高い知性。

クロマニヨン人はそれまでの古いタイプの人類と比べて、飛躍的に優れた文化と技術を持っていた。

例えば、石器。クロマニヨンのつくり方はこうだ。石器をつくるための火打ち石《フリント》に先の尖った動物の骨や角《つの》をあてがい、上から石で叩《たた》く。つまりノミとハンマーを発明したわけだ。間接打撃法と呼ばれるこの方法なら、ひとつのフリント石からたくさんの鋭い石の刃を採取することができる。

河原で水面に投げる石を探していて、素敵なかたちの石を見つけると投げるのが惜しくなることがぼくにはよくある。なるほど、自分でも説明のつかない、あの不思議な感情はぼくの体に流れる血のせいだったのだ。

優れた石器は、動物の骨や歯、角や象牙《ぞうげ》の加工も可能にし、さらに優れた道具を産んだ。矢尻《やじり》、槍先《やりさき》、ナイフ、キリ、ノコギリ、そして針。

クロマニヨン人が動物の骨から針をつくりあげたのは、小さいけれど、人類の歴史上もっとも重要な発明のひとつかもしれない。一本の針が、寒さから身を守る毛皮づくりを容易にし、氷河期のさなかを生き延びることを可能にしたのだ。

「原始人」はほとんど裸で、男は腰だけ、女は胸までのバスタオル巻きみたいな毛皮を身につけている――。それが漫画で覚えたぼくのイメージだったのだが、もちろんそんな格好で氷に閉ざされた時代を生きていけるわけがない。クロマニヨン人は毛皮のズボンやフードつきのパーカ、ブーツや手袋も揃《そろ》えていた。手袋を持っていないぼくよりすごい。

卓越した技術から生み出された衣服と狩猟具をたずさえて、彼らは厳寒の氷河をグループで移動し、マンモスやトナカイや野牛オーロックスを追いかけて暮らした。

獲物をしとめると、ベースキャンプである洞窟へ運ぶ。マンモスなんかはその場で解体していたのだろう。勝利の雄叫《おたけ》びをあげながら。小さなフナを釣り上げただけでも、嬉《うれ》しさでぼくの背骨はちりりと震える。大きな獣を命がけで捕らえた時の喜びは、そんなものじゃないはずだ。背骨が金管楽器みたいな音を奏《かな》でるだろう。

ぼくはふとん叩きを槍のように持ち、窓に干してあるふとんめがけて投げてみた。槍はマンモスの花柄の背中に命中した。

「ほうほうほう」

洞窟《どうくつ》の入り口は南向き。日当たりがよくて、冷たい北風から守られている。焚《た》き火をし、持ち帰った獲物をみんなで分け合って食べる。マンモスの肉はどんな味がしたのだろう。ぼくの舌は一万年前の味覚を求めて、歯茎の裏や上顎の下をさまよった。

高橋さんとキャンプに行った時、釣った魚のほかにも、フランクフルトソーセージやマシュマロを小枝に刺し、バナナをアルミホイルに包んで焼いた。ぼくが母さんに持たされたおにぎりや野菜も（野菜はしぶしぶだった。野菜嫌いという点でもぼくと高橋さんは気が合っていた。もし父さんになってくれていたら、プチトマトを皿に残す時、どんなに心強かったろう）。焚き火で焼くとどんなものでもおいしい。プチトマトですら。

ぼくが想像するマンモスの肉は、肉屋のショーウインドーの奥に飾ってあるような巨大な塊だ。丸太並みの骨がまん中を貫いている。焚き火の炎が肉を焦《こ》がし、香ばしい匂いが洞窟を満たす。溶けた脂《あぶら》がしずくになって落ち、薪《たきぎ》から音と煙が立ちのぼる。

ああ、たまらない。想像しただけで口の中につばがたまった。ぼくの皿の肉より母さんの皿の肉がずいぶん少ないことを気にかける必要がこれっぽっちもない圧倒的な大きさ。匂いはうちではめったに食べられない牛肉に似ている気がする。歯ごたえはありそうだが、だいじょうぶ。固い肉は食べ慣れている。母さんが行きつけの斎藤ミートの特売アメリカンポークより固い肉なんて、一万年前にもそうはないだろう。なんといっても、自分たちが狩りをしてしとめた獣の肉だ。どんな味と匂いだって、おいしいに決まっている。

クロマニヨン人の最大の特徴は、言語を持っていたことだ。化石から頭蓋底部《ずがいていぶ》という発声に関係する部分の様子を調べると、ネアンデルタール人が言語を持っていたことに疑問符がつくのに対して、クロマニヨン人は高度な言語能力を有していた可能性が高いのだそうだ。より優れた意思疎通《そつう》能力は、集団での狩りに役立ち、技術を伝えるのにも役立った——クロマニヨン人が栄え、現代人に至った最大の理由は、こうした社会的ネットワークを持ち得たことにあるのではないか、と著者は語っていた。

ここまで読み進めたぼくは、「ほうほう」とサルみたいな声を出してしまったことを深く恥じた。クロマニヨン人は、どんな言葉を使っていたのだろう。本には書かれていないその言語を想像して、ぼくは目を閉じ、耳を澄ました。

氷河を渡る風の音に張り合って、獲物を見つけたことを知らせる、猛々《たけだけ》しい声。春の訪れを噂《うわさ》し合う、雪解け水のせせらぎのような囁《ささや》き声。歌を口ずさんでいたかもしれない。短い夏を惜しむ歌。来世への再生を願ったという埋葬《まいそう》の歌。地球が長い冬だった時代に暮らしたクロマニヨン人たちの歌声は、静かで物悲しげだったに違いない。

クロマニヨン人は、生産技術だけでなく、洞窟壁画、石や粘土による彫刻など芸術の分野でも、現代人の目を見張らせる足跡を残している。技法やスタイルはさまざまで、しかも精緻《せいち》。この頃にはすでにプロの芸術家が存在していたと考えられていて、壁画の中には現代の漫画を思わせるカリカチュアがなされた、ウィットに富んだ肖像画すらあるそうだ。

『人類進化の大いなる道』の著者は、クロマニヨンに関する記述を、こう結んでいる。

彼らのこうした芸術、あるいは宗教世界の豊かさは、技術革新によって獲物の安定供給を実現した狩猟民クロマニヨン人が、我々現代人よりはるかに多くの自由時間、思索時間を手にしていたことを示しています。我々の先祖の暮らしを原始的と言い捨てることは簡単ですが、人間的な生活という意味において、我々は数万年前から進化しているのかどうかは、考えてみる必要がありそうです。

ぼくは自分が褒められたように誇らしい気分だった。

母さんが帰ってくる時間になると、何度も読み返していた本を閉じ、毛糸と手鏡をもとの場所へ戻した。帰るまでに、干してあるふとんを取りこむようにと言いつけられていたのをすっかり忘れていた。急がなくちゃ。最後に科学雑誌のシベリア・アイスマンの記事をもう一度、眺めた。

アイスマンの小さくて不鮮明な写真は、目をこらしてようやく人相がわかる程度だ。赤茶色の肌と、ぽっかり開いた眼窩《がんか》と、歯を剝《む》き出した歪《ゆが》んだ口もとは、少々近寄りがたい。というより、正直に言えば、父さんとは、あまり呼びたくない姿だ。同級生の女の子たちの話を聞くかぎりでは、「父親」というのは頰をくっつけあったり、抱き合ったりするのには向かない存在のようだから、しかたがないのかもしれないが。

頭の中で、アイスマンの穴ぼこだけの目を、ぼくと同じ茶色の瞳《ひとみ》で埋めてみた。潰《つぶ》れてしまっているらしい顔の真ん中に太い鼻をつけ足す。ぼくの顔から母さんの要素を取りのぞいた残りを、ピントのぼけた写真にあてはめ、髪の抜け落ちた頭に褐色の毛を生やし、肉のそげた頰をひげで覆《おお》ってみた。

うん。復元想像図より、ほんのちょっぴりハンサムかもしれない。

クロマニヨン人の使っていた狩猟道具を再現すると、相当の力がないと扱えないものだったことがわかるという。アイスマンの173センチの身長は、クロマニヨン人の平均より大きい。かなり逞《たくま》しい人だったはずだ。

ミイラの近くで見つかった枝角製の槍先というのは、『人類進化の大いなる道』に書かれていたトナカイの角の指揮棒と似たものかもしれない。フランスで発見された、クロマニヨン人のこの指揮棒には美しい彫刻が施されていたそうだ。

ぼくの頭に浮かんだのは、彫刻を施したトナカイの角でグループを指揮する、集団のたのもしいリーダーの姿だ。ふとん叩きを指揮棒のように握って、自分で想像したクロマニヨンの言葉を口にしてみた。

「バウボ・ンバボ・ダム」

「ただいま」

玄関から母さんの声がした。駆け出したくなるのを我慢して、ゆっくり歩いて出迎える。母さんが心もちぼくを見上げて言った。

「ごめんね、遅くなって。おなかすいたでしょ」

身長を追い越してしまった母さんに、ぼくは胸をそらし、おとがいを尖《とが》らせて答えた。

「ううん、ぜんぜんへいき」

心配はいらない。ぼくがリーダーの息子として、母さんとこのベースキャンプを守るから。

「ちょっと、ワタル、おふとん入れてないじゃないの」

リーダーの息子は、つらいや。

6

学校でも、家でも、ぼくはそれまでと同じように生活することにした。ただし現代人としてではなくクロマニヨン人として。ぼくを取り巻く日常はあい変わらずだったけれど、自分が何者であるかを自覚しているか、していないかでは、日々の生活は大きく違う。自分の正体を知った日をさかいに、ぼくは変わった。それは内面的なものだったから、母さんですら気づかなかっただろう。

学校の授業は、クロマニヨン人として必要なものだけを聞くことにした。理科は役に立ちそうだった。獲物である動物の習性を学ぶことは重要だ。食べられる植物を知ることも。石器をつくるために鉱物に関してもぼくはもっと知らなくちゃならない。

気象について学ぶこともプラスになりそうだったが、これには抵抗があった。「衛星から見た雲の動きで、天候の変化を考えてみましょう」なんて先祖に対する冒瀆《ぼうとく》である気がしたからだ。「雲のカタチで知る明日の天気」そういう知識だけ身につけておこうと決めた。

ただし、この頃の授業内容は「生命の誕生」についてだった。

担任は男の先生で、なぜかこの授業になると声も表情も硬くなり、冗談も言わなくなる。運動会の競技説明をするように、そっけなく教科書を読み上げるだけなのだ。「精子は移動し、卵子と結びつく。このたまごのことを受精卵と言う。次、教科書の三十ページ」

男子は全員入門ゲートに集まるように。女子は一人ずつ校庭中央で待機。以上。そんな感じ。

教科書には母さんの専門書の内容を簡単にしたような受精の図があった。かりそめにもぼくは遺伝子工学の学者の息子だし、ちんぷんかんぷんだったとはいえ、高橋さんから教えを受けている。この分野にはくわしい。

教わらなくても、知っていた。

生命は、動物の体細胞から核を取り出し、未受精卵に移植すれば、誕生するのだ。

以上。

先生が「精子」とか「卵子」という言葉を口にするたびに、ジャンボやその仲間たちが体を突っつきっこしながら忍び笑いをし、女子たちが頬を染めて男子からそっぽを向く。ぼくは教室の妙な雰囲気に気づきもせず、こんなものはクロマニヨンの生活には必要ないと判断して、居眠りの時間にあてた。

後から考えれば、当時、夢精の正体がわからずに悶々《もんもん》としていたぼくは、しっかり聞いておくべきだったのかもしれない。でも、悩みが解決していたかどうかは疑問だ。先生は本当はこんなことは教えたくないって顔で、黒板に時間をかけて文字や図を書くばかりで、ろくな説明をしないまま授業を終わらせようとしていたし、ぼくはぼくで、教科書に書かれている「セイシ」という名のおたまじゃくしと、自分を悩ませている白いねばねばした液体が、どう考えても結びつかなかっただろうから。

算数はいちおう聞いておいた。捕った獲物の数を知り、分配できるぐらいの知恵は身につけておかなくちゃならない。考えてみれば、獲物を分ける仲間なんかどこにもいなかったのだけれど。

国語は居眠り。クロマニヨン人の頭蓋底部は、ネアンデルタール人と異なるように、現代人とも違うはずだ。いくらまわりの人間たちの言葉を覚えても、ぼくが本当に話すべき人々には気持ちを伝えられないし、誰かのつくった物語を何べん音読したところで、氷河を渡る風に負けない声は身につかない。この頃、もし「将来の夢」という作文を書けと言われたら、たぶんぼくは「狩猟民として自給自足の生活をする夢」について書いただろう。

社会科も役に立つとは思えなかった。

『品種改良、飼料の確保、衛生管理、こうした酪農や畜産技術の発達により、わたしたちはより効率よく肉や乳製品を手に入れることができるようになりました』

教科書のそんな記述を、ぼくはクロマニヨン的に冷笑した。効率、ちっともよくない。槍を持って出かけるだけですむことを、面倒にしているだけだ。

放課後には、また森や川へ行く日々に戻った。

家へ帰ると、ぼくの体には何かの冗談のように小さくなったランドセルを放り出して、外へ出る。

幼稚園の頃に比べると、街道沿いにコンビニができたり、『まつのや』がコーヒーとカレーの店になったり（名前はパイン・ツリー。クリームソーダがメニューから消えたことは、この時代の悲しい出来事のひとつだ）、町は少しずつ発展していたが、ぼくの家は町はずれのままで、周囲に新しい家が建つこともなく、人が来ることも少ない、独り占めにしてしまうのがもったいないほどの自然が残っていた。

夏になると、薄緑色だった木々の葉は、たくさんの昼と夜を吸いとって、濃くてまぶしい緑になっていく。熱い空気は一日中、蝉《せみ》の声で震える。

門を出て、坂を登っていけば、その先は森。ぼくがもう少し成長して、ほかの土地のことを知るようになると、森というより里山といったほうがいい場所だとわかるのだが、この町が全世界に等しかった小学五年生のぼくにとっては、ドウクツオオカミやホラアナグマが潜んでいてもおかしくない大森林だった。

家の裏手は草原――ここも原っぱと言い換えたほうがいいかもしれない――で、その先にはカエルの宝庫の貯水池があり、さらに奥に進み、笹《ささ》で覆われた斜面を下っていくと、いつも魚釣りをする川に出る。

ぼくは釣り道具を持たずに河原へ行き、石を拾った。いままでのように水面に投げて何回波紋をつくれるかに挑戦する平たい石ではなく、大きくて硬そうなものばかり集めた。もちろん石器をつくるためだ。

クロマニヨン人が暮らした後期旧石器時代は、遺《のこ》されている石器などの手工品にもとづいて、時代別に四つの文化に分けることができる。三万五千年前頃から開花したペリゴール文化、同時期に発生し、二万九千年前頃まで続いたオーリニャック文化、約二万二千年前頃からのソリュートレ文化、そして一万八千五百年前頃からのマドレーヌ文化。

ぼくの父親が生きていた一万年前は、このマドレーヌ文化だ。他の時代に比べるとお菓子の名前みたいで迫力に欠けるのが玉にキズだが、時代が新しいぶん、クロマニヨン人の文化の中では最も発達している。使われていた道具も、どの時代より精緻で実用的だ。

雨の日や夜は読書。といっても普通の本じゃない。学校や町の図書館で、クロマニヨン人や旧石器時代について少しでも書かれているものを探し、片っ端から借りて、自分の部屋にこもって読んだ。

少し前から、母さんと二人の寝室だった六畳間が、ぼくの個室になっていた。ぼくが夜中にパンツを汚していることを母さんに知られてしまったからだと思う。

ぼくは毎晩、ふとんに入り眠りにつくまでの間、魚釣りのことを考えたり、自分が草原に寝ころんでいる時を想像したりして、裸の女の人が夢に出てこないように細心の注意を払っていたのだが、ある夜、魚をつかまえた夢を見ていたのに、やっぱりパンツを汚してしまったことがあった。

パンツを脱いで洗面所で洗っている時、ドアの外で「ワタル、どうしたの」と母さんの声がした時には、息が逆流して肺が潰れるかと思った。翌日、母さんはパンツを洗い直して、さらにその三日後ぐらいにぼくに言った。「自分の部屋が欲しいっていってたでしょ、奥の六畳間を使って」

ただし、謎《なぞ》の白い液体以外の体の異変については、あまり気にならなくなっていた。股間《こかん》の毛は、いまさら嘆いたってはじまらないほど凄《すご》い状態になっていたし、唇の上の毛が、それほど伸びないことがわかってきたからだ。何度剃《そ》っても生えてくる腋《わき》の下の毛も、ちくちくするのが嫌でほったらかしにすることにした。クロマニヨン人なんだから、しかたない、そう思えばどうということはなかった。一時期は、喋《しゃべ》ることさえ嫌になったヒキガエルみたいな声も、いままで歌いづらかった大人の歌が歌いやすいという利点に気づいてからは、鼻唄《はなうた》を口ずさむ余裕すらできた。♪だって、クロマニヨン人なんだもん～。

自分の血の半分は、クロマニヨン人――まだアイデンティティという言葉を知らないうちに、ぼくはアイデンティティを獲得した。それは苦くて副作用もある劇薬だったけれど、ぼくにとっては特効薬だった。

石器づくりは本で読んだようにはいかなかった。

ハンマーにする石はすぐ手に入ったが、剥片《はくへん》をつくるためのフリント石がなかなか見つからなかったからだ。そもそもぼくにはフリント石がどういうものなのかわからなかった。とりあえず手頃な大きさで、ゴツゴツ尖っていて、しかも柔らかそうな石を探すのだけれど、柔らかい石を探すのは、甘いとうがらしを見つけるぐらいむずかしかった。

ノミにする動物の骨は早々《はやばや》とあきらめた。二十世紀の終わりのクロマニヨン人だから大目に見てもらうことにして、相原遺伝子研究所の近くにある廃坑になった小さな鉱山へ行き、トロッコのレールの破片をかわりに使うことにした。誰にも顧みられない、朽ち果てた死骸《しがい》であるという点では変わらないし。

ハンマーとノミはあっても、やはり石はびくともしない。この年の七月に、ぼくがつくった石器は、ティースプーンに使うのがせいぜいの小さなかけらが三つだけ。

クロマニヨン人たちは、独自の言語で技術を伝えていたのだろうけれど、ぼくの場合、誰からも教わることができないのが致命的だった。

もっと直接的な問題もあった。クロマニヨン人が発明した間接打撃法は、一人がノミとハンマーを持ち、もう一人がフリント石を支えなくちゃならない。本来は二人の人間の手が必要なのだ。石を自分の足の間に挟んで、レールの破片を握ったぼくは、いままでよりもっと大きな孤独を味わっていた。

ひとりでじゃんけん遊びをしたことってある？　ぼくにはある。その時の気分に似ていた。

他人の存在を必要としていない時の孤独はちっとも気にならないけれど、誰かが必要だとわかった時の孤独は、やっぱりつらい。ぼくの心臓はフリント石でできているわけじゃないから。

たとえば、先生が授業中に「好きな人同士でグループをつくりましょう」と言う。つらいのはこういう時だ。たいていぼくだけあまるのだ。みんなが楽しそうにしている中で、話し相手もなくぼんやりしていると、その場から自分の存在を消してしまいたくなる。

七月の図工の授業もそうだった。「友だちの肖像画を描こう」。モデルは自由、先生はそう言ったが、ぼくにはモデルにする友だちのあてがなかった。昔のジャングルジム仲間のひとりにしようかとも思ったが、いまはジャンボの子分だ。顔を向けたとたん、そっぽを向かれるかもしれない。嫌だな、まったく。

でも意外なことが起きた。席の移動が始まり、ぼくが教室のいちばん隅っこから誰かをこっそり描くつもりで、動かないでいると、ぼくのまわりに何人もの同級生が集まったのだ。

全員、女の子。最初はからかわれているのかと思った。ぼくは女の子たちからイジメを受けたことはないけれど、誰かとちゃんと話したこともない。しかも理科の授業が「生命の誕生」になってから、クラスの女子は、男子を見くだすような態度を取りはじめていたから。

そうか、顔立ちが変わってて描きやすいからか。ぼくの顔ならお絵描きコンクールで「特別賞」とか「ユーモア賞」(そんなものないか)がとれそうだ。田舎だから茶髪にした小学生なんていなかった。髪の毛が茶色で、瞳《ひとみ》の色も薄茶の人間なんてこの学校ではぼくだけだった。

五人の女の子がぼくの顔を眺め、画用紙に向かい、またこっちを見る。吹き出物がいっぱいで、唇の上にうぶ毛がびっしり生えていて、頭蓋冠《ずがいかん》が凸状で、おとがいが突き出てしまった、いまの自分の顔を絵にされるのは、いい気分じゃないけれど、しかたない。誰にも相手にされずに、鏡とにらめっこして、自画像を書くよりはましだ。

ぼくのまわりにできた輪の中に、なぜかジャンボがいた。もちろんぼくを描くためじゃない。長い髪を両耳の上で結んだ、「ウサギ」というあだ名の女の子の近くに席を移動させていた。ジャンボはたぶんウサギが好きだったのだと思う。でもウサギは鼻の穴を広げたジャンボに見つめられていることに気づくと、そっぽを向いてしまった。

いつもなら、ざまあみろ、だ。でも、この時は少しだけジャンボに同情した。ぼくにはまだ女の子を好きになるというのが、どういうことかわからなかったけれど、必要な誰かから、必要とされない孤独が、少しわかっていたからだ。

誰でもいいと言われたから、真正面のウサギの絵を描くことにした。みんなが「かわいい」という顔はぼくには描きづらそうに思えたけど、結んだ髪につけた、アゲハ蝶《ちょう》ぐらいありそうな大きなリボンに創作意欲をかき立てられたのだ。

この頃には絵を描くことがあまり好きじゃなくなっていた。小さい頃、描くものの色やカタチが、おかしいと言われ続けたから、いつしかぼくは隣の子の絵や、教科書の見本をまねて描くようになっていた。まねをした隣の子よりうまく描けて褒められたりもしたけれど、こんなつまらないことはない。

でも、この時のぼくは、やる気じゅうぶん。クロマニヨン人の芸術的センスは、現代人も真っ青なのだ。そして、ぼくにもその血が流れている。洞窟《どうくつ》壁画を描きはじめるような気分に胸がときめいた。

パレットに絞り出した絵の具は、黒、赤、黄、茶。色をまぜて紫をつくる。使うのは、この五色だけと決めていた。

クロマニヨン人が使った、木炭や褐鉄鉱《かってっこう》、マンガンなどの鉱物から採れる色だ。洞窟壁画を描いたクロマニヨンの画家たちは、簡単に採取できる植物の花や葉、木の実による染料を選ばなかった。なぜなら、鉱物質の染料でなければ、作品が永遠に残らないからだ。その高いこころざしのおかげで、彼らの芸術が現代人を驚かせることになったのだ。

黒、赤、黄、茶、紫。

どれもいい色だった。夜の色。炎の色。太陽の色。大地の色。紫は——これは何色かわからない。まぁ、クロマニヨン人にもいろいろあったのさ。

ぼくが描いていることを知ると、ウサギは目を大きく開いたり、首をななめにかしげたり、リボンを直したり、急に落ち着きがなくなった。描きにくいったらない。プール授業でよく日焼けしている顔は、黄色と茶の二色を使いわけて、立体感を出してみた。リボンは紫。ほんとうの色はピンクだったが、ぼくにはアゲハ蝶に見えたし、塗ったとたんに消えてしまいそうなたよりない色は使いたくない。あくまでもクロマニヨン・カラーにこだわった。

ウサギは、こっちを見ながらぱちぱちさせている睫毛《まつげ》の長い目が自慢みたいだけど、ぼくは彼女の特徴は、むしろ大きくて厚い唇だと思う。おとなしそうに見えて、じつは気が強いウサギの内面がよく表れている気がした。だから、クロマニヨンらしいカリカチュア精神を発揮して、唇を実物の倍ぐらい大きく描いた。うん、なかなかの傑作。ぼくを描く女の子たちの、とても本物のぼくとは思えない、少女漫画の登場人物みたいな絵よりずっといい。

でも、完成したぼくの絵を見たとたん、ウサギが泣き出してしまった。女の子たちはウサギに同情的で、ぼくは口々に非難されてしまった。いい絵だと思うんだけど。

「ウサギはそんなに色黒くないよ」「ひっどい。わざとブスに描くなんて」「南山くんってそういうコだったんだ」

ジャンボたちのイジメよりも迫力じゅうぶんだった。女の子たちに気《け》おされたように先生まで、こんなことを言いだした。

「なぁ、南山。肌色のつくり方は教えたよな。白とピンクを混ぜればいいって」

肌色？　肌の色に決まりなんかないと思うけど。

「でも肌色にもいろいろあるし……」

そうだよ、肌色はひとつじゃない。黒に近い褐色だったり、白に近い薄い色だったり、白にピンクや茶を加えた色だったり。人類の先祖が長い年月をかけて移動したことによって生まれた地域格差だ。

首をかしげて答えたぼくに、先生も首をかしげた。近くの生徒のパレットを取り上げて、ぼくの目の前につきつけ、そこに絞り出された絵の具を指さした。

「これは何色だ」

担任教師は冗談好きだった（おおむねつまらないのだけれど）。最初はこれもジョークのひとつかと思ったのだが、そうじゃなかった。口頭テストみたいな口調だった。

「緑です」

「これは」

「赤」

テストみたい、ではなくテストだった。先生はぼくの目がちゃんと色を識別できているのかどうか確かめていたのだ。

真剣な表情で「これは何色か？」と尋ねられたら、急に不安になってきた。ぼくが「赤」だと思っていたものを、みんなも「赤」だと思っているのだろうか、言われてみれば百パーセントの自信はない。誰もが青だと言うから、ぼくも空は青だと思っていたのだけれど、よくよく眺めれば、ごく薄い水色の時もあるし、灰色の時だってある。

先生は立ち上がって、教室の壁にかかっていたカレンダーの森林の写真を指した。

「じゃあ、これ」

「緑。あ、でも少し黄色っぽいかな。もしかしたら青かもしれない」

よけいなことを言ってしまった。この担任教師をぼくは嫌いじゃなかったけれど、いつも教科書どおりの考え方しかしない人だった。心配そうな顔でこう言った。

「南山、一度、ちゃんと目の検査をしたほうがいいかもしれないな」

翌日、ぼくは保健室で目の検査を受けた。視力は1・5。ほんとうは2・0も見えたのだが、あえて「わからない」と答えておいた。こんなところで自分の正体がバレてしまったら、もともこもない。

保健の先生が本当に検査をしたがったのは、視力じゃなかった。壁に貼《は》られた検査表の次は、大きな帳面に描かれた色とりどりの模様の中の数字や文字を読まされた。

身体検査の時にも同じことをした記憶はあったが、この日の検査はもっとずっと綿密だった。

検査帳のページが次々と開かれ、それに答えていけばいくほど、ぼくは不安になった。自分が見ているものが、人と同じなんて、何の確証もないのだから。みんなが帽子だと思っているものを、ぼくはやかんだと思っているかもしれない。

とりあえず検査の結果には問題がなかったようだった。だけど、保健の先生はやけに張り切っていた。自分の仕事が、授業中に貧血を起こした生徒の寝顔を眺めることだけじゃないことを証明したがっているみたいだった。問題がないことが問題だ、という口調で、ぼくに尋ねてきた。

「ねえ、君、何か悩んでいることはない？　学校やおうちで、我慢できないことはある？」

もちろんある。ぼくは悩みがランドセルをしょっているような小学生だった。でも、それは人には言えない悩み。黙って首を横に振ると、保健の先生は、ぼくにというより、つきそいの担任教師に聞かせるように喋りはじめた。

「心理学的に言うとね、あなたのように絵に暗色系を使いたがる子どもは、心に不安をかかえている場合が多いの。それと、使う色の数が少ないのは、孤独や抑圧を感じているとも考えられるんだけど、どう？」

心理学的に言うと、ぼくは心が不安定で、孤独で、抑圧されているらしい。でも、そんなことを言われても困るだけだ。ぼくは心理学的に生きているわけじゃないし、ぼくの父親たちクロマニヨン人は、心理学なんてない時代から、ちゃんと人間らしく生きていたのだし。

検査が終わった後、担任教師がぼくの肩をたたいた。

「君のお母さんと話をしたほうがよさそうだな」

都合のいい日を教えて欲しい、と伝えてくれ、そう言われたけれど、伝えなかった。

小学校に上がってからも、母さんはぼくのせいでたびたび個人面談に呼ばれていた。ぼくが校庭を走りまわったり、ジャングルジムに閉じこもったりしていたからだ。母さんに、これ以上、心に不安をかかえたり、抑圧を感じたりして欲しくなかった。

一学期後半の体育は水泳だったが、清掃のためにプールが使えない最後の授業だけは、先生がみんなの希望を聞いて、ドッジボールをやることになった。

みんなの希望というより、ジャンボの希望だった。やつが何を考えているのかは、組分けでわざとぼくと別のチームになるようにしくんでいる時にわかった。

体育の時間にはいつも、やつはぼくにライバル心を燃やすのだが、この時のジャンボは、ライバル心というより憎悪に燃えていた。たぶん図工の時間にウサギに無視されたのを、ぼくのせいだと思っているのだ。教室に貼られたジャンボの、斜め後ろから見たウサギの姿の絵に、みんなはくすくす笑いをしていた。あの翌日からジャンボは、小休止していた、ぼくへの攻撃を再開した。背中にチョークを投げつけてきたり、ぼくの上履きを女子の靴箱の中に隠したり、給食の器の中に水槽のおたまじゃくしを入れたり。

ぼくには悪気はなかったのだけれど、やつの好きな女の子を泣かせてしまった、その復讐《ふくしゅう》なのだとしたら褒めてやろう。そう思って我慢していた。だけどもう、限界だ。クロマニヨン人は許さない。

ジャンボは、最初からぼくを狙《ねら》ってボールを投げこんできた。この頃のやつに、ぼくは背丈では五センチ以上の差をつけていたが、一・五倍の体重差は二倍近くになっていたのだ。やつは六年生をふくめた学校一の重量に育っていた。夏休みに合宿制の肥満児対策カリキュラムに行かされることになっていたのも、やつをよけいに苛立《いらだ》たせていたのだと思う。

四年生の頃から、ぼくは体育の時間ではあまり目立たないようにしていた。どうせ一生懸命やっても迷惑がられるだけだ。走る時や泳ぐ時はわざとセーブし、球技の時は相手にケガをさせないように力を抜いた。

でも、その時は、いままでとは違っていた。なにしろぼくはクロマニヨンの息子。先祖の名にかけて、ひ弱な現代人に負けるわけにはいかない。

ジャンボの第一投は、ぼくの体をそれて、眼鏡をかけた学級委員長にあたった。委員長の眼鏡がすっ飛び、女子たちが悲鳴をあげた。

向こうのチームがボールをとると、すべてジャンボの手に渡る。やつがボールを持っただけで、こっちのチームのメンバーはコートの端まで逃げた。

ぼくは逃げなかった。あんなへなちょこボール、突進してくるオーロックス牛に比べたら、ノウサギみたいなものだ。

やつの第二投を片手で止めた。手の上であやうくバウンドしたが、なんとかつかむ。

よしっ、今日は全力だ。ぼくのボールの威力――けっこう手加減していたのだけれど――を知っている相手チームの連中は逃げまどったが、ジャンボはぼくのまねをしてエリアの真ん中で身構えている。それがやつの運のつきだった。

獲物に槍《やり》を投げるように、体を後ろにそらし、右手を大きく振りかぶった。

その瞬間、自分のいる場所が、学校の校庭ではなく、氷河に囲まれた雪原であるように思えた。

目の前にマンモス。体操着を着た肥《ふと》ったマンモス。小物だがしかたない。

助走をつけた。全身に力がみなぎってくるのがわかった。ぼくは封印を解き放つように、ボールを投げた。

ボールは一直線に飛び、ジャンボが突き出した両手をはじいて、顔面を直撃した。

両手で顔を押さえてジャンボがうずくまる。養豚所のブタみたいに鼻を鳴らした。

ゲームが中断した。ジャンボのこんな姿を誰も見たことがなかったからだろう。これまでならここで許しただろうが、いまのぼくはもう、誰にも自分でも止められなかった。現代人とクロマニヨン人、どっちが上かを思い知らせてやらなければ。遠くまで跳ねとんだボールを拾いにいった。とどめを刺すためだ。

「ンボボボ、バンボボボババ」

勝利の雄叫《おたけ》びをあげて、もう一度振りかぶった。狙いはうずくまっていたジャンボの手前の地面だ。

ジャンボのぶざまな姿に、何人かが――やつの子分たちまで、こっそり笑いをこらえているのがわかった。ふいに、ひとりじゃんけんをするジャンボの姿が頭に浮かんで、力が抜けかけたが、その時にはもう、指からボールが離れていた。

ボールは狙い通りにワンバウンドし、弾《はじ》かれたボールが再びやつの顔にヒットした。ジャンボが、また鼻を鳴らした。今度は洟《はな》をすするような音だった。顔を覆《おお》っていた両手から血がしたたり落ちた。

みんなが悲鳴をあげた。

先生が飛んできた。

母さんが学校に呼ばれた。

最初だけぼくも同席し、あとは教室の外で待っているように言われた。精神的に不安定な状態にあるようだが。友だちがいなくて孤独を感じているのではないか。抑圧を感じているふうには見えないか。担任教師が保健の先生の言葉をオウムみたいに繰り返しているのが、教室の外にいても聞こえた。

学校からの帰りに、母さんは、いつかぼくを『まつのや』に連れて行ってくれたように、パイン・ツリーに寄ろうとは言わなかった。パイン・ツリーは、ジャンボの親《しん》戚《せき》が経営している。やつはこの町にたくさんの親戚がいるのだ。

黙ったままだった母さんがぼくに話をはじめたのは、家のお茶の間でだった。母さんがちゃぶ台に二人分の湯呑《ゆの》みを、ことりと置くと、ぼくの心臓も、ことりと鳴った。

「ドッジボールで、松沢君に怪我《けが》させたのは、わざとじゃないでしょ」

どう答えていいかわからない。わざとかもしれない。

「鼻血を出すとは思わなかったんでしょ」

「うん」それは確か。血を見た瞬間、頬に鳥肌が立った。魚釣りで血は見慣れているのに。

じゃあ、それは構わない。そう言って、母さんはお茶を飲んだ。次の言葉のために喉《のど》を湿らせているようだった。

ことり。

心臓も、ことり。

「教室に貼ってあったあなたの絵、見たよ」

何を言いたいかはわかっていたから、口をつぐんだ。

「あいかわらず、黄色が好きなのね」

母さんのおでこのあたりを見つめて、首を上下させるだけで答えた。パンツを汚していることを知られて以来、母さんと目を合わせて話をするのがつらくなっていたのだ。

「昔、ウサギもシカもゾウも、ワタルはみんな黄色に塗ってたのよ。覚えてる?」

もちろん覚えている。なぜ黄色に塗っていたのかも。あれは、きっとぼくの体に刻みこまれた、太古の記憶だ。太陽の光が雪に反射する雪原では、動物はそう見えるのだ。

「母さん、あなたがなぜ動物を黄色に塗りたがるのか、ずっと考えていた。最近になってようやくわかったの」

母さんが妙なことを言いだした。でも、その口調はほんとうに、前々からずっと考えていたような感じだった。

「あなたがまだ三歳の時、動物園に行ったことがあるの」

母さんの話はこうだ。テレビで象を見たぼくが動物園に行きたがり、休みの日に連れて行くことになったのだが、例によって、自分のできることと、時間の進み具合との折り合いをつけるのが苦手な母さんは、遠くの街にある動物園になかなか着くことができなかった。(ぼくが電車の中で寝てしまい、母さんにオンブをさせてしまったせいもあったらしい)とにかく着いたのは午後。冬場だったから、あわてておお弁当を食べて、動物園をまわりはじめた頃には、日が傾いていたのだそうだ。

「象舎の屋根も、干し草も、象の背中も、夕日に輝いていたのよ。そうカモシカやキリンも。ワタルは無意識のうちにそれを覚えているのかもしれないわね」

どうやら、ぼくがクロマニヨン人との間に生まれた子どもであることを、母さんなりに隠そうとしているらしかった。いいんだよ、母さん、無理しなくても。

「親の責任ね。私がもっといろんな所に連れていって、いろんなものを見せてあげればよかった」

母さんはお茶をもうひと口飲んで、ため息をついた。

「自分が感じたままの色を使うことは悪いことじゃないわ。でも固定観念に囚《とら》われちゃだめ。母さん、ワタルの使う色は、自由な発想というより、頑固にその色しか使わないって決めている気がするの」

「コテイカンネン?」あいかわらず母さんは容赦なく難しい言葉を使う。

「そう、ひとつの思いにだけ囚われてしまっていること。象は灰色じゃない、ワタルがそう感じるなら、黄色だけじゃなくて、もっといろんな色を塗って、どれが自分にしっくりくるのか、試してみてもいいんじゃない? それと、クラスの女の子の顔を悪ふざけみたいに描《か》くのは、どうかと思うわ」

「だって、ああいう顔に見えるんだもん」

母さんはちょっと怒った顔をした。

「それはあなたの固定観念でしょ。自分が描きたいから描いたって言っても、女の子は象やカモシカと違って、人から見える自分の姿が気になるものなのよ。鏡や写真に映った顔より、本当の自分はちょっとだけましって信じてるの。私だって、そうよ」

見かけを気にしない人だと思っていた母さんが意外なことを口にした。そういえばなぜか、最近の母さんは研究所に出かける時、以前よりきちんとお化粧をするようになった。

「あなたにお友だちができづらくて、あなたが友だちなんかいらないって頑固に言うのは、わたしやまわりの人たちの責任もある。でもね、ワタル――」

ぼくはお茶を飲んだ。喉がからからになったから。

「お友だちができづらいのは、あなたにも責任があると思う。自分の気持ちだけじゃなくて、人の気持ちを考えることも大切なのよ。あなたがいいと思ってしていることが、誰かを傷つけることもあるの。ドッジボールで鼻血を出させるよりも、手ひどく。人の気持ちを想像できるかどうかって、とても大切なことなの」

母さんに言われると、急に不安になった。自分だけの力で生きていかなくちゃ、そう思っていた心が揺れた。確かにクロマニヨン人が、ネアンデルタール人みたいに絶滅せずに生き残ったのは、お互いの間にコミュニケーションがあったからだ。

「人間って、一人じゃ生きられないのよ」

「ぼくには母さんがいるもの」

「もし母さんがいなくなったら?」

「え?」そんなこと考えたくもないよ、そう言おうと思ったら、その前に母さんが、エスパーみたいにぼくの心を読み取った。

「でも、考えなさい」

一緒に生きられる人間なんてぼくにいるのだろうか。この世でたったひとりのクロマニヨン人の末裔《まつえい》なのに。

7

夏休みに入ってからは、石器づくりに没頭した。でも、なかなかいい結果には恵まれなかった。河原の石はたいていが硬いのだ。しかも丸みを帯びていて、錆《さ》びたレールのノミでは歯が立たない。

クロマニヨン人の住んでいたユーラシアの西と、ユーラシアの先の東の涯《はて》では石の種類が違うのだろうか。困り果てたぼくは、母さんのぎっしり詰まった書棚や、本より空間のほうが多い自分の本棚を漁《あさ》ってみた。いままで家では開かなかった教科書も眺めた。

理科の二学期で習う「水と大地」のページに、こんなことが書いてあった。

『川の水の力は、それぞれの場所にある石でわかります。流れが急な上流では、土や石を運び、けずる力が強いため、大きくて尖《とが》った石が多く見られます』

おお。たまには教科書も開いてみるものだ。ぼくは川を上流までさかのぼることにした。

　翌日、母さんが用意してくれていた昼のカレーライスのご飯だけをおにぎりにして、非常用食料のバナナとビスケットとチョコをリュックに詰めた。そして、ミネラルウォーターのペットボトルを二本（近くで護岸工事がはじまったとたん、川の水が濁って飲めなくなってしまったのだ）、非常用食料も尽きた時のために釣り竿《ざお》を持ち、書き置きも残した。『遅くなると思います。心配しないでください』

　川はぼくがホームグラウンドにしていた「森」を迂回《うかい》して、その先の山へ続いている。ぼくは石が見つかるまで帰らない覚悟。長い旅になりそうだった。

　せせらぎを左の耳で聞きながら、山道を登りはじめた。

　旅は一時間で終わってしまった。

　護岸工事の現場を越えて少し歩くと、道が途切れてしまったのだ。あとは川づたいに進むしかない。川岸へ下りたぼくは、そこが自分のめざしていた場所であることに気づいた。

　いい場所だった。テーブルぐらいありそうな岩がごろごろしている。川の向こう側は切り立った岩壁で、その上の繁《しげ》った木々が水面を緑色に染めている。なによりも、あれほど欲しかったゴツゴツ尖った石が、いくらでもあった。いままでどこに隠れていたのかと思うほど。

財宝の山を見つけたアリババの気分だった。よりどりみどりの石の中から、岩山のミニチュアみたいなかたちのものを選び、リュックからいそいそと石のハンマーとノミを取りだした。

何度かティースプーンをこしらえた後だった。ハンマーを叩《たた》いた瞬間、いつもの手の痺《しび》れがないと思ったら、あっさりと石が割れ、大きな涙のかたちのかけらが手に入った。

このままでもじゅうぶん。そう思う気持ちをおさえて仕上げにかかる。現代人の言葉で言えば「向上心」。ノミで石の周辺を削ってかたちを整え、切っ先をさらに尖らせる。

完成。マドレーヌ文化の石器に負けない、鋭くて美しい槍先《やりさき》だ。

「ンボボ、ムバババッ」

石器を片手で差し上げて、言葉にならない声をあげる。一万年前の父親に届かせるつもりで。

その日、ぼくは槍先と、帰り道で後悔するほどの量のフリント石（と思われる石）をリュックに詰めて家へ戻った。何に使うのか自分でもよくわからないまま。

槍先には、柄がなければいけない。それは釣り針だけでは魚が釣れないのといっしょだ。今度は柄を探すことにした。クロマニヨン人たちが槍や斧《おの》の柄に使っていたのは、イチイの木が多かったと考えられている。もちろん針葉樹だ。

でもぼくはイチイというのがどんな木なのか知らない。情報を交換する仲間や、知恵を授けてくれる長老がいないつらさだ。しかたなく、ここでも本に頼った。植物図鑑。ぼくから母さんを朝から夕方まで奪ってしまう学問というものを、ぼくは心のどこかで憎んでいたのだが、特定分野を体系的に学ぶということは、そう悪いものじゃない。

イチイを探すのには、三日かかった。植物図鑑をかかえてあちこちをうろつきまわったのだけれど、なにしろぼくの住む場所には木が多すぎる。多すぎると、逆にわからなくなってしまうこともある。

発見したのは意外な場所だった。なんと家のすぐそばの神社。ここにある大きな木には、幹に名札がついている。『さくら』『くす』『ひのき』という具合に。その中に『いちい』もあったのだ。図鑑の中の小さな写真と一本一本の木を見比べていたぼくを嘲笑《あざわら》うみたいに。

遠くばかりを見ていると近くが見えなくなる——誰の言葉だったか忘れたけれど、

ほんとうにそのとおりだ。

最初は落ちている枝を拾うつもりだった。でも、槍の柄に使えるような長い枝が都合よく落ちているわけがない。ぼくはジョージ・ワシントンの話の前半部分だけを見習うことにした。周囲に人影がないことを確かめてから、手の届くかぎりのいちばん長い枝にぶらさがって、体重をかけて折った。

「ごめんなさい」いちおう謝っておいた。狛犬《こまいぬ》にだけど。

イチイの枝の片側に石のナイフで「凹」型のくぼみをつくり、そこに槍先をはめこむ。ジグソーパズルの最後のピースみたいにぴったりはまった瞬間は、胸にもピースがはまった気分だった。

あとは紐《ひも》で結ぶだけ。もちろんビニール紐なんか使わない。エノコロ草、クズ、クローバー、いろいろ試したが、結局、いちばん丈夫そうな、あけびのつるを使った。

こうしてぼくはクロマニヨンの槍を手に入れた。

この日のことは、日づけまで記憶している。八月一日。記念日にふさわしい覚えやすい日づけだ。

槍を持って、ぼくは森を駆けまわった。最初は持っているだけで満足だった。蟬《せみ》が騒ぐ真夏の森で、毛皮を凍らせたマンモスを追って走り、木蔭《こかげ》で待ち伏せをし、ときどきは見えないマンモスに向かって、槍を投げた。

槍を投げる瞬間には、いつも頭の中にマンモスじゃない何かが浮かんでいた。槍がまっすぐ飛んでいくと、ぼくが小さい頃から体に飼い続けている、たくさんのむずむず虫が毛穴から飛び立った。

そのうちに、木の幹にベニヤ板で的をつくって、槍投げの練習を始めた。手ではなく、腰を使って投げるのがコツだとわかってから、投擲《とうてき》技術は飛躍的に伸びた。いつほんもののマンモスに出くわしてもだいじょうぶと思えるほど。

十メートル離れた場所から、スイカぐらいの大きさの的に、十回中五回ぐらい当たるようになると、ぼくのむずむず虫は、ベニヤ板では満足できなくなってしまった。獲物を狙《ねら》ってみたい。

とはいえ、ホームグラウンドの森にいるのは、カラスやカワセミやノネズミぐらい。護岸工事が始まってからはタヌキの姿はすっかり見なくなってしまった。鳥やネズミは小さくて、すばしっこいから、クロマニヨン初心者には難しそうだ。あとは蟬。蟬なら森の木の葉の数と変わらないほどいた。

でも、せっかく苦労してつくった槍で、蟬というのはあんまりだ。ぼくは「クロ」を狙うことにした。

クロは半年前からこのあたりに住みついている野良犬《のらいぬ》だ。ゴミ集積場で残飯を漁ろうとして、追い払われている姿を何度か見かけたことがあった。ハンターが置き去りにした猟犬じゃないかと、町の人は言っていた。森のはるか上の山には、ノネズミよりましな獲物がたくさんいて、ハンターの中には狩猟期間が終わると、餌代《えさだい》がかかるだけの猟犬を空き缶みたいに捨てていく人間がいるのだ。

クロといっても、黒犬じゃない。白と茶のぶちの犬だけれど、模様がわからなくなるほど薄汚れて真っ黒だったから、この辺の子どもたちは、みんなクロと呼んでいた。

クロがときどき川へ水を飲みに来ることは知っていた。犬が岸辺に近づける場所はそう多くない。ぼくが魚釣りをする河原もそのひとつだった。

ぼくは川に下る斜面の茂みに隠れてクロを待ち伏せした。待ち伏せは退屈だったが、狩猟民クロマニヨン人なら誰でも通らなくちゃならない道。我慢しなければ。二日目からはゲーム機とおやつのビスケットを用意して待った。

三日目の夕方、クロが現れた。久しぶりに見るクロは、いままでよりクロになっていた。ぼくは槍を頭上にかざし、足音を忍ばせて、川べりへ下りていった。

クロは一心不乱に水を飲んでいた。瘦《や》せてあばらが浮いている体は、お腹《なか》だけが出っ張っている。空腹を水だけで満たそうとしているのかもしれない。

かわいそうだ、なんて気持ちはぜんぜんなかった。ぼくの小学校の校長先生なら「生き物を大切にしましょう」と言うだろう。年をとったおとなは言葉のために言葉を使うから。

大きな町の小学校から赴任してきた校長は、動物虐待《ぎゃくたい》事件が全国的なニュースになっていた頃、朝礼でこんなことを言った。

「生き物はみんな友だちです」

養豚場の子どもは困った顔をした。鶏を飼っている農家の子たちも。友だちをいつも食べちゃってるから。親がたくさんの実験動物を使っているぼくもしめられた鶏みたいに首をかしげたものだ。

生き物を友だちみたいに大切にしていたら、食べるものがなくなって、人間は死に絶えてしまう。そんなこと小学生でもわかるのに。クロマニヨン人が氷河期を生き延びたのも、たくさんの生き物を犠牲にしてきたからだ。生き物を大切に――そんな甘い考えじゃ、もしかしたら、明日から始まるかもしれない次の氷河期を生きていけない。

五メートルの距離に近づいた時、クロがぼくに気づいて振り返った。逃げ出すかと思ったら、ぼくの顔を見つめ、それどころか、目を輝かせて近づいてこようとする。馬鹿だ。犬はほんとうに馬鹿だ。人間に裏切られたことがわかっていないのだ。クロの浮き出たあばら骨の真ん中あたりに狙いをつけた。そこに心臓があるってことは、薄い皮膚がとくとくと波打っているからすぐにわかった。

槍を振り上げた。腰を大きくひねり、片手は前方に突き出してバランスを取る。それが特別な意味のある動作に見えたのか、なぜかクロがお座りをした。

馬鹿っ。

槍は見当違いの方向へ飛んでいってしまった。

クロがいきなり走り出す。逃げたわけじゃなかった。槍を拾いに行ったのだ。犬の後ろ姿は、なんだか悲しい童話の背表紙みたいだ。

自分に投げつけられた槍をくわえて戻ってくる。ぼくの足もとにぽとりと落とし、今度は「伏せ」をした。利口そうには見えない薄い色の目で見上げてくる。ごほうびを待っている表情だった。

「この槍、何に使うのかわかってるのか?」

思わず話しかけてしまった。お前を殺すための槍なんだぞ。

クロが答える。尻尾《しっぽ》を嬉《うれ》しそうに振って。

自分の仕事に間違いがないことを確かめるように槍の匂《にお》いをかぎはじめたクロの鼻先から、槍をひったくった。

やめた。かわいそうだと思ったわけじゃない。高橋さんの言葉を思い出したのだ。「釣った魚は食べてあげなくちゃだめだ」。クロマニヨン人だって、食べるために獲物を追いかけていた。ただの遊びで殺したりはしなかっただろう。クロの飼い主だったハンターとは違う。

やめたのは、クロがまずそうだったからだ。痩せこけて肉なんかまるでなさそうだし、泥まみれのほつれた毛はところどころ抜け落ち、下腹の腫《は》れ物から膿《うみ》がにじみ出していた。

食べられたもんじゃない。

ほうっておくといつまでも伏せをしたままでいそうだったから、追い払うつもりで、ポケットからビスケットを取り出して、投げた。クロはほとんど噛《か》まずに丸のみにする。

二個目のビスケットも、三個目も、最後の一個まで、味わうというより、体に吸収するようにのみこんだ。

ビスケットがなくなってしまうと、舌なめずりしながら、また伏せの姿勢に戻った。

つきあってらんない。背中を向けると、後ろで小さな足音が始まった。ついてくるつもりらしい。

ビスケットでも槍でもなく、石を拾って投げつけた。石投げは槍を投げるより自信があったのに、またしても当たらなかった。くそっ。もう一度、石を拾う。

「ついてくるなよ」

ぼくはちっとも当たらない石を投げた。

「近寄ると、食べちゃうぞ」

8

氷河期はこれまでに地球を四回襲った。実際には正確に四回ではなく、期間が長く、規模の大きなものだけを数えればという意味だ。

氷河学(世の中にはこんな学問もあるのだ!)的に言えば、氷河の時代は、氷期と呼ばれる期間に細かく分類されていて、この氷期は、数えあげるときりがないほど繰り返し到来したと考えられている。そして厳密に言えば、シベリアやカナダに氷河が残るいまはまだ、第四氷河期が終焉《しゅうえん》したわけじゃない。現在の地球は、小康状態である間氷期なのだ。

この頃のぼくは、氷河期に関しては、日本でいちばんくわしい小学五年生だったかもしれない。三角形の面積の求め方やテコの原理や都道府県の名前は答えられなくても、リス氷期とウルム氷期との違いを説明することができた。

氷河学的な解釈はともかく、一般的に言えば、ぼくの父親たちクロマニヨン人が生きていた一万年前までが最後の氷河期。

「最後の」というより「最新の」だろうか。なにしろ次が必ずあるはずなのだから。氷河期に至る環境変化はけっしてゆるやかなものではなく、エアコンのスイッチを急速冷房にするように、突然やってくる。一度入ってしまったら、何万年もオフにできないスイッチだ。次の氷河期が明日から始まったとしても、誰にも文句は言えないのだ。

地球温暖化を防ぐために何ができるか――と人間が偉そうに言っているのは、老木の根っこに巣穴を広げすぎたアリンコが、木が倒れるのを心配しているようなものかもしれない。地球を救え、なんて叫んでいるのは自分たちが救われたいだけで、地球はぜんぜん平気。木が倒れて、アリが全滅しても、地面は残っている。地面があるかぎり、木はまた生えてくる。

地球の歴史からいえば、いまはつかのまの夏だ。人類は宿題を片づけないまま、永遠に夏が続くと信じこんでいる。計画性のない小学五年生みたいに。

その年のぼくは、八月の二週目になっても、あと半月で夏休みが終わってしまうことなど考えもせず、ドリルや絵日記帳をランドセルに封印したまま、毎日、森や河原へ出かけていた。いつ氷河時代が来てもいいように。

おかげで石器の数は五つに増えた。

槍先《やりさき》に加えて、斧《おの》、ナイフ、弓も矢もないのに、矢尻《やじり》もつくった。毛皮からブーツをつくるような縫い針は無理だったけれど、偶然にできた破片から釣り針も手に入った。

苦労して手に入れた槍や、思いのほかかたちよく仕上がった石斧《せきふ》は、夜、ふとんの中で抱いて寝たいほどだったが、そうもいかない。見つかったら、母さんに燃えるゴミと燃えないゴミに分別されて捨てられてしまう。森の倒木の洞《うろ》に隠し、ナイフだけをポケットに忍ばせて持ち歩いた。

ノミを慎重に使って鋭く尖《とが》らせたナイフだ。長さは十センチちょっとだが、三分の二が刃渡り。

たった一本の小さなナイフを持っているだけで、目も耳も鋭くなるし、神経も尖る。

自分の体に硬い芯《しん》が入った気がした。

いろいろなもので切れ味を試した。

ススキ。茎の上のほうを狙って、首を刈るように穂を飛ばす。ススキを見つけるたびにそうしていたのは、出始めた白い穂が、もうすぐ夏は終わりだと、ぼくにお説教をしているように思えたからだ。

木の幹。もちろん名前を彫りつけたりはしない。犯行現場に名前入りの上履きを落としてくるようなものだ。ぼくの家の裏手にあるとはいっても、この森には、「吉田山」という相撲取りみたいな名前がついている、誰か（たぶん吉田さん）の私有地なのだ。第一、クロマニヨン人は文字を持っていなかった。ぼくはクロマニヨン人が残したアルタミラの壁画をまねして、野牛の姿を彫りつけた。

あけびのつる。石器と木の柄を結わえつけるものだから、ぜひとも石器で切りたいところだが、これは難しい。ノコギリをつくるしかなさそうだった。

魚。釣った魚からはらわたを抜き出す時に使った。これは簡単。動物の皮膚は植物に比べるとずっと柔らかい。

母さんが出かけた後で、家の中のものでもあれこれ試してみた。

テーブルに置いてある、ぼくの昼食用のパン。あんまり好きじゃない耳を切り取るのにぴったり。

ゆで卵。意外だけど難しかった。

ハム。楽勝。

毛糸。これは無理。ぼくのナイフは細くて弾力のあるものには弱いらしい。

ひげ。これも無理。母さんのレディス・シェーバーの剃《そ》り味とは比べるまでもなかった。

母さんはシェーバーを使っていることが恥ずかしいらしくて、洗面所の整理棚のいちばん上に隠すように置いている。もうぼくのほうが背が高くて、母さんより高いところに手が届くことを、まだうまく理解できていないのだ。ぼくがシェーバーを使ったことを知ると、顔を赤くして言う。

「男の子は気にしなくていいのよ。あなたのはまだ髭《ひげ》なんて呼べるしろものじゃないわ。ちびひげよ。大人の髭は、毎日剃らないとどんどん伸びちゃうのよ」

確かにぼくのひげは、長く伸びるわけではなく、薄黒いカビが口の上に張りつき続けている感じだ。でも、ぼくの身近にはひげを剃る男の人がいなかったから、母さんの言葉が気休めなのか、本当なのか、わからなかった。「夕方には濃くなってしまうから、一日に二回剃る人だっている」と母さんは言うのだけど、いったい誰のことを言っているのだろう。

まぁ、いいや。ナイフの話に戻ろう。

梨《なし》の皮はうまく剝《む》けない。

肉を切ってみたかったけれど、精肉パックの包装ビニールを勝手に開けてしまったら、母さんが顔を真っ赤にするだろう。もちろんこの場合は、恥ずかしさのためではなく、怒りのために。

魚肉ソーセージを切るのには申し分ない。

いちばん使いごたえがあるのは、スイカを食べるときだ。

小さな三角形に切りわけてあるおやつのスイカを、ぼくはナイフで切り取って食べた。

真っ赤なスイカを、石器で少しずつ切り取って口に運ぶのは、焚《た》き火ができない吹雪の日にマンモスの生肉を食べている気分だ。

母さんが安売りで買うスイカは、スイカ学（そんなものがあればだけど）的に言えば、後期。たいてい熟れすぎて霜がふっている。ぼくはまず白っぽくなった部分を削り取り、冷蔵庫がきんきんに冷やした果肉が、Cの2まで進んでいる虫歯を刺激しないように反対側で嚙みしめて、クロマニヨンの言葉で思う。「ああ、早く吹雪が去ってくれれば良いのだが」。残った赤すぎる部分を口に含み、タネを飛ばして、するはずのない血の匂いを嗅《か》いだ。「そろそろ狩りに行かねばならんのに」クーラーのない部屋で、しこたま汗をかきながら、ぼくは一年じゅう冬が続く時代のことを思った。

ぼくが住んでいた町は山に囲まれていたから、夏は暑く、冬は雪が多い。虫が消え、カエルが冬眠し、魚も釣れなくなる冬になると、いままでだったら森に行く回数が減るのだけれど、今年の冬は、毎日出かけよう、ぼくはそう決意していた。たとえ大雪の日でも。いや、大雪の日にこそ。氷河期を生き延びるために。ほかの人類がどうなろうと、母さんと二人で。

地球は氷河期を使って、地上の生物を何度もふるいにかけた。そして、過酷な環境に打ち勝った生物だけに未来を与えた。マンモスやネアンデルタール人がふるいから落ち、クロマニヨン人が救われたように。世界中の人々がてんでんばらばらに信じている神様というのは、じつは地球そのもののことかもしれない。

ぼくは次の氷河期が来ることを、心のどこかで願っていた。

町も道も学校も研究所も、深い雪に埋もれる。川と池には厚い氷が張り、木々には長いつららが下がる。何もかもが真っ白の世界だ。

校庭の朝礼台の上では「生き物はみんな友だち」と言いかけた口を開いたままの校長先生が凍っている。ぼくはその横を、槍を片手に獲物を追いかけて駆け抜ける——虫歯の穴につまったスイカのタネが、ぼくを現実に引き戻した。痛《いた》たたたた。

今日のマンモス肉には、ずいぶんタネが多いな。

ある日、森に続く道で子分をつれたジャンボに出会った時にも、ポケットにナイフを持っていた。

「いつも、吉田山で何をやってるんだよ。ドーブツギャクタイか？」

動物虐待。言い慣れない言葉を使おうとするから、ジャンボは舌を嚙みそうになっていた。ぼくに関して、また新しい噂《うわさ》が流れているみたいだ。「あいつにはカラスが緑色に見えている」に続いて、これでいくつめだろう。数えたくもないから、わからない。たぶん少し前、山菜採りに来たお婆《ばあ》さんに、槍投げの練習をしているところを見られたからだ。

背中に槍を隠して、現代人風の礼儀正しさで頭を下げたのだけれど、お婆さんは腰を抜かしてしまった。思えばあの翌日から、ときおり出くわす近所の人の目つきがいままで以上に冷やかになった。田舎ではこういうニュースは、NHKの速報よりすみやかに伝わるのだ。

「俺たちも、吉田山に遊びに行こうかな」

デブ特有のかん高い声でジャンボが言う。肥満矯正合宿から帰ってきたばかりだというのに、ジャンボは前より太っていた。おおかた、ダイエット食しか口にできなかった反動で、やけ食いをしたんだろう。

やつの肉まんみたいなぶよぶよの頬でナイフの切れ味を試してみたくて、ポケットに突っこんだ右手がむずむずした。魚の腹を割くよりもなめらかに刃が滑りそうだった。いつもぼくはジャンボたちにからまれても、逃げもしないし、喧嘩《けんか》を買うこともない。声や姿が目にも耳にも入ってないってふりをして無視し続ける。でも、この時はこちらからしかけてやるつもりだった。相手は四人だったが、たった十センチの武器が、ぼくの心を強くしていた。

「来れるものなら、来てみろよ」

ぼくは大人みたいに低くなった声を、さらに低くして言った。

ジャンボがにまにま笑いをする。敵とはいえ長いつきあいだ。やつがこういう笑い方をするのは、無理して余裕を見せている時だということを、ぼくは知っている。本当は怖がっているのだ。ナイフは出さなくても、ぼくの目がナイフになっていたのだと思う。

「来てみろだとさ。来てミロのビーナス」

ダジャレでごまかそうとするのも、怖がっている証拠。ナイフの目でもう一度睨《にら》むと、ジャンボは二つの肉まんをぴくぴくさせながら、意味もなく隣のやつの頭を叩《たた》いた。「笑えよ」

叩かれたそいつが遠慮がちに抗議の声をあげると、ジャンボはふざけて逃げるふりをして、背中を向けて駆け出した。こっちから見えないジャンボの顔は泣きそうになっているはずだ。遠ざかっていくゴムボールみたいな背中が、いまのぼくには大きな赤ん坊に見えた。やつはまだ、自分じゃ狩りに行けない、洞窟《どうくつ》で腹をすかせてマンモスの肉を待っているガキだ。一人前なのは食う量だけ。氷河期が来たら、きっと真っ先に絶滅する。

ポケットの中のナイフがぼくに囁《ささや》きかけてくる。「小物でもいいぞ」

ナイフを握り直して、一歩足を進めると、他の三人もジャンボの後を追って走り出した。やつらの姿が小さくなっても、ポケットのナイフは右手からなかなか離れてはくれなかった。正直に言えば、ぼくも怖かったからだ。

ジャンボたちなんか別に怖くなかった。何が怖いのかわからないことが、ぼくの背筋をますます冷たくさせた。

その時、ぼくは思った。人が武器を使うんじゃなくて、武器が人を使うのかもしれないって。

ネアンデルタール人を滅ぼしたのは、環境の変化や食料不足などではなく、クロマニヨン人だ、という説がある。あまり有力じゃないのは、抗争の痕跡《こんせき》がどこからも見つかっていないためだ。むしろ友好的に共存していたんじゃないか、混血した可能性もある、という説を唱える学者が多いようだけれど、ぼくは「戦い」が絶対にあった気がする。武器を手にしていたら、話し合うより、闘いたくなるのは、現代人だって同じなんだから。戦《いくさ》に敗れたネアンデルタール人の遺骨が見つかっていないのは、きっとクロマニヨン人が、骨をぜんぶ槍先や銛《もり》にしてしまったからだ。

ぼくはベースキャンプを近くの河原から、別の場所へ移すことにした。ジャンボたちの乱入にびくついたわけじゃない。八月の半ばになって、森をひとり占めにするわけには行かなくなってきたからだ。

この町の人間は田舎に飽き飽きしているから、遊びに行くのは森ではなくて電車で三十分かけて行く大きな街だ。ぼくの森に用があるとすれば、山菜を採る時ぐらいのものだけれど、お盆の時期は別。都会から親戚《しんせき》や知り合いがやってくると、とたんに自然の良さを自慢したがって、あちこちに出没しはじめるのだ。フリスビーをしている隣で、石斧なんかつくれやしない。めったな所で槍を投げたら、ＲＶのタイヤに刺さってしまう。

朝、河原に行くと、新しいナイフをつくるために残してあった「フリント石」が、バーベキューのかまどに使われて、真っ黒になっていたこともあった。臨時のベースキャンプは、いつか一時間の旅でたどりついた場所だ。ぼくにはバーベキューの炭で汚れていない新しい石が必要だったし、あそこならいまの河原より、もっとたくさんの魚が釣れるはずだ。

移住。いま住んでいる場所をなかったことにして、まったく新しい土地に住むこと。獲物の多い場所を求めて、果てしない旅を続けるのは、狩猟民クロマニヨンの宿命だ。

「移住」口の中でそう呟《つぶや》くだけで、胸が甘酸《あまず》っぱくなってくる。

決行の朝、研究所へ行く母さんを門まで出て見送った。いつもはお茶の間で寝っころがったまま手を振るだけなのに。

「珍しいわね、ワタル、今日は雨かしらね」なんだか嬉《うれ》しそうだった母さんには申しわけないけれど、自転車が坂の下の曲がり角に消えるのを見届けてから、駆け足で家へ戻り、押入れに隠しておいたリュックを取り出した。昼ごはんのツナ・サンドイッチをアルミホイルで包み、釣り竿《ざお》を手にして、再び玄関のドアを開けた時のぼくはもう、「早く帰ってきて」って心の中で叫びながら母親を見送る小学生じゃなくなっていた。はるかな旅に出る狩猟の民だった。

しばらくは家に帰らないつもりだった。なんたって移住だ。果てしない旅なのだ。おやつも食べに帰らない覚悟。

とはいえ、日が暮れるまでには、戻らなくちゃならない。「ほんとうに雨になるかもしれないから、干してあるふとんを取りこんでおいて」と母さんに言われてしまったからだ。

朝から暑い日だった。さぁ、行こう。ぼんやり突っ立っていたら干物になっちゃう。

水分は、水筒に詰めた麦茶だけなのが、ちょっと心配。しかもつくったばかりの麦茶はぬるい。アイスがあれば最高なんだけど。でも、うちから歩いて十分もかかるコンビニまで買いに行ったら、せっかくの計画が初《しょ》っぱなから狂ってしまう。移住が宿命のクロマニヨンの子としては、がまんしなくちゃならない。

がまん、がまん、がまん。

口の中で唱えて、家を出た。

がまん、がまん。

がまん。


アイスを舐《な》めながら、いつもの森へ向かった。くじ付きアイスの棒を見ると、なんと「当たり」。だけど、もう一度冷房の効きすぎているコンビニに戻ったりしたら、自分にはもうクロマニヨン人として生きる資格がなくなってしまう気がして、今度こそ本当にがまんした。

森に隠してある斧《おの》やハンマーをリュックに詰める。槍《やり》は石器をはずし、釣り竿と一緒に握って杖《つえ》のかわりにした。

山道は蟬《せみ》の声に満ちていた。天ぷらを揚げる音を何百倍にしたような大合唱が熱い空気を震わせている。蟬たちにとっては最初で最後の夏だ。そろそろ夏が終わることに気づいて、いっせいに命乞《いのちご》いをしているみたいに聞こえた。

今日の暑さは、今年最後の暑さかもしれない。もし今年で間氷期が終わってしまったら、ぼくたち人間にとっても最後の夏になる。そう思うと、全身にスチームアイロンをかけられているような暑さも、悪いものじゃないと思えてくる。

濃くなったすね毛が気になって（母さんに言わせると、ちびすね毛）、長ズボンを穿《は》いていたから、山道を登りはじめてすぐに汗まみれになった。でも、これで最後だと思うと、目にしみる汗さえ、とても大切なものに思えた。

一時間ほどすると（時計を持っていないから、太陽の動きから見ておおよそ一時間）、護岸工事現場が見えてきた。川の片側の天然の岩を削って、本物そっくりのコンクリートの岩を張る工事だ。ぼくには健康な歯を無理やり入れ歯にしているようにしか見えない。

工事も夏休みらしく人影はなかった。道端では黄色いショベルカーが、行く手を阻《はば》むように長いアームを振り上げている。

ぼくはイチイの柄に槍先をつけた。腰をかがめて、長い鼻と牙をふりあげて威嚇《いかく》してくる金属製のマンモスにそろそろと近づく。いつも練習している距離よりずっと遠くから槍を投げた。

槍は命中した。だけど、狙《ねら》っていた運転シートのある頭部にはわずかに届かなかった。当たったのは、マンモスの足。キャタピラにはさまった槍がなかなか抜けなくて、苦労した。

工事現場を越えると、蝉の声が変わった。このあたりの蝉の鳴き声は高く澄んでいて、鼻にかかった人間の声に聞こえる。お坊さんの大集団が森の木の枝という枝にぶらさがってお経を読んでいる感じだ。山道はさらに細く、そして険しくなった。ほんの少し登っただけなのだが、急に空気が冷たくなる。道の両側は深い木立ち。片側に見え隠れしていた川は、このあたりにくると、水音しか聞こえなくなる。

だんだん不安になってきた。どこかで道を間違ってしまったんじゃないかと思って。間違えるはずのない一本道だったはずなのに、一度そう思いはじめると、以前にも来たはずの場所が初めて見る風景に見えてくる。川の水音がどんどん遠くなっていく気がした。

陰気な蝉の声を聞き、いままでとは違う種類の汗をかきながら、木立ちの中からホラアナグマが出てきはしまいかと、警戒しながら歩いた。木の葉の揺れる音がするたびに、槍を構えてそちらへ向き直った。

そのうち、背後から足音が近づいてくることに気づいた。耳を澄ますと荒い息づかいまで聞こえてきた。心臓が胸の中で反復横跳びをはじめた。誰かがつけてくる！

槍を隠そうとして、また構え直した。人間の足音には聞こえなかったからだ。

槍を両手で握りしめながら、校庭の水飲み場の錆《さ》びた蛇口みたいに、ぎくしゃくと首をまわして振りかえる。

「なんだ、お前か」

クロだった。薄汚れた毛皮が、いつにもまして暑そうだ。長い舌を垂らして喘《あえ》いでいる。この間、ビスケットをやったのがいけなかったんだ。クロはあれから毎日のように現れて、ぼくにつきまとう。しかたがないから、ポケットにはいつもビスケットを多めに詰めておくことにしていた。

しかたない。声に出して呟いてからクロにビスケットを投げた。あいかわらずの早わざで、地面に落ちた瞬間に舌ですくいとる。最初の頃みたいな丸のみじゃなくて、半分に噛《か》みちぎって味わっている様子が、ぼくを甘く見ているようで腹立たしい。

どこからついてきたんだろう。クロの出現にぼくはがっかりした（少し安心もした）。こいつがここにいる——ということは、長く歩いたようでも、山をぐるりと迂《う》回《かい》してきただけで、家から果てしなく遠くまで来たわけじゃないってことだ。空から鳥の目で見たら、気が抜けるほどの距離かもしれない。

もうひとつのビスケットを、さっきより遠くに投げる。クロは後戻りしながら、ぼくの姿が消えてしまうのを恐れるように振り返り、振り返り、物悲しげな茶色の目を向けてくる。騙《だま》されちゃいけない。この犬は、ぼくじゃなくて、ぼくの投げるビスケットが好きなだけだ。

二つでじゅうぶんだろう。歩き出すと、後ろでまた足音が始まった。よくよく聞けば、聞き慣れている不規則な足音だった。クロは左の後ろ脚を怪我《けが》しているのだ。ぽた、ぽた、ぽたっ、ぽた。ぽた、ぽた、ぽたっ、ぽた。

しつこいやつ。でも、だいじょうぶ。ぼくはやつの足を止める方法を知っているから。おととい現れた時に、偶然知ったのだ。こう言えばいい。

「待て」

この言葉を聞いたとたん、クロは足をぴたりと止める。たぶん、飼い主に同じことを言われて、置き去りにされたんだろう。馬鹿な犬。

効果はばつぐんだった。クロの足は接着剤で貼《は》りつけたように動かなくなった。茶色の目でぼくを見つめてくるだけだ。歩きながら、今度はぼくのほうが何度も振り返った。でも、クロは動かない。

クロマニヨン人は犬なんか飼わなかったはずだ。ぼくが読んだ本のひとつにあった「クロマニヨン人たちの生活風景・想像図」に犬の姿はなかった。動物はあくまでも獲物。やるかやられるかなんだ。一万年前を生きることに決めた、ぼくの歴史を変えられちゃ困る。

左にうねった道を進んでいくと、木立ちに隠れてクロの姿が見えなくなった。ついてきているかどうか耳を澄ませてみた。足音も聞こえない。本当に馬鹿だ。山道が右へ折れていく。やっぱり足音はない。耳に入るのは蟬の声ばかりだ。氷河期を待たずに人類が滅亡して、自分と蟬だけが世界に取り残されている——そんな想像がぼくの頭を満たす。振り返って叫んでしまった。

「来いよ」

しばらく待ったが、クロは来なかった。いくら犬の耳が鋭くたって、垢《あか》で埋まったあの耳じゃ聞こえないのかもしれない。まぁ、どうでもいいや。いいのさ。クロマニヨン人に犬はいらないのだから。

道がいちだんと細くなり、少し先に大きな杉の木が見えてきた。万歳をする両腕みたいな二本の枝に見覚えがある。

あそこだ。大木をめがけて駆けだすと、ふいに道の左手の木立ちが途切れた。そのとたん風が吹きぬけて、水の匂《にお》いがした。笹《ささ》の生い茂った斜面のはるか下に渓流が見える。

「ンボボ、ンババボババ」

ぼくは雄叫《おたけ》びをあげ、笹の茂みを真っ二つに割って、斜面を駆け降りた。

新しいベースキャンプは、クロマニヨン人が居住地に利用した渓谷を連想させる場所だ。急勾配《こうばい》の斜面に囲まれていて、顔をあげて見まわすと、三百六十度が緑色。赤いTシャツを着てきたぼくは、まるでサラダボウルの中のプチトマトだった。聞こえるのは蟬の声と、川のせせらぎだけ。

岩を縫ってSの字形に流れる渓流は、家の近くの川より浅く、流れが速い。水はよく澄んでいて、昔みたいに飲むことができそうだ。

河原の向こう岸に、いいところを見つけた。岩壁の一部が削れて洞穴みたいになっている場所だ。水苔《みずごけ》のぬめりに足をとられないように注意して、渓流から頭を出している岩を跳んで、向こう岸へ渡った。

入り口は少し背をかがめるだけで入れるほど大きい。奥行きは二メートルもないぐらいだから、洞窟《どうくつ》というより、ただの岩のくぼみなのだけれど、ぼくにとっては、ラスコーの大洞窟だ。いまのところ一族のいないぼくには、じゅうぶんな広さだった。

槍や石斧《せきふ》をかたわらに並べて、洞窟の中で膝《ひざ》をかかえた。ここでは必要ないだろうから、ポケットの中のナイフも石斧の隣に置く。たった十センチのナイフを手放しただけで、リュックを下ろした時より、体が軽くなった気がした。

洞窟の中はひんやりしている。ここから見えるのは、夏の光と木々の色を映しこんだ、まぶしい緑色の水面だけ。あれだけやかましかった蝉の声が、せせらぎの音にとってかわった。

静かだった。体を丸めて目を閉じると、心臓の鼓動さえ聞こえてくる気がした。目をつぶっても、まぶたの裏側がほんのり赤かった。ここが初めてという気がしない。とても懐《なつ》かしい場所に思えた。ぼくの体内の記憶がそう思わせるのかもしれない。一万年前なのか、もっともっと前なのか、それともほんの少し前なのかわからないけれど、きっと、ぼくが始まった場所の記憶だ。

太陽が空のてっぺんに昇るまでに、石器用の石をたっぷり集めた。フリント石かどうかは依然不明だったが、この河原の石はとても削りやすい。小さな山になるほど集めてから、全部を持ち帰るのは無理だということに気づいた。

できるだけここでつくっていこう。ぼくは石器づくりを開始した。両足で石を固定するコツを少しずつつかんでいたから、石を支えてくれる人間なんてもういらないのだ。

「しっかり押さえててくれよ」自分の腿《もも》に声をかけて、ハンマーを振るう。新学期が始まるまでに、いいナイフがもう何本か欲しかった。できれば長いやつ。ポケットに入らなければ、ランドセルに隠せばいい。

石器づくりに飽きると、マンモスやオーロックス牛並みの大きな岩を標的にして、槍投げの練習をした。頭に見立てた場所にうまく当たると、思わず胸を反らせて、周囲を見まわしてしまう。見ている人間なんかいないのだけれど。

昼ごはんのツナ・サンドイッチを食べ終えると、石器づくりをあきらめて、釣りに切り替えた。まだ納得のいくナイフはつくれていなかったが、血豆が潰《つぶ》れてハンマーを持てなくなってしまったのだ。

まぁ、焦《あせ》ったってしかたない。『人類進化の大いなる道』の著者だって、「クロマニヨン人は、現代人よりはるかに多くの自由時間や思索時間を手にしていた」と言っている。のんびり行こう。がんばって、のんびりしなくちゃ。

高橋さんに教わった釣りは、ごくシンプルなものだった。エサは基本的に川虫を現地調達。ルアーなんてしゃれたものは使わず、釣りの入門書に書かれているような「狙う魚に合わせて適切な釣り糸、ウキ、オモリを選択する」なんていうややっこしいことも無視。ぼくはそれをさらに原始的なものにした。なにしろ、今日の釣り針はL字型の石の破片を削ってつくった石器だ。

一本しかない釣り針を水中へ落とさないように、おそるおそる竿《さお》を振っていたせいだろうか。魚の姿は見えているのに、なかなか釣り上げることができなかった。釣りはのん気に見えるけれど、けっこう忙しい。こまめに生きのいいエサと交換したり、釣り場を変えてみたり。本気で釣ろうと思ったら、てきぱきと行動しなくちゃならない。

太陽が西にかたむきはじめても、釣れたのは、小さなハヤが一匹だけ。マンモスではなく魚が獲物とはいえ、このままじゃ狩猟民のプライドが許さない。自由時間や思索時間を楽しむ余裕などなく、ぼくはひっきりなしに竿を上げ下げし、エサをとっかえひっかえした。

エサを替えていると、背中で足音がした。河原を誰かが歩いてくる。

ぽた、ぽた、ぽたっ、ぽた。

なんだ、クロか。遅かったじゃないか。

でも、石を踏み鳴らして近づいてくる足音は、ひとつじゃなかった。クロのものとは違うもうひとつは、正確なリズムを刻んでいる。人間の足音だ。

岩にもたせかけていた背中を伸ばした。ナイフを握るためにポケットに片手を突っこむ。しまった！　ナイフは洞窟に置いてきてしまった。

岩から顔を半分だけのぞかせて河原をうかがった。

誰もいない。おかしいな。

伸ばした首を、かしげたとたん、

「釣れる?」

頭の上から声が降ってきた。

かたむけた首を、今度は真上にあげた。

日に焼けた顔がぼくを見下ろしていた。

岩の上に立っているのは、まだ子どもだ。ぼくと同じぐらいの年に見えた。細い手足もよく焼けていて、ごぼうみたいだった。

黒い野球帽をかぶっている。キャッチボールをしたことがないぼくは、野球には興味がなかったから、どこのチームのものなのかはわからない。アルファベットじゃなくて、テストの答えが間違っていた時、先生が赤ペンでつけるバッチョン印に似たマークがついていた。

相手が子どもだとわかって安心したぼくは、そいつを放っておくことにして、水面のウキに視線を戻した。なにしろ、ついいまさっき、当たりが来たばかりなのだ。

「ねぇ、何が釣れるの?」

うるさいな。返事をするのが面倒で黙っていた。

「これ、君の犬？」

もう一度、首を上にあげると、日に焼けた顔とクロの顔がぴったりとくっつき合っていた。あんな汚い犬に頬ずりするなんて、どうかしてる。

違うよ、そう言ったつもりだったが、うまく喋《しゃべ》れなかった。アヒルみたいな自分のかすれ声を聞かれるのが恥ずかしかったからだ。それこそアヒルみたいに「んが」という声しか出なかった。

どっちにしろ、野球帽はクロを撫《な》でるのに夢中で、ぼくの言葉をろくに聞いちゃいないようだった。耳の裏をごしごし掻《か》かれて、クロが目を細めている。そいつもクロの毛先がくすぐったいのか、鼻の根もとにしわを寄せて、自分が耳を掻かれているみたいに目を細めている。

「よぉし、よしよし。汚いな、おまえ」

クロが甘えて、鼻を鳴らす。

よぉし、よしよし。くぅんくぅん。

ぼくのことはほったらかし。石の釣り針で魚を釣っている自分が急に馬鹿に思えてきた。

そいつはようやく、ぼくがずっと見上げていることに気づいて、日に焼けた顔へ埋めこむみたいに細めていた目をぱちりと開けた。白いアーモンドを二つ飾ったチョコレートクッキーみたいだった。

「たまにはお風呂に入れたほうがいいね」

白いアーモンドがぱちぱちした。違うよ。ぼくの犬じゃない。頭の中だけでぼくはそう言った。

「ノミとりシャンプーを使うといいよ」

だから、違うってば。

このところずっと、母さん以外の誰かと喋る機会がなかったから、ぼくはどういうタイミングで、人に話しかければいいのかがわからなかった。いつ言い返そうかと考えているうちに、そいつはすいっと腰を落とし、岩から跳んだ。身軽なやつだ。なぜか着地する時に、両手をVの字に広げて叫んだ。

「九・九〇！」

なんだ、こいつ。クロも飛び降りる。こっちは着地失敗。引きずっている後ろ脚を石で滑らせて、犬のくせに尻《しり》もちをつく。悲鳴みたいな鳴き声をあげたのに、小石をはねとばしながら、すぐに起き上がって、しっぽを振った。馬鹿犬も調子に乗ってる。

突然現れたそいつが、渓流にひたしてあるビクをのぞきはじめたから、頬が熱くなった。小さなハヤが一匹しか入っていないビクを勝手にのぞかれて、腹が立ったのと、恥ずかしいのと両方で。いつもならもっと大物が何匹も釣れているのに。

「お、ウグイ」

ハヤを眺めてそう言っている。この町の子どもとは喋り方が違う。親の里帰りにくっついてきた都会の子どもだろう。後ろから見ると、野球帽の下から見えている髪がずいぶん長かった。この町ではあんなに長く伸ばしているやつはいない。

ふふん。都会の子は魚の名前もろくに知らないらしい。教えてやろう、それはハヤだ——アヒル声にならないように喉《のど》を湿らせてから、口を開こうとしたとたん、そいつが言った。

「まだちっちゃいね」

腹の立つやつ。かがみこんで、ひとさし指とハヤの大きさを比べている。魚の名前も知らないくせに。後になってわかるのだけれど、土地によって呼び名が変わるだけで、ハヤとウグイは同じ魚のことだった。

クロが浮かれて水辺を跳ねまわっている。よせよ。魚が逃げちまう。野球帽が口笛を鳴らしてクロを呼び寄せ、また両手で汚い毛をブラッシングしはじめた。

「よしよしっ、ちょっと臭いな、おまえ」

ぼくの平和だったベースキャンプが侵略者に蹂躙《じゅうりん》されようとしている！

「帰れ」その言葉を口にするタイミングをうかがっていると、野球帽がクロを従えて近づいてきた。ぼくは背すじを伸ばして警戒態勢をとる。

そいつの目は、耳を掻かれる犬の目になっていた。口をくし切りスイカのかたちにしている。ぼくに笑いかけているらしい。スイカ形の口からこぼれる歯は、肌が焼けているせいで、歯磨き粉のコマーシャルみたいに真っ白に見えた。

こういう表情に、ぼくは慣れていない。その顔をぼんやり眺めていたら、いきなり隣にしゃがみこんだ。本当に身軽なやつだ。文句を言うひまもなかった。抱えた膝の一方には絆創膏《ばんそうこう》が貼《は》られている。あまり人に近づかれたことのないぼくは、野良猫《のらねこ》みたいに身を固くした。

なんだよ、お前——そう言おうとするより〇・五秒ぐらい先に、すばやく白い歯を見せる。口から出かけた言葉が逆戻りしてしまった。

「エサは、何？」

答えるかわりに、輪ゴムで閉じたビニールパックを指さす。スーパーマーケットのお惣菜《そうざい》なんかを入れるやつ。中にはチョロ虫が一匹。

「虫?」

ぼくはそいつに「見ればわかるだろ。このあたりじゃチョロ虫って呼ばれてる。浅瀬の石の下を探せばいくらでも捕れる。エサは釣る場所にいるものがいちばんいいんだ。昔、ぼくに釣りを教えてくれた人がそう言ってた」と教える自分を想像したのだけれど、言葉が頭の中をぐるぐる駆けめぐるばかりで、どこから何を喋っていいのかわからない。頬がもくもくふくらんだだけだった。結局、「そうだ」と言うかわりに、顎《あご》をほんの少しだけ動かした。

「ちょっとだけ竿かして」

これにはきっぱり首を横に振った。

「ねえねえ」

脇腹《わきばら》をつついてくる。お腹《なか》がカッと熱くなった。釣りに集中できない。竿をあげたら、またエサだけ取られていた。ああ、もう。

「変な針、使ってるね」

うるさい、というかわりにそいつを睨《にら》みつけた。ジャンボですら怖がらせた目で。

おしっこをちびったって知らないぞ。

「ねえねえ、ねえってば」

ポケットにナイフが入っていなかったせいだろうか、そいつは怖がるどころか、また脇腹をつついてきた。ぼくがくすぐったがって竿を落とすのを狙《ねら》っているのだ。体をくの字にしたぼくの口から、ようやくまともに声が出た。悲鳴に近い声だ。

「やだ」

野球帽の唇がすぼまった。母さんが同じことをすると梅の花のつぼみみたいだけれど、そいつの場合、不満そうに思いっきり前に突き出しているから、咲きかけたピンク色のチューリップみたいだった。

母さんの言葉を思い出した。「自分の気持ちだけじゃなくて、人の気持ちを考えることも大切なのよ」

そうだ、こいつの気持ちも考えなくちゃだめだ。「固定観念」というものも捨てなくては。ぼくは考えてみた。ぼくはこいつに一刻も早く立ち去って欲しいのだが、ここはぼくの家の庭というわけじゃない。向こうの気持ちは「ここにいるのは人の勝手だ」だろう。

「うん、わかった、ごめんね」とこいつが素直に謝って、「この犬も邪魔だろうから連れてくね」と手を振って去っていくかもしれないと思うのは、たぶんぼくの「固定観念」。この野球帽小僧は絶対にそんなことは言わないだろう——じゃあ、どうすればいい？

エサをつけ替えて、糸を垂らした瞬間にいいことを思いついた。ナイフが消えたポケットの中を探る。

「これ、やるから帰れ」

「なに？」

「アイスの当たりくじ。コンビニに持ってくと、もう一本もらえる」

ありがと。そいつは当たりくじを白い半パンのポケットに突っこむ。突っこんだだけで、ぼくの隣を動こうとしない。おいっ。それは百二十円のアイスだぞ。もうぼくにはアヒル声を気にする余裕はなかった。

「帰れ！」

「引いてるよ」

「わ」

当たりがきた時には、あわてて引き上げちゃいけない、いつもはその鉄則を守っているのに、どうしてか、その時のぼくはあわてていた。

またエサだけ取られてしまった。ぼくが首を横に振ると、そいつも首を横に振る。

「お前のせいだ」というかわりに、八つ当たり気味に顔を睨むと、首を縮めてクロのところへ戻って行った。

釣り針は無事だったけれど、エサが切れてしまった。新しいチョロ虫を探すために、ビニールパックを持って浅瀬に行く。大きな石をひっくり返せば、その下にたいてい何匹かはいる。できるだけすばしっこそうなのを生け捕りにするのだ。

とりあえず五匹を捕まえた。背後でクロが吠《ほ》えている。さっきまで聞こえていた「よぉし、よしよし」という声が聞こえない。嫌な予感がして、振り返った。

ぼくの釣り竿を勝手に使ってる！

「おい、やめろ」

石器の針がなくなっちまう。駆け戻って、釣り竿を奪い返そうとした。やつは身軽なうえに体が柔らかい。体をコスモスの茎みたいにのけぞらせる。ぼくの伸ばした腕は空振りした。

「ちょ、ちょっと待って。いま引いてるの」

「嘘《うそ》つけ」

嘘じゃなかった。そいつが竿をあげると、真夏の空に銀色のハヤが躍った。しかも、ぼくが釣ったやつよりずっと大物。

ひゃっひゃっひゃっ。そいつは妙な声で笑って、針から魚をはずし、勝手にぼくのビクの中に入れる。釣りに慣れている動作だった。エサはどうしたんだ、そう聞こうとする前に、鼻の上にしわをつくって笑った。

「パンをエサにしたんだ」

どうしてわかったんだろう。超能力者みたいだ。

「魚だって、いつもとは違うモノを食べてみたいんじゃないかと思って」

パンがあることもなぜわかったんだ？　不思議なやつ。ツナ・サンドイッチを包んだアルミホイルがいつのまにか開かれている。そこにはパンの耳がパンのかたちで残っているのだ。クロが鼻をひくつかせている。前は優秀な猟犬だったのだろう。ぼくのものだとわかっているからか、遠巻きにしているだけで、食べようとはしない。

やつのハヤは二十センチ以上ある。ぼくの釣ったのが、まるでマッチ棒に見えた。

「パンの耳、きらい？」

敗北感に打ちのめされていたぼくは、素直に頷《うなず》いてしまった。

「あいつにやってもいい？」

野球帽がパンの耳を手にとって口笛を吹くと、クロが飛んできた。やつが投げたパンを器用に空中でキャッチする。けっこういい犬だ。ぼくがクロマニヨン人じゃなければ、飼ってもいいんだけれど。

ぼくもパンを投げた。またナイスキャッチ。クロは目を閉じて、ゆっくり噛《か》みしめながら食べる。いつも緊張して股間《こかん》にはさみこんでいるクロのしっぽが、ワルツのメロディを刻むメトロノームみたいに動いていた。ぼくは名前も知らないそいつと二人並んで、その姿をぼんやりと見つめた。

「名前、なんていうの」

「やつが聞いてくる。なんだか態度が大きくなっている気がしたが、マッチ棒しか釣れないぼくは、素直に答えてしまった。

「ワタル」

学校じゃ「ワタル鳥」とか「ワタル廊下」なんて、つまらないギャグのネタにされるのだけれど、研究所の人たちには、いい名前だって、よく褒められたもんだ。でも、野球帽は、こう言っただけ。「ふーん、珍しい名前だね」

珍しい、というほどでもないと思うけど。

クロはやつにすっかり懐《なつ》いたようだ。舌なめずりをしながら、ごぼうみたいな足に体をすりつけはじめた。やつがその頭をごしごしと掻く。

「いいコだね、よしよし、ワタル、よぉしよし」

違うっ。どうして話が噛み合わないいんだろう。ぼくが人と話すことに慣れていないからだろうか。いや、それだけじゃない。こいつが変なやつだからだ。

「それは、クロ。ワタルはぼくの名前だ」

「あ、ああ……変だと思った」

変なのはお前だよ。並んで立つと、ぼくのほうが十センチほど背が高い。やつは照れ隠しのつもりか、また質問してくる。

「中学生?」

「小五」

「ふーん」今度は少し驚いた顔でぼくを眺めてから、自分を指さす。「いっしょだ」

同じ年。向こうのほうが子どものようにも思えるし、ずっと大人にも思える。今度はこっちから質問してみた。

「名前は?」

「ん?」

「お前の名前」

「室田《むろた》」

苗字《みょうじ》で答えてきた。頬が熱くなった。しまった。小さな子どもじゃないんだから、ぼくも苗字で答えればよかった。ムロタに舐《な》められたかもしれない。

「俺は……」ふだんは「俺」ってあまり使わないんだけど、相手に舐められないようにそう言ってから、言葉を続けた。

「南山」

「よろしく、ワタル」

あ、くそっ。やっぱり舐められてる。

「下の名前は？」

低い声でやつに尋ねた。こういう時だけはいまいましく変わってしまった声が役に立つ。ムロタが川のせせらぎみたいな声で答えた。

「サチ」

「サチオ？」

ムロタがぼくに向き直る。野球帽のつばで顔をつつかれそうだった。

「ううん、紗知。糸へんに少ないで、紗。知ってる、の知」

ようやくぼくは気づいた。相手が女だってことに。ごぼうみたいな体だけど、そう言われれば、「HONOLULU」という文字が入ったTシャツの胸の、最初の「O」と二番目の「L」のところが、ほんの少し出っぱってる。ぼくは再び、これまで以上に体を硬くした。

「もういいか、釣り竿《ざお》」

声も硬くして竿を取り戻し、サチに背を向けた。大がかりな手品にひっかかった気分だった。

サチは河原でクロと遊びはじめた。棒切れを投げて、クロに取りに行かせる。自分も一緒に走って、クロと競争する。

競争でいつもサチが勝つのは、ズルをして、自分が勝てる距離にばかり投げているからだ。なぜ知っているのかというと、ずっと横目で見ていたからだ。

笑い声と吠え声を聞きながら、釣りを続けていたぼくは、じつは仲間に入りたくて、お尻《しり》がむずむずしたが、我慢した。クロマニヨン人の息子が、現代人の女なんかと遊べるもんか。

サチはときどきぼくのところにやってきて、釣りの成果を確かめる。ビクの中の魚は四匹に増えていた。一匹はサチが釣ったものに負けないぐらい大きい。こっそり残しておいたパンの耳のおかげだ。

サチが隣にしゃがみこみ、足もとにあるビクに身をかがめるたびに、姿はさっきまでの野球帽小僧と少しも変わっていないのに、ぼくは緊張した。いままで気にも留めてなかった、髪から香ってくるシャンプーの匂《にお》いが気になってしかたなかった。

「もう帰らなくちゃ」

サチがそう言った時には、ぼくはこっそり、目に見えたなら、漫画のフキダシぐらいはあっただろうため息を吐き出した。

サチは腕時計を持っていた。最初からこの時計に気づいていればよかったんだ。文字盤にウサギのイラストが描かれた、女の子用のデジタル・ウォッチだった。

「まだ、帰らなくていいの？　もう四時半だよ」

取りこまなくちゃならないふとんが心配だったけれど、頷いてみせた。どこに帰るのか知らないけれど、知らない人間と——まして女なんかと——一緒に歩きたくなかったからだ。

サチがなごり惜しそうにクロの脇腹を撫《な》でる。

「明日も、ここに来ていい？」

「だめ」

「しあさっての前の日には、来てもいい？」

あさってからは母さんが遅い夏休みをとる。どうせここにはもう来れないだろう。

勝手にしろ、そう言いかけてから、あわてて首を振った。

「だめ」

あやうく騙《だま》されるところだった。

「百万日後、引く、九十九万九千九百九十——」

「だめ、だめ、だめ」

「じゃあ、明日は来なくてもいい？」

「だめ」

「はは、ひっかかった」

なんだこいつ。いまのは取り消し、と言おうと思ったら、ぼくが口を開く前に、走り出してしまった。走りながら、手を振ってくる。クロにも手を振っていた。斜面の手前で立ち止まり、こちらを向いて、両手をメガホンにして叫んだ。

「ちゃんとお風呂に入れてやれよー」

違うってば。

翌日も秘密のベースキャンプに出かけたぼくは、笹《ささ》の斜面を降りる前に、河原を見まわした。昨日の女、サチが来ていないかどうか確かめるためだ。

姿は見えなかった。だが、安心するのはまだ早い。斜面を降りる時にも、クロマニヨン語で叫ぶのはやめておく。昨日みたいに途中で滑ってころがり落ちるところを見られたら大変だ。朝露で滑りやすくなっている笹を踏みしめながら降りた。

「急ぐと、ころぶぞ」

後ろからついてくるクロに声をかけた。

昨日の帰り道、クロはずっとぼくの後をついてきた。ずっともずっと、家までだ。

幸い母さんは残業で、まだ帰っていなかった。急いでふとんを取りこんでから、クロにビスケットや魚肉ソーセージを食べさせた。ホースの水で体を洗おうとしたら、逃げてしまった。やっぱり好きなのは、ぼくよりビスケットだったのか、そう思っていたら、朝、門の前に、うちの番犬みたいな顔をしてうずくまっていた。

昨日の夜、動物図鑑で調べたら、こんなことが書かれてあった。『犬は数万年前から人間と行動をともにしてきた動物です』。数万年前。つまりクロマニヨン人も犬を飼っていたはずだ。だからぼくもクロを飼っていいことになる。「どうしたのかしら、この犬」、朝、家を出る時、門の前のクロに首をかしげていた母さんは、きっといい顔をしないだろうから、飼ってもいい？　とはまだ聞けないでいる。

もしかしたら、サチは岩の蔭《かげ》に隠れてぼくらを脅かそうとしているのかもしれない。ぼくは河原の大きな岩の裏側をひとつひとつのぞいた。

どこにもいなかった。

ふむ。ぼくは岩蔭に大きく息を吐いた。もちろん安心のため息だ。嘘じゃないさ。

釣り竿を持ってきていたが（朝ごはんの残りのパンの耳も）、まずは石器づくりだ。洞窟《どうくつ》で少し休みたかったけれど、ぐずぐずしている暇はなかった。リュックを下ろしてすぐ、作業にとりかかった。今日中にいいものをつくっておかないと、大量の石をいつもの河原まで運ぶはめになる。自分の腿《もも》で石を押さえ、血豆に絆創膏《ばんそうこう》を貼《は》った手にハンマーを握り、もう一方の手でノミを取った。

かつーん。

かつーん。かつーん。

おーい。

かつーん。かつーん。かつーん。

おーい、ワタル。

かつ。

痛《い》て。指を叩《たた》いてしまった。

向こう岸に黒い野球帽が見えた。片手には釣り竿。もう一方の手をラジオ体操みたいに大きく振っている。サチの姿をみるとクロもしっぽを振った。つられてぼくも手を振ってしまった。

渓流から突き出た岩を跳んで、サチがこっちへ近づいてくる。見事なジャンプだった。ぼくだって気をつけないと落ちてしまいそうになるのに、まるで川バッタだ。最後の岩を跳んで、こっち岸に着地する時に、両手をVの字に広げた。

「九・八〇！」

なんだお前か、という表情をつくろうとしたけれど、あんまりうまくいかなかった。

「遅かったじゃないか。ほら」サチがぼくにかかげてみせたビクには、魚が二匹入っていた。

クロへの挨拶《あいさつ》がわりに毛を撫ではじめたサチは、鼻にしわをよせて、立てたひとさし指をぼくに突き出してきた。

「お風呂、入れてないな。だめじゃないか」

そう言われるのが嫌だったから、クロの体を洗おうと思ったのに。

「風呂が嫌いなんだよ。洗おうとすると逃げるんだ」

ぼくが答えると、今度はクロの鼻先に指をつきつける。「だめじゃないか」クロは叱《しか》られているとも知らずに、嬉《うれ》しそうにしっぽを振った。

「何してる？　釣りはやらないの」

サチに言われて、自分が石を腿に挟んだままであることに気づいた。

「……別に何も」

いまさら隠したってしようがない。ぼくはサチがいようがいまいが関係ないって顔をして、自分の仕事に戻った。

かつーん。かつーん。かつーん。かつ。痛《いて》。

興味を引かれたのか、腿の間の石がノミがあたるたびに動いてしまうのを見かねたのか、サチが手を伸ばしてきた。今日は右のひじに絆創膏を貼っている。

「押さえててあげるよ」

迷惑だ、という顔をしようとしたけれど、まったく成功しなかった。

サチが石を押さえ、ぼくがハンマーを振るい、ノミで石を削る。

「ところで、これなに？」

「石器」

「セッキ……ああ、昔の人が使ってた道具か。石に飛行機の機って、書くやつだね」

こいつ、ぼくより馬鹿だ。

「石機ってこうやってつくるのか」

ぼくはセッキのキは、「器」という字だと教えてやった。それでもわからないサチに、宙に指で書いたりして。今日のぼくの舌は、自分でも不思議なぐらいなめらかに回転した。

「ああ、そうだった。石器ってこうやってつくるんだね。昔の人は大変だったんだ」

ちっとも大変じゃない。一人だったら一日かけてもせいぜい一個か二個しかできない石器が、ほんの数十分で、四つも手に入った。

人の気持ちを考えると、こういう時はお礼をしなくちゃいけないんだろう。ナイフと槍先《やりさき》を一本ずつサチに差し出す。

「これあげる」

サチは首を振った。こっちのほうがいい、そう言って、偶然ハートのかたちになった石の破片を手に取る。今日も野球帽と半パン姿で、男の子にしか見えないから、その破片をブローチみたいに胸にあてがっているしぐさが不思議だった。

ハートの石を手の中でころがしながら、サチが聞いてくる。

「何で石器なんかつくってるの。夏休みの宿題?」

なぜだろう。本当のことを話したくなってしまった。相手がもうすぐここからいなくなってしまう、蟬《せみ》みたいな存在だったからだろうか。

ぼくはサチのまねをして、ひとさし指を立ててみせた。

「絶対に秘密だぞ」

「何が？」

「ぼくは、普通の人間とは違うんだ」

普通の人間とは違う――そう口にした瞬間、背筋がぶるっと震えた。自分が悲しくて、いとおしくて、ほんのちょっと誇らしい、悪い気分といい気分をミキサーでかきまぜて、背骨に注入されたみたいだった。

「誰だって、普通とは違うよ」

サチの言葉に、ちょっとむっとした。ぼくの違い方は、そんな甘いものじゃない。そう言われると、よけいに喋《しゃべ》りたくなってくる。

「第一、顔が違うだろ。目の色だって薄いし」

初めて気づいたという顔で、ぼくの瞳《ひとみ》をのぞきこんでくる。

「あ、ほんとだ。薄すぎの麦茶みたいだね」

ほかに言い方があるだろうに。薄すぎの麦茶の目で睨《にら》むと、サチが女の子みたいな――女なんだから、あたり前なのだけれど――しぐさでぼくから顔をそむける。それから、ぽつりと呟《つぶや》いた。

「でも、きれいな色だよ」

ぼくは頬が熱くなった。サチもほっぺたを赤くした（日に焼けててわかりにくかったけれど、表情から察すると、たぶん）。その横顔を見ていたら、言葉がとまらなくなってしまった。

「いいか、絶対に絶対に秘密だぞ」

今日のぼくは変だ。考えるより先に口が動いてしまう。サチに念を押してから、大きく息を吸いこんで、その息を吐き出す勢いにまかせて、言ってしまった。

「ぼくは、クロマニヨン人なんだ」

驚いて目をまんまるにするだろう。そう思ったのだが、サチは鼻の上にしわをつくっただけだった。

「クロマミオン？　どこにある国？」

「クロマニヨン。いまはどこにもない国。いまはどこにもいない人々の名前なんだ」

「へんなの」

「信じてもらえなくてもいい。事実なんだから」

大人っぽい口調で言ったのだけれど、ろくに聞いちゃいなかった。

「あ、そうか。だから、犬の名前がクロなんだ」

違うってば。サチに真剣さが足りない気がして、ぼくはもう一度、念を押した。

「人には言うなよ。すっごい秘密なんだから」

「だいじょうぶ」サチが確信に満ちた口ぶりで答えた。「さっきの名前、難しすぎて、もう忘れちゃったから」

クロマニヨンの誇りを傷つけられたぼくは、暗記が得意じゃないらしいサチの頭の中にしみこむまで同じ言葉を繰り返した。

「クロマニヨン、クロマニヨン、クロマニヨン」

サチは何でこんなことをしなくちゃいけないんだって顔で復唱する。

「クロマニヨン、クロマニヨン、クロマニヨン」

「絶対に絶対に絶っっ対ぃぃに秘密だぞ」

「魔王に誓って」

意味不明のせりふ。都会でしか放送していないアニメの真似《まね》だろうか。サチがいまでになく神妙な顔をして、Tシャツをほんの少しだけ突き上げている胸に片手を当てた。

自分の秘密を誰かに喋ってしまうのは、バッテンばかりのテスト用紙が風に飛ばされてどこかへ消えてしまったみたいで、落ち着かない気分だったけれど、同時にぼくが背負っていた見えない鉄製のランドセルを、ほんの少しだけ軽くしてくれた。

どうせ夏が終わったら都会に帰ってしまう、今日でさよならをする相手だ。この世界のどこかに、自分の真実を知り、理解してくれる人間が一人いる。その事実は夏の終わりの風みたいに、ぼくの胸を優しく締めつけた。

ところがそうはいかなかった。


夏休みが終わって、二学期の最初の授業が始まる前、担任教師が教壇で言った。

「今日から、新しいお友だちがこのクラスに入ります」

田舎の小学校では転校生は珍しい。みんな興味しんしんの顔で、ドアの向こうに首を伸ばす。

「入りなさい」

ドアを開けて入ってきたのが女だとわかると、サッカーや野球の新しいメンバーを欲しがっていたクラスの男子はがっかりした顔になった。女子たちはおとなの女の人さながらの、自分と比較し、値踏みする目を向けた。

夏休みの宿題が終わっていない言いわけを懸命に考えていたぼくは、それどころじゃなかったし、転校生の初日らしく、ちょっと気取った白いワンピース姿だったから、最初はまったく気づかなかった。やけに色の黒い女が入ってきたと思っただけ。

「黒板に名前を書いて、自己紹介してください」

担任教師の言葉に、鼻にしわをよせ、耳を掻《か》かれる犬みたいに目を細くして笑った顔で、ようやく気づいた。驚いたなんてもんじゃない。

転校生が黒板に名前を書く。

『室田紗知』

サチは字がへただった。「紗」なんて漢字を名前にするのは無謀だったと思う。

「席はとりあえずいちばん後ろの空いているところに」

ぼくの前を通りすぎる時、サチは手を振ってよこした。おかげで教室がちょっとざわめいた。手を振っただけじゃない。声もかけてきた。

「ひさしぶり、クロマニヨン人」

おいっ。

女とは秘密の約束なんかしちゃいけない。ぼくは小学五年生にして、そのことを悟った。

これが、ぼくとサチの出会いだ。運命的なんていうほど美しいものじゃないけれど、ぼくの心に欠けていたジグソーパズルのピースを、彼女は持っていた。彼女が探していたピースは、ぼくが持っていた。

河原で会った時も、学校で再会した時も、印象は「色の黒いやつ」。まるで夏が服を着ているような感じ。氷河期が来ることを願っていたぼくを笑っているみたいだった。サチの服の中に隠されたもともとの肌が、案外に白いことをぼくが知ることになるのは、何年も後のことだ。

9

二学期になると、誰もぼくのアヒル声を笑わなくなった。夏休みの間に何人かが、ぼくと同じ声になったからだ。

夏はクラスみんなの背丈を伸ばし、男子を少しずつ違う生き物に変え、女子の胸をこっそりふくらませた。

ジャンボの子分の一人に新しいあだ名がついた。「ちん毛」。みんなで町営プールへ行った時に、見られてしまったらしい。プール授業の時、タオルで隠し続けていたぼくは、ラッキーだった。考えられるかぎり、最悪のあだ名だ。「消防車」や「ジャングルジム大帝」のほうがずっとまし。

男子だけじゃない。女子は女子でひそかに変身しているようだった。休み時間にぞろぞろと連れ立ってトイレに行く時に、小さなポーチを持っていく子が増えてきた。

第二次性徴——授業では習っていたけれど、「植物の光合成」と同じぐらい無関係に思えていた言葉が、全員の身近に忍び寄ってきたんだ。教室の後ろに席があるぼくには、サイズの合わない机に窮屈そうなみんなの背中が、いまにも蝉の幼虫みたいに割れはじめるんじゃないかと思えたものだ。

黒一色で並んでいた頭も、二学期の教室には、ちらほら違う色がまじるようになった。ぼくにだけ見えないのだけれど、いままでの教室では薄茶色のぼくの髪は、オセロゲームのたった一枚裏返ったチップに見えていただろう。いまは色覚テスト用の検査帳の一ページを見せられているみたいだ。

父親がトラックの運転手だから「トラ」と呼ばれている男子は、クルーカットを黒と金色のまだらに染めて、ほんとうの「虎」みたいになった。ウサギはウサギの耳形のヘア・スタイルと大きなリボンをやめ、茶色の髪を花のかたちの髪留めで頭の上にまとめている。後ろから見るとパイナップルみたいだ。

夏の間にやってきた都会の人間の影響だと思う。都会の流行が何年か遅れでやってきて、田舎の小学生の髪をとりどりに染めはじめたのだ。

ぼくは複雑な気持ちだった。安堵《あんど》する一方で、心のどこかで落胆もしていた。みんなが並んで歩く行列からはぐれて、たったひとりで違う道を探し、ようやくその道を歩きはじめたとたん、後ろからみんながぞろぞろついてきた気分。

もちろん、だからと言って、ぼくの変化がみんなと同じだとは思わなかった。大人のクロマニヨン人への変化は、現代人の子どもの第二次性徴なんかとはわけが違う。

ぼくの身長はあいかわらず二メートル四十センチペースで伸びている。手足にはこぶみたいに筋肉が盛り上がってきた。

どちらかというと丸かった頰の肉は夏の間にさらに薄くなり、顔の凹凸が深くなってきた。鍾乳洞《しょうにゅうどう》の中の岩みたいに、頭蓋骨《ずがいこつ》が皮膚の下で少しずつかたちを変えていく――それは自分の顔面で毎日ホラー映画が上映されているようなものだ。少し前までは、歯を磨く時ですらろくに見なかった鏡を、ぼくは一日二回は見るようになった。

「やっぱりワタルはガイジン」みんながひそひそ声でそう言っていることには気づいていた。「ハーフなんだよ。そう思っていないのは自分だけ」女子の一人には面と向かってそう言われたし、褒《ほ》めているのか馬鹿にされているのか知らないけれど、ぼくが似ているといわれる有名人は、みんな外国人だ。

「母ちゃんに聞いてみな。父ちゃんは何人《なにじん》かって」というやつもいる。でも、母さんに聞くまでもない。ぼくはガイジンなんかじゃない。

この町に、ほんものの外人が来たから、それがわかった。

この年の春、母さんの研究所にスウェーデンからの留学生、ラーソンさんがやってきたのだ(町の子どもたちは、ラーソンさんの姿を見かけると、ぞろぞろと後をついていく。学校ではラーソンさんがコンビニでしゃけ弁当を買っただけでニュースになった)。ラーソンさんはぼくとはまるで違う顔をしている。ぼくはあれほど鼻がとんがっていないし、目も青くない。髪の毛だって、あんなトウモロコシのヒゲみたいな色じゃない。

「うんこ色」とジャンボたちにバカにされていたぼくの髪の色は、せっかくほかの子が髪を染めはじめてめだたなくなったのに、逆にほんの少し濃くなっていた。

夏の間にカラオケ・スナックに変わったパイン・ツリーで、フィリピン人の女の人たちが働きはじめた。あの人たちとも違う。一年じゅう日に焼けていたから、いままでは自分でも気づかなかったけれど、この夏、長ズボンばかり穿《は》いていたぼくの足は、ぼく自身がびっくりするほど白かった。

ぼくは誰でもない。誰にも似ていない。ぼくに似た人間なんて、もはやこの地球上には、存在していないのだ——尖《とが》ってきた顎《あご》や、突き出してきたひたいをこすりながら、ぼくはそう考え、そう信じて、陰口に耳を塞《ふさ》いだ。

みんなが破ろうとしているのは、幼虫の殻だけれど、ぼくのはたぶんサナギみたいなものだ。もっと固くて、変化は大きく、そして殻が破れてしまった後、自分がどうなるのかはまったくわからない。

ぼくの皮膚の下では、骨と筋肉がぎしぎしと音を立てていた。細胞が脳味噌《のうみそ》を無視して、勝手に動き出そうとしていた。体の中に別の生き物が棲《す》んでいる感じ。昔はそれが、皮膚の内側をむずむず這《は》いまわる小さな虫に思えていたのだけれど、いまのそれは、もっと大きな生き物だ。ぼくのイメージでは、黒くてゴツゴツしている毛むくじゃらの獣《じゅう》。

おちんちんから出る謎《なぞ》の白い液体だって、みんなとは違う悩みのはずだ。そのことで病院に行ったり、保健室に相談に行ったなんて話は、クラスの誰の口からも聞かなかった。

謎の液体に関しては、徐々に扱い方を覚えた。何かのきっかけでちんちんが大きくなってしまったら、握って、こすって、痛くてもむりやり絞り出すのだ。もちろん母さんがいない時にこっそりと。

ティッシュで後始末をしているあいだは、自分がクロみたいな悲しい存在になった気持ちになるのだけれど、パンツやふとんを汚すよりましだ。何度か試して慣れていくうちに、痛いというより気持ちいいと思えるほどになった。

液体を吐き出してしまうと、体の中の獣が、お腹《なか》がいっぱいになったライオンみたいにおとなしくなる。骨や筋肉や細胞がぎしぎし軋《きし》むのをやめて、脳味噌が正しく回転しはじめる。こんな時に算数のテストをすれば、八十点をとることだって夢じゃないだろう。

というわけで、ぼくの悩みは、誰よりも深い。みんなとは違うって証拠はまだある。「ちん毛」は唇の上もうっすらと黒くなっていたし、急に長ズボンを穿き出したのは、たぶんぼくと同じようにすね毛を隠すためだろうけれど、ぼくに言わせたら、まだまだ甘い。驚かないで欲しい。ぼくには手や足の指のつけ根にも毛が生えてきたのだ！

まだまだある。

トラはタンクトップをめくり上げて、夏のあいだに鍛えた筋肉をみんなに自慢していたけれど、人には見せないだけで、ぼくのはあんなもんじゃない。お腹のところなんか、ひっくり返したカブト虫状態だ。段々になっていて、触ると木琴みたいに音がするんじゃないかと思うほど。ほんの少しだけれど、胸の筋肉だってぴくぴく動かすことができる！

もっと証拠を挙げてみようか――

えーと、

えーと、

えーと。

人とは違うと言われ続けてきたのに、いまさらみんなと同じだなんて言われても困る。

サチの話をしよう。

まず、転校してきたあの日のこと。

ぼくはサチを無視したのだが、サチは休み時間になると、まっすぐにぼくのところへやってきた。人の気持ちというものを考えると「知っているのはぼくだけだからしようがない」のだけれど、ぼくの気持ちは「うるさいやつだ」だ。

「ねぇねぇ、ワタル、クロは元気？」

「まあね」

「ワタルはサッカーやらないの。みんなボール持って出ていったよ」

「しない」

「ここの給食はおいしい？」

「ふつう」

「ピーマンが出たりする？」

「たぶん」

「ねえ、あの子、ずっとこっちを見てるけど、ワタルの彼女？」

「まさか」

ウサギがぼくらを睨《にら》んでいた。「彼女」どころか、ウサギはぼくのことを嫌ってるんだ。図工の時間に変な顔に描《か》いちゃったから——そう説明しようと思ったけれど、面倒くさいから、やめた。

「さっきから、三文字しか喋《しゃべ》ってないよ。なんで？　そういう遊び？　じゃあ、今度はそっちから何か言ってみて。三文字で答えるから」

「ちがうよ」

四文字、喋ってしまった。

ウサギがパイナップルの髪を揺らして、ぼくらからそっぽを向いた。

授業が終わって一人で帰ろうとすると、サチはぼくの後ろをついてきた。

ぽたぽたぽたぽた。

白いワンピースには不似合いの、合体ロボの足みたいなバスケットシューズを鳴らして。まるでクロだった。でも、振り返っても足をとめないところがクロとは違う。むこうから声をかけてくるところも。

「ワタル～」

母さん以外の誰かから、こういう呼ばれ方をされることはめったにないから、怒りと恥ずかしさで、ぼくは頰を熱くした。家でパジャマを着てゴロゴロしている時の自分が、校庭の真ん中に引きずり出されてしまった気がしたのだ。

「お～い、ワタル～」

まったく。昼休みの時も、給食当番だったぼくに、大きな声でこう言った。「ワタル、大盛りっ」みんなに笑われたじゃないか。サチがあんな呼び方をするから、いつもは「南山くん」と呼ぶウサギまで、ぼくにこう言った。「ワタル、わたしは少なめにして」

ビスケットを投げて、「待て」と叫んで、追い払えればいいのだけれど。

ぼくは誰かと一緒に下校することに慣れていなかったし、まして女子と二人きりでなんて、明日みんなに何を言われるかわかったもんじゃない。聞こえなかったふりをして足を速めたら、声がさらに大きくなった。しかも――

「待てぇ～、クロマニオ～ン」

おいっ。立ち止まるしかなかった。振り返ると、サチが両手をメガホンにして息を吸いこんでいたから、あわてて駆け寄った。

「それは秘密の約束だって、誓ったじゃないか」

「ごめん」

「しかも、クロマニオンじゃなくて、クロマニヨンだ」

「そうか」

「二度とその言葉を言うなよな」

「オッケ」

サチはひとりで三文字遊びをしているみたいだ。

「今度こそ約束だぞ」

サチが喋ってしまった「クロマニヨン」の意味に、クラスの誰も気がついていないようだったけれど、そのうちバレてしまうだろう。六年の社会科では歴史を習うのだ。

「ちかう」

「三文字じゃあ、信用できない」だって、アーモンドのかたちの目が笑ってる。

サチは夏休みの河原でそうしたように、あんまり似合っていない白いワンピースの胸に片手を当てて言った。

「魔王に誓って」

「もう魔王はだめ」

「じゃあ……」少し考えてから、さっきとはちょっと違うポーズをとる。違うと言っても、胸に当てる手を握りこぶしにしただけだ。「妖魔元帥《ようまげんすい》に誓って」

誰だろう、妖魔元帥って。ろくなやつじゃないと思う。なにしろサチは次の日も誓いを破ったのだ。

「ワタルぅ〜」というサチの声が聞こえたとたんに、校門までダッシュしたぼくの背中に――

「待て〜、クロマニオ〜ン」

誓いを破った上に、またヨがオになってる。ほんとうに腹が立つ。

しかたがないから、それからは「ワタル」と呼ばれただけで、振り返ることにした。悪いことに、サチとは帰る方向が同じだった。サチの家は、ぼくの家よりさらに学校から離れた場所にあった。護岸工事現場の先の秘密のベースキャンプまでは、ぼくの家より時間にして十分ほど近い。だから坂の下で別れるまで一緒に歩くことになる。

ぼくから話すことは何もないのだが、サチはクロのことをやたらと聞きたがった。だから質問にだけ答えた。短い返事だと、すぐに三文字遊びをはじめようとするから、二日目からは三文字以上で答えるようにした。夏休みの終わり頃に、ようやくノミとりシャンプーで体を洗ったことや、隣町のペット病院に連れていったけれど、足は治せないと言われたことなんかを。

他人とあまり喋ったことのなかったぼくは、そうしたことを手際《てぎわ》よく説明することができなかった。とくに最初に会った時には、クロがまだ飼い犬じゃなかったことや、飼いたいって母さんを説得するのにどれだけ時間がかかったかについてなんかは。サチにわかってもらうために、三文字以上どころか、百文字以上喋ることもあった。

サチはぼくの十倍ぐらいたくさん話す。たとえば前の家で飼っていた犬の話。ケンゾーという名の柴犬《しばいぬ》が、どれほど頭がよくてサチに懐《なつ》いていたか。いまは父親の実家に世話になっているから、ケンゾーを飼うことができなくて、保健所に連れていったこと。

保健所の話を三十文字ぐらいで片づけて、サチはぼくにここでの釣りのことを聞いてきた。

ぼくはチョロ虫の捕まえ方を教えてやった。これには三千文字は喋っただろう。チョロ虫の捕まえ方に関して、ぼくの腕前はちょっとしたものだった。いつか誰かに話したいと思っていたんだ。

サチが釣りを教わったのは、この町に住んでいたお祖父《じい》さんからだそうだ。サチの話では、亡《な》くなったおじいちゃんは釣り名人で、全長一メートルもあるヘラブナや、牛乳瓶より太いドジョウを釣ったことがあるそうだ。ぼくには釣り名人というよりほら吹き名人としか思えなかったけれど。

「夏には何度かここへ来てたんだ。そのたびに川へ釣りに行ってた。ワタルとはどこかで会ってたかもしれないね」サチはそう言うけれど、ぼくは川で同じ年ぐらいの知らない女の子に出くわした記憶はない（男の子はあったから、見間違えたのかもしれないが）。お祖父さんが亡くなってから、川へ出かけるのも、あの場所へ行ったのも、初めてだったそうだ。

いま考えると、その年の夏、ぼくがサチと出会ったことは、ほんとうに不思議だ。ぼくは運命なんてものを信じないが、もし空の上に人間じゃない誰かがいるのなら、そいつが気まぐれをおこして、空から見えない糸をあやつって、ぼくとサチをあの河原に引き寄せたんじゃないか、と考えることがある。「よけいなことをしやがって」と思う時もあるのだが、後になってぼくは、その誰かに感謝するようになった。

じつはぼくは二学期が始まっても石のナイフが手放せなくて、学校へ持ちこんでいた。やめようと思っても、体の中の獣がぼくにそうしろって言うのだ。ジャンボたちと揉《も》めたら、いつでも取り出せるように、スニーカーの中に一本。筆箱の底に一本。ランドセルの横ポケットにもう一本。でも、結局、すぐに持っていくのをやめた。サチにそのことを話してしまいそうだったからだ。

サチはなんでも聞いてくる。ぼくがなぜパンの耳がきらいなのかってことまで。ぼくが話せば、「そんなこと、やめな」って言いそうだし、口が軽いからいつか喋ってしまうだろう。給食にリンゴが出てきた時なんかに。「ワタル、ナイフ貸して」って。サチはパンの耳は好きだけれど、リンゴの皮が嫌いで、剝《む》かないとリンゴが食べられないのだ。

サチはぼくと同類だった。

パンの耳やリンゴの皮が嫌いな者同士という意味じゃない。町やクラスから、はじき出されてしまったという点において。収穫がはじまったこの町の梨《なし》畑では、キズがついていたり、かたちが歪《いびつ》だったりする梨は、出荷箱には入れられず、果樹園の隅っこにころがされる。あれと一緒。

サチはクラスの女子に受け入れられなかった。

サチがスカート姿だったのは転校してきた日だけで、翌日からは、ぼくが男と間違

え た時のような服装に戻った。田舎ではまだ流行《はや》っていなかったスパッツやちびソックスを身につけてきたのが、女子たちのボス、ウサギの気にさわったらしい。手足がごぼうみたいなサチが、ウサギたち「トイレにポーチ組」に加われなかったのも関係があるのかもしれない。

女子たちから冷たくされても、サチはさほど気にしていない様子だった。都会で少年サッカークラブに入っていたサチは、休み時間には男子にまじってサッカーをするようになった。クラスの誰にも真似《まね》ができないバナナシュートが蹴《け》れるとかで、男子からはたちまち一目置かれる存在になる。それがまたウサギたちの眉《まゆ》をつり上げさせた。

ちょうどクラス全体のボスが、ジャンボからウサギに変わりつつある頃だった。五年の二学期になると、クラスの女子は、歯痛の猫みたいに男子から遠ざかるようになった。声変わりを気味悪がり、汗臭さや泥のついた服に顔をしかめ、子供っぽい遊びと冗談に真剣になっている姿に軽蔑《けいべつ》の目を向けた。

同い年が集まっているはずの三十人のクラスに、十五人の姉と十五人の弟がいる雰囲気。少し前までは野外観察の時に、でかいカエルを素手で捕まえられる男子には、女子からも称賛が集まったが、いまは馬鹿にされるだけだ。

ボスの座があっさり政権交替したのは、そもそもジャンボがウサギの子分同然になったからだ。ジャンボはウサギの言葉にはさからわない。教室で男子が大騒ぎをしている時、ウサギに「うるさい」と言われると、ジャンボは誰よりも早く、リモコンで操作されているみたいにぴたりと動きをとめる。怒るどころか、大きな体を小さく縮めて、命令どおりにしたことを褒めてもらいたそうな表情でウサギの顔を窺《うかが》う。まるでテレビドラマに出てくる、奥さんにどやされてばかりいるダンナさんみたいだった。

ぼくと仲良くしすぎたのもサチにとっては、よくなかったのだと思う。ぼくとサチが一緒にいると、ウサギがすごい目つきで睨んでくるのだ。巨大な牡《おす》マンモスやホラアナグマだって恐れないと決意しているぼくでも、怖くなってしまうほどの目つきで。

新学期が始まって三週間目になっても、家に帰るぼくの隣にはサチがいた。

「ねぇねぇ、聞いた？　あたし、ワタルの愛人の子の愛人だってさ」

ぼくが「愛人の子」だから、サチを「愛人の子の愛人」とクラスの誰かが言いはじめたのだ。たぶん夏休みのあいだ、昼のドラマを観《み》ていた女子の誰かだろう。「ぼくのせいだよ。ごめん」そんな言葉が頭に浮かんだけれど、恥ずかしくて口には出せなかった。

次にこんな言葉を思いついた。「いつもぼくと帰ってるからだよ。もう一緒に帰るのはやめよう」それも言えなかった。サチが「じゃあ、やめよう」と言い出すのが怖かったのかもしれない。結局、いつものようにぼくが「ばかだ」と三文字で答えると、サチは三文字で笑った。「うふふ」

「知ってる？　愛人ってガールフレンドよりすごいんだよ。むふふふ」

へんなやつ。

サチはぼくを休憩時間のサッカーに誘ったけれど、ぼくは断り続けていた。キーパーしかできないくせに、フォワードばかりやりたがるジャンボがいるからだ。もし試合がはじまったら、ぼくはボールよりジャンボを蹴っ飛ばすことに夢中になっただろう。

何度か断っているうちに、サチはぼくを誘わなくなった。あきらめたのではなく、サチ自身が誘われなくなったからだ。ジャンボがウサギに「あのコとは仲良くするな」とリモコン操作されたらしい。

だけど、サチはめげた様子は見せなかった。

「ワタル、ほかのクラスに友だちいないの。いっしょにサッカーやる子とか。集められない？」

「むりさ」

三文字遊びをする調子でぼくは言った。恥ずかしかったから。いままでは友だちなんかいなくたって全然気にならなかったのに、サチにそのことを知られると、情けない気分になってくる。

「あらま」

「ごめん」

「いいよ」

「あっそ」

サチが両手を叩《たた》き合わせた。

「そうだ、今度の日曜、釣りに行こうよ」

首を縦に振りかけてから、横に振った。長い間、一人で遊ぶことに慣れていたぼくは、誰かと一緒にいるだけで、釣り竿《ざお》を十本ぐらい使っているんじゃないかと思うほど、疲れてしまうのだ。サチと初めて会った日もそうだった。母さんが悩んでいる肩こりというものが、どういうものか生まれて初めてわかった。

サチは両手を頭の後ろで組んで、唇を尖《とが》らせた。ひじにはまた新しい絆創膏《ばんそうこう》。ぶかぶかのTシャツの袖《そで》のあいだから、日に焼けていない腋《わき》の下が見えたから、あわてて目をそらせた。ウサギをはじめ、クラスの何人かの女子はスポーツブラをつけはじめていたけれど、サチにはまだまだ必要がないようだった。

サチは初めて会った時と同じ「HONOLULU」という文字が入ったTシャツを着ていた。「やっぱ都会の人間は違う。着るもんに金かかってる」ちん毛が感心した口調で言って、ウサギに視線で命令されたジャンボに頭を殴られていたけれど、そんなことはないと思う。この界隈《かいわい》では売ってないようなものを持っているだけで、サチの服はそう多くないはずだ。

「じゃあ、あさっての次の日に行こう」

その日は木曜日だった。もう騙《だま》されないぞ。ぼくは隣のサチに首を振り向けて、「絶対に嫌だ」という表情を見せようとした。でも、うまくいかなかった。

日に焼けたサチの顔を正面から見ると、揚げたてのコロッケみたいなのだけれど、横から見るとずいぶん感じが違う。サチの横顔は、母さんが仕事部屋に飾っている外国みやげの人形に似ていた。またまた目をそらしてしまった。

「なんで、ぼく——」と口にしてから、言い直した。「——なんで、俺なんだよ」

「ほかに行ってくれる人がいないもの」

外国みやげの人形の横顔がこっちを向いて、コロッケになった。クロみたいな目でぼくを見るなよ。

サチの母親が、カラオケ・スナック〝パイン・ツリー〟で働いていることは、転校してきた翌日に知れ渡った。トラの話では、パイン・ツリーにはもう、クリームソーダどころかカレーもコーヒーもメニューになく、ミニスカートの女の人がお酒をすすめる店に変わったそうだ。サチの母親も、フィリピン人の若い女の人たちと同じ格好をしてお酌《しゃく》をしているらしい。

みんなの感想はたいていこのひと言。「げーっ」

サチには悪いけれど、ぼくもその話が耳に入った時には思ったものだ。

げーっ。

母さんがミニスカートを穿《は》いた姿を想像してしまって、頰がひきつった。後から考えれば、案外に似合うような気もしたのだけれど。

その噂《うわさ》がさらに、サチを女子の中で孤立させているみたいだった。サチへの風当たりが強くなったぶん、クラスのみんなが——とくに女子が——少しぼくに優しくなった。ウサギとその仲間に「誕生パーティに来ないか」なんて誘われたり。もちろん断った。なんだかサチに悪い気がしたのだ。

「来週の火曜日の二日前とかはどう?」

クロに似た鏡みたいな瞳《ひとみ》に見つめられたぼくは、騙されたふりをして答えた。

「あ、その日なら、だいじょうぶかも」

10

「ワタル君のお父さんはお星さまになったのよ」

ぼくは昔から、周囲の大人にそう言われてきた。小さい頃はそれを信じていた。サンタクロースが本当にいると思いこむのと一緒。大人から大真面目《まじめ》な顔で話を聞かされれば、誰だって信じてしまうだろう。夜空を見上げて、父さんの星を探したこともある。

小学三年の時の担任も、図工の時間、「働くお父さん」が描けないぼくに、同じようなことを言った。

「そうだ、ワタル君は、お星さまの絵を描いてごらんなさい。お空の上には、ワタル君のお父さんが住んでいる星があるのよ」

ぼくに『星の王子さま』みたいな絵を描かせたかったみたいだった。ぼくが紫と青を使って蛾《が》の卵みたいな星とのっぺらぼうの男の人を描くと、先生はちょっと嫌な顔をした。まだ自分の父親がクロマニヨンだとは気づかなかった頃だ。星の上に立っている男の人には、研究所の高橋さんみたいな白衣を着せた。

でも、その担任の先生は、理科の時間には、こう言った。

「夜空に見える星は、恒星と呼ばれる天体なんです。地球から光の速さで旅をしても何年も何億年もかかる距離にあります。しかも太陽のように星全体が燃えているから、人間は住めないのよ」

ぼくは白衣を着たのっぺらぼうの父さんが、恒星の燃える地表で焼かれている姿を想像してしまって、叫び出しそうになったもんだ。

大人は嘘《うそ》つきだ。きれいな包装紙みたいな言葉で、本当に大切なことを包み隠そうとする。

ぼくがこの話をした時、サチはこう言った。

「星でもゴキブリでもいいから、うちの馬鹿も早く消えて、生まれ変わって欲しい」って。

うちの馬鹿というのは、サチの父親のことだ。

二学期の終わり、河原で釣りをしていた時だった。そろそろ魚たちが川底に身をひそめる季節で、ろくに釣れはしないのだが、ぼくとサチはあいかわらず川に出かけていた。河原に座って、水面を漂《ただよ》うウキを見つめ、はじかれてしまった果物同士、かたちの揃《そろ》っていないでこぼこを埋め合った。

たいていはお互いの家の中間地点である、ぼくの家の裏庭から下りた河原だ。そこに先客がいた時には、護岸工事現場の先の、二人の秘密の穴場まで足を延ばした。

この時は穴場のほうだった。もう護岸工事は終わり、秋の半ばまで聞こえていたブルドーザーの音もしなくなっていた。

「働くお父さんなんて、描けないよ。うちの馬鹿は働いてないから」

ほっぺたに貼《は》った絆創膏を撫《な》ぜながらサチは言う。そもそも都会の学校では、そういう課題は出ないそうだ。お父さんのいない子どもがクラスに何人もいて、差別というのにつながるためらしい。

「サベツ？」

「うん、お父さんのいない子の前では、みんなもお父さんがいないふりをするんだ」

「へんなの」

みんなにそんなことされたら、いままで以上にクラスが居心地悪くなるだろう。

サチの父親は、勤めていた会社を辞めて自分で会社をつくったのだが、うまくいかず、そのおかげで、お金も働く気力もなくしてしまったのだそうだ。

サチはこんなことを言っていた。「口ばっかりなんだよ。ママはいつもこう言ってる。口で言うだけなら、誰だって社長になれる。口を動かすだけじゃ、お茶碗《ちゃわん》ひとつ洗えないって」

この町はサチの父親の生まれ故郷だ。ここで新しい仕事を見つけて、一からやり直すはずだったのだが、田舎の地味な仕事が気に入らなくて、すぐに辞めてしまったらしい。「たった一日だよ。三日坊主《ぼうず》以下。それからは、お酒ばっかり飲んでる」しかたなく母親が働き出したのだそうだ。

「あんなヤツ、いなくなっちゃえばいいんだ」

ほっぺたの絆創膏が痒《かゆ》いらしくて、しきりに指で掻《か》きながらサチがつぶやく。

サチはしょっちゅう体のどこかに絆創膏を貼っている。包帯をしている時もあった。ぼくはサチが向こう見ずのうえにおっちょこちょいだから、擦《す》り傷や切り傷ばかりつくるのだろうと考えていた。でもそれだけが理由じゃなかった。

サチの父親は酔っぱらうと、暴れ出すのだそうだ。父親のことを馬鹿と言わない時には、サチはこう言った。「ＤＶ野郎」

ぼくは父親がいないことに悩み、サチはいることに悩んでいる。ぼくらは自分の殻が気に入らないカタツムリとヤドカリみたいなものだった。いくら気に入らなくても、ヤドカリとカタツムリの殻じゃ交換するわけにもいかない。

サチに教わったしかけに新しいチョロ虫をつけながら言ってみた。

「お前の父さん、ぼくがやっつけてやろうか」

サチが首をかしげる。

「やっつけるって、どうやって？」

ぼくが腕を叩いて、力こぶを見せると、あきれたという顔をした。

「うちの馬鹿、たぶん喧嘩《けんか》強いよ。馬鹿力って言うじゃない。体でかいし」

「ぼくよりも？」

ぼくには自信があった。もう大人と比べてもそう変わらない背丈があったし、カブト虫並みの腹筋も持っている。でも、あっさり言われてしまった。

「あたり前じゃん。いくらワタルがクラスですごくても、まだ子どもだし。むこうは大人だもん。腕とかこんなだよ」

サチは両手で輪をつくって、ぼくの腕を中に通して、比べてみろというふうにその大きな輪を、上下させた。

「まだまだ全然だね、あの馬鹿に比べたら」

母さんと二人で暮らしていると、自分がとんでもなく大きくなったように思えるのだけれど、ぼくの腕をすかすか通しているサチの両手の輪っかの大きさを見ると、ちょっと不安になってきた。ぼくってまだ子どもなのか？　惜しいな。あと何年かすれば身長二メートル四十センチになるのだけれど。

「じゃあ、武器で倒す」

その年の秋には、槍《やり》を三本、石斧《せきふ》を二つ、七本のナイフと同じくらいの数の矢尻《やじり》をつくり上げていた。矢尻にはまだ弓と矢はない。サチと釣りをすることがふえて、その先の作業を休みがちだったからだ。

「まだやってるの？　石器づくり」

「だってぼくは――」

へくしょん。大切な言葉だったのに、くしゃみが出てしまった。隣で寝そべっていたクロが驚いて跳び上がった。サチがぼくのセリフを奪い取る。

「クロマニオンの子ども？」

「オじゃなくてヨ」

「どっちだって同じだよ。クロマニオン馬鹿」

サチにはたくさん腹を立てさせられていたから、いまさら怒る気にもなれない。しかも怒っているのは、むしろサチのほうだった。

「うちの馬鹿といっしょだ。ママはよく言ってる。鏡に映ってる自分の姿が、ちゃんと見えてないんだ」

サチは母さんみたいに、筋道を立てて説明をしてくれないから、何を怒っているのか、ぼくにはよくわからなかった。

「遠くの山の頂上しか見えなくて、自分の靴ひとつ磨けない男には気をつけなくちゃダメなんだ」

参考意見として聞いておこう。いくらサチだって、ぼくの心までは変えられない。誰がなんと言ったって、ぼくの父親はクロマニヨン人なのだ。そうじゃなくちゃ、ぼくが地上に立っていられる場所がなくなってしまう。何か言い返そうとしたけれど、またくしゃみをしてしまった。

「そんな格好で寒くない？」

ぼくは夏とほとんど同じ格好をしていた。Tシャツと半袖シャツ一枚。氷河期を生き延びた先祖たちを見習って、冬でも薄着で通すことにしていたのだ。

「お母さんの教育方針？　そういう人には見えなかったけど」

「違うよ」

サチは少し前に母さんと会っていた。ぼくが招待したわけじゃない。「クロに会わせて」と勝手にやってきて、家の中にまで上がりこんだのだ。

母さんはずいぶん喜んだ。

「ワタルがお友だちを連れてくるなんてほんとうに久しぶり」

「別に友だちなんかじゃない」

ぼくの答えに、ちょっと驚いた顔をした。

「じゃあ、ガールフレンドってこと」

違うってば。あわてて首を振ったのだけど、サチにばかり気をとられていた母さんは見ちゃあいなかった。サチへの態度が急に優しげになった。優しげだけど、目は研究所で試験管を見つめている時みたいだった。

「ほほほ」意味もなく笑って、いつもより気取ったしぐさで、サチにとっておきの果汁百パーセントジュースを出す。「ゆっくりしていってね。ほほほほほ」

「ありがとうございま〜す」

サチも合唱の高音パートみたいな声を出していた。それがおかしくて、慣れない正座をしているサチのひざ小僧を、爪先《つまさき》でちゃぶ台の下から突っついたのだが、サチにも無視されてしまった。二人はぼくを置いてきぼりにして、ぼくの噂話を始めた。

「ワタルは学校ではどうなの？　おとなしくしてるのかしら」

「おとなしいもんです。しょっちゅう寝てますから」

「あらあら、ほんと、しかたないわね」

そのうちに、ぼくがパンの耳を残さないようにするにはどうしたらいいかを相談しはじめた。

「フレンチトーストにして食べさせようとしたんだけど、だめなの」

「パンの耳を揚げて、お砂糖をまぶしてもおいしいですよ。子どもは喜ぶみたいです」

おいおい、なんだよ、まったく。

サチが帰ったあと、母さんは、ぼくにお地蔵さんみたいな笑顔を向けてきた。

「いいコじゃないの、ワタルにガールフレンドなんて、驚いた。母さん、ちょっと寂しいな」嬉《うれ》しそうにそう言う。それから、ほんとうに少し寂しそうにつけくわえた。

「でも、嬉しい」

「そんなんじゃないよ」

「じゃあ、なんなの?」

その時の母さんは、なんだか意地悪だった。ぼくには、ほんとうにわからなかった。だから、よくわからないままこう答えておいた。

「仲間だよ」

ぼくらは自分の殻を探しているヤドカリとカタツムリだ。

どこまで話したっけ。そうだ、サチの父親をぶっ殺す話だ——大人のようにきれいな包装紙に包んで言えば、サチのお父さんをお星さまにする話。

「武器はあるから、なんとかなる」

ぼくは自信たっぷりに言ったのだが、サチは首を横に振った。体全体を使って激しく振ったから、竿《さお》も左右に揺れた。それを見ていたクロも、同じリズムでしっぽを振っていた。

「いいよ」

「どうして」

「たぶん、それはあたしがやることだから。あいつをいつかぶっ飛ばし返してやるのが、あたしの目標なんだもん」

そう言ってサチは、自分の腕を叩《たた》いた。

だいじょうぶかな。サチに言わせれば、「まだまだ全然」だというぼくの腕よりずっと細い。初めて会った時にはごぼうのようだったサチの手足は、少しずつ太くなっているようだけれど、それはぼくの太くなり方とは違う。アスパラガスを柔らかく茹《ゆ》でたような成長のしかただった。

そのせいなのか、サチはぼくの背丈や手足を羨《うらや》ましがった。「ワタルみたいになりたいよ、もっと強くなりたいんだ」ときどきそんなことを言う。でも、それは無理だと思う。ぼくがこういう体になることは一万年前から、いや、もっと前から決まっていただろうことだから。

「三年後には、ぶっ飛ばす」

サチはサチの強さを知って、それを鍛えたほうがいい。ぼくはそう思う。

サチは、氷河期を生き延びたクロマニヨンの子孫であるぼくが音《ね》をあげてしまうほどの冷たい水の中に、平気でじゃぶじゃぶ入って魚を釣ることができるし、ぼくだったら腹が立って睨《にら》みつけてしまうだろう、ウサギたちのしつこい言葉攻撃も笑って受け流すことができた。もしかしたら、ぼくよりずっと強いんじゃないかと思う時がある。

だから、サチの父親を倒すのは、ぼくの役割である気がした。だけど、あんまり真剣な表情だったから、腕立て伏せのやり方を教えてやった。

「回数は多すぎてもだめ。少ない回数をゆっくりやるんだ。息はとめないほうがいい」

誰に教わったわけじゃない。ぼくの筋肉がそうすればいいことを知っているのだ。

三学期のある日、サチが学校を休んだ。それまで遅刻したこともなかったのに。その日は、サチに話すことがたくさんあったから、ぼくは一日中、唇がうずうずしてしかたなかった。校門で偶然に出くわしたウサギから、一緒に帰ろうと誘われたが、断って一人で家へ帰った。

翌日、やってきたサチは、片方の目に眼帯をしていて、顔がアボカドみたいに腫《は》れていた。

酷《ひど》い腫れ方だった。ふだんは示し合わせて口をきかないウサギたちも、この時ばかりは、同情の声をあげて、口々にどうしたのかと尋ねたぐらい。でもサチは何も答えなかった。

ぼくが聞いても答えなかった。そのかわり、眼帯をそっと上げて、その下をぼくにだけ見せた。切れ長の大きな目があるはずの場所が、カエルみたいに青黒くふくらんでいた。目は糸になっていて、ほとんど開けられないようだった。

「何があったの」

やっぱり口を開かずに、片方だけになってしまったアーモンドの目で、見つめ返してきただけだった。

でも、もちろんぼくには、何があったのかわかった。

許せない。

仲間をこんな目に遭わせるやつは、許せない。クロマニヨン人だったら、どうするか考えてみた。もし仲間がマンモスに踏み潰《つぶ》されたら、ぼくの先祖たちはどうしただろう。答えは考える前から出ているようなものだった。

仇《かたき》を討つのだ。もう二度と仲間を踏み潰せないようにしてやる。

ぼくは、サチに内緒で、サチの父親を星にしてしまうことにした。

その日のうちに決行したかったが、母さんの目があるから、そうもいかない。

決行日に備えて森に行き、倒木の洞にぎっしり詰まっている石器の中から、いちばん能力が高そうなものを選んだ。

能力。その年に漢字を覚えた熟語だ。ゲームや漫画によく出てくる言葉だから、意味はわかっていた。戦闘能力、透視能力、特殊能力……何かを行なえる力を表すのだ。いまぼくが石器に求めている能力も、もちろん理解していた。漢字では書けないけれど。

サッショウ能力だ。

サチからだいたいのことは聞いていた。サチの父親は、ほとんど毎日、どこかへお酒を飲みに行く。たいていは町中の『ととや』という店。サチは酔いつぶれた父親を何度も迎えに行かされたことがあるそうだ。

帰るのは、ととやが閉まる午後十一時すぎ。夜、観《み》たいテレビがあっても、顔を合すと殴られるから、この時間までにはふとんに避難することにしている、とサチは言っていた。

「馬鹿は酔ってても運転しようとする」そうだが、いまクルマは母親が使っているから、自転車で帰ってくる。通る道はひとつしかない。いつもサチと一緒に帰っている坂の下の道だ。

決行のチャンスは、四日目にやってきた。

母さんがお茶の間のちゃぶ台に突っ伏して居眠りをはじめたのだ。このところ帰りが遅く、家に帰ってからも部屋で仕事をしている。職場はいままでどおりだが、大学を辞め、共同研究をしている会社の社員研究者になったのだ。給料は良くなったらしい。でも、忙しさはいままで以上だ。

よほど疲れていたのだろう。夕食の食器も洗ってなくて、流しに置いたままだった。「努力のないところに成果はない」が口ぐせだった母さんは、以前はぼくに、こんな姿はけっして見せようとしなかった。

お皿を洗い、母さんの背中に毛布をかけたら、目を半開きにして「だいじょうぶ、いま起きるから」と口をもごもごさせたけれど、また突っ伏してしまった。「もうお皿は洗ったから、ちゃんと寝なよ」と言うと、「は～い」どっちが子どもだかわからない素直な返事をして、ぼくが敷いたふとんに倒れこんだ。

チャンス到来。そっと家を抜け出して、裏庭に隠しておいた武器を手にした。

槍だ。三本のうちで最も長く、しかもいちばん鋭い槍先が備わっているやつ。

誰かに見られるかもしれない危険性を考えたら、槍は目立ちすぎる。ズボンのベルトに挟んでおける石斧のほうがいいように思えたが、やっぱり、これを選んだ。クロマニヨン人の象徴とも言うべき武器。しかもサチの父親が、サチの言葉どおり巨大で危険だとしたら、遠くから狙《ねら》えるこっちのほうが、そばまで近寄らなくちゃならない石斧より確実。サッショウ能力だって高そうだ。さんざん練習したから、失敗する気もしなかった。

坂道を降りて、いつもサチと別れる三叉路《さんさろ》を右手に曲がる。

道の片側は畑、もう一方は雑木林。あたりに家はなく、夜は人通りもない。誰かがこのあたりを訪れるとしたら、ソメノさんの雑貨屋があったという駐車場ぐらいだが、ここは森林組合専用だから、いまはひっそりと静まり返っている。作業用トラックがうずくまって眠る大型動物に見えた。

ぼくは雑木林の中に隠れて「獲物」を待った。

雲の多い夜空が、月を隠していた。星も見えない。もちろん父さんの星なんかどこにもない。

三月初め。この町では、まだ冬と春が、季節を奪い合っているさなかだったけれど、ぼくは例によって薄着で、着ているのはパジャマにしているジャージの上下だけ。山から吹き下ろす風は、身震いするほど冷たい。ぼくは雪がたっぷり残る山頂に、はるか遠くの氷河を見つめる目を向けて、それからくしゃみをした。

足踏みをし、右手で左腕を、左手で右腕をこすって体を温めながら、獲物が来るのを待った。肌は鳥肌すら引っこんでしまうほど冷えきっていたけれど、サチの腫れあがった目を思い出すたびに、頭の中は熱くなった。体の奥もだ。四日経《た》ったいまも、サチは眼帯がとれていない。おかげで体育の時間のドッジボールでは、ジャンボ軍団に対抗するぼくの貴重な相棒だったのに、見えない方角からのボールに簡単に当てられてしまうようになった。熱い体の奥底で、ぼくの中の獣が、皮膚を破って飛び出そうとしていた。

どのくらいそうしていただろう。槍《やり》を持つ両手の指が凍えて、感触がなくなりはじめた頃だ。時計はなかったが、家を出たのはととやが閉まる直前ぐらいの時刻。獲物の行動がふだんどおりなら、もうとっくに姿を現しているはずだった。

今夜は寒いから、獲物はお酒を飲むのをやめたのかもしれない。ととやより遅くまでやっている店に行ったという可能性もある。

今日はあきらめよう、何度もそう考えたけれど、体は動かない。ぼくは雑木林の中で足踏みをし続けた。

その時だ。

道の向こうにライトが灯《とも》った。蛍みたいにふらふら揺れながら近づいてくる。いまさら遅いのだけれど、ぼくはサチの父親の顔を知らないことを思い出した。そもそも夜道は暗くて、自転車の上の人影の人相はまったくわからない。

でも、間違いはない。サチの父親の顔を知らないかわりに、この界隈《かいわい》の人の顔はみんな知っている。ここからサチの家までのあいだに、ほかの家は何軒かしかないし、こんな時間に酔ってふらついたりする人間なんかいない。

そして、あんなに大きな大人も。ふらふらしながら自転車を漕《こ》いでいる人影は、縦も横も大きかった。サチの言葉どおり、ぼくの倍ぐらい腕が太くてもおかしくない。

槍を構えた。どこを狙えばいいんだろう。一撃で仕留めるためには、やっぱり頭か――

ライトは左右に揺れながら少しずつ近づいてくる。

雑木林の中では、木が邪魔で槍を投げることはできない。といって自転車の前に飛び出したら、相手は逃げ出すだろう（もしくは、怒鳴りつけてきて、ぼくを追いかけまわすだろう）。

自転車が通りすぎてから道に飛び出して、背後から狙うしかなさそうだった。怖気《おじけ》づいたわけじゃない。暴走するマンモスの群を前にしたら、クロマニヨン人だってそうしたはずだ。

月の光が戻った。ライトが目の前を通りすぎる一瞬、獲物の顔が見えた。ぼくはずっとネアンデルタール人みたいな人相を想像していたのだけれど、獲物はサチに似た丸顔で、しかも眼鏡をかけていた。

眼鏡をかけた獲物？　なんだか変だぞ。いいのか、本当に。一瞬、足が止まった。だけど、長く迷ったりはしなかった。ひとつだけになってしまった目でぼくを見つめてくるサチの顔が頭にちらついて、体の中の獣が再び暴れはじめたからだ。復讐《ふくしゅう》だ。サチを救うのだ。サチをあんな目に遭わせたやつは、恒星まですっ飛ばして、燃える地表で焼き焦《こ》がしてやる。

槍を振り上げて路上へ飛び出した。全身の骨が軋《きし》み、筋肉が熱を持ち、すべての細胞が叫び声をあげた。ンボボボボ、バンボボボ。

助走をつけ、何も知らずに遠ざかっていく自転車の上の人影めがけて槍を投げた。

闇《やみ》の中で槍が空気を切り裂く音が聞こえた。月明かりが槍先の尖《とが》った石を光らせた。

その閃光《せんこう》が自転車を漕いでいる頭へ吸いこまれていく。

頭ががくりと折れる。眼鏡が飛んだ。かすかな叫び声も聞こえた。スローモーションビデオみたいに自転車が倒れていった。

命中だ。

自転車が横倒しになる音がした。人影が放り出されて、畑に転がり落ちるのが見えた。折れたスポークが骨みたいに飛び出した自転車に、ゆっくりと近づいていった。初めて狩りに同行し、大人の仲間入りができるかどうか問われている、クロマニヨン人の若者みたいに。

人影は——サチの父親は、収穫が終った裸の畑にうつ伏せになったまま、ぴくりとも動かなかった。

やった。

急に、寒さとは違う理由で、体が震えてきた。

やってしまった。

体を支配していた獣が、いつの間にか消えていた。おい、こんな時に。裏切り者。

震える足を懸命に動かして、ぼくは走って逃げた。

翌朝、新聞のテレビ欄じゃないところを読んでいるぼくに、母さんが驚いた顔をした。

「珍しいわね、何か気になる記事が載ってるの」

「うん、いや、ううん」

適当に返事をした。考えてみたら、昨日の夜中の事件が朝刊に載るわけがない。サチによればこの町の新聞は、都会より半日ぐらいニュースが遅れるそうだ。

新聞を畳むと、今度は窓の外に耳を澄ませた。パトカーのサイレンが近づいてきはしまいかと。

じっとしていられなくて、いつもより早く家を出た。学校へ行く途中も、体を緊張させ続けた。テレビドラマみたいに背広姿の男たちが近づいてきて、「南山渉だな」とぼくを呼びとめ手錠をかけるシーンが頭を駆けめぐっていたからだ。

パトカーに追いかけられず、手錠もかけられなかったことに、ほっとしながら学校にたどり着いたぼくは、いつものようにサチが教室にいることに驚いた。

帰りは一緒だが、朝は別々。父親が目を覚まさないうちに家を出るから、サチのほうがずっと登校時間が早いのだ。

てっきり、サチはいま頃、警察のジジョーチョーシュというのを受けているはずだと思いこんでいたのだが、まだ誰もいない教室で、のん気に水槽のメダカにエサをやっていた。

「おはよう」

ぼくにかけてくる声もいつもどおりだった。もう眼帯はしていなかったが、目はまだ少し腫れていて、こっちを見つめてくる目はまぶしそうだった。おかしいな。ママさんと二人で、死体を畑に埋めちゃったのだろうか。さりげなく聞いてみた。

「なぁ、お前のとこの馬鹿、どうしてる」

「馬鹿って？」

「お前のうちの酔っぱらいの馬鹿」

いきなり怒りだした。いつもそうなのだが、ぼくにはなぜ自分がサチを怒らせたのかが、わからなかった。

「馬鹿って呼ぶなよ。人の親を」

いつも自分で馬鹿馬鹿って言ってるくせに。

「なぜさ」

三文字言葉で尋ねたのだけれど、サチは三文字で答えてはくれず、早口で三十文字ぐらい喋《しゃべ》った。

「あたしが言うのはいいんだ。でも人にはそんなこと言われたくないよ」

「……じゃあ、そのぉ、お前の父さんはどうしてる？」

なぜそんなことを聞くのか、という顔でサチが答える。

「たぶん、いまは病院」

やっぱり。でも、病院ってことは、死んでなかったんだ。ぼくは胸をなで下ろしてから、そういう自分を反省した。だめだ、この場合は悔しがるべきなんだ。獲物をしとめ損ねたってことなんだから。

どうして失敗したんだろう。石器の磨き方が甘かったのか。槍を投げる時に力が足りなかったのか。角度が悪かった？　投げる瞬間、サチが昔、「馬鹿」とサッカーの試合を観に行ったことを嬉《うれ》しそうに話してる顔が頭に浮かんだからだろうか。

「ひどいの？」

「うん、ひどいね」

メダカの水槽を覗《のぞ》きこむふりをして、両手を膝《ひざ》がしらにあてた。昨日の夜のように足が震えてきたからだ。

「命は？」

声も震えてしまった。サチが顔をしかめた。

「命に別状があって欲しいけど……まぁ、無理だね。ただの風邪みたいだから」

風邪？　おかしいな。

「昨日の夜、酔っぱらって帰ってくる途中で、あの馬鹿、道路で寝ちゃったらしいんだ。いつもそう。酔っぱらって寝ちゃうと、蹴《け》っ飛ばしても起きない。馬鹿はやっぱり馬鹿だ」

ぼくを怒ったくせに、サチは馬鹿を連発する。

「怪我《けが》はひどくない？」

「ケガ？　自転車から落ちたみたいだから、少しはしてたけど……」

「頭の後ろには？」

「頭の後ろ？　ケガのこと？……ああ、そう言えば、たんこぶつくってたね。でも、どうしてそれ、ワタルが？」

サチが片方の目だけまばたきさせて首をかしげる。

言うべきかどうか、迷ってから、昨日の出来事を話すことにした。サチの喜ぶ顔が見たくって。ぼくを尊敬の目で見てくれる気がして。

「じつは、昨日の夜、お前の父さんを襲った——」

話しはじめたとたん、サチの目が丸くなった。腫《は》れているほうの目も。

「……なんで……そんなことしたの？」

「え、なんでって——」

お前のためだって、言おうとしたけど、言葉にはならなかった。サチがちっとも喜んじゃいないとわかったからだ。喜ぶどころか、さっきよりひどく怒り出した。

「馬鹿なのは、お酒飲んでる時だけだよ。どうすんだよ、ほんとうに死んじゃったら」

そのあと一週間ぐらい、サチは口をきいてくれなかった。

そんなぼくらに、クラスのみんなはなぜか興味しんしんの様子で、いつもはぼくらを透明人間みたいに扱っている連中が声をかけてきた。とくにぼくにはウサギが、サチにはトラが。

人の気持ちは、わからない。母さんの言うとおり、ぼくにはまだまだ「人の気持ち」を勉強する必要があるみたいだ。算数や理科や社会よりもしっかりと。

それからのぼくはサチの前では、クロマニヨン人の話はしないようにした。もう

「クロマニオン馬鹿」と呆《あき》れられたくはなかったし、トラがサチをボウリングに誘っているという噂《うわさ》を聞いたからだ。

石器を使うこともなかった。しばらくのあいだはという意味だけれど。

11

中学に上がる年には、ぼくの身長は、大人の男に負けないぐらいになった。

ただし推定二メートル四十センチになるはずだった伸びは、思っていたよりゆるやかで、予想をだいぶ下回ることになりそうだった。

ぼくが通いはじめた中学校は、地域の二つの小学校の生徒がそのまま上がってくる。だから、半分は知っている顔だ。遠くの私立中に行った何人かをのぞけば、あいかわらずの顔ぶれ。

いまいましいがジャンボも一緒だ。ウサギや、ちん毛——みんなにちん毛が生えてからも、このあだ名はなかなか消えず、中学でもそのまま持ち越しになった。かわいそうなちん毛——も。

そしてもちろんサチも。

だから、中学校生活にはたいした期待は抱いていなかった。小学校の続きが始まるんだ、ぐらいにしか考えていなかったのだ。

だが、そうでもなかった。

転機が訪れたのは、体育の最初の授業だ。二時限を使ったその授業で、スポーツテストを実施するのがぼくらの中学校の恒例だった。

誰もが目を剝《む》いた。ぼくにではなく、もうひとつの小学校からやってきた新一年生の一人に。そいつはぼくより背が高く、ジャンボより横幅があった。いわばスーパージャンボ。

最初の握力テストで、そいつは五十五キロという数字を叩《たた》き出した。体育教師の木嶋《きじま》によると、成人男子の平均値よりずっと上だそうだ。スーパージャンボは、県のわんぱく相撲で準優勝したらしい。

ぼくは大差をつけられての二位だった。三十六キロ。「五十代男性並み」だそうだ。

ぼくの闘争心に火がついた。サチには言えないが「クロマニヨン人としての闘争心」だ。小学校時代は「一人余り」にならないように体育は適当に手を抜いていたのだが、本気を出すことにした。握力だって、スーパージャンボより後に計っていれば、四十キロ以上は出ていたはずだった。

やってやろうじゃないか。本当の実力を見せてやる。

ぼくは全八種目中、五十メートル走、千五百メートル走、立ち幅跳び、ハンドボール投げ、反復横跳びの五種目で学年一位になった。

前屈と上体起こしはいまひとつ。寒さに身を縮め続けていたクロマニヨン人は体が固かったのかもしれない。

千五百のタイムは四分四十二秒。四百メートルトラックで、ほぼ全員を一周抜かしにした。

テストが終わって、違うクラスになったサチの姿を探した。サチはすんなり新しいクラスに溶けこんだみたいだ。まわりの女の子たちとじゃれ合っていた。そっちへ歩いていこうとしたら、木嶋に声をかけられた。

「南山、部活はどこに入るんだ？　もう決めたのか」

最近のぼくは人を見下ろすことがふえたのだが、木嶋の場合は、まだ見上げて答えなくちゃならなかった。

「いえ、まだです」

バスケット部と柔道部に誘われていたけれど、どちらにも入るつもりはなかった。

「陸上、やってみないか」

「陸上?」

ぼくは昔みたいに、走ってるだけで楽しいなんて思うほど子どもじゃなかったから、曖昧《あいまい》に首をかしげるだけにした。大人の対応だ。

「お前の千五百のタイム、いまのままでも県大会で入賞が狙《ねら》えるぞ」

入賞? ぼくより速いやつがいるってことか? まぁ、ぼくはまだ一年生だからしかたない。三年になる頃には、練習なんかしなくたって、日本一足の速い中学生になれるだろう。

「一年の部で入賞、いや三位以内も夢じゃない。二年が出てくる新人戦でも決勝に残れるだろう」

同じ一年生で、ぼくより速いやつがたくさんいるってこと? 二年生にはもっとたくさん? 一瞬、首が縦に動きかけてしまった。

「とりあえず、練習を見に来いよ。見るだけでいいから」

だけど、もちろん行くつもりはない。学校はぼくにとって長くいるところじゃなかった。本来の自分に戻るために、さっさと帰る場所だ。もう石器づくりはしていなかったが、いまのぼくには放課後にすることがいろいろあった。

六年生の時から、ぼくはトラとつきあいはじめていた。しつこくボウリングに誘われて困っていたサチに頼まれて、三人で行ったのがきっかけだ。いまではサチ抜きで会っている。

ぼくの初めての男友だち。つきあってみれば、トラはなかなかいいやつだ。大人ぶって煙草《たばこ》のけむりを吹きつけてきて、お前も吸えってしつこく勧めてくるのは困りものだけれど。


一年の教室は校舎のいちばん上の三階にある。三年生が職員室のある一階を使っているのは、この中学の三年生たちが、目を離すと喧嘩《けんか》したり、煙草を吸ったり、途中で帰ったり、気弱な教師を殴ったりするからだ。

数学のちんぷんかんぷんの授業に退屈していたぼくは、窓からぼんやり校庭を眺めていた。田舎の中学だから、気のきいた設備は何もないけれど、広さはあきれるほどある。

体育の授業がない時間だったから、校庭には人けがなかった。

人影はひとつだけ。スウェットパンツを穿《は》いて走っている木嶋だ。

何の種目かは知らないけれど、木嶋はいまも国体に出場している現役の陸上選手らしい。授業のない時には、いつもああしてトレーニングをしている。なんだか昔のぼくみたいだ。早く大人になれよ。

ずっと見ていたら、体育用具室に入り、片手に長い棒を抱えて戻ってきた。何をするつもりだろう。木嶋が手にしている棒は、棒高跳びのポールより短かくて、走り高跳びのバーよりいくらか長そうだ。

見ているこっちが退屈してしまうほど時間をかけてストレッチングを繰り返してから、校庭の端に立った。そして、棒を片手に抱え上げて、いきなり走りはじめた。走りながら体をひねる。長い手足が大きな十字になった。伸ばした腕の先から、棒が飛び出した。あれは槍《やり》だ。

木嶋の手から放たれた槍は、青空の中できらめき、一筋の光になって飛び続けた。落下することを拒むように、どこまでも、高く、遠く。

それを見た瞬間、ぼくの体の中で、むずむず虫なのか、獣なのか、別の何かなのか、よくわからないものが動きはじめた。

12

放課後、ぼくは校庭の隅にある砂場の前に立っていた。

ここが陸上部の集合場所だと聞いていたからだ。

部員たちが、ぼんやり突っ立っているぼくを横目で眺めながら、ストレッチを始めた。みんなの動きにつられて、首の骨を鳴らしたり、腰をひねったりしてみる。ばきぼき。凄《すご》い音がして、みんなに振り返られてしまった。昨日の晩、遅くまでトラとコンビニの前で話をしていたせいかもしれない。

片方の足首をつかんでぴょんぴょん跳びはねていると、背中に声が飛んできた。

「お、南山、入部する気になったか」

木嶋だった。襟を立てたポロシャツとスウェットパンツというういつもの格好。首からさげたホイッスルが金メダルみたいに光っている。

なんて答えればいいんだ？　違うんです。槍を投げさせてください、って言ったらどんな顔をされるだろう。

「……いえ、あのぉ」

中学生になっても、ぼくの口べたは相変わらずだった。

「いいぞ、陸上は。地味に見えるけど、そんなことはないんだ――」

自分の喋ろうとする言葉ばかり考えていたから、話しかけてきた木嶋が何を言っているのか途中でわからなくなってしまった。ぼくは人の話を聞くのも苦手。サチにときどき怒られる。「人と話すときには、相手がしゃべり終わってから話せよ」って。よし、話そう。ごくりと唾《つば》を呑《の》みこんだのを、頷《うなず》いたと勘違いしたらしい。

「とりあえず、走るぞ」

木嶋はそう言い、周りにいる全員にも声をかける。それから制服姿のままのぼくに目を走らせて、首をかしげた。

「お前、着替えは？」

「……違うんです」やっと声を出せたのに、木嶋はぼくが首を横に振ったのを違う意味にとったようだった。

「ないのか。おーい、誰かこいつに余ってるウエアを貸してやれ。部室にあるだろう」

だから、違うんだってば。

「ちょっと待ってください。お願いがあってきたんです」

慣れてない敬語に舌をもつれさせているぼくに木嶋が笑いかけてきた。

「まず、走ろう。話はその後だ」

朝起きたら、歯磨きだ。そんな感じで。

なんでこうなるんだろう。

ぼくはカビ臭くて膝《ひざ》の抜けたジャージで校庭を走っている。なんだか木嶋に騙《だま》されている気がした。

校庭を三周。ぼくらの中学校の場合、それは一・五キロぐらいになる。

木嶋を先頭にして、男子部員たちが二列に並んで走る。女子は逆まわり。どんなにすごいペースなんだろうと思っていたら、クロと散歩する時ぐらいの速さ。ぼくならこの程度で息が切れたりしないのに、みんな、すーすー、はーはー、呼吸を荒くしている。陸上部なんて、たいしたことない。

体育館まで来た時には、思わず裏手をのぞきこんでしまった。トラが上級生たちと煙草を吸っているかもしれない。こんなところを見られたら、馬鹿にされちまう。

トラは言う。「部活なんか馬鹿馬鹿しくてやってられっかよ。何の役にも立たねぇじゃん。どうせやるなら、ボクシングだな。隣の町にジムがあるらしいぜ。ワタルも通わないか」

ぼくは迷っているところ。確かに陸上や野球が毎日の何かに役立つとは思えない。キャッチボールなんて、木の枝を投げてやると、嬉《うれ》しそうにくわえて戻ってくるクロの遊びと全然変わらない気がする。

「ラスト、一周！」

木嶋が振り向いて声をかけたとたん、全員のペースがいっきに上がった。そうか、三周目だけ全力疾走することになっているんだ。

木嶋は最後の一周を走らないらしい。スピードをゆるめて、ぼくの肩を叩いてきた。

「ほら、いけ。お前の実力を見せてくれ」

やなこった。トラに笑われちまう。あいつはスポーツテストの千五百メートル走の時、きちんと走ればぼくの次に速いはずなのに、だらだらといちばん最後を走って、わざとビリになった。何も知らない他の小学校から来た連中はあきれていたけれど、ぼくにはわかっていた。トラは走る前、マラソンを「マル損」って言って、みんなを笑わせてた。あれで自分の言葉に責任をとったんだ。トラの口ぐせを借りれば「おとしまえ」。

ぼくも陸上を馬鹿にしている自分の心に正直にならなくちゃいけない。頭ではそう考えているのに、足は勝手に次の一歩を踏み出そうとする。肺は新しい空気を求めてふくらみ、太ももやふくらはぎに血液が送りこまれ、熱を帯びる。ぼくの体は昔から、持ち主の言うことを聞かない。

木嶋ではなく、脳味噌《のうみそ》でもなく、ぼくの体がぼくに命令していた。

行け！

両足に翼が生えた。目の前をいく陸上部員たちを追いかけた。

舐《な》めすぎたみたいだ。突然上がったみんなのペースは速い。出遅れた分を取り戻すのに、校庭四分の一周かかった。

手始めに同じ一年生を一人ずつ抜いていく。陸上部と言ったって、スポーツテストでぼくに勝てるやつはいなかった。足がいつもどおりに回転しはじめると、向こうが止まって見えた。一人、二人、三人。楽勝だ。

でも、その先にまだまだたくさんの背中があった。列はくずれ、縦長に伸びている。一年生のスポーツテストとはレベルが違う。中学の学年ごとの体格と体力の差は、小学校とはけた違いだ。こうして走るとそれがよけいわかる。一年生を全員抜いた先に二年生。その先は三年。学年別に色分けされたウエアを着ているから、一目瞭然《いちもくりょうぜん》だった。

両手をがむしゃらに振って、歩幅を広げ、二年の赤いトレーニングウエアの集団を追い抜いた。それから陸上部にしては少し太めの三年生。

あと四人。残り二百メートル。三年生三人と二年生一人が先頭争いをしている。少しずつ少しずつ、ゆっくりズームするみたいに、その背中も大きくなってきた。

口を大きく開けて、できるかぎりの息を吸う。こうすると体に新しい力が送りこまれることをぼくは小さい頃から知っている。力を得た両足はさらに加速した。すーすー、はーはー。息づかいが聞こえる距離まで近づく。先頭グループの真ん中に割りこんだ。四人が驚いているのがわかる。二人ずつ二列に並んでいた集団が崩れたすきを突いて、いっきに抜き去った。どんなもんだい。

ゴール地点である砂場まで、あと百メートル。もうぼくの前には誰もいない。最後に走り幅跳びをして砂場へ飛びこんでやろう。一・五キロも助走をつけたんだ。すごいジャンプになるはずだ。そう考えていた時、目のすみに赤いウエアが飛びこんできた。

あれ？

追いついてきたんだ。あんなに息を荒らげていたのに。赤ウエアが真横に並ぶ。肩は十センチ下。ぼくよりずっと背が低くて痩《や》せているその二年は、するりとぼくを追い抜いていった。

しまった。油断してた。

急いで追いかけたけれど、足が思うように動かない。翼が鉛玉に変わってしまったかのようだった。大きく息を吸いこもうとしたけれど、肺は息を吐き出すのでせい一杯だ。勝手に動きだした体が、またしてもぼくを裏切る。さっきと逆だ。気持ちは赤ウエアを抜き返そうとしているのに、差は縮まるどころか、どんどん開いていく。ゴールした時には二十メートルの差をつけられていた。余裕の走り幅跳びを見せるどころか、言うことを聞かなくなった両足がもつれて、砂場へ前のめりに倒れてしまった。

砂を吐き出してると、背中に木嶋の声が飛んできた。

「やっぱり、やるなぁ。一年坊主《ぼうず》のくせに望月とあそこまで競《せ》るなんて」

なんだか木嶋は嬉しそうだった。どうせ一年坊主に陸上部全員が負けなくてほっとしているんだろう。

違うよ。油断しただけだ。普通にやれば勝てた。そう言おうと思ったけれど、息が上がって声にならない。裏切り者の体は立つことも拒否している。砂に頬を埋めたまま、真夏のクロみたいにあえぎ続けた。吐く息が小さな砂丘をつくる。こんなになるまで走ったことなんていままで一度もなかっただろう。「望月もかなり熱くなってたぞ。三周目は八分《はちぶ》の力で走れって言ってあるのに、ほぼ全力だったもんな」

八分？　ほぼ全力？　何言ってんだよ。意味、わかんない。

「最初から……」三周目は全力疾走だって教えてくれれば、勝てた。そんな意味のことを言おうと思ったのだけれど、酸欠の脳味噌にはばらばらの言葉しか浮かばなくて、いつも以上に言葉が出て来ない。砂丘を三つつくってから、ぼくはようやく体を起こした。

小柄な二年生は、足の具合を点検するみたいに、百メートル走ラインの中をジョギングしている。なんであんなに元気なんだ。認めたくはなかったけれど、その様子といまの自分の情けない姿を比べると、答えはひとつだった。ぼくは負けたのだ。走ることに関して、生まれて初めての敗北。

「南山、短距離の走りも見せてくれよ。適性を決めるのはまだ早い。四百でもきっと横谷といい勝負――」

首を振った。話を聞きたくないっていうふうに。自分でも思う。まるで駄々っ子だ。

「入部しに来たんじゃない」

木嶋が肩をすくめ、ストレッチングのついでみたいに首をかしげた。説得のせりふを考えるふうだった。ぼくが自信をなくしてそう言ってるのだと思ったらしい。違うってば。

「なぁ、南山。お前、すごい素質があるよ。でも素質っていうのは、ただの材料だ。じゃがいもでいえば、まだ生《なま》。生のままじゃ、ポテトチップスにもカレーの具にもななんでぼくが生のじゃがいもなんだ。変なたとえ。木嶋は頭の中まで筋肉——クラスの誰かがそう言っていたのは、たぶん本当だ。

「素質が本物になるには、いろいろ過程が必要なんだ。例えば、フォーム。お前はめちゃくちゃだろ。腕の振り方をきちんとマスターするだけでタイムが五秒縮まる。ピッチやストライドを覚えれば、さらに五秒。それから呼吸法だ」

木嶋はまだ四月なのに、もう日に焼けている顔の前でひとさし指を立てた。ぼくは弾み続けている息を、むりやり押し殺した。

「呼吸は大切だぞ。さっきみたいなジョグの時に意識的に呼吸のリズムを練習しておけば、まるで違う」

詰めていた息をこっそり、さっきの部員たちのように、声に出して吐いてみた。

「あとは靴。シューズはランニング用を履いたほうがいい。そう考えると、やっぱり、お前、すごいよ。バッシュー履いて、いまの走りだからな」

褒《ほ》めたって、だめだ。このバスケットシューズは、気に入っている。足のサイズがどんどん大きくなるぼくのために、母さんは苦労して安売りの店を探しているんだ。母さんの服や靴に対するセンスは、いつも「うむ」なんだけど、今回の黒いバッシユーは、なかなかかっこいい。ときどきうちに遊びにくるサチの靴を参考にしたんだと思う。

「ところで、なんだ、お願いって」

すーすー、はーはー。息を整えてから言った。

「……槍《やり》投げ」

「槍投げ?」

「ええ、先生は槍投げをやってるんでしょ」

「ああ、槍投げ専門ってわけじゃなくて、十種競技もやってるんだけどな。興味あるのか? なんだったら、混成やってみるか。中学生は三種だ。うん、お前なら、跳躍と投擲《とうてき》もいけるから、いいかもしれないな」

ほうっておくといつまでも喋《しゃべ》っていそうだった。木嶋の頭の中は筋肉ばっかりというより、陸上のことばかりが詰まっているみたいだった。

「ぼくにも、投げさせてもらえませんか」

「何を?」

「槍」

「槍……ああ、それは無理だ。中学の種目に槍投げはないんだ」

なんてこったい。

　槍投げが正式種目になるのは高校から。中学生にはジャベリックスローという槍投げに似た競技があるらしい。ただし投げるのは槍じゃなくて、安全に考慮した棒。まだごく一部にしか知られていないから、ぼくの住んでいる町では道具が手に入らないそうだ。

「もしお前にやる気があるなら、俺が学校にかけあって道具を買わせるぞ」

　木嶋はそう言うが、断った。槍は相手を仕留めるための武器だ。安全に考慮したものなんか投げたくない。そんなの魚が近づかないように針も餌《えさ》もつけずに釣り糸をたらすようなもの。

「中学男子の三種の投擲は砲丸なんだ。お前ならだいじょうぶ、いけるよ」

　ずんぐりした体の三年生が練習を始めていたやつだ。砲丸投げ？　だったらクロに棒切れを投げてやってたほうがまし。

　明日も来い、木嶋にはそう言われたが、翌日、ぼくはまっすぐ家に帰り、日が暮れてからトラと待ち合わせした場所へ出かけた。街道沿いの「ウルトラの母のミシン」だ。

母さんの帰りが遅いことは前々からわかっていた。だからトラと約束したのだ。その日にかぎらず母さんが家へ戻る時間は、以前よりずいぶん遅くなっていた。ぼくが小学校六年の時に研究チームの主任になったからだ。

大人というのは職場で偉くなることが人生の目標のようだけど（小学校時代の教師のひとりは学年主任になったとたんに、髭《ひげ》を生やしていばりはじめた）、母さんは主任になることをずいぶん迷っていたみたいだ。ぼくのことで。

「帰りがいまより遅くなると思うけど、ワタルはそれでも平気？」

「うん、全然かまわないよ」

「夕ごはんをひとりで食べてもらう日もあるかもしれない」

「だいじょうぶ」

ぼくは昔から自分でできることは自分でしてきた。遅くなりそうな時には夕食を用意しておくと母さんは言ったけれど、ぼくだって野菜炒《いた》めやチャーハンならつくれる。インスタントラーメンをつくらせれば名人級だ。

「なんだかやけに嬉しそうじゃない？　母さんがいないからって、ゲームばっかりしてたらだめよ」

ぎくり。

家にひとりきりなら好きなものを食べられて、ゲームし放題。それも楽しいかも、と思っていたのは最初のうちだけだった。ひとりには昔から慣れているつもりだったのに。よく考えてみれば、夜遅くまでひとりぼっちだったことは記憶になかった。

町には少しずつ住宅や工場がふえていたが、町中から遠い山沿いの一帯からは逆に住む人間が減っていた。ぼくの家はあいかわらず、坂の上の一軒家だ。夜になるとあたりは静まりかえる。灯《あかり》らしい灯もない。耐えられるのは、アニメ番組を放送している七時台ぐらいまでだ。八時を過ぎて、ろくな番組がなく(サチに言わせると、この町は都会よりチャンネル数が少ないらしい)、テレビを消すと、とたんに背筋がさわさわしてくる。

それまで何とも思っていなかった物音や暗がりが、誰かの声や、何かが潜む場所に思えてくるのだ。冬は最悪だった。裸になった木々を抜ける風の音が女の人の悲鳴に聞こえる。

だからぼくは、長いこと森の倒木の洞《うろ》に置きっぱなしにしていた槍や石斧《せきふ》やナイフを、家の中に持ちこむことにした。自分の部屋の明かりをつけ、スタンドもつけ、闇《やみ》が届かない真ん中にしゃがみこみ、槍を肩にかついだまま漫画を読む。石斧を膝《ひざ》に乗せてゲームボーイの画面に意識を集中させる。そうして孤独と闘った。

どうしても我慢できない時は、歩いて十五分ほどのコンビニまで出かける。灯を見るだけで安心できたし、行けばたいていトラが駐車場で退屈そうに座っていて、ぼくの姿を見ると、「よっ」と大人っぽいしぐさで挨拶《あいさつ》をしてくれるのだ。

ぼくが早足で向かったのは、バスが走る街道から一筋入った、人けの少ない道だ。道の片側は急斜面になっている。

斜面の一部が窪地《くぼち》になった場所がある。そこが「ウルトラの母のミシン」。配線ケーブルを巻く木製リールがいくつも置き捨てられたままになっていて、それが巨大な糸車に見えるから、このあたりの子どもたちは、昔からそう呼んでいる。一本だけだが針もある。切れた電線をつけたまま斜めにかしいでいる電信柱だ。

トラは巨大糸車の蔭《かげ》で、煙草《たばこ》を吸っていた。鼻からけむりを出すのが一学期の目標だって言っていたけれど、あいかわらず出ていない。

「よっ」

ぼくは片手をあげて挨拶した。いつもならトラも同じしぐさで応《こた》えるのだけれど、その日は、早くこい、というふうに手のひらを振っただけだった。

トラのまねをして、ぼくも両足を大きく開いてしゃがみこんだ。

「どこへ行こうか？」

トラが唇にひとさし指を押し当てて、にまにま笑いをした。やつがこういうしぐさをするのは、いたずらをしかけようとしている時だ。ぼくは中学生らしく、にまにま笑いを返した。

「どこにも行かねえ。今日はここ」

そう言って、スプレー落書きで彩られた糸車に煙草を押しつけて消した。

「なにするの？」

ここには何もない。夏は斜面の上の雑木林でクワガタが採れるのだけれど、いまはまだ春だし、トラは小学生の頃から、そういう子どもっぽい遊びはしない。建物らしい建物は、斜面の向かい側にある塗装工場ぐらいのものだ。

「ほら、あれ」

トラが指さした先に、塗装工場のトタン葺《ぶ》きの倉庫があった。

「あそこに缶があるだろ。緑色のやつ」

「ああ、あるね」

倉庫の扉が開いていて、隣の作業場にはまだ明かりがついていたから、すぐにわかった。

「あれを、ひとつもらっていこうと思ってさ」

「何に使うの？」

「何って、おまえ、決まってんじゃん」

塗装工場の強い薬品の臭《にお》いが、ここまで漂っている。トラはその臭いを深呼吸するしぐさをしてみせてから、ふふっと笑った。大人の表情だ。頭の中では首をかしげていたけれど、ぼくも鼻をすすってから、ふふふと笑った。

「いくらするのかな」ぼくのサイフには百二十円しか入っていない。トラと行くことになると思っていたコンビニでのジュース代だ。トラがまた大人っぽく笑った。

「面白《おもしれ》えな、ワタルは。最高だぜ」

夜でよかった。明るかったら、顔を赤くしたことがバレてしまっただろう。ぼくは、ただの冗談だよ、っていう顔をしてみせたけれど、糸車の蔭は暗いからトラにはそれもわからなかったようだ。もう小学生じゃないんだから、ぼくにだって、トラが何をしようとしているのかぐらいは察しがついた。少しは。認めるのが怖かっただけだ。

「買うわけねぇじゃん。売ってくんないから、持ち出すんだよ」

「でも、それ、もしかしたら、泥棒と同じじゃない」

「泥棒？　なんだよそれ。違うよ、ただの万引きだよ。レイコとかが文房具屋でよくやってんじゃん」

「あ、そうか」

またまたぼくの頬は熱くなった。どこがどう違うのかわからなかったけれど、トラに馬鹿にされたくなかったから、それ以上聞くのをやめた。確かに万引きは小学校の時から、クラスの何人かがやってた。特別なことじゃない。そうとも。

「あそこにオッサンがいるだろ。作業場じゃ煙草吸えないから、ときどき外へ出るんだ。そんときが、狙《ねら》い目なんだよ」

あ、そうか。また同じ言葉を口にしかけてから、ぼくは首を横に振った。

「やめといたほうがいいんじゃない」

文房具屋の貼《は》り紙を思い出したからだ。『万引きは犯罪。警察に通報します』。違う色のマジックを何色も塗り重ねた太い文字。文房具屋のおやじさんは、小さな声しか出さないおとなしい人だけど、本当はそうでもないんだってことがわかるような、恐ろしげな貼り紙だった。

「レイコ、このあいだ、補導されたよ」

トラはワルを気取っているけれど、煙草を肺に入れずに吸うこと以外は、そんなに悪いことはしていないはずだ。その点、ぼくは発覚していないだけで、本物の犯罪者。

いつかサチの父親に槍を投げたぼくは、犯人になって警察に捕まるかもしれない恐怖をいやというほど味わっている。

トラはいつも言い出したら聞かない。でも、その時は案外に素直だった。

「やっぱり、そう思う?」

「うん」

「じゃ、ワタル、頼むよ」

「え?」

「たぶん、俺にはむり。お前じゃなくちゃだめなんだよ。あの缶、すげぇ重いんだ。ほら、知ってるだろ、俺、ボクサーになるから、無駄な筋肉はつけないトレーニングしてるって」

だったら、煙草もやめるべきだと思うんだけど。答えないでいると、トラがぼくの顔を見ないで言った。

「じつはさ、ウツミさんに言われてるんだよ。明日までにひと缶、用意しろって」

ウツミさんっていうのはトラが六年の時から入っているグループのボス。ぼくらの中学の三年生だ。

「言うとおりにしないと俺、タコ殴りだよ」

「ウツミさんって、怖いの?」

「すげぇ怖《こえ》え」

一度だけ話したことがある。去年の冬、コンビニの前で。ぼくの印象は悪くない。ぼくの髪を見て、染めていると勘違いしたらしくて、「気合入ってんじゃん」って笑って煙草を差し出してくれた。もちろん断ったけど。

「な、やってくれよ」

「……でもさ」

いくらトラの頼みでも、それはむり。

人のモノはとっちゃいけない――。いつだか覚えていないぐらい昔から、母さんに言われ続けてきた言葉だ。その言葉は、ぼくの心の中に大きなレリーフとして刻まれている。

ぼくが「うん」と言わないでいると、トラがぽつりと言った。

「友だちだろ」

その瞬間、心のレリーフにひびが入った。

友だち――たぶん、他人から口に出してそう言われたのは、その時が初めてだ。サチだって、ぼくのことを友だちとは言わない。

「なぁ、俺たち、友だちだよな」

ぼくもずっとそう思っていた。でも、トラが同じように思ってくれているのかどうかがいつも心配だった。レリーフのひび割れがどんどん長く伸びて、しまいには、ぴきりと砕け散った。

「わかった」

ぼくは頷《うなず》く。頭の隅で誰かが「違うよ」とたて笛みたいな声で警告していたけれど、胸に甘いジュースを注ぎこまれた気分だったその時のぼくには、たいした効果はなかった。

作業場にいるのは一人だけ。全員が帰ってしまうと、倉庫にカギがかけられてしまうのだとトラは言う。トラが新しい煙草に火をつけ、ぼくが吸いすぎじゃないの、と注意しようと思った時だった。

作業場の男が工場の外へ消えた。

「いまだ」

トラが叫ぶ。ぼくはその声を合図に立ち上がり、忠実な飼い犬みたいに斜面を駆け降りた。

倉庫までの距離は五、六十メートル。戻ってくる時には荷物があって、上り坂になることを計算しても、ぼくの足なら、煙草を二、三回ふかすぐらいの時間しかかからないだろう。

塗装工場が近づくにつれて、シンナーの臭いが強くなっていく。鉄パイプを組んだだけの低い塀を乗り越えて中へ飛びこむと、目がちかちかした。作業場の床はパレットみたいに赤や青や黄色、あらゆる色に染まっている。

作業場の外に男の背中が見えた。倉庫のいちばん手前から、緑色の缶をつかんだ。ものすごく重い。片手では持てなかった。しかたなく両手で取っ手を握りしめる。とんでもない誤算。ぼくはがに股歩きで外へ出た。早く明かりの届かないところまで戻らないと見つかってしまう。指がちぎれそうだった。

斜面を登るのは、さらに大変だった。両手で缶を抱えて、両足を踏ん張った。背骨がみしみし音を立てている。太ももが痙攣《けいれん》を起こしている。全身の筋肉が悲鳴をあげた。なんでこんなことさせるんだ、体がぼくに抗議しているように思えた。

「おーい」

声をひそめて頭上のトラに呼びかけた。暗がりの中で蛍みたいに煙草の火がともっている。二人がかりじゃないと、トラに手助けしてもらわないと、むりだ。

返事はない。もう一度、今度は少し声を大きくした。

「おーい、手伝ってくれ」

それがいけなかった。トラからではなく工場の方角から声が飛んできた。

「おいっ、なにしてる！」

足音が近づいてきた。トラはまだ来ない。必死でもがいた。ソールに滑り止めのないバスケットシューズが濡《ぬ》れた草の葉に滑った。とっさに片手をつくと、支えきれなくなった缶がころがり落ちていった。

だめだ。缶をあきらめて、四つんばいで斜面を駆け上がり、巨大糸車の蔭へ逃げこんだ。

「ごめん、トラ、だめだった」

トラの姿は消えていた。

13

息を二回、吐き、二回、吸う。拳《こぶし》は軽く握って、腕は九十度に曲げ、肘《ひじ》に意識を集めて振る。木嶋はこう言う。

「機関車ごっこのつもりな。両手をリラックスさせて、なおかつ力強く、しゅっしゅっ、ぽっぽっ。しゅっしゅっ、ぽっぽっ、だ」

いくらここが田舎町でもSLは走っていないし、機関車ごっこなんてやったことがないから、ぼくには難しい説明だったのだけれど、言いたいことはわかる。木嶋は北海道出身で、実家の近くにはいまでもSLが走っているそうだ。

最初の二周は軽いウォーミングアップ。自由走行の三周目も飛ばしすぎるなと指示されている。でも、部員の誰もが——砲丸投げの松崎さんでさえ——一番でも早い順位でゴールすることを狙っているから、二周目の後半になると、列の中でひそかなポジション争いが始まる。一年は前を走るのだが、その最後尾にいるぼくのランニングシューズの踵《かかと》は、さっきから二年生のつま先で踏まれっぱなしだ。

体育館が近づいてくると、周回は四分の三周。発声練習をしている剣道部の一年生の声が、ぼくらへの声援に聞こえる。

「めーん」「どー」「こてぇー」

声変わりが始まって、大声を出すのに苦労している男子の声と、迫力のある声を出すのをとまどっているような女子の声。

そんなことはおかまいなしに、誰よりも高く大きく叫んでいる、たて笛の高音部みたいな声は、サチだ。サチは男子だけのサッカー部に入部を断られて、剣道部に入った。父親を素手でぶっ飛ばすのが難しそうだから、竹刀《しない》でぶったたくことにしたらしい。

こっそり手を振ったけれど、気づかなかった。防具をつけたサチは、なんだかテントウムシみたいだった。

体育館の裏手を覗《のぞ》いてみる。もしかしたらと思ったのだが、トラの姿はなかった。

あの晩以来、トラとは話をしていない。トラは学校を休みがちだし、クラスが違うせいもあるが、廊下ですれ違っても、目を合わせてこないのだ。トラが先に逃げたことをぼくは別に怒ってはいない、そう伝えたいのだが、声をかけようとすると、顔をそむけてしまう。

あの翌日、トラは顔を腫《は》らして午後から学校に現れた。ウツミさんたちに殴られたのだと思う。向こうは向こうで、ぼくに腹を立てているのかもしれない。だとしたら、友だちとして、謝ろうかとも思っている。まず向こうに先に謝ってもらうつもりだけれど。

あれから大変だったのだ。塗装工場の男は斜面の上まで追いかけてきた。スタミナ抜群でしかも恐ろしく足が速かった。底がつるつるのバスケットシューズのおかげで何度も足を滑らせそうになったぼくは、木嶋の言っていたとおりに、規則正しく腕を振らなかったら、きっと捕まっていただろう。そういう意味では、陸上なんか何の役にも立たないというぼくの考え方は、間違っていた。木嶋は言う。

「どんなにつまらないと思う練習でも、けっして無駄にはならない。すべてが身になるんだ。いまはそれがわからなくても、何年か経《た》てば気づくはずだ」

「ラスト、一周！」

木嶋の声がかかったとたんに、ぼくの大腿直筋《だいたいちょっきん》が腓腹筋《ひふくきん》を吊《つ》り上げる。大臀筋《だいでんきん》が大《だい》腿四頭筋《たいしとうきん》を収縮させる。いっきにスパート。他の一年生を置き去りにして、一人で前へ出る。

すぐに正確なリズムの呼吸音が近づいてきた。望月さんだ。たちまちぼくの横に並ぶ。

望月さんは長距離選手。部の中ではずば抜けて速い。

ここで無理をしてペースを上げてしまうと、向こうの思うつぼ。リズムが乱れ、足が鈍ったところであっさり抜かれてしまう。ぼくは望月さんのほうからしかけてくるのを待つ。

二回、吸う。二回、吐く。この呼吸のリズムが、一回ずつに変わるのが望月さんのスパート前のくせだ。

すーすー、はーはー。

すーすー、はーはー。

すー、はー。すー、はー。

来た。ぼくも呼吸法を変える。

すー、はー。すー、はー。

前へ出た望月さんの後を追い、横に並んだ。ぼくが追いついたとわかると、望月さんはまたぼくにペースを合わせてくる。顔はまっすぐ前を向いているけれど、きっと耳や横目でこちらのスタミナ残量をうかがっているに違いない。

ぼくが息を吐いた瞬間だった。水の中のハヤみたいな素早さで望月さんがするりと前に出る。

体育館前。ゴールまであと四分の一周のところ。ここだ。ここでいつも置いていかれてしまうのだ。今日こそ。後を追った。

望月さんの背中はまだそう遠くない。でもいつまでたっても近づけない。

剣道部の発声練習は続いているけれど、振りかえる余裕はもうなかった。最後の最後で、いつもこうだ。地面に吸い取られていくように全身の力が抜ける。足は誰かからの（たとえばジャンボからの）借り物みたいだ。

五メートル離されたまま、ゴール。

やっぱり勝てない。陸上部に入ってもう一カ月が経つのに。

「お前はまだ一年だもん。負けるわけにはいかないよ」

望月さんはそう言う。去年の県大会、千五百メートル一年の部で決勝進出。ぼくはスポーツテストの時より、タイムを五秒縮めたが、それでも望月さんのベストタイムには十五秒届かない。

小学校の運動会では「みんなで仲良くゴールしましょう」と教えられたのに、ここではそんな言葉は通用しなかった。でも、それがぼくには心地よかった。自分は案外にたいしたことがない。なぜか、そのことにぼくは安心した。

三周のジョギングが終わったあとは、三十メートルダッシュ。それから個別練習。短距離、長距離、跳躍、砲丸投げ、それぞれの専門種目に合わせたトレーニングが始まる。

一年のうちは専門を決めない、というのが木嶋の方針で、ぼくら新入部員は、その日によって、ハードル走をしたり、走り高跳びをしたりする。一年生は、二、三年用の重い砲丸は投げさせてもらえないのだが、こっそり投げたら、松崎さんより遠くへ飛んだ。

ぼくは六月に行なわれる郡の大会に、千五百メートルで出場することになった。部の練習だけじゃもの足りなくて、朝も走った。家のまわりを三、四十分かけて、七、八キロぐらい。わざと勾配《こうばい》のきつい走路を選んだ。持久力をつけるには、クロスカントリーがもってこいだと木嶋が言っていたからだ。考えてみれば、ぼくが小さい頃から走りまわっていた場所は、どこもかしこもクロスカントリーコースだ。

部活が終わった後も、日が暮れるまでクロと散歩。こっちはインターバルトレーニングになる。クロは格好のトレーニングパートナーだ。引きずり気味の片足もなんのその、たぶん四百メートル走だったら、オリンピック選手より速いだろう。

この時のぼくにとって、走ることは、生きることだった。

走っているあいだはすべてのことが気にならなかった。自分が何者なのか。父親は誰なのか。自分がこれからどうなっていくのか。ぼくが生まれてからずっと抱えていた不安と疑問が、流れていく風景と一緒に、どこかへ飛び去っていく。

酸欠で霞《かす》んだ頭には、変なことしか浮かばない。テレビで覚えたコマーシャルソングとか、歴史の授業で習ったゴロ合わせとか。

食べてみそみそミソラーメン。

ナクヨウグイス、ホーホケキョーノヘイアンキョウ。

変なことと言えば、なぜかサチの姿も浮かぶ。防具をつけたまま裸足《はだし》で走っているサチ。ガラスの破片に気をつけろよ。体育館の窓は三年生がしょっちゅう割ってるから。

誰よりも大きな口を開けて発声練習をするサチ。まだ虫歯が一本もないの？　ガキだな。ぼくはもう二本もあるのに。

ぼくがおそるおそるだけれど、クラスメートや部員たちになじんでいるみたいに、自分の殻を探している仲間同士として、サチもクラスや剣道部でうまくやっているのかどうかが気になるからだろう。ぼくはそう思っていた。でも、そうじゃないってことが、後になってわかる。

ぼくが走りながら手を振っても、先輩に話しかけられて、振り返そうとしていた手を引っこめるサチ。

その男の先輩と、ぼくと一緒の時には見せたことがない恥ずかしそうな表情でお喋《しゃべ》りをしているサチ。

そんなサチの姿が頭に浮かぶと、ぼくは足を速める。頭の中の風景を後方に吹き飛ばす勢いで。

14

教室の入り口にトラが姿を現すと、休憩時間中のざわめきが静まりかえった。金色のメッシュが何本も入った髪は、校則を守って黒い髪に戻した生徒の中では、カラスの中に極楽鳥《ごくらくちょう》が混じったように見える。

「デブオ、ちょっと顔、貸せ」

トラがそう言うと、ジャンボの顔が引きつった。デブオはジャンボの中学校でのあだ名。本名の伸男《のぶお》からだ。

小学校の終わり頃から失墜しはじめていたジャンボの地位は、中学に入っていっきに地に落ちた。きっかけはスポーツテストだったと思う。あの日以来、他の小学校から来た連中の笑いものになっているジャンボを見て、最初は笑うのを我慢していた元のクラスメートたちも気づいてしまったんだ。ジャンボがただのデブだったたってことに。

「なんだよぉ」

元ボスとして、ジャンボはせいいっぱいの余裕を見せてつくり笑いをしたけれど、トラはあっさりそれを打ち砕く。教室に入ってきて、ジャンボの机を蹴《け》り飛ばしたのだ。なにしろトラは二、三年生がつくっている不良グループの新メンバーだ。権力を失った王様の運命がどうなるかは、歴史の時間にさんざん習ったとおり。

「いいから、来いよ。ウツミさんがお呼びだ」

ジャンボがだぶついた頬を震わせて首を横に振ると、トラがまた机を蹴った。すごい音がしたが、クラスのみんなはかかわり合いになるのを恐れて、聞こえないふりをし続ける。もう二カ月、話をしていないが、トラに声をかけられるのはぼくだけのようだった。

「ねぇ、トラ」

ぼくの言葉に、教室がざわついた。いまや一年生のあいだでは、トラをあだ名で呼ぶってことは、イコール喧嘩《けんか》を売るってことなんだ。

トラはちらりとこちらを見たけれど、いつものように顔をそむけて、ぼくなんかそこにはいないっていうふうに話し続けた。

「じゃあ、ここで用件を言う。今日の七時、ウルトラの母の――」そこまで言って舌打ちをして、大人っぽく言い換えた。「塗装工場の反対側《トイメン》のとこに来い」

「……なんでだよぉ」ジャンボのつくり笑いは、泣き顔みたいだった。

「使いっ走り《パシリ》に決まってんだろ。ぐだぐだ言わねぇで、来い」

ジャンボにはわからなくても、もちろんぼくには何をさせるつもりかが、すぐにわかった。ジャンボは力だけはあるから、使えると思ったんだろう。だけど、たぶん缶は運べても、斜面は登れない。逃げ足の遅いジャンボじゃ、あの快速男にたちまち捕まっちまう。

「なぁ、トラ」

友だちとして忠告をしておくべきだと思ったんだ。トラが振り返る。いままで見たことがない表情だった。唇をゆがんだラッパのかたちにして、いきなり叫んだ。

「おめえには関係ねぇだろ。引《す》っこんでろよ」

「あれだったら、やめたほうがいいよ」

あれ、という言葉にクラスのみんなが首をかしげていた。中学に入ってすぐに口をきかなくなってしまったから、みんなはぼくとトラが友だちだということを知らないのだ。

トラが片方の頰をふくらませて睨《にら》みつけてくる。ぼくが大切な秘密をばらしたとでもいうふうに。トラの目をのぞきこむと、風船に針を刺したみたいに、頰がはじけた。

「うっせえ。おめえが役立たずだから、新しいパシリを探してるんだろうが」

パシリ？　確かに小学校の頃、トラのためにパンやジュースを買いに行ってやったことはある。でも、それは友だちだからだ。何度かランドセルを持ってくれと言われた時だって、トラのお得意の冗談のひとつだろうと思って、言葉どおりにしただけだ。

「ねぇ、トラ、このあいだのことを怒ってるなら謝るよ」

「気やすくタメ口きくんじゃねぇよ。役立たずの、淫売《いんばい》の子、外人の子」

少しのあいだ、トラが何を言っているのかがわからなかった。久しぶりに聞く懐《なつ》かしいせりふ。ぼくは小学校の教室にひとりぼっちで立っている錯覚に囚《とら》われた。

中学に入ってしばらくは、別の小学校から来たコたちから、よくこんな質問をされて答えに困った。

「お父さんは何人《なにじん》？」

「お母さんが外国人なの？」

ぼくの小学校時代を知らない陸上部の部員たちもこう言う。

「南山くん、かっこいい。モデルになれば」

「いいなぁ、お前。うちのサル親父《おやじ》もフランス人だったらいいのに」

なぜか、ぼくの外見はからかいの対象じゃなくなっていた。羨《うらや》ましがられるなんて思ってもみなかった。もうひとつの小学校が山を下りた住宅街の中にあったせいかもしれない。都会の考え方。たった山ひとつぶんで、住む人の考え方はころりと変わる。ぼくが住んでいる一帯では、よそ者はみんな梨泥棒《なし》だと思われるのに。

そのうちにぼくが母親と二人暮らしで、父親がいないことを知ると、みんな、ぼくがハーフかどうかということに口をつぐむようになった。先生もいっさい触れない。他の男子と同様に、頬の肉が落ちて顎《あご》が尖《とが》ってくればぼくるほど、ぼくの顔だちは、みんなと少し違いますって貼《は》り紙をしてあるように目立ってしまっていたのだけれど、誰もがぼくの薄茶色の目と茶色の髪は、みんなと変わらないんだってふりをする。トラの校則違反の金髪に目をつぶっているように。都会の考え方。

ひさしぶりに聞いたよ、トラ。なぜかほんの少し安心した。湯気でくもっていた鏡を、きれいに拭《ふ》きとった感じ。でも、その三倍ぐらい、腹も立った。

「もういっぺん言ってみろよ」

大型犬が吠《ほ》えるようなその声が、自分の口から出ていることが最初は信じられなかった。

「ちょっとちやほやされてるからって、いい気になるなよ。淫売の子、外人の子。淫売、外人」

淫売、外人。トラがリズムをとるように同じせりふを繰り返す。そしてボクシングのファイティングポーズをとった。

「やめなよ」

同じクラスのウサギが叫んでいる。たぶんサチに見られたら、もっと大きな声で同じことを言われただろう。

友だちだろ。そんな言葉が出かかったけれど、喉《のど》の途中でひっこんだ。言ったら、すべてがなくなってしまうことがわかっていたから。

中学に入ったぼくは、休み時間や部活が終わった後、みんなの輪に加わるようになった。でも、いま一緒にいるのは、みんなもうひとつの小学校から来た連中。知り合ったばかりで、まだ友だちと呼べるほどじゃない。もちろんサチのような大切な仲間でもない。

たとえ向こうはそう思ってくれていなくても、友だちは、小学校時代、誰からも相手にされなかったぼくと一緒に遊んでくれたトラだけ。ぼくはそう考えていた。だから嘘《うそ》だと薄々わかっていても、「友だち」って言われた時には、脳味噌《のうみそ》に羽根が生えて飛んでいってしまいそうなほど嬉《うれ》しかった。

違うなら違うでいい。でも、あの言葉が嘘だったなんて、トラの口からは聞きたくない。

トラがパンチを繰り出してきた。トレーニングしてるといったって、通信販売で買ったサンドバッグをときどき叩《たた》くだけ。たいしたことがないのは、一年以上のつきあいでわかってる。下からのパンチを振り払って、腕をつかんだ。

ぼくを見上げてきたトラは、おでこにしわをつくり細く剃《そ》った眉《まゆ》が「ハ」の字に見える情けない顔になっていた。一緒に行ったボウリング場でガーターを連発した時の顔。でも、すぐにその表情を引っこめて、唾《つば》を吐きつけるようにわめき出した。

「淫売の子、外人の子。淫売の子、お前の母ちゃん、インバイ！」

ぼくはつかんだ腕を思い切りねじりあげた。少し手加減しないと、と思った時には遅かった。

トラの腕から嫌な音がした。枯れ枝を踏んだ時の音。

郡大会には出場しなかった。停学になったからだ。

喧嘩で一週間の出席停止は厳しすぎる、と木嶋が校長にかけあってくれたらしいけれど、学校の決定は変わらなかった。トラの骨折が案外に重症で、入院してしまったのが理由のひとつ。もうひとつは、ぼくには関係ないことなのだが、トラが煙草《たばこ》を持っていたからだ。「学校で喫煙するような不良同士の喧嘩」ということになってしまったらしい。トラもぼくと同じ期間の停学を食らったが、どっちにしても退院できるのは一週間後だった。

母さんには、叱《しか》られはしなかった。ぼくの言葉を信じてくれたのだ。ただしこう言われた。

「たとえ相手に先にしかけられても、今度からは『暴力反対』って頭の中で三回唱えなさい。それまではやり返さないこと」

自宅謹慎中だったから、入院しているトラのお見舞いには行けなかった。停学が明けてから母さんと自宅に謝りに行ったら、出てきたのはトラそっくりの髪形で、トラよりはるかに恐ろしげな父親だった。でも、「わかってるよ、悪いのはどうせうちのガキのほうだろ。すまなかったな、坊主《ぼうず》」そう言ってくれた。

トラはいなかった。学校には自宅療養中と伝えてあるけれど、じつは父親の知り合いの飯場《はんば》で下働きをさせているそうだ。「一カ月は帰って来るなって言ってある。一から鍛え直す」父親はそう言っていた。ちょっとトラが羨ましかった。

一週間後に学校へ戻ると、ぼくを見るみんなの目が変わっていた。

といっても小学校の時みたいな冷やかなまなざしじゃない。怯《おび》えたような目だ。

「じつは南山はトラやウツミさんの仲間」どうやらそんな噂《うわさ》が立ったみたいだった。「キレたら何をするかわからない」という噂も。「小学校の時から変な子どもだった」「幼稚園の時はもっと――」昔話もたっぷり聞かされたんだと思う。「その原因は、トラが言っていた淫売の子、外人の子に関係があるに違いない」誰も口には出さないけれど、みんなのそんな声がぼくの耳には聞こえるようだった。

教師の中でぼくの言い分を信じてくれたのは、木嶋だけだった。木嶋が話をしてくれたらしく、陸上部のみんなは、一週間前と同じように迎えてくれた。あくまでも表面上は。

三周ジョグでぼくが横に並ぶと、望月さんの肩がかすかに震え、ほんの一瞬だけ足もとを見るようになった。ぼくが汚い手を使ってでも勝とうとして、足をひっかけてくるのを心配するみたいに。

ぼくが砲丸投げの練習を始めると、みんなはいままでより一歩よけいに遠ざかる。いきなり砲丸を投げつけてくるとでも思っているように。最初は考えすぎだと思った。でも、いつも正確に引かれている投擲《とうてき》サークルの白線が、ぼくにみんなとの距離を正確に教えてくれた。アポロ11号の船長じゃないけれど、ほんの一歩だが、ぼくにとっでは大きな一歩だ。

小学校の頃と違って、からかわれたり、無視されたりするわけじゃない。少しずつ大人になっているからだと思う。みんなもこの町も。会話も普通にしてくれる。冗談を言えば笑ってくれる。だけど、目はぼくの顔の上に何かを探している。

昔よりはまし。最初はそう思っていた。

でも、そのうち気づいた。また昔に戻ったんだって。

15

停学明けの日曜日、サチが釣り竿《ざお》を手にしてぼくの家へやってきた。

「ウグイの季節だからね。前みたいに、森の向こうの河原へ行こうよ。クロを連れて」

「ウグイじゃなくて、ハヤだろ。むりだよ、まだ謹慎中なんだ」

学校からは停学が明けても、一カ月間は無断外出禁止、自宅で謹慎しろ、と言われていた。だからサチのほうから来てくれたんだということはもちろんわかっていた。

ほんとうは嬉しかったけれど、ぼくは迷惑だって顔をしてみせた。

「だって、あたし、先週も来たんだよ。ワタル、どっかに出かけてたじゃない」

知ってる。停学中の休みの日にも、サチはぼくの家に来た。でも、その時は母さんがいなかったのをいいことに、居留守を使ってしまった。情けない姿をサチに見せたくなかったのだ。怒られそうだし。

「気がつかなかった。寝てたのかも知れない」嘘をつくとぼくの声はいつも上ずってしまう。それを隠すために急いで言葉をつけ足した。「ぼくと出かけたことがバレたら、サチも謹慎になっちゃうかもしんない」

「気にしない、気にしない、あそこに来る人なんて誰もいないよ」

確かにそうだ。遠すぎるせいか、地元の人間はめったに見かけない。このあたりの森のどこででも出くわす山菜採りのお年寄りたちも、さすがにあそこまでは行かないようだった。キャンプに来る都会の人間も、クルマが入れないあそこは素通りしていく。ぼくらの秘密の場所は、中学生になっても秘密の場所のままだった。ぼくたちには何もかもが手に入る楽園に思えるんだけれど、他の人にとっては山の中のただの窪《くぼ》地《ち》なのかもしれない。

サチと釣りなんて、いつ以来だろう。六年生になってからは、クラスは別々。ぼくはトラと町で遊ぶようになったし、サチはサチで、新しいクラスに友だちを見つけたから、ぼくらは少しずつ川から遠ざかっていった。ぼくたち自身と同じく。

秘密の場所へ行くまでの長い道のりでは、あまり話をしなかった。トラと喧嘩したことをサチは怒りはしなかったかわりに、話も聞いてこなかった。だから、ぼくも話さなかった。ぼくはもくもくと山道を歩き、サチはクロにばかり話しかけていた。

到着して、釣りを始めてからも、それは変わらなかった。

「どう、陸上、楽しい？」

「まぁ、ぼちぼち」

沈黙。

「剣道部は？」

「うーん、まだ素振りと声の練習ばっかりだからな」

沈黙。

「走ってばっかりで退屈しない？」

「そうでもない」

長い沈黙。

前みたいに――サチはそう言うけれど、なかなか前みたいに会話ができない。なぜだろう。いつも二人で座る岩場がいつのまにか狭くなってしまったからだろうか。ぼくらは体が触れ合わないように注意し合って腰かけていた。

前みたいに、前みたいに、そう考えながら、何を喋《しゃべ》ろうかと脳味噌の中をかきまわしていたら、自分でも馬鹿みたいな言葉を引きずり出してしまった。

「このあいだ、一緒に喋ってた剣道部の男は誰？」

なぜ、こんなこと言ってしまったんだろう。そいつと話をしているサチのほうが、いまよりよっぽど楽しそうだった。その姿が頭にちらついていたからかもしれない。

「このあいだっていつ」

「このあいだは、このあいだだよ」

いつも以上に低い声になってしまった。

「なんでそんなこと聞くの」

「別に、なんとなく」

「じゃあ、ワタルがこのあいだ話をしてた、陸上の女子は誰？」

サチの声もいつもと違っていた。

「このあいだって、いつさ」

「このあいだは、このあいだだよ」

どうもうまくいかない。ぼくらはもうチョロ虫を探しまわって濡《ぬ》れねずみになっていた頃には戻れないのかもしれない。そのことをお互いが知っている。でも、どちらも口には出さない。

「ここ、だめだな、あっちで釣ろうか」

そう言って、向こう岸を指さしたのは、釣れなくて苛立《いらだ》っていたからじゃない。部活が室内競技になったからか、半パンから突き出たサチの足は昔より白い。それから遠ざけて妙な方向にねじっていた自分の足が、いまにも攣《つ》りそうだったからだ。ぼくの言葉に、サチもほっとしたように答える。

「うん、行こう」

先に立って岩を跳んでいるサチは、なんだか危なっかしかった。跳ぶたびに足を滑らせそうになって、小さな悲鳴をあげている。以前は、岩跳びは川バッタ並みで、ぼくよりずっとうまかったのに。

中学に入る少し前から、本人は「太った」って言ってた。確かにサチのごぼうの足は、いつのまにか白アスパラガスになっている。そのせいかもしれない。

だいじょうぶかな、と思っていたら、やっぱりだ。向こう岸への最後の難関の大岩で、また足を滑らせた。後ろから手を伸ばしたけど、届かなかった。

はでな水音を立ててサチが川に落ちた。何かの遊びだと勘違いしたらしい。先にたどりついていたクロが嬉しそうに吠えた。

川は背の立つ深さなのだが、泳ぎがあまり得意じゃないサチは、ぼくが差し出した竿にあわててしがみついてきた。

「なんで、笑う。クロもだよ。どうしてしっぽを振るんだ」

サチが口を尖《とが》らせる。以前より長くなった髪が顔を隠してしまっているから、あざらしみたいだった。

クロがまた楽しそうに吠《ほ》えて、ぼくは声をあげて笑った。でもその笑いはすぐに引っこんだ。濡れて体に張りついたサチのTシャツの胸もとが見えたからだ。

そこには小さなふたつのお碗《わん》が盛り上がっていた。てっぺんには、二つのぽっち。

「早く上がってこいよ」

ぼくは目を逸《そ》らした。それから逸らしたことを、ちょっと後悔した。

ぼくのシャツをはおったサチが言う。

「でかいな」

ぼくが後ろを向いているうちに、着替えたのだ。要《い》らないよ。最初そう言っていたけれど、自分の胸にくっきり浮き出たぽっちに気づいたとたん、「あっち向いて、シャツ貸して」と叫んで、岩壁の洞窟《どうくつ》に飛びこんだ。なんだか強盗に「手をあげろ、金を出せ」って命令されているみたいだった。

「コートみたいだ」

この二年間でぼくらの体は、ずいぶん違ってしまったようだ。ぼくにはそろそろ窮屈な半袖《はんそで》なのに、サチが着ると七分袖に見える。白いTシャツだったから、まるでてるてる坊主だ。膝《ひざ》近くまで垂れたすそを、サチはなんだか楽しそうに揺らした。

ぼくは当然、上半身裸。夏の気持ちのいい日には、そうすることがよくあったし、水泳が苦手なサチがいない時には川で泳ぐこともあるから慣れていた。昔みたいに腋《わき》の下の毛を恥ずかしがったりすることもない。

その日も気持ちのいい日だった。そろそろ森で蟬《せみ》が鳴きはじめる頃だ。木々の葉の一枚一枚が光り輝いていて、ペンキで塗りつぶした看板みたいな空に、ソフトクリームのかたちの入道雲がそびえ立っていた。ぼくらは川向こうの小さな洞窟の前で、人ひとり分ぐらい離れて座っていた。ぼくらのあいだにできたすき間には、この時をずっと待っていたって感じで、クロが割りこんだ。

サチとなら、何時間だって、何千語だって、喋れるはずなのに、ぼくは話しかける言葉をうまく思いつけなかった。サチも同じみたいだった。「何か話せ」って言うふうにせき払いをする。

こほん。

だからぼくもせき払いを返す。

ごほん。

こほん。ごほん。うほん。おほん。せき払いのラリーが三回続いたあと、先に我慢できなくなったサチが瓶の栓を抜くように声を出した。

「め〜んっ」

そして、釣り竿を竹刀《しない》のように振る。

「早く試合したいな。素振りはもう飽きた。十月の新人戦には出られると思うんだけど」

剣道部には一、二年の女子が六人しかいないからレギュラーで出れそう。まだ実戦的な稽古《けいこ》は少ししかしていないけれど、たぶん一年生の中では強いほうだと思う。剣道部の部室は臭いよ、防具も。ワタルにも臭いを嗅《か》がせてやりたい。ひとしきりそんな話をしてから、さぁ、そっちの番だっていうふうに口をつぐんだ。黙ったままでいると、いきなり釣り竿で頭を叩《たた》かれた。

「めん、めん、めーん」

「うるさいな、魚が逃げちゃう」

「ワタルはいつ試合に出る？　陸上部の新人戦はいつ？」

いつだっけ。いつだっていいや、別に。日づけはすぐに思い出した。でも、ぼくは夏の光が躍っている水面を見つめたまま、違うことを口にした。

「もうやめようかな、陸上」

「なんでそんなこと言うの？」

サチがこっちを向いた。最近は見なくてもわかる。長くなった髪を揺すった時にシャンプーの匂《にお》いがするからだ。

「だってさ……」

母さんにテストの点数の言いわけをする時の口調になってしまった。

「ぼくがいいタイムを出せば出すほど、みんなが変な顔をするんだ」

おとといの千五百メートルのタイムトライアルで、ぼくは自己ベストを四秒更新した。望月さんの一年の時のベスト記録より速いって、興奮していたのは木嶋だけ。部員のみんなの反応は冷ややかだった。

その日、体育館の裏にはウツミさんたちがいて、「おお、トラ殺し！」なんてぼくにからかい半分の声援を送ってきたからかもしれない。口では「すごい」って言ってくれても、みんなの目はこう言っていた。「こいつはズルをしてるんじゃないか？」

「こいつは自分たちとは違う」って。特殊なしかけがついているのかって視線をぼくの足に向けてくるやつもいた。すばしっこい草食動物の群れにまぎれこんでいるハイエナになった気分だった。

「なんだか特別扱い。全然いい意味じゃなく」

ぼくのため息を吹き飛ばすように、サチが言った。

「馬鹿みたい。体は大きくても、頭は昔のまんまだね」

「なにお」

漫画のセリフみたいな言葉が飛び出てしまった。ぼくはサチに向き直る。でも、振り子みたいにすぐ顔をもとへ戻した。本人は気づいていないようだけれど、Tシャツの薄い生地から、今度はぽっちの色が透《す》けて見えたのだ。サチの唇と同じ色だった。

「そんなのあたり前じゃないか」

「なぜ？　なんであたり前？」

「シットだよ……嫉妬ってわかるよね」

「知っとるよ」

ぼくのジョークにサチは気づいてくれずに（もしくは無視して）、言葉を続けた。

「ワタルだけじゃないよ。剣道部の男子の二年にも、小学校の時から道場に通ってて、すっごく強い先輩がいるんだ。その人、三年生からは、こーんな目で見られてるよ」

ほら、見なよ。というふうに肩をつついてくる。ちらっとだけ見た。サチが昼寝をじゃまされた猫みたいに目を細めていた。ぽっちはやっぱり透けている。

「別に特別なことじゃない。ワタルは自分のこと、特別だって思いこみすぎ」

いま思いついたセリフじゃないと思う。サチはソフトクリーム・ダブルに広がった入道雲を見つめていた。雲に字が書いてあって、それを読むようにすらすらと喋る。

ぼくにはずっと前から言おうと決めてためこんでいた言葉に聞こえた。

「ワタルみたいに、お父さんの顔を知らない子って、たくさんいるんだよ。それが外国の人かもしれない子も。このちっちゃな町では珍しいっていうだけ。第一、そんなことワタルには関係ないじゃない。ワタルのせいで、お父さんがいなくなったわけじゃないだろうし。ワタルもワタルの家もふつうだよ」

ぼくは特別じゃない？　ぼくってふつう？　そうなのかな。ずっとそう言われてみたかった。でも、面と向かって言われると、なんだか複雑な気分だ。

「サチはふつう？」

「もちろん」

「サチの家も？」

「うん、ふつう。ふつうにもいろいろあるだけ」

サチの言うことは、だいたいにおいてぼくの考えることより正しい。スコアで言うと八対二ぐらいの割合で。最初はこっちが正しいはずだと思うのだけれど、後になって、言葉の意味を図書館の未返却通知状みたいに突きつけられることがよくある。

でも、その時のサチの言葉には、半分しかうなずけなかった。ぼくには、サチはサチで意地になって、自分をふつうだと思いこもうとしているように思えた。

ぼくは父親の生態に関して人より疎《うと》いけれど、ふつうの父親が、娘や奥さんをグーパンチで殴ったり、息子（サチの小四の弟だ）を救急車で運ばれるほど蹴《け》りつけたりしないことぐらいはわかる。

六年生になってからは、サチが顔を腫《は》らして学校へ来ることはなくなった。ぼくの襲撃が功を奏したわけではなく、父親が心を入れ替えたわけでもない。サチは父親と別居中なのだ。自分の故郷なのに、なぜか父親のほうが遠くの町へ行き、サチの母親のミエさんはこの町に残った。いまもパイン・ツリーで働き続けている。

目玉焼きみたいな太陽が、木の枝に吊《つ》るしたサチの服を乾かし、ぼくの剝《む》き出しの背中を焼きながら、時計の短針の速度で西へ移動していく。魚はあまり釣れていない。ぼくはハヤが二匹と小物が一匹。サチはウグイが三匹（ハヤとウグイは同じサカナなのだけれど、ぼくらのあいだではいまだに言い争いのタネだった)。クロはちっとも動かない竿《さお》に飽きたらしく、川べりの草の匂いを嗅ぎに行ってしまった。

「もったいないよ、やめちゃうのは」

サチの呟《つぶや》きがぽつんと水面に落ちる。

「人より速い足を、神様がワタルにくれたんだよ。あたしはサッカーがやりたかったけど、男の体をもらえなかったんだもん」

ぼくらが中学に入ったばかりの頃は、女子サッカーはまだマイナー競技だったから、田舎町には女の子が入れるサッカークラブは、どこにもなかったんだ。

またこっちを向く。やめろよ。ぼっちが見えちゃうぞ。

「せっかくの授かりものなんだから、もっと大切にしなよ。いらないのなら、あたしがもらっちゃうよ」

そう言って、ぼくの顔の下に視線を落とした。ぼくの裸なんて見慣れているはずなのに、サチはあわてた様子でそっぽを向く。ぼっちに目を釘《くぎ》づけにしてしまったことがバレちまったのかもしれない。ぼくもあわてて水面に視線を戻した。

サチが川下でトンボを追っかけているクロを眺めながら訊《き》いてきた。

「ねぇ、新人戦はいつさ」

川上の空に浮かぶ入道雲を見つめて答えた。

「九月の最後の土曜日」

クロに話しかけるように、サチが言った。

「がんばって。応援に行くよ」

16

「南山～」

みんなの声が聞こえる。残り五百メートル。目の前にはまだ三人のランナーがいた。でも、焦《あせ》ってはいない。まだまだ「足」を残しているからだ。この夏、何度もペース走を繰り返して、ぼくは自分の弱点を克服した。

「いけるぞ、南山、その調子だ」

木嶋の声がした。ぼくの弱点は単純な欠陥だ。スタートから馬鹿みたいに飛ばして、ラストにスタミナが切れてしまうこと。

最初は先頭集団についていけ、飛び出すな。一年は誰がどんな持ちタイムなのかわからないから、様子を見ろ。木嶋にはそう言われている。ほんとうはペースを上げたくて両足がうずうずしているのだが、ずっと我慢していた。昔のぼくと比べたら大いなる進歩。むずむず虫を飼い馴《な》らすことに成功したのかもしれない。

ぼくはアウトコースにつけて、先頭の三人の半歩後ろを走っている。焦ってインコースにもぐりこんだら、囲まれて身動きがとれなくなってしまうだろう。一人が苦しげに首を振って後方に下がっていく。空いたスペースに体を運び、残った二人と足が接触してしまわない距離を保った。まだ余裕。頭の中にでたらめな言葉やリズムが浮かんでくるのがその証拠だ。

ブーブー豚キムチ味、新発売。

ナットウウリマス、ヘイヘイヘイ、ヘイジョウキョウ。

レース前から降ったりやんだりを繰り返している雨が少し強くなった。人影の少ない競技場で雨の季節の花みたいに、色とりどりの傘が開く。

郡の新人戦の千五百メートル決勝だった。これを勝ち抜けば県大会へ行ける。三位まで通過できるから無理をしなくていい。望月さんにはそんなアドバイスをもらっていたけれど、もちろんぼくは一位を狙《ねら》っていた。

「南山〜」

また部のみんなの声援。いちばん大きいのは望月さんの声だ。大会の少し前、望月さんからは、ラスト一周で呼吸を切り換える方法をアドバイスされた。このあいだはシューズが安く手に入る店も教えてもらった。「お前のおかげで俺のタイムも伸びてる。一緒に県大会へ行こう」望月さんは、そう言ってくれている。ぼくたちの中学の陸上部で、県大会出場を決めたのは、いまのところ望月さんだけだ。

サチの言う通りかもしれない。自分が思っているほど、ぼくは人と違うわけじゃない。あれほどきつい練習をしたのに、誰も楽に勝たせてはくれない。ぼくは人と競うことが楽しくてしかたなかった。

♪ぼくらはみんな息してる。息をしないと死んじゃうぞ。

月曜日には、乳モンデー、水曜日には、木をウェンズデー、

木曜日だっけ？

そろそろ脳味噌《のうみそ》がちりぢりばらばらになってきた。さぁ、ここからだ。

残り四百。あと一周。先頭の選手がスパートをかけた。ホームストレッチを越えたところで別の声が届く。

「ワタルー、行けっ」

たて笛の「ラ」の音の声。

「ワタルー、ワタルー」

学校でぼくのことをこう呼ぶ女子はただひとり。夏から二年生のバスケ部員とつきあいはじめたウサギは、「南山くん」に戻った。サチだ。ぼくはスタンドに目を走らせた。

サチは傘をささず、青色のレインコートを濡《ぬ》らして立ち上がっていた。両手をメガホンにして叫んでいる。

大きく口を開け、雨のしずくを受け止める。

よしっ、いくぞ。

大臀筋《だいでんきん》と腓《ひ》腹筋《ふくきん》に力がみなぎる。大腿二頭筋《だいたいにとうきん》と大腿四頭筋《しとうきん》が、もっと速くと訴えかけてくる。木嶋のアドバイスどおり、腹筋と背筋も使って体がぶれないように保った。

「ワタルー」

サチの声が背中を押す。ぼくはその声だけで頭の中を満たす。その声を全身に注ぎこむ。サチはぼくの心臓で、ぼくの筋肉だった。

残り二百で二位の選手を大きく外から抜いていく。あと一人。両足がアンツーカーの上を飛んだ。

百五十。先頭に並びかけた。ぴたりと真横につけて相手の様子をうかがう。追いついたぼくに走らせてくる横目が脅《おび》えている。だいじょうぶ。いける。

残り百メートル。最後の一人が後方に下がった。もうぼくの前には誰もいない。

頭の中は真っ白だ。いつもは体を支配している頭が、体に乗っ取られたみたいだった。酸欠で全身の細胞が悲鳴をあげている。でも、それは歓呼の叫びのようにも感じられる。

ゴールラインはまぶしく輝いていた。雨がやみ、一位の賞品のように雲のあいだから太陽が顔をのぞかせたのだ。

光の中に何かが見える。

それは、いつか見たマンモスの幻影かもしれないし、雨を光らせた競技場の屋根だったかもしれない。ぼくはそれに向かってひたすら走り、光の中へ飛びこんだ。

17

バッグの中から、教科書にはさんだそいつを取り出した瞬間、鼓動が速くなった。千五百のラストスパートの、心臓がふくらむような速まり方とは違う。見えない手に心臓を握られ、絞りあげられているような速さだ。

教科書の束を学習机に置く。母さんが今日も仕事で遅くなることはわかっているのに、部屋の外へ顔を出して、家の中に誰もいないことを確かめる。机に戻り、いよいよそいつを手に取った。

クラスの男子が回覧している秘密の雑誌。ついにぼくの番がまわってきたのだ。表紙では化粧の濃い女の人が口を「O」の字にし、半開きの目でこっちを見つめ返している。タイトル文字はけばけばしいピンク色。

コンビニの書棚のいちばん奥に並んでいるようなやつだ。ぼくらの住む一帯には、コンビニがひとつしかなくて、オーナーや店員さんとは顔見知りだから、中学生は横目で盗み見るだけで、けっして開くことはできない雑誌。誰かが遠くのコンビニまで出かけて手に入れてきたらしい。

女の人はほとんど裸で、両胸と股間《こかん》だけを、ほたての貝殻で隠している。おおぅ。ぼくの目玉はまんまるになっていただろう。

あってもなくてもたいして違いがないような小さな貝殻だ。どうやってつけているのか、紐《ひも》はない。それが妙に気になった。まるですぐにはずれますからって言っているみたいだった。

最初のページを開いてみた。おおおぅっ。毛がまる見え。味付け海苔《のり》みたいだ。ぼくの目はさらにまんまる。

ゆっくりページをめくっていく。看護婦さんの恰好《かっこう》（といっても帽子だけ）をした女の人が、自分の大きな乳房に聴診器をあてている写真を眺めていた時だ。誰かの気配と視線を感じて、あわてて本を閉じた。

カーテンを閉め忘れていたのだ。窓の外に顔があった。心臓が破裂するかと思った。

クロだった。窓枠に前足をかけて、こっちを見つめている。散歩に連れて行け、とアピールする時のポーズだ。口の端が「ん」の字になったいつものクロの顔が、なんだかその時は、にやにや笑いに見えた。

「後でな。いま忙しいんだ」

カーテンを閉めると、クロが不服そうに吠《ほ》えた。

お前は母ちゃんが外人とセックスしてできた――幼い頃のぼくには、セックスという言葉は意味不明の忌《い》まわしいものでしかなかった。どうやら誰もに関係するごく普通の行為らしいと気づいてからも、うまく理解できずにいた。学校では「出産と生命のしくみ」という授業があったけれど、それはヒントだけ与えて、後は自分で考えろっていうクイズみたいだった。第一ヒントはおたまじゃくしによく似た生きものに見える物体が、アメーバー状の球体に取りこまれる写真。第二ヒントは、精子と卵子、受精という言葉。わざと解けない工夫をしているような難問だ。

小さい頃、母さんの本棚でツノガエルやニワトリの受精の図を眺めていた頃の記憶が頭からすっかり消えていたぼくは、結婚して子どもが生まれるのは、こんなしくみだと思っていた。

一緒に暮らしはじめた男女が隣同士で寝ていると、男の体から精子という名のおたまじゃくしがさまよい出てくる。ウイルスみたいに小さなおたまじゃくしの群れが、ふわふわと宙を漂い、少しずつ女の人の体内に吸収されていく。おたまじゃくしは女の人のお腹《なか》の中で大きく育ち、手足を生やす。赤ん坊の大きさになった頃、医者が手術をして、取り出す。

完璧《かんぺき》な推理だと思っていた。その時は。

どうやら違うらしいと気づいたのは、中学に入り、学校でクラスメートとごくふつうに話をするようになってからだ。といっても、ぼくに話しかけてくるのは、クラスでも問題のある連中。トラを骨折させて停学になってから、まじめな生徒たちは少しずつぼくに近づかなくなった。かわりに、ウツミさんの使いっぱしりをしているようなやつらが、なぜか親しげに声をかけてくる。

みんなその手の情報にくわしかった。「俺は硬派」と言っていたトラよりずっと。でも、どれもテレビや人から聞いた話の受け売りばかり。たぶんみんなも頭の中でしか知らないのだと思う。

新しくわかったことが、そうたくさんあるわけじゃない。

赤ん坊はセックスによって生まれる。

おたまじゃくしは、ぼくの性器から出る白い液体の中に存在するらしい。数はおよそ三億匹。精子が宙をさまようよりも信じられない話だ。

ぼくに確かにわかっているのは、女の人の裸を見ると、胸が苦しくなるほど興奮してしまうこと。そして触ってみたくなることだけだ。

雑誌を半分ほど眺め終えたところで、動悸《どうき》が収まり、少し冷静になった。ガツガツ食べていたスナック菓子が胃にもたれはじめた時の気分。ページをめくるたびに、入れかわり立ちかわり登場する女の人たちが、誰もがきれいというわけじゃないことに気づいたのだ。しかも、すごくきれいな人にかぎってかんじんな部分は隠したまま。毛がまる出しで驚くほど大胆なポーズの人ほど、あまりきれいじゃない。ぼくの（たぶんみんなの）願望とは逆。数学的に言えば、反比例というやつだ。

結局、表紙の女の人がいちばん魅力的だった。ぼくは本を机に立てかけて、ズボンのチャックを下ろす。カーテンの向こうではクロがまだ鳴いている。聞こえないふりをした。

女の人を見つめ、ちんちんを握り、目を閉じて、ほたての中身を考えた。ほたてがはがれる瞬間を想像し、ぼくなんか相手にもしないだろう、「O」の字の唇から漏れる声を空想した。何をどうすればいいのかわからず、想像の中のぼくはただ近寄ってその人を見ている。ほたての貝殻が落ちるのを待っているだけだ。

そのうちに背筋が痺《しび》れてくる。ほんとうに気持ちいいと感じるのは、この一瞬だけ。自分の体の扱い方がよくわかっていないぼくには、その前段階はコップ磨きと変わらない単純作業だ。

ぽろり。想像の中でほたてが落ちる。

ティッシュ・ペーパーを手にした瞬間、女の人の顔がサチにすりかわった。

え？

なんで。

なんで、こんなところに出てくるんだ。

あわてて作業を中止しようとしたが、手遅れだった。

ティッシュで受けそこなった白い液体が学習机に飛び散った。

なんてこったい。

べとべとの手と机をティッシュで拭《ふ》きながら、ぼくは動揺し、混乱していた。作業が終わった後に感じる罪悪感は毎回のことだけれど、いつもの比じゃなかった。顔だけじゃない。ぼくは胸から落ちた貝殻の下に、Tシャツから透かし見えたサチの乳首を当てはめていたのだ。

なぜサチが出てきちまったんだろう。変なことをしているぼくを叱《しか》るためだろうか？　サチは、ぼくのこの、人には言えない恥ずかしい習慣とは、何の関係もないのに。

この頃のぼくは、授業中や夜寝る前に、サチのことをよく考える。だからかもしれない。

小学校時代にも、サチのことはときどき考えていた。だけどそれは、一緒にどこへ行こうか、会ったら何を話そうか、そんなこととワンセットで思い浮べていたはずだ。最近は違うのだ。

サチの顔だけが頭に浮かぶ。揚げたてのコロッケみたいだった黒くて丸い顔が、揚げる前のパン粉の色に変わり、ほんの少し細長くなった顔だ。ウサギみたいに剃《そ》ったりしていないから、眉《まゆ》は太いままだけれど、リップクリームをつけはじめた唇がつやつや光っている。長くなった髪を留めているゴムの色まで目に浮かぶのだ。

胸のぽっちを思い出すこともたびたびある。きっと、それがいけないんだ。

クロがまた吠えた。ぼくは深くため息をついて、ちんちんをズボンの中にしまいこむ。しょげ返っているちんちんが自分に寄生した別の生き物に思えた。ひととき体を乗っ取られていたような気分だ。

ああ、嫌だ。こんなやつに支配されるなんて。このあいだサチと一緒に観《み》た映画みたいだった。

恋人がエイリアンになってしまう女性科学者の話。ヒロインの恋人は、寄生してしまった宇宙生物に体を奪われていくのだ。

「それより映画に行こうよ」

釣りに誘った時、サチが突然そう言いだしたのには、驚いた。十月の半ば。ぼくが県大会を四位で終え、サチたち剣道部女子が初戦で敗退した翌週だ。サチは先鋒《せんぽう》で新人戦に出場し、得意の面で一本を取って善戦したが、結局、相手に小手を二本取られて負けた。ぼくは四位という結果に満足していたけれど、サチが気落ちしていたみたいだったから、いつかとは逆に、今度はこっちがなぐさめようと思ったのだ。

「映画？」

映画なんていつ以来だろう。トラと『ゴジラ』を観に行ったのが最後だと思う。

「うん、映画。観てからお茶を飲もう」

「お茶?」

ぽっかり口が開《あ》いた。ウサギみたいにボーイフレンドのいる女子たち(クラスで五、六人いるらしい)や、ガールフレンドのいる男子(クラスには一人しかいない)が、遠くの街へ出かけて、映画を観たりお茶を飲んだりしていることは知っていた。でも、サチが同じことをしたがるなんて考えてもいなかったからだ。

映画館があるのは、ぼくらの住む町から電車で三十分ほど行った大きな街だ。ぼくの家か駅で待ち合わせればいいだろうに、サチは待ち合わせ場所を、わざわざその街のカラクリ時計のあるビルの前にしようと言った。

約束の時間の三分前、カラクリ時計が動きだす前に着いたのに、サチはぼくが遅れてこなかったことを怒ったような顔で、待ち合わせの場所に立っていた。

見たことのない服を着ていた。長袖《ながそで》Tシャツの上に、まだ時期が早い気がするフード付きのコート。しかも下はスカートだ。制服以外のサチのスカート姿なんてめったに見られるものじゃない。その日は暑かったから、コートを着たサチは汗をかいていた。でも、脱ごうとはしなかった。

観ようって二人で決めていた映画はすごい行列で、次の回まで券が買えなかった。

映画をやめて他のことをしようと提案しても、サチは首を振る。お母さんから借りてきたらしい大人用のバッグからこの地方のタウン誌を取り出して、真剣な表情で眺めはじめた。すでに決めたことを、てきぱきこなしていく、そんな感じ。こういう時のサチには逆らえない。

ぼくらの住む町よりはるかに大きな街だが、それでもタウン誌の片隅にようやく載せてもらっているような地方都市だ。観られる映画がたくさんあるわけじゃない。結局、選んだのは、恋人がエイリアンに乗っ取られる女の人の話。客席はがらがらだった。

ぼくはテレビドラマでも映画でも、たいていのものなら退屈しないほうだけど、この映画は途中で何度も居眠りをしそうになった。

なにしろモンスターと化した恋人が暴れまわるのが、平凡な田舎町の小学校や保安官事務所なのだ。巨大化はしないし、高層ビルに登るわけでもない。ところどころで幸せだった頃のヒロインとモンスター恋人との回想シーンがはさまるのだが、これがやたらと長い。ぼくとサチのように、観たいものの意見が合わない同士を客に当てこんでつくっているような映画だった。

でもサチは真剣に観ていた。スクリーンよりポップコーンに気をとられていたぼくには、モンスターを怖がって口に手を当てたり、回想シーンに目を見張ったりしているサチの横顔を見ているほうがおもしろかったぐらいだ。

クライマックスシーンで、恋人は元の人間の姿に戻るのだが、その時にはもう死を待つだけになっていた。ヒロインは嘆き悲しむ。これがまた長い。

サチがぼくのほうに手を伸ばしてくる。高いから二人でひとつだけ買ったポップコーンを差し出したら、渓流のハヤ並みの素早さで引っこんでしまった。

スクリーンではヒロインが死にかけの恋人にキスをし、弱々しく差し出された手に指をからませている。

またサチの手が伸びてきた。まさかとは思ったけれど、スクリーンと同じようにおずおずと手を差し出すと、クロが甘噛《あまが》みするようにそっと握りしめてきた。

サチと手をつなぐのは初めてというわけじゃない。でもそれは岩場を歩いていて、バランスを崩した時に、仲間同士の手助けをするためだった。サチは岩跳びが得意だったから、手助けをされたのは、どちらかというとぼくのほうが多かった。

サチの手は小さくて、指が細くて、ひんやりしていた。時間はほんの五秒ぐらいのもの。自分からつないできたのに、サチは「何をするんだ」って感じで、いきなり手を離した。

その同じ手で、ぼくはちんちんを握っていたんだ。まだちょっと変な臭《にお》いのするこの手で。なんだかとってもみじめな気分だった。

本当にぼくはふつうなんだろうか。クラスの他の男子も同じようなことをしているのだろうか。トラはやってるらしいけれど、望月さんは？　そんなわけないだろうな。男はみんなちんちんから精子を出すのだろうか。高橋さんも？　木嶋も？　運動会の時、ジャージの上に背広を着るような校長でも？　女の人はみんな卵子を受精させるために、口を「O」の字にしたり、目を半開きにしたりするのだろうか。ほたての貝殻をつけたりして。いつかサチも？　まさか母さんも？

そこで考えるのをやめた。いま、ほんの一瞬、考えてしまったことを頭から払いのけるために、首を大きく振る。

クロと散歩に出たついでに、久しぶりに森へ行った。倒木はあいかわらず倒れたままで、下のほうにぽっかり空いた洞《うろ》も以前と少しも変わっていない。

石器はまだそこにあった。

しばらくの間、石斧《せきふ》やナイフや槍《やり》を眺めた。昔のおもちゃを懐《なつ》かしむみたいに。あれほど夢中になっていたのに、中学生になったいまはもう、手にすることもなくなっていた。

槍を持ってみる。イチイの木を使った柄は苔《こけ》にまみれていて、きのこまで生えていたけれど、まだまだじゅうぶん丈夫そうだ。苔をはらい、新しいあけびのつるで石器を結《ゆ》わき直す。それから、H本を見る前のように、周囲を見まわした。森のとば口で見張り番のようにクロがうずくまっているだけだ。石器の槍を構えてみた。

少しだけと頼んでも、木嶋は槍に触らせてくれない。

「危険だから校庭では極力使わないでくれって校長に言われててさ、俺だってこそこそやってるぐらいだ。生徒に投げさせたことがわかったら、俺、クビだよ。砲丸じゃだめなのか」

だめなんだ。木嶋は槍にばかりこだわるぼくを不思議がるが、ぼくにとっては重要なことだった。槍を投げた瞬間に、自分が何者なのか、本当のことがわかる気がしていたのだ。

石器の槍を投げた。

中学生になったぼくには軽すぎ、短すぎたのかもしれない。

槍はかつて標的にしていたクヌギの幹を大きく越えて、川へ降りる斜面まで飛んでいき、気の抜けた音をさせて、笹《ささ》の葉の中に落ちた。

18

みんなが見ているものと、自分に見えているものは、同じものなんだろうかって、不安になることはないかい。

ぼくにはしょっちゅうある。

同じものを見たり聞いたりしていても、人が感じていることと、自分が感じていることが、とても食い違っていて、驚くことがよくあるけれど、それって、そもそも見えているものや聞こえているもの自体が別のものなんじゃないだろうか。そんな疑問がいつも心の隅に釣り針みたいにひっかかっているんだ。

ぼくは小学校の頃から、絵を描《か》くのが苦手だった。絵を描くことは嫌いじゃないし、描く絵自体もそうひどいものじゃないと思う。問題は、みんなとは違う色やかたちを描いてしまうことだ。

例えば、空を赤く塗って、先生から「何か悩みごとがあるの?」と聞かれたことがある。夕焼けです、と説明しようとするのだが、最初から答えを決めている先生は、話を聞いてくれなかった。ぼくにとって空といえば、まっさきに思い浮かぶのが、夕焼け空なのだ。小さい頃、家の前で帰りを待っていると、母さんが自転車を漕《こ》いで坂道を登ってくる。その後ろにいつも夕焼けがあったからだ。

卵をまんまるに描いて、叱られたこともある。でも、卵って底のほうから見ると、まんまるなのだ。ぼくはそれを描いてみたかっただけ。

肌色というのもよくわからなかった。クレヨンや絵の具の「肌色」と同じ肌の色をした人って、そうそう見かけない。小学校の頃のサチなんか薄い茶色だった。仕事ばっかりしているせいか、最近の母さんは、白に青をまぜたような色になっている。

小学校の時の担任に、こんなことを言う先生がいた。

「肌色というのは人種差別です。黄色人種以外の人間を否定する考え方です。肌の色に決まりはないのですからね。私は肌色という言葉は使いません」

先生は話しながら、ぼくの顔をちらちら眺めていた気がする。ぼくらが持っていた「肌色」の絵の具やクレヨンには、なんの迷いもなく「はだいろ」と書かれていたから、先生は、「うすだいだい」と書いた小さなラベルをつくらせ、絵の具に貼《は》るように命じた。

「そうよね、南山くん」

先生はなぜかぼくにだけ、あいづちを求めてきた。クロマニヨン以前の人類の肌が黒かったことを、ぼくが知る前の話だ。その時のぼくは「面倒くさい」としか思わなかったが、先生の勢いにのまれて、つい、うなずいてしまった。

都会からやってきたその先生は、男女別の学校の生徒名簿を、自分のだけ男女一緒のものにつくり替えた。嫌がる女子をたしなめて身体検査を男女いっしょに受けさせた時には、保護者から苦情が来た。

結局、その先生は校長と喧嘩《けんか》して学校を辞めた。

世の中には、当たり前すぎて気づかなかったり、深く考えられたりしないために見過ごされている、おかしなことがたくさんある。そのことを不思議に思わない多くの人々に対して憤《いきどお》って、その人たちにかわって悩んでいた先生の気持ちもわからないことはないけれど、ぼくの悩みはもっと深い。

ぼくは考えてしまうのだ。ぼくが考えている肌色は、みんなが考えている肌色と同じなんだろうか、って。

別に薄だいだいでもいい。

ぼくの見ている薄だいだいは、本当にみんなに見えている薄だいだいなのだろうか。

考えれば考えるほど、不安になる。

色を識別する能力に関しては、綿密な検査を受けさせられたから、特に問題はないはずだ。問題は目じゃなくて、ぼくの頭の構造にありそうだった。

図工が美術に変わってからは、ぼくもずいぶん学習した。小学校の頃のようにひとマネをするだけでもだめ。自分が描きたい絵ではなく、人が（先生が）喜ぶ絵を描いたほうがいいことがわかるようになってきたのだ。空を青だと信じて、青とみんなが認めている色を塗る。そうすればいい成績がもらえる。

でも、わかっているのに、やっぱりいつのまにか人とは違う色を塗ってしまう。気がつくと違うカタチを描いている。

「南山、それって受け狙《ねら》い？」

最初は冗談だと思うらしいクラスメートの笑いも、何度も続くと引っこんだ。意地になっていたわけでもなく、自分を貫いているわけでもない。なぜかぼくの絵の空は赤くなり、人の顔は黄色や茶色になるのだ。

ぼくの絵を初めて褒めてくれたのは、一年の途中から赴任してきた美術教師の小池だった。美術の教師というのはたいていがそうだが、小池も他の先生とは少し違っていた。

顎《あご》にだけ山羊《やぎ》みたいな髭《ひげ》を生やしていて、いつも派手な柄のインド風のシャツを着ている。数学や英語の教師みたいにきちんとネクタイをしている姿は見たことがない。とはいえ、常にジャージですましている体育の木嶋とは違って、いちおう本人はおしゃれをしているつもりらしいのだ。煙草《たばこ》臭いという理由で女子の多くは嫌っていた。でも、褒められたから言うわけじゃないが、ぼくは全然嫌な感じがしなかった。

三学期の創作画の授業の時だった。ぼくはクロの絵を描いていた。名前はクロだけれど、クロは黒犬じゃないから、いろんな色を塗ってみた。茶色や白、太陽の光を浴びた時の黄色。泥んこになった時の土色。

背景は真っ赤な夕日だ。手前は川で、これは銀色。夏の日差しの強い日には、こんな色に見える。

いつのまにか小池が後ろに立っていて、ぼくにこう言ったのだ。

「強いな、お前の絵は」

「は?」最初は褒められていることに気づかなかった。絵に強いとか弱いとかがあるなんて、その時まで聞いたことがなかったから。筆圧が強すぎるって注意されたのかと思った。

「それ、美術展に出してみないか」

小池の顔はふつうにしていても笑っているように見えるから、この言葉も初めは冗談だと思った。

「これを?」いましがた両隣のクラスメートから笑われたばかりだ。小池だってそれを聞いていたはずなのに。「冗談でしょ?」

「いいや、本気。俺、授業中と職員室じゃ冗談を言わないことにしてるんだ」

「だけど、自分で言うのもなんだけど、変な絵です」

小池は笑って言った。

「だいじょうぶ、俺にはいい絵なんだから。正直に言って、入選は難しいだろうけど、誰かに見せてやりたくなる絵なんだよ」

授業で描き切れなかった場合は宿題になる。どんな教科であれ宿題が嫌いなぼくは、いつもならさっさと授業中に描き終えてしまうのだが、その日は半分しか完成しなかった。小池に褒められてから、急に使う色やかたちを迷いはじめたせいだ。

夕日は本当に赤なんだろうか。

赤は本当に赤なんだろうか。

四角は確かに四角なのか。

丸はやっぱり丸なのか。

その日、ぼくは家に帰ってからも、ずっと絵に色を塗っていた。赤の上に黒を塗り、黄色を重ね、また赤に戻す。そんなことの繰り返し。

次の授業の時、小池は完成したぼくの絵を見て、ひとことだけ言った。

「芸術だ」

県の学生美術展の審査会があった翌日、ぼくは美術室に足を向けた。授業がない時、小池はいつもそこにいるのだ。

ノックをして部屋へ入ると、思ったとおりトルソーに顎を載せて煙草を吸っていた。

「お、結果が気になって来たのか？」

「いえ別に……通りかかっただけです」

「一年の教室は隣の校舎だろう。すごい通りかかり方だな」

ぼくの言いわけをひとりで面白がってから、小池はいつも笑っているような顔を、ほんの少し引きしめて言った。

「だめだった。俺も残念だよ。ま、選考委員は田舎画家ばっかりだから、しかたない。その気にさせてしまって悪かった」

「はぁ」別に構わない。期待はしていなかったし。というのは嘘《うそ》。美術室のドアを開ける時まで、「金賞だったよ」という小池の言葉を心のどこかで期待していたのだ。

「でもな、ダメだったからってダメだなんて考えなくていいぞ」

黙ってうなずくことしかできなかった。意味がよくわからなかったからだ。

「俺はお前の絵が好きだ。なぜなら、俺には描けないから」

小池は眼鏡の中の小さな目を、くるくる動かして言った。

「ま、誰のどんな絵でも、俺には描けないんだけどね。絵はその人それぞれのものだから。ただし、小手先がうまいだけなら、ほとんど同じものを、もっとうまく描ける。小手先の個性とやらを弄《もてあそ》んでいるような絵もね。でも、お前みたいな色使いや筆運びは真似《まね》できない。いい絵だよ、これは。他のやつの絵とは根っこのところから違う」

小池の言葉には嘘がない気がした。「いい絵だよ、これは」と言いながら、髭の伸びた顎で、美術室の隅を指した。そこにはこの学校の出品作品が山積みになっていて、ぼくの絵だけが立てかけてあった。

小池の言葉は嬉《うれ》しかった。でも、同時に不安になった。

「ねぇ、先生、ぼくはふつうじゃないんでしょうか?」

なぜそんなことを聞いたのか、自分でもわからない。トルソーの上に載っかった小池の首が、ギリシア神話に出てくる小太りの神様みたいだったからだろうか。

　小池がトルソーの上で首をかしげた。ぼくの言葉の意味を考えているようだった。首をもとに戻してから、ぼくの薄茶色の目を覗《のぞ》きこんできた。

「いいか南山、ふつうの人間なんて、どこにもいないんだよ。みんな少しずつ違う。確かに地球の上から見下ろせば、お前の存在は何十億分の一でしかない。俺もそう。ちっぽけなもんだ。世間で言う『地球より重い』なんてたいそうなものじゃない。だけど、考えてみろよ。何十億分の一にしろ、お前はこの世にお前しかいないんだぜ」

　その答えをぼくはとても気に入った。いまでも胸の中にしまってあって、ときどき取りだして、トロフィーみたいに眺めている。

　もっと言えば、こうだ。

　人類の歴史から考えると、ぼくの存在は何十億どころか、何百億分の一だろうけれど、この地球の歴史においても、ぼくという人間は、ぼくしかいないのだ。

　県大会で四位どまりでも、美術展で落選しても、そう考えると、なんだか誇らしい気分だった。

19

「ねぇ、ワタル、会って欲しい人がいるんだけど」

母さんがそう切り出したのは、中学二年になった春だった。

「誰と？」

珍しく早く帰ってきた夜だ。その日の夕食のメニューは、大好物のハンバーグで、ぼくは最後のひと口にとりかかろうとしていた。

「同じ研究所の人」

なぜ、ぼくが、母さんの職場の人と会う必要があるのだろう。ハンバーグを口に入れ、目玉を天井に向けて考えた。最初のひと嚙《か》みで、理由がわかった。なにしろもう中学二年生だ。男女のこともセックスのこともじゅうぶん学習した。あくまでも理論上はという意味だけど。

母さんがハンバーグにちゃんと火が通っているかどうか心配するような表情で見つめてくる。ぼくが理論上いろいろと学習していることを母さんは知らない。母さんにとってはまだ無邪気な子どもであるらしいぼくは、ハンバーグの焼き加減について答えるように言った。

「うん、いいよ」

口の中のハンバーグに味がしなくなった。柔らかな砂利《じゃり》を噛んでいるようだった。どういう感情がそうさせるのかわからないまま、ペース走りで鍛えているはずの心臓が痛いほどふくらんだ。

もしかして、ぼくに父さんができる？

その人と会ったのは、数日後の土曜日だった。

場所は、サチと映画を観《み》に行った街のレストラン。都会の大人にはなんてことのない店なのかもしれないが、ファミレスに行くだけで晴れがましい気分になってしまうぼくにとっては、生まれて初めて入った高級な店だった。

その人は先に着いていた。ぼくらの姿を見るとすぐに立ち上がったから、ぼくが会うべき人が誰なのか、拍子抜けするほど簡単にわかってしまった。

銀縁眼鏡をかけた、ほっそりした人だった。色白で目鼻立ちが薄いためか、濃い髭の剃《そ》りあとばかりがめだって見えた。地味なスーツ姿。あまり着慣れていないことが、ネクタイを締めたことのないぼくにもわかった。

「久保です、よろしく」

ぼくを見上げて言う。久保さんが特別小柄だったわけじゃない。大きくも小さくもない人だった。この春の身体測定で、ぼくの身長は百七十八センチになっていた。その後は五、六センチ伸びたきり、ぴたりと止まってしまうのだけれど。

「大きいね」

思っていたよりかさばる荷物が届いたって口ぶりだった。

久保さんはぼくよりよほど緊張しているように見えた。テーブルの上のおしぼりを意味もなく動かしたり、ほとんど入っていないコップの水をちびちびと飲んだり。メニューブックを開き、こちら向きにして見せてくる動作だけが、あらかじめ練習していたように素早かった。

「ステーキはどうだい。ここのはうまいよ」

口ぶりからすると、久保さんはこの店は初めてではないようだ。珍しく迷うことなく店にたどりついた母さんも。ぼくは勧めを無視して、いつもどおりハンバーグにした。

出てきたハンバーグは、ファミレスのものとはだいぶ違う。皿がやけに大きいくせに、たわしぐらいのサイズしかなかった。付け合わせのインゲンとにんじんは、ハムスターの餌《えさ》並みの量。なんだか気に入らない。

久保さんは、しきりに話しかけてくる。

「陸上をやってるんだって」

「ええ」

ぼくの答えは、食事の邪魔をされたクロがうなっているように聞こえただろう。

ハンバーグはいままで食べたことのない味がした。ここが別の場所だったら、もっとゆっくり味わおうとしただろう。でも、ぼくは片づけものをするように、手早く口に放りこんでいった。母さんが夜、遅かったのは、仕事のせいだけじゃなかったのかもしれない。そう考えると、ナイフとフォークを扱う手がどんどん速くなっていく。

ハンバーグなんかでだまされるもんか。

「このあいだ食べたばかりなのに、ハンバーグで良かったの、ワタル？　どう、おいしい？」

ぼくは無言のまま、首を縦だか横だかわからない方向に振る。母さんが困り顔を向けてきた。

しかたなくという感じで、二人は仕事の話を始めた。久保さんが母さんと同じ動物発生工学の研究をしていて、母さんより上の立場であることが、なんとなくわかった。

専門用語がぼくに内容を悟らせないように話し合うための暗号に聞こえる。

久保さんの頼んだパスタ料理が届く前にぼくは皿を片づけた。大きな皿の中の毛糸玉みたいなパスタをすくい上げながら、久保さんが言う。

「ねぇ、ワタルくん、この近くに運動公園があるんだ。よかったら、これから行かないか」

久保さんはクルマで来ていた。トランクの中には、ぼくと楽しくやるつもりのバドミントンのラケットとかフリスビーを積んでいるに決まっている。

「どう、ワタル？　久しぶりね、公園に行くなんて」

母さんの声がいつもと違う。ほんの少しの違いだけれど、ずっと二人だけで暮らしてきたぼくにはわかった。ぼく以外の誰かに聞かせようとする声だ。唇をちょっとだけ「O」のかたちにしているのかもしれない。

ぼくは母さんにではなく、久保さんに返事をする。初めて目を合わせた。二色消しゴムみたいに髭の濃い顔に言葉を投げつけた。

「行って何をするんですか」

意地の悪い口調だ。自分でもわかっていたが、とめられなかった。

「一緒に走ります？　ぼくの千五百のタイムは四分二十一秒ですけど」

久保さんが目を伏せる。この時のぼくは、とっても嫌なガキだっただろう。自分でそう見えるようにしたからだ。

二人が困ったように顔を見合わせた。

久保さんは悪い人には見えなかった。顔立ちも体格も違うのだが、どこか高橋さんを思い出させる雰囲気があった。サチの父親みたいなDVゴキブリ野郎になりそうなタイプにも見えない（サチは、うちの馬鹿は人前ではおとなしい、って言うけれど）。

でも、違う。ぼくが十三年間、頭の中でこしらえ続けてきた父さんとは、まったくの別人だ。

ぼくの父さんは、もっとたくましい。中学二年生を相手に、空《から》のコップを手にとって飲むふりをして、おどおど喋《しゃべ》ったりしない。

ぼくの父さんは、もっとずっと男らしい。千五百メートル、四分二十一秒なんてタイムを鼻先で笑い飛ばして、「じゃあ、走ろうか」そう言ってくれるはずだ。

もしこの人を認めてしまったら、心の中で描いていた父さんが消えてしまう気がした。

「ぼくは帰るよ。宿題をやらなくちゃ」

食後のデザートを断ってそう言うと、ぼくの宿題嫌いをよく知っている母さんが、テーブルに目を伏せた。そこに置かれたカップにコーヒー占いの答えを見つけたみたいに。

一人で帰るつもりだったのだけれど、結局、母さんもぼくと一緒に店の前で久保さんと別れた。帰りの電車の中で、ぼくはひとことも口をきかなかった。母さんも話しかけるのをすっかりあきらめた様子だった。

家に帰ってすぐ、部屋にこもって本を取り出した。学校や町の図書館から何度も借りて、返却を催促され続け、結局、小遣いを出して自分で買った本。『人類進化の大いなる道』だ。そこに描かれたクロマニヨン人の復元想像図を眺める。

その顔と、久保さんを比べてみる。自分の気持ちをもう一度、確認するために。

久保さんとマンモスを狩りに行けるだろうか。

無理だ。あの細い体じゃ、槍《やり》を投げようとしたら、槍と一緒に飛んでいってしまうだろう。

久保さんと氷河の中を旅することができるだろうか。

だめに決まっている。いくらも行かないうちに、眼鏡が凍って前が見えなくなるに違いない。

その夜、母さんはぼくの部屋のドアを開けて「おやすみ」と言い、それから、ついでみたいに尋ねてきた。

「ねぇ、ワタル、久保さんと仲良くはできないかしらね」

何も答えなかった。なんと答えていいのかわからなかったからだ。

「いいよ、かまわないよ」「母さんの好きにしなよ」「ぼくのことは気にしないで」頭にはそんな言葉が浮かんでくるのだけれど、口には出せなかった。そうすることが、母さんに半分さよならを言ってしまうことに思えたのだ。

結局、何も言えないまま、ふとんをかぶってしまった。母さんはため息をついて言った。

「わかった」

それっきり、久保さんとは何年も会っていない。母さんが外で会っていたかどうかはわからないが、ぼくに「会ってくれ」とは二度と言わなかった。

全部、ぼくのわがまま。母さんの好きにさせてあげればよかったんだ。後になってぼくは何百回もそう考え、同じ数だけ後悔した。

20

初めて槍を握らせてもらったのは、春の県大会が終わった後だった。木嶋と約束していたのだ。「六位に入賞したら、投げさせてやる」ぼくは四位。前の年と同じ順位だが、今回は一年生だけでなく、県のすべての中学生が相手だ。タイムは自己ベストの四分十七秒。一年間で二十五秒縮めた。

同じレースを走った望月さんは、六位だった。「お前の体は反則だよ」望月さんは、ふざけ半分という口調でそう言っていたけれど、目は笑っていなかった。

テスト前で、本来なら部活がない日だ。夕方の校庭には、ぼくら以外に人影はなかった。

「わかってるな、みんなには内緒だぞ」

体育用具室から出てきた木嶋は、校庭に誰もいないことを確かめてから、卒業証書を手渡すような手つきでぼくに槍を差し出してきた。

初めて手にした競技用の槍は、思っていたより軽かった。イチイの木でつくったぼくの槍のほうが重いんじゃないかと思うぐらい。ただし長さは倍近くある。

「握り方は何種類かあるんだ。お前は初心者だから、こうかな」

木嶋がぼくの指に手を添えて、握り方を教えてくれる。映画館でサチの手を握った時とは違う意味でドキドキした。自分より大きくて、ごつごつした手と触れ合った経験がなかったからだろう。

木嶋は何度か投擲《とうてき》フォームの手本を見せてくれた。

「助走は全力疾走しなくていいんだ。走り高跳びをやるぐらいの感じだ。ステップは五歩っていうのが一般的なんだが、とりあえず気にしなくていい。ラインもなしにしよう。野球のボールを投げる時の感覚にちょっと似てる。キャッチボールをしたことがあるだろう」

ぼくが首を横に振ると、少し驚いた顔をしてから、何か考える表情になり、それから せき払いをした。

「ま、いまの子は野球あんまりやらないからな。つまり、上体を弓なりに反らして、大きく振り切って、槍を送り出すんだ」

そう言えば、木嶋はグラウンドに人がいる時には、よく槍投げのフォームでソフトボールを投げている。

「あとは、そう、風を読むんだ」

「風？」

「うん、槍を投げる時には、常に風の影響を計算しなくちゃだめなんだ」

ひとさし指をなめて、空に突き上げて見せる。まねをしてみた。なぜ、ぼくにこんなに熱心に教えてくれるんだろう。一瞬だけ思ってしまった。木嶋とならマンモスを狩りに行けるかもしれないって。

大きく深呼吸してから、助走路に見立てた短距離用のラインに立つ。

一投目。投げる瞬間に、槍の尻《しり》を地面にこすってしまい、すぐ目の前に落下した。

二投目。ステップを失敗して、とんでもない方向に飛んでいった。助走に勢いをつけすぎたのかもしれない。自己流の石器の槍投げとはだいぶ違う。思っていたよりずっと難しい。

木嶋が実際に槍を使って模範を示してくれた。百メートル走のスタートラインから放たれた槍は、コースの四分の三近く、七十メートル付近まで飛んだ。

思わず賞賛の叫びをあげたぼくに、木嶋が照れた顔で言う。

「いやいや、こんなもんじゃまだだめさ。このくらいじゃ国体で入賞はできないんだ」

木嶋が国体で入賞したのは二十代の頃に二回。二回とも十種競技の成績で、槍投げでは一度も入賞したことがないそうだ。信じられない。まだまだ上がいるなんて。

「この程度で驚くなよ、オリンピックなんか、とんでもないぞ。外人は九十メートルを超えてくるからな。化けものの集まりだよ」

もう一度、トライ。三投目だ。今度は意識してゆっくり助走した。

槍を大きく後ろへ引く。

リズムを崩さないようにステップして、上体を弓なりにする。

手から槍が離れた瞬間に、成功したと分かった。槍は木嶋に教えられたとおり、四十五度の角度をつけて飛んでいった。

落ちたのは、コースの真ん中あたり。五十メートルを超えたかもしれない。

「すごいぞ。中学生とは思えない。俺の指導した中では、最高の素質だ」

木嶋が目を丸くして言った。ぼくは小さくガッツポーズをする。

「なぁ、南山、砲丸もやってみろ。お前なら、三種もいける。俺を全国大会に連れてってくれよ。やっぱりお前の筋肉は、日本人とはちょっと構造が違うんだな」

木嶋はそう言ってから、しまったという顔をした。窺《うかが》うようにぼくの薄茶色の目を覗《のぞ》きこんでくる。ぼくはその視線から顔をそらした。

無理やり押し出したようなせき払いをしてから、木嶋が言う。

「さて、もう一度、やってみようか」

「もういいです」

手にした槍の軽さが教えてくれた。そうだった。こんなもの、しょせんお遊びだ。本物の槍じゃない。これじゃ、マンモスは倒せない。

ぼくの口調がよほど固かったのだろうか、木嶋が何かを言いかけたが、結局、口をつぐんだ。

いいよ、先生、気にしなくても。だって本当のことなんだから。昔からわかっていた。ぼくは日本人じゃない。

中学時代、ぼくは県大会で二度、表彰台に上がった。一度は千五百メートル。もう一度は、木嶋に勧められて出場した三種競技B。そう難しいことじゃなかった。だって、ぼくは人とは違うから。いい意味でも、悪い意味でも。

木嶋の夢だったらしい、全国大会の表彰台には届かなかったが、木嶋先生には本当に感謝している。アドバイスは常に適切。指導は熱心だし、過去の体験談はとても面白い。しかも、あやうく忘れるところだったことを、思い出させてくれた。自分が何者かってことを。

子どもの頃とは違う、冷静な判断力を身につけたぼくは、冷静に考えて思う。この地球上に、ぼくはぼくしかいないんだ。誰がなんと言おうと、笑われようと、ぼくは信じることにした。

誰にも文句は言わせない。ぼくはクロマニヨン人の息子だ。

21

最近、マンモスの夢をよく見る。

ぼくは雪原を歩いている。身につけているのはトナカイの毛皮だ。目の前に広がっているのは、見渡すかぎりの白。氷河に覆《おお》われた遠くの山脈以外、カタチあるものの姿は見えない。後ろにあるのは、ぼくの足跡だけ。

空は赤い。朱色の絵の具を水で薄く溶いて塗りつけたような色だ。もうすぐ日が沈むのだろう。

名前を知らない鳥が頭上を飛んでいる。あの鳥から見たら、地表のぼくは白い巨大なキャンバスにつけられた小さなシミにしか見えないに違いない。

みんなどこへ行ってしまったのだろう。

仲間たちと一緒だったはずなのだが、いつのまにか、はぐれてしまったのだ。みんなと同じランニングシューズを履いていなかったせいだろうか。

フードつきの厚い毛皮を着ているのに、なぜかぼくはバスケットシューズを履いている。半年で足のサイズが変わってしまうぼくのために母さんがホームセンターで買ってきたばかりのぶかぶかのバッシューだ。エア・ジョーダンに似せた素敵なデザインだけれど、雪の中では具合が悪い。手がかじかんでうまく結べない紐《ひも》はすぐにほどけてしまうし、生地が薄すぎる。凍えた足の指先がちぎれそうだった。太陽はいつまでたっても沈まなかった。緯度が高いからだ。太陽は地平線を舐《な》めるように横へ移動している。

空はますます赤くなっていく。ただの夕焼けだろうか、それとも大気の構成元素が違うせいだろうか。大気がいまと同じ状態になり、空が青くなったのは、地球の歴史からみれば、つい最近だ。大昔の生物たちは違う空を見ていたのだ。

ぼくは白樺《しらかば》の樹皮でつくった大きな籠《かご》を背負っている。獲物を運ぶためのものだが、中身は空っぽ。自分のための食料さえ入っていない。

手にしているのは、一本の槍だ。柄はイチイの木だけれど、長さは競技用の槍ぐらいある。槍先につけた石器は本物のフリント石からつくったもの。バッシューと同じぐらいのサイズで、先端をつららのように尖《とが》らせている。
槍を杖《つえ》がわりにして歩いていたぼくは、やがて地平線のかなたにいくつかの影を発見する。最初それは、雪から露出した岩肌のようにしか見えない。でも、目をこらすとゆっくり動いているのがわかる。

マンモスの群れだ。食料であるハルガヤ草やマツボックリを求めて、南へ移動しているのだ。

ぼくは雪原を走った。千五百メートルのベストタイムは、夏の大会で四分十三秒に縮めたけれど、オールウエザーのトラックでつくった記録など、雪の中では通用しない。第一、マンモスたちはぼくから遠ざかる方角へ歩いている。ゆっくりした足取りだが、それでも人間の早足ぐらいだ。

近づいているのではなく、遠ざかっているんじゃないか。そう思えるほどの長い時間の後、マンモスたちが足をとめて小休止をはじめた。

チャンス！ ようやくぼくは群れの様子がはっきりわかる距離まで接近することができた。

全部で七頭。一万年前のシベリアを闊歩《かっぽ》していたケナガマンモスだ。先頭を歩く群れのリーダーらしいマンモスは、体高三メートル以上あるだろう。メスにしてはかなりの大物。

なぜメスだとわかるかといえば、体のわりに牙が短くて細いからだ。そもそもマンモスのオスは、大人になると群れを離れ、単独行動をとることが多い。

マンモスに関して、ぼくはくわしい。鉄道マニアが車両番号の識別方法ひとつで長いスピーチができるように、マンモスを語らせれば、少なくともサチに映画の感想を聞かれた時よりも、多くのことを話すことができる。

槍《やり》を握りしめ、かじかむ手をトナカイの服のふところで温めながら、再びゆっくりと移動を始めた群れに近づいていく。狙《ねら》うのはいちばん後ろを歩いている子どものマンモスだ。

かわいそうだなんて言ってられない。なにしろ夢の中のぼくがいるのは、動物がかわいそう、なんて言葉が存在しなかった時代だ。

ぼくらが住処《すみか》にしている、白い木の塀に囲まれた洞窟《どうくつ》では、母さんとサチが待っている。もうだいぶ前から食べるものはクルミの実しかない。母さんは研究所の仕事で疲れ気味だから（ところで、こんな雪原で何の研究をしているのだろう?）、もっと栄養のあるものを食べさせなくちゃならなかった。手ぶらで帰ったら、サチに蹴《け》り飛ばされるだろう。二人は怒ってクロを食べてしまうかもしれない。

マンモスたちは黒ずんだ褐色の毛に覆われているのだが、ぼくの目には黄金色に見えた。思っていたとおりだった。雪の中のマンモスは、晴れた日には、長い毛にたっぷりまとわりついた氷のかけらを光らせるのだ。まるで太陽が雪ばかりの大地に光を宿らせる場所を探しているみたいに。

地鳴りに似た足音が聞こえはじめた頃だった。バスケットシューズのほどけた紐を踏んづけてしまい、前のめりに倒れた。こんな時に母さん譲りの性癖。母さんと同じく、ぼくは昔から靴紐を結ぶのが下手なのだ。

またた。またここで終わってしまう。夢の中のぼくはいつも、マンモスに追いつけないのだ。目覚めるたびに、トラックを二周してから、フライングがあったからやり直し、と告げられた気分になる。

でも、この時の夢は違っていた。起き上がろうともがいている時に、後ろから声がしたのだ。

聴き慣れない言葉だ。たぶんクロマニヨン人の言葉。

「だいじょうぶか」と言っているように聴こえた。低いけれど、雪原を渡る風のようによく響く声だ。

顔をあげると、そこに男の人が立っていた。

ヤギの毛皮でつくったフードを目深《まぶか》にかぶっているから、顔は髭《ひげ》もじゃの口もとしか見えない。その口が笑ったかたちになった。

「さぁ、いくぞ、ワタル」

ぼくにはそう聴こえる言葉をかけて、顔の見えないその人は、マンモスに向かって走り出した。

夏のあいだに百八十センチを超えたぼくより背は低いけれど、広い背中だった。ぼくのものより槍先ひとつぶん長い槍を持ち、ふたまわりも大きな籠を背負っている。両手を左右に開き、両足をガニ股気味にし、除雪車のように雪を蹴散らして突き進んでいく。木嶋が見たら、顔をしかめて、あれじゃろくなタイムは出ないと言うだろうが、たぶん雪上での正しいランニングフォームだ。

懸命に後を追いかけるが、距離は縮まらない。でも、置いてきぼりにされる不安はなかった。ぼくを走りやすくしてくれていることがわかるからだ。その人が進むと、雪に道ができ、いままでの倍の速度で群れに近づいた。

マンモスたちが吐く、焚《た》き火のけむりに似た息が見える距離まで接近すると、その人は足をとめ、指を真っ赤な空に突き出した。

風を読んでいるのだ。真似《まね》をしてみた。一万数千年前の雪原を渡る風が、氷できた針みたいにぼくの指を刺した。

その人はぼくを手招きし、いくぶん速度を緩めた足取りで、マンモスの群れの左後方に近づいていく。匂《にお》いを悟られないようにするためだろう。マンモスたちの風下の方向だ。あの掃除機みたいな鼻をどう使っているのか、マンモスは体に似合わず嗅覚《きゆうかく》が鋭いのだ。

現代の単位で言えば、五十メートルほどの距離に接近した時、男の人が振り向かずに声をかけてきた。

「まず、お前がやってみろ」

ぼくにはそう言っているのがわかった。目は群れの最後尾の子どもマンモスに据えられている。やっぱり。ぼくと同じ狙いだったことが嬉《うれ》しかった。

槍の真ん中よりやや先端近くを握る。握り方は木嶋に習ったオーソドックスタイプ。槍を構え、大きく息を吐き出した。凍った息が白い鳥のように飛び去っていく。ステップは五歩。ボールを投げる時のように上体を弓なりにし、大きく振って槍を送り出す。

木嶋に教わったとおりのフォームを試したのだが、深い雪と強い風の中では、ステップもフォームもあったものじゃない。槍は見当違いの方向へ飛び、マンモスの群れのはるか手前に落ちた。

後ろから笑い声が飛んでくる。山が笑っているように静かで深く、そして愛情のこもった笑い方だった。人にはたくさん笑われてきたけれど、こんな温かい笑い声をかけられたのは、初めてだ。

その人は、見ていろ、という手ぶりをして、自分の槍を構えた。河原の石しか使ったことがないとはいえ、石器に少々うるさいぼくには、先端につけられた槍先が正しい方法で削られ、磨かれた、すこぶる実践的なかたちをしていることがわかる。側面に細い溝が穿《うが》たれているのは、倒した獲物の流血を早め、迅速《じんそく》に死をもたらすためだ。

その人は槍の根もと近くを握っていた。根もとはカギ針みたいにUの字になっている。Uのかたちの柄を握ったまま、ほとんど助走をつけずに槍を放った。投げた瞬間にフードが脱げ、長い髪が躍った。

槍が赤い空を飛んでいく。放物線は低い。距離を競うのではなく、命中精度を考えた、強い風にさからわない投げ方だった。西からの陽光が槍先を光らせて、流れ星みたいに落ちていった。

落ちていく先は、標的の後ろ足。眉間《みけん》に次ぐマンモスの急所だ。

槍は左後ろ足のつけ根に命中した。長い柄が大きくしなり、震えている。子どものマンモスは鼻を振り上げ、体をのけ反らせて、スローモーションビデオのようにゆっくりくずおれていく。

他のマンモスたちが騒ぎはじめた。彼らに子どもマンモスをあきらめさせるためには、とどめのもう一撃が必要だった。

ぼくの二歩ほど前にいるその人は、背中を向けたまま片手をさしあげる。ぼくに「やれ」と言っているようだった。

夢は便利だ。ぼくはなぜか、さっき投げたはずの槍をちゃんと握っていた。

その人の真似をして、助走を三歩に抑えた。低い放物線を描けるように、顔を上げず体も弓なりになりすぎないように注意して、槍を投げた。

槍は見えない糸で導かれるように倒れ伏したマンモスへ飛んでいく。

眉間を直撃した。マンモスはびくんと体を痙攣《けいれん》させ、そして動かなくなった。

ぼくの背後にまわったその人が、勝利の雄叫《おたけ》びをあげる。ぼくもその声を真似て叫ぶ。

その人は温かく笑い、それからぼくに声をかけてくる。

「よくやった、ワタル」

その人が誰なのか、もうぼくにはわかっている。振り向いて答えた。

「やったよ、父さん」

振り向いたとたんに、大きなくしゃみが出た。

目の前から父さんであるはずの人の姿も、地平線まで続く白い雪も、太陽が沈まない真っ赤な空も、あわてて逃げ去ろうとしているマンモスの群れもすべて消え、ぼくはトナカイの毛皮ではなく、カーゴパンツに包まれたひざ小僧を、焦点の合わない目で見つめていた。ひざを抱えたまま眠っていたのだ。

場所は、ぼくとサチの秘密の森にある洞窟。洞窟といっても奥行きが足りないから、こうして背中を奥の壁へ預けていても、渓流の水面が見える。もう季節は秋で、気の早い落ち葉が、冷たい色をした川を流れていた。

最近、ここへ来ることが多い。初めてこの洞窟を見つけた時とは違って、いまは、ジョギングがてら片道二十分もあれば往復することができるし、夏のあいだは部活が終わった後に出かけてもまだ明るくて、過ごせる時間がたっぷりあった。週に一度ぐらい、気分がさくさくとささくれだった日には――そういう日は、週に一度ではないのだけれど――ここでぼんやりと時間を過ごしている。

秋になったいまはそうも言っていられなかった。洞窟の先に見える河原と渓流は、白夜《びゃくや》のシベリアとは大違いで、ぼくを急かすように色を失《せ》いはじめている。それでもぼくは、冬の朝にいつまでも布団《ふとん》の中でぐずぐずしているように、ひざ小僧をかかえて、流れていく落ち葉を見つめ続けた。

小学生の頃、理科の観察研究のためにクラスでカイコを飼ったことがある。その時のカイコがつくる繭《まゆ》の中にいる感じ。体温が岩肌を温めるまでの時間をうまくやり過ごすことができれば、洞窟の冷たい壁が、ぼくを包んでくれる優しい絹糸のように思えてくる。

ひとりぼっちは寂しいけれど、小さな時からひとりで過ごすことの多かったぼくには、懐《なつ》かしい、扱い方に慣れた時間と空間だ。ぼくの髪や瞳《ひとみ》の色を盗み見る視線がないし、結婚していない母さんが生んだ子どもであることへのひそひそ話が聞こえてくることもない。自分が本来いるべき場所へ戻った気がする。何かを考えるのには、あるいは何かを考えずにいるのには、ここはとてもいい場所だ。

目を閉じて、川の音を聴く、森の匂いを嗅《か》ぐ、風や光の暖かさや冷たさを感じる。ぼくは森の一部になる。

ここに大地が生まれ、山々が隆起し、雨水が川を穿ち、植物が茂り、動物が棲《す》みはじめる。その長い長い時に比べたら、ぼくの存在なんか、ほんのほんのほんの一部。

森にいくらでもころがっているマツボックリとたいして変わりがない。

自分の存在をとても小さく感じるのは、ちょっと切ないけれど、同時に不思議と心が休まる。千五百メートルのタイムが四分十三秒だろうが、四時間十三分だろうが、テストの点が百点だろうが、五十三点だろうが（このあいだの中間テストにおけるぼくの平均点だ。陸上部の強い大学付属高校に推薦してやりたいが、いまの成績じゃ困る、と木嶋からは言われている）、どうでもいい気がしてくるんだ。

ぼくは心臓の音に耳をすます。鼓動は穏やかだ。小さい頃、眠りにつく前に、母さんが体を叩《たた》いてくれたのと同じリズム。千五百を走っている時は、この倍の速さになり、映画館でサチの手を握りしめた時には一・二倍の速さになった。自分の心臓の音は、常に確かだ。他のなによりも信用できる。

何も考えずにいることに疲れると、ぼくの頭はいろんなことを考えはじめる。

最近、よく考えるのは、母さんのこと。なんだか心配だった。

研究所の主任になってからの母さんは、特に久保さんとぼくを引き合わせてからの母さんは、いままで以上にぼくを気にかけるようになった。

テストの成績が悪かった時には、一緒に教科書を開いて、学校の先生よりわかりやすく教えてくれる。ジョギング用にと、ナイキ風のキャップとストップウォッチ付きの時計を買ってくれた。県大会に出場した時には、研究所を抜け出して、ぎりぎりの時間にスタンドへ駆けつけた。ふた月に一度のメニューだったハンバーグが月に一度になった。

だけど、ぼくにはそれが、一緒に過ごす時間が短くなっていることへの弁解みたいに思えてしまう。

気にしなくていいのに。もうぼくは、母さんを待ちながら裏の空き地をぐるぐる駆けまわっていた頃のぼくじゃないのだから。ぼくのことより自分のことを気にかけたほうがいいと思う。

主任になってからの母さんは、ずっと忙しい。そして、この小さな町では、ちょっとした有名人になった。

主任の上にも偉い人はたくさんいるらしいけれど、実質的には母さんが研究の責任者だ。時々、この地方の新聞に名前や顔写真が載る。一度だけテレビに出てインタビューに答えたこともある。

テレビが放送された翌日、いままで挨拶《あいさつ》をしても返事をしてくれなかった向かいの梨《なし》畑の持ち主が、たっぷりの梨を持ってうちへやってきた。

ぼくにハンバーグを焼いている場合じゃないと思う。「先生のお手伝い」だった仕事が、ようやく「自分の研究」になったとたん、母さんの小さな肩にたくさんの面倒事がのしかかっているようだった。

ときどき自分で自分の肩を揉《も》んでいる。でも、「肩たたきしてあげるよ」って近寄っても逃げまわる。「おばあちゃん扱いしないで」そう言って。

だから、お金が欲しいわけじゃないけれど「三分百円でどう」と言うことにしている。そうするとようやく「ちゃっかりしてるわね」と笑いながら背中を向けてくる。素直じゃないんだな。自分が子どもじゃなくなってくると気づくようになる。大人ってけっこう手がかかることに。

　肩を揉むたびに、もともと細かった母さんの体が、前より痩《や》せたことをぼくは知る。間違えて椅子《いす》の背板《せいた》を揉んでいるんじゃないかと思うほど。あい変わらずおだんごにしている髪に白髪がまじっていることも発見する。少し力をこめただけで、「痛い」と叫ぶ。久保さんとのことに素直になれなかった自分を、泣きたくなるほど後悔するのは、こんな時だ。

　しかも、たいへんなのは体だけじゃなさそうだ。夜中にお茶の間で頬づえをついて、ぼんやり考えごとをしていることがよくある。お酒を飲む姿なんて見たこともなかったのに、そんな時の母さんの頬づえの隣には、甘口のワインの入ったグラスが置かれている。母さんはお酒が弱いはずで、楽しみで飲んでるわけじゃないんだろう。「まだ寝ないの」と声をかけると、ほおずきみたいに真っ赤な顔を振り返らせる。「うん、まらよ」

母さんにも洞窟《どうくつ》がひとつ必要かもしれない。

サチのことも、よく考える。別に胸ぼっちのことだけでなく。

最近はあまり会っていない。もちろんクラスは違っていても、廊下や校庭で立ち話はするし、帰りがたまたま一緒になったら、二人で帰る。けど、その程度。

会話は部活のことや、前の日のテレビのこと（サチが観《み》ているのはドラマか音楽番組で、スポーツ中継とお笑い番組ばっかりのぼくとは、だんだんかみ合わなくなっている。JリーグとK‐1が好きだったサチは、どこへ行ってしまったんだろう）、テストのこと、おたがいの一人しかいない親のこと、サチの弟のこと、クロのこと、学校の教師のこと（だいたい悪口）。

小学校の時から変わらない、連絡帳みたいな会話。ぼくには本当はもっと違う話があるような気がしてならないし、サチも違うことを話したがっているふうに見える。だけど、それがどんな話なのかよくわからずに、ぼくは前の晩に観たアーネスト・ホーストのハイキックについて語り、サチはドラマの中の男と女のなれそめを解説する。

サチが、剣道部の元キャプテンの倉田さんとつきあっている、という噂《うわさ》を聞いたのは、二学期に入ってすぐのことだ。

最初に聞いた時は、笑ってしまった。サチが男とつきあう姿なんて、想像もつかなかったから。

一時期、上級生のバスケ部員とつきあっていた頃のウサギみたいに、腕を組んで歩いたりしているのだろうか。頬を赤くして、上目づかいでちらちらと相手を見て。バレンタイン・デーには手づくりチョコをつくって（その年のバレンタインの日、ウサギはチョコのために徹夜をして、学校に二時限遅刻した。それこそウサギみたいな赤い目は、いつもよりまつ毛が長かった。そうしたウサギの努力のかいもなく、結局、別れてしまったらしい）。

サチのそんな姿なんて、見ものだ。ほんとに笑っちゃう。なんだかぼくが照れちまう。

意外だよ。サチは男と仲良くするよりも、張り合うことを目標にしていると思っていたから。ぼくと森へ出かけた時だって、いつもライバル心むき出しだった。魚釣りでも、岩跳びでも、虫採りでも、石投げでも、ガケ登りでも、草笛づくりでも、しりとりでも、なぞなぞでも、お弁当のおにぎりづくりでも、二人っきりのサッカーではもちろん、ぼくには勝てっこない駆けっこでも。

倉田さんもたいへんだろう。そういえば、一年の時から、体育館の前で二人で楽しそうに話をしていたっけ。まぁ、がんばって欲しいと思う。仲間の幸せは素直に喜びたい——と思う。

頭の中の、計算をしたり化学式を覚えたりする部分ではそう思っても、もっと奥にある違う部分で、ぼくは別のことを考えてる。

ぼくがサチと腕を組んで歩いたら、いけないのかな。サチがぼくを恥ずかしそうに見上げ（そんなこと絶対にありそうもないけれど）、ぼくがその目を見つめ返したら変だろうか。サチのソフトボールみたいなおにぎりを食べたことはあるけれど、もし手づくりチョコをつくるのだとしたら、それはどんな味だろう。そんなことを。

映画館の暗がりで、もっと早くサチの手を握り締めて、その手を離さなかったら、どうだったんだろう。そんなことも。

いつまでも考えていると、胸の中がざわざわしてくる。久保さんと会った時の気持ちに少し似ていて、少し違う。胸の奥から虫が這《は》い出してくる感じだ。むずむず虫じゃなくて、もっとぬるぬるしていて、得体の知れない醜い虫。

いつのまにか洞窟の中は暗くなっていた。外もだ。川を流れていく山もみじの葉が黒ずんで見えてきた。そろそろ帰らなくちゃ。母さんは今日も帰りが遅い。朝、出かける時に、ご飯の用意をしていかなくてもだいじょうぶだってことを知ってもらうために、今夜は自分でも一品、おかずをつくるつもりだった。野菜炒《いた》めかな。自分でつくれば、にんじんを抜けるし。

立ち上がる前に、夢の中のマンモスをもう一度目に浮かべる。本物の石器でつくられた槍《やり》の感触を思い出す。そして、もう一人、考えるべき人のことを思う。父さんのことだ。ぼくの体にいつもぽっかり空いている穴。もうすぐ十四歳になるいまもその穴は、ぼくの体を包んでいるこの洞窟より大きい。

父親はクロマニヨン人。小学五年生のぼくがそう信じこんだのは、幼かったからだ。なにしろあの頃は、漢字にふりがながふられている子ども向けの科学雑誌しか読めなくて、男と女の違いやセックスに対する知識もなかった。世の中のしくみや世界のなりたちについて、双眼鏡を逆さに覗《のぞ》くぐらいの範囲しか理解していなかった。

あやふやな知識で導き出した、あやふやな結論。

だけど、少しずつあらゆることを学習してきた（少なくとも双眼鏡のどちらに目をあてればいいのかはわかってきた）、いまのぼくは、こう思う。

それでも、やっぱり、ぼくの父さんはクロマニヨン人だ。

笑いたきゃ、笑うがいいさ。でも、中学二年時における結論には、いままでよりも、きちんとした論理的な裏づけがある。ぼくがそこに到達したのは、二学期の初めの頃だ。


話はまたマンモスに戻る。

ある日学校で、理科の教師の真淵《まぶち》がこんな話を始めた。

「マンモスを復活させるプロジェクトがあるのを知ってるか?」

クラス全員が首を振った。マンモスに関しては、ちょっとしたマニアであるぼくですら初耳だった。

「聞きたいか?」

みんな消極的にうなずく。たとえ嫌な顔をしたって、真淵は気づかずに勝手に話を始めるタイプだったし、その日予定されていた授業の「ベネジクト液を滴下《てきか》し、熱した場合のタンパク質の変化」よりは退屈しないだろう、誰もがそう思ったからだ。

こんな話だった。

シベリアではたびたび大地から冷凍保存されたマンモスが発掘される。プロジェクトはまず、そうした冷凍マンモスのオスの精子を抽出《ちゅうしゅつ》することから始まる。

「精子っていうのは、すごいんだよ。細胞が死んでも子孫を残す能力を持っているんだ。種《しゅ》を残そうとする執念みたいなパワーがある」

真淵の言葉に女子たちは「何のこと」という顔をし、男子の何人かが低く笑った。でも、制服の下で鳥肌を立てていた男子も少なくなかったはずだ。ティッシュで丸めて始末したはずの精子がじつはまだ生きていて、ゾンビのように復活する。もしやそれに触れた母親や姉妹は？　お風呂でうっかり出しちゃったら？――中学男子には立派なホラーだ。ぼくも今度からはゴミ箱じゃなく、燃えるゴミの袋に捨てなくてはと思ってしまった。

「オスっていうのは、そういうことにかけてはしぶといんだな。卵子はだめなんだ。肉体が活動を停止すると運命を共にする。だからマンモスの卵子の入手は不可能。で、どうするかと言えば、いちばん種が近い、ゾウのものを使うんだ」

抽出したマンモスの精子を、人工的にゾウの卵子に注入する。顕微授精という方法だそうだ。

ケンビジュセイ？　どこかで聞いたことのある言葉だ。

こうしてゾウにマンモスとのハーフを妊娠させる。ただ妊娠させるだけじゃない。

人間にも応用されている産み分け技術を使って、メスだけが産まれるようにするのだ。確実に次の卵子を手に入れるために。

産まれた五十％マンモスから卵子を取り出し、再びマンモスの精子と合体させる。そうすると、今度産まれるのは、七十五％マンモス。

誰かが声をあげた。

「それってキンシンソーカンじゃねぇの？」

女子がまた「何のこと」という顔をし、男子の多くは何を想像したのか、げげっというふうに顔をしかめた。この時のぼくは近親相姦という言葉の意味を知らなくて、休み時間に隣のやつに訊《き》いた。そして、みんなと同じように顔をしかめた。

「もちろん二世代目からは、自然交尾も可能だ。マンモスの場合、ゾウとほぼ同じ生態だったと考えられるから、オスがメスに馬乗りになるわけだ――」

真淵が身振りを交えて解説する。受け狙《ねら》いやセクハラではなくて、自分の話にすっかり熱中してしまっているのだ。男子の一人が口笛を吹いた。

真淵は大学時代、こうした生命工学を専攻していたそうだ。自分の興味範囲にあることばかり熱心に喋《しゃべ》る人で、自分の言葉が思春期の男女を動揺させていることには気づいていない。まぁ、子どもというのは往々にして、こういう妙な大人から貴重なことを学んだりするものだけれど。

話を続けよう。

とにかくこうして授精を繰り返していくと、やがて百%に近いマンモスが誕生する。「映画のジュラシック・パークよりはるかに現実的な方法だ。まぁ、逆に言えば、どこまでいってもハーフはハーフなわけで、できそこないと言えばできそこない。中途半端《はんぱ》なままだ。純粋なマンモスが誕生するってわけじゃないんだけどな」

二年でも同じクラスになったウサギが、前の席からこっちを振り向いた。唇の動きで、「気にするな」と言っているのがわかった。

全然気にしてないよ、という気持ちを伝えるために、片手を振ってみせる。ほんとうに気にしていなかった。というより、そもそもウサギに指摘されるまで、真淵の言葉が、ぼくが傷つく種類のものだということに気づいていなかったのだ。

自分が思っているほど、ぼくは特別じゃない、同じような子どもは世の中にたくさんいる、とサチは言う。確かにそうだ。テレビにはハーフやシングルマザーの子であることを売り物にしているタレントがたくさん出てくるし、外国人が珍しくない大きな街へ行けば、梨の木にリンゴが生《な》ってしまった、と言っているような視線が飛んでくることは、ほとんどない。

でも一度もないことと、ほとんどないことは、まるで違う。ウサギに悪気がないことはわかっている。一部の女子たちが言うほど、ウサギが悪いやつじゃないことを、ぼくは知っている。でも、善意っていうのは悪意の兄弟みたいなものだ。

先々週のことだ。

「ねぇ、ワタル」いつのまにか昔の呼び方に戻って、ウサギはぼくにこう言った。「今度の日曜ヒマ?」

「うん」ぼくはそう答えた。嘘《うそ》をつく理由がどこにもなかったから。

「じゃあ、映画観に行こ」

断る理由がなかった。どうせサチを釣りに誘ったって来るわけがないし。ぼくらの町の中学生が、ちょっといきがって遊びに行くところは映画館のある街ぐらいだから、もし、サチと倉田さんに出会ったら「よお」って挨拶《あいさつ》をしてみよう、それも悪くないなって思ったんだ。

待ち合わせ場所で、ウサギはいきなり腕をからめてきた。

「ねぇねぇ、なに観たい。ワタルの好きな映画でいいよ」

ぼくは遠慮がちに、大人っぽい服を着たウサギには不似合いな、アクション映画のタイトルを口にしたのだが、ウサギはまったく反対しなかった。映画が終わってから喫茶店に入る時も、好きな店を選べって言う。

ウサギはスクリーンも、喫茶店のメニューもろくに見てはいなかった。見ていたのは、ぼくの顔と、街でぼくらのことをちらちら眺めてくる女の子たちだった気がする。ぼくはウサギのつけてる、新しい風変わりなアクセサリーになった気分だった。

理科の時間の半分を過ぎても真淵は喋り続けていた。

「精子、精子とさっきから言っているがな、より正確に言えば、必要なのは精子の中のDNAなんだ。DNAは知ってるだろ。いわば遺伝子情報が書きこまれたテープだ。生命っていうのは、このDNAのリレーだ。生き物自身の寿命は短くても、DNAは不死だ。ずっと続いていく。それぞれの命は、その長い鎖の中のひとつの輪にすぎない。生きてるものはみんな、DNAにはさからえないのさ」

DNAのことは知ってる。母さんの研究にかかわる言葉でもあるし、ぼくの数少ない人よりくわしい分野である人類学によく出てくる言葉だからだ。

世界のいろんな国の人々の、ミトコンドリア中のDNAを調べれば、誰もが共通の祖先を持ち、その系譜を辿《たど》っていけば、それが二十万年前のたった一人のアフリカ人女性であることがわかるのだ。それが判明した時に名づけられた彼女の名前は、ミトコンドリア・イブ。

ぼくはときどき、キリマンジャロの山麓《さんろく》に住んでいたという、この大大大大祖母のことを考える。実際のお祖母《ばあ》さんもお祖父《じい》さんも、写真の中でしか知らないし、ぼくが生まれた翌年に亡《な》くなり、死ぬ間際《まぎわ》まで母さんと会おうとしなかったらしいお祖父さんより、よほど親しい人に思えるからだ。想像の中では色が真っ黒で、子だくさん。

人類学の本はぼくにとって、家には存在しないに等しい、家族のアルバムみたいなものだった。

真淵から聞いたマンモス復活プロジェクトの話はぼくの頭に、岩場に根がかりしてしまった釣り針みたいにずっとひっかかっていた。

ぼくはその釣り針の先にあるもののことを、次の授業になっても考え続けた。

放課後、部活へ行き、ストレッチをしている時にも考えていた。三年が引退して、ぼくが陸上部の男子キャプテンになっていたから、ストレッチの後には、その日の練習メニューをみんなに伝える役目があるのだが、その最中にも考えた。

冷凍のマンモス。肉体が滅びても生き続ける精子。

そこから産まれるという五十%マンモス。

何かに似ている。

三周ジョグを始めたとたんに気づいた。いつもそうだ。授業中より走っている時のほうが頭が冴《さ》えてくる。

考えるまでもないことだった。聞いてすぐに気づかなかったのが不思議なぐらい。最初から気づいていたのに、わざと脳味噌《のうみそ》の奥に押しこめようとしていたのかもしれない。ゆっくりしたペースで走っているうちに、頭の蓋《ふた》がゆるんで、ひとつの事実がぽかりと浮かんできた。

そう、ぼくに似ているのだ。

ぼくの知るかぎり、母さんの研究は、マンモス復活プロジェクトとよく似た分野だ。勤めている相原遺伝子研究所は、大学と製薬会社が共同でつくった施設で、母さんはそこで貧血症の治療のための研究をしている。相手にしているのは、マンモスではなく、ハツカネズミやツノガエルなのだけれど。

真淵が言っていた「顕微授精」という言葉を、母さんの口から聞いたことがある。ぼくにはあまり仕事の話をしないから、最近家にひんぱんにかかってくる電話の応対の中でだったかもしれない。テレビ出演をした時だった気もする。ふだんはスポーツ欄とテレビ欄しか読まない新聞を、母さんが載った時だけは、何が書いてあるのかよくわからないまま全部読んだから、直接聞いたのではなくて、その記事で覚えたのかもしれない。

とにかく顕微授精というのは、母さんの研究にかかわるもののひとつだ。昔、ソビエトにいたのも、そうした研究のためだったはずだ。

一年生の後ろを軽く流しながら、ぼくの頭は全速力で駆けめぐっていた。いままでに聞いた言葉、知った事実が、テレビのテロップや映画の予告編のナレーションみたいに、つぎはぎで浮かんでくる。

「君のお母さんはソビエト科学アカデミーの客員研究員に招かれたんだよ。シビルスク研究センターにいたんだ」

「ソビエトでクロマニヨン人と思われるミイラが発見されたのは、ぼくが生まれる数年前」

「シベリア・アイスマンは、シビルスク研究センターの教授らが調査を行った」

「母さんが日本に戻ってきた年に、あなたが生まれたの」

そうした事々を、これまでのぼくは深く考えまいとしていた。「自分がクロマニヨン人であること」は信じていても、「なぜクロマニヨン人なのか」は知りたくなかったからだ。

でも、今日の真淵の話で、すべてがつながってしまった。

母さんがソビエトでしていた研究というのは、クロマニヨン人を復活させることだったんじゃないのか？ 足をとめ、立ちすくんでしまいそうになった。ジョグはまだ二周目に入ったばかりで、心拍数はたいして上がっていないはずなのに、心臓はラストスパートの後のように激しく躍っていた。

崩壊する前のソビエト連邦という国が、かつてアメリカや日本やその他多くの国々と友好的ではなく、謎《なぞ》のカーテンに包まれていたことは、歴史の時間に習っている。秘密裏にどんな研究をしていたっておかしくなかった。

「ソビエト連邦の秘密の実験」走りながら、頭の中でそのフレーズを唱えてみた。

「ソビエト連邦の秘密の実験」魔法使いの出てくる物語のタイトルのようだ。秘密という言葉が、ほんとうに怪しげで謎めいたものに聞こえる。

ソビエトの偉い学者たちはこう考える。

「このクロマニヨン人を復活させることはできないか。我々の科学力がアメリカをはるかにしのぐことを全世界に証明するチャンスだ」

あるいは政治家の命令かもしれない。

「クロマニヨン人の強靭《きょうじん》な体力を研究し、クローン兵士を誕生させるのだ」

頭の中には、薄暗い会議室で密談をしている、ソビエトの老人たちの着ぶくれしたシルエットまで、ありありと浮かんできた。

たぶんアイスマンの精子が生き残っていたんだ。もちろんこの場合、受精させるのはチンパンジーやオランウータンなんかじゃない。人間の女のヒト。

その候補になったのが、母さんだったに違いない。母さんは実験台になったんだ。どうして母さんが選ばれたのかはわからない。ただ単に女性科学者が少なかっただけかもしれないし、シベリア・アイスマンは「アジア系モンゴロイドとの遺伝的近縁性も有する」のだから、検査の結果、母さんのDNAがいちばん向いていると判断されたのかもしれない。母さんは昔から熱心な研究者だったそうだから、自ら志願したとも考えられる。

だが、母さんがクロマニヨン人の子どもをお腹《なか》に宿したとたん、計画は中止された――。

ちょうどソビエトが新しい国に生まれ変わろうとしていた時期だ。研究所の方針が変わってしまったのかもしれない。なにより手違いがあった。

ぼくが男だったということだ。

クロマニヨン人の復活には、本来、女の子を出産しなくちゃならないのだ。どうして男のぼくを妊娠してしまったのかは想像もつかなかった。「産み分け技術」にミスがあったのだろうか。

母さんはソビエト時代のことをほとんど話さないのだが、昔、一度、こんなことを言ったことがある。夏休みがあと二日で終わってしまうのに、宿題ドリルが白紙のまだったぼくが、問題を読まずに○×をつけていた時だった。

「やめなさい！　なんていい加減なの、まるでソビエトの郵便局だわ」

ソビエト人の研究者が試験管を取り違えてしまったのかもしれない。あるいはロシア語で書かれた「男」「女」というラベルを貼《は》り間違えたとか。

とにかく、卵子を持たない男のぼくは、実験には何の役にも立たない。それで母さんは日本へ帰されたんじゃないだろうか。

母さんは依然として、ぼくの父親に関する話はいっさいしない。ぼくももう聞かないことにしている。母さんを困らせるだけだ。最後に質問をしてみたのは、いつだったか記憶にないほど昔なのだが、その時の、梅のつぼみのかたちをした唇から細く漏れてきた返事だけは、はっきり覚えている。

「ごめんなさい、ワタル。あなたにはまだ言えない。そういう約束なの」

約束——

母さんは約束をとても大切にする人だ。ホチキスの針だって、きちんと燃えないゴミに捨てる。

三周目。一年生を追い抜きながら、考え続けた。

ぼくに言えない約束というのは、どんな約束だろう。

母さんは誰とその約束を交わしたのだろう。

例えば、こうじゃないのか。

お腹の子は、自分の子どもとして育てて構わない。そのかわり事実は一切公表してはならない。もし喋《しゃべ》ったら、その時は――

母さんのいまの仕事について、ぼくはもっと知るべきである気がした。そして、その機会は、考えていたよりも早く、思いがけない出来事とともにやってきた。それは、あまり良い出来事ではなかったのだけれど。

長距離志望の一年部員を引っぱりながら、八分の力でゴールした。

そういえば、もうひとつわかったことがある。

つまり、ぼくって失敗作?

22

ある朝、クロを散歩させるために門を出たぼくは、塀に妙なものを見つけた。ぼくの家の塀は昔と変わらない木製で、白いペンキが塗ってある。高さは母さんの目線の上あたり、いまのぼくの胸もとぐらい。古くなってしまったから、ぼくが小学六年生の時につくり替えたのだが、母さんの手づくりで、ペンキも自分で塗るから、どうしてもそれぐらいの高さにしかならない。

その塀に紙が貼ってあった。スケッチブック四枚分ぐらいある厚紙だ。太いマジックで、こんな文字が書かれていた。ぼくの家の白い塀をあらかじめ計算したような真っ赤な文字。

『生命をもてあそぶ悪魔の研究者は町を出ていけ!!!!!』

なんだろ、これ。マジックインキの臭《にお》いを嗅《か》いでいるクロとふたりで首をかしげた。よくわからないけれど、五つもつけられている「!」マークで、書いた人間が尋常《じんじょう》じゃないほど怒り、苛立《いらだ》っていることは想像できた。

母さんを呼ぶと、貼り紙を見たとたんに、引き剝《は》がしてしまった。母さんとは思えない素早く、荒々しい手つきだった。

「ワタルは気にしなくていいのよ。これは母さんの問題なんだから」

そういう母さんの言葉にも、「！」マークが三つぐらいついていただろう。ゴキブリをティッシュで捨てる時のように手の中で紙を固く丸めながら、気持ちをむりやり抑えつけているらしい静かすぎる声で言った。

「私たちの研究は、ときどきこうして人の誤解を招くの。きちんと説明すれば、わかってもらえるはずなのだけど」

誰に何をわかってもらうのだろう？

ぼくが母さんに不満があるとするなら、それはいつでも秘密をひとりで抱えてしまうところだ。母さんはそうすることで、ぼくを世の中から守ろうとしているのだろうけれど、いまでは頭のおだんごのぶんを足したって、ぼくの肩までしかない母さんの小さな体が、いつか、たくさんの秘密や面倒事で押し潰《つぶ》されてしまいそうで心配だった。

ぼくにはもう、大切に守ってもらう必要はないと思う。一緒に戦えると思う。ぼくは母さんに言って欲しかった。「ワタル、母さんを助けて」って。

数日後、今度は塀に直接落書きされた。赤いペンキで書かれた文字は生乾きで、ところどころに血しぶきのような滴《したた》りがあった。

『生物災害をもたらす　危険なレトロウイルスの研究所と研究者を　町から追放せよ！！！！！』

「！」マークが六つに増えていた。隣には頭に角を生やした女の人が描かれている。全然似てないが、おだんごを載せているところを見ると、母さんの似顔絵のつもりらしい。

ぼくはしばらく呆然《ぼうぜん》とその文字と絵を眺めていた。自分の顔に汚い血を塗られた気分だった。

そのうちクロの姿が見あたらないことに気づいた。いつもぼくが玄関を開けると、三秒で飛びついてくるのに。

クロは庭の隅の、いちじくの木の下で腹を横にしてうずくまっていた。口から泡を噴いている。血の色の泡だ。

「クロ！」

坂ばかりの道を自転車で走り続けた。荷台にはクロを寝かせた段ボール箱をくくりつけている。クロは声をかけても、首ひとつ上げることができなかった。丸めた体の中で動いているのは、苦しげに上下させている胸と、突き出したままの舌と、薄く開けたり閉じたりしている目だけだった。啼《な》き声もあげずに、弱々しく喘《あえ》ぎ続けていた。ほんとうは救急車を呼びたかったのだが、来てくれるはずがない。クロの姿と落書きを見た母さんは、怒るより先に涙をこぼした。

この辺りに獣医は一軒しかない。しかも家畜専門。ぼくの家からは五キロも離れている。

通学路にはもう朝練に向かう生徒たちの姿があった。髪の毛を逆立てて走るぼくを見て、誰もが目を丸くしていた。声をかけてくるやつもいたけれど、応《こた》えている暇なんかない。流れにさからって泳ぐ魚のように、驚いたり呆《あき》れたりしているみんなの間を縫い、ひたすらペダルを漕《こ》ぎ続けた。漕ぎながら何度もクロに声をかけた。

がんばれ、がんばれ、がんばれ、死ぬなよ、死ぬなよ、死ぬなよ。

また登りだ。目の前の坂道に怒りの言葉を吐き出した。

クロが何をしたっていうんだ。

母さんが何をしたっていうんだ。

ぼくが何をしたっていうんだ。

もしこの地上が一万年前のように、狩りをして動物を食わなければ生きて行けない世界になったとしたら、ぼくはマンモスも、トナカイも、犬だって槍《やり》で突き殺し、その肉をひきずって、待っている人のもとへ運ぶだろう。でも、二十一世紀のいまはただ、たった一匹の犬の命が、他の何よりも大切だった。

牛や豚専門の獣医は、医者というより大工の棟梁《とうりよう》みたいな人だったが、親切だった。牛の肛門《こうもん》に手をつっこんで便秘を治療中だったけれど、すぐに中断してクロを診てくれた。

鼻の乾きを確かめ、お腹を触診《しよくしん》し、それからむりやり水を飲ませた。クロはまったく抵抗しない。薄く目を開けて、ぼくに救いを求めるまなざしを向けてくるだけだ。

獣医が牛の糞《ふん》の臭いのする手を、クロの口に突っこむ。クロがピンク色の水を吐き出した。

「何か変なものを食べさせたか？」

首を横に振った。予想はついていたが、そのひと言でクロが何をされたのかがわかった。

「この犬は拾い食いとか、ゴミ箱漁《あさ》りをしたりすることがあるか」

とんでもない。三年前ならともかく。もう一度首を振る。クロも弱々しくしっぽを振った。

「何か悪いものを食わされたんだと思います」

獣医がクロの吐き出した水の臭いを嗅いで、あっさりと言う。

「たぶんそうだろうな」

「助かりますか」

クロに注射針を突き立てている背中に聞いてみた。声が震えてしまった。

「わからん。もう年寄りだしな」

年寄り？ クロのこと？ そういえばぼくはクロが何歳か知らなかった。飼いはじめた時からおとなの犬だったから、子犬がおとなになったばかりの歳《とし》だろうと勝手に思っていたのだ。何歳なんだろう――知りたかったけれど、怖くて聞けなかった。

「お前、南山先生の息子だろ。相原研究所の」

背中を向けたまま獣医が声をかけてくる。

「ええ。母さんのことを？」

「もちろん。同業と言ったら、あちらに失礼だろうが、まんざらかかわりがないわけじゃない――」

そう言ってから、クロの体に屈《かが》みこんで、言葉を続けた。

「まったくとんでもないヤツだ」

誰のことを言っているのだろう。母さんのこと？　もしかして、こいつが犯人か？　思わず診察台の向こうに並んでいる薬品棚に目を走らせてしまった。確かここは家畜の薬殺も請け負っているはずだ。獣医が鼻綱《はなづな》を嫌がる牛みたいに大きく首を振った。

「こんなことするなんて、どこのどいつだ――」

疑って悪かった。こちらを振り向いた獣医の太い眉《まゆ》はつり上がっていて、ぼくや母さん同様怒っているように見えた。

「こういうことをするバカには、負けるなよ。今度なにかあったら俺に、藤田に連絡してくれって、先生に言っといてくれ。もっと頼りになる番犬が欲しかったら、どこかで月の輪グマを調達してくるからって」

「はい」

クロマニヨンというよりネアンデルタールみたいな人だったが、一度、この人とマンモス狩りに行ってみたい。そう思った。

クロは置いていけ、と言われた。ぼくは一度だけクロの首すじを撫《な》ぜてから、帰りを急いだ。そろそろ始業ベルが鳴る時刻だ。

今日、学校へ大学付属高校の陸上部の監督《かんとく》が視察に来る。ちゃんと体調を整えておけ。木嶋にそう言われていたことを思い出した。

「いいか、お前の停学の件は内緒にしてあるから。万一、そのことを質問されたらこう言え。連帯責任をとらされましたって」

でも、そんなこと、いまのぼくにはどうでもいいことだった。急いでいたのは別の理由だ。母さんは、警察に連絡すると言っていた。

「もっとひどいことが起きるかもしれない。この家に火をつけようとするとか、あなたに何かを――」

クロが死にかけていること以上のひどいことなんて、ぼくには想像もできなかったが、犯人は絶対に見つけるつもりだった。家に帰れば、きっと警察官がたくさん来ていて、犯人を逮捕するための証拠集めをしているに違いない。何か話が聞けるはずだし、知ってることは何でも話そうと思っていた。

でも、ぼくの家は、出てきた時と同じように静まり返っているだけだった。

玄関で母さんが倒れていた。今度こそぼくは救急車を呼んだ。

藤田獣医の診療所から戻って、一時間もしないうちに、ぼくは町の病院にいた。

母さんへの診断は過労と精神的ショックによる貧血。「少し休めばだいじょうぶ」氷河期が来たら吹雪に飛ばされてしまいそうな痩《や》せっぽちの医者はそう言った。救急車の中で意識を取り戻した母さんは、クロのことをしきりに尋ねてきた。ぼくは「だいじょうぶだった」とだけ答えた。そうとも、だいじょうぶに決まってる。

点滴を打ち終え、いくぶん顔色を取り戻したとたん、「そろそろ研究所に行かなくちゃ」と言い出した母さんを、ぼくが止め、医者も止めた。

「しばらくここで休んでいってください。もちろん、その後は家で。できれば二、三日」

帰りのタクシーの中で母さんが教えてくれた。レトロウイルスというのは、いま母さんが研究している、貧血症の遺伝子治療に使うためのものだそうだ。

説明されても、さっぱりわからなかった。真淵の「電流の回路と抵抗の関係」の授業より難しい。母さんが「簡単に言えば」と前置きして話したことをそのまま言えば、こうなる。

「世の中の病気には、遺伝子の異常が原因となっているものがたくさんある。だから、正常な遺伝子、欠けている遺伝子を人工的につくり、細胞に補充することによって、病気を治療することができる。ウイルスにはその遺伝子を運ぶ力を持つものがあり、遺伝子治療に活用するウイルスのことをレトロウイルスと呼ぶ」

ぜんぜん簡単じゃなかった。

「少し前から、確かに住民の人たちの抗議はあったの。でも、ちゃんと説明会を開いて危険がないことを話したのよ。あれでわかってもらえたと思っていたんだけど」

そこまで言って母さんは声をひそめた。運転手に聞かれないようにしているのだと思う。田舎町ではタクシーの運転手もみんなと顔なじみだ。エンジンの音にまぎらせるような小さな声で、ぼくの耳もとで囁《ささや》いた。

「一社員ではなく、一学者として言うとね、危険性がまったくの0だとは断言できない。残念だけど、人間の手によるものであるかぎり百パーセントはありえないから。でも、もし万が一、研究所でレトロウイルスによる事故があったとしたら、まっさきに危ないのは私たち職員なのよ」

警察に電話をしたけれど、被害にあったのが犬だとわかったとたん、相手にしてくれなくなったそうだ。落書きや貼《は》り紙のことも近隣トラブルはお互いで解決してくれと言われただけだった、駐在さんしかいなかった頃のほうがよっぽどまし、と母さんは怒っていた。

「明日、研究所のお昼休みに、母さん、警察に行って話をしてくるから」

「明日はやめなよ。警察も、研究所も。クロだって病院に入れば安全だし」

母さんがぼくの言葉に素直に頷《うなず》く。ぼくは耳もとで言葉を囁かれている時より、くすぐったい気分になった。母さんはルームミラーの下で揺れるマスコット人形を見つめながらこう言った。

「いまの研究も、その前の研究も、多くの人を救うことができる。世の中の役に立つ。私はずっとそれを信じてやってきたの。でも、ときどき自信がなくなる。ほんとうにそうなのかって。レトロウイルスの危険性とか、そういう問題より先に、生き物の命を勝手に操ることが本当にいいのかどうかって、ね」

いつものぼくへの口調とは、違っていた。電話で研究所の人と話している時のような喋《しゃべ》り方だ。ぼくのために言葉を選んだりしていないし、聞かせようとしているわけでもない。聞いて欲しいっていう感じだった。ぼくはくすぐったさをこらえて、母さんの話に耳をかたむけ続けた。

「母さんが学生時代に研究を始めた時には、バイオテクノロジーの先には、素敵な未来があると思っていたのよ。でも、だんだんそうとばかりは言えなくなってきた。あの貼り紙も、まったくの言いがかりってわけじゃない。確かに私のいまの仕事は、命をもてあそんでいるのかもしれない。神様じゃないのに」

人間って進歩しすぎちゃったのかしら。母さんがゴリラの人形に話しかけるように呟《つぶや》いた。飲めもしないお酒を口にするのは、こんなことを考えていたからなんだろうか。ぼくは言ってみた。

「仕事がつらかったら、やめたっていいよ。ぼく、新聞配達でもなんでもするから。たぶん自転車を使わなくても、他のやつの倍は配れると思うよ」

「だいじょうぶ。いまの毎日の仕事は好きなの」

家に戻った母さんは「へいき、へいき」と強がりを言っていたけれど、まだとてもそうは思えなかったから、部屋に布団《ふとん》を敷いて寝かせた。

「そういえば、ワタル、今日は学校で大切な用事があるって言ってなかった?」

時計を見ると、午後三時を過ぎていた。いまごろ校庭では木嶋がワンレッグス・スクワット並みの貧乏ゆすりをしているだろう。

「ううん、別に何もないよ。気のせいじゃないの」

「そうかしら――」

「それより何か食べたいものはある? 朝から何も食べてないでしょ」

心配しなくていい。そう言うだろうと思っていたら、布団から顔だけ出した母さんは子どもみたいな口ぶりで言った。

「月見うどん、食べたい」

母さんが、うどんが好きだったなんて知らなかった。ぼくの家で麺類《めんるい》のメニューといえば、いつもぼくが好きなラーメンかスパゲッティ。母さんも同じものが好きなのかと思っていた。

「よし、わかった。いまつくるから、おとなしく寝てなくちゃだめだよ」

布団をかけ直して、昔、母さんにそうしてもらったように、肩と胸のあいだを軽く叩《たた》いた。母さんはますます子どもみたいな顔になって、小さく笑いながら目を閉じた。

ぼくは忙しかった。まず、藤田獣医に電話をしてクロの容体《ようだい》を聞かなくちゃならない。受話器を手にする前に、生まれて初めて神様に祈った。

——だいじょうぶだ。何とか持ちこたえた。最近の飼い犬にしては、なかなかたくましいな。野良犬《のらいぬ》並みの胃袋だから助かったんだろうな。

よかった。どんな神様に祈っていいのかわからなかったから、両手合わせて、それから二回手を打って、アーメンと唱えてみたのだけれど、それがよかったのかもしれない。

ネギを刻む手にも力がこもった。鍋《なべ》でお湯をわかし、計量カップを使って、麺つゆをボトルの説明書きどおりに、化学実験をする時よりも慎重に水で割る。栄養をつけなくちゃならないから、母さんがあまり好きじゃない鶏肉《とりにく》も入れることにした。うどんは家になかったから、コンビニまで買いに走る。

あとは月見。月見ってどうすればいいんだっけ。あ、そうだ、卵だ。冷蔵庫から卵を取り出す。自分も朝から何も食べていなかったことに気づいて、冷蔵庫の中のリンゴをかじる。

まだまだやることがあった。裏の森に行って、槍を取ってこなくちゃならない。

誰だか知らないけれど、クロに毒を食わせたやつは、必ずまたやってくる。なにしろ「！」マークを五つも六つもつけるやつだ。間違いない。ぼくはそいつを捕まえるつもりだった。見つけたら、絶対に逃がさない。どこまでも追いかけてやる。この町でぼくより足の速い人間は、そう何人もいないはずだから。

母さんは月見うどんを半分しか食べなかったけれど、おいしいと言ってくれた。中まで火が通っているかどうか心配だった鶏肉も、苦手な皮を剥《は》がしておいたのがよかったのか、全部食べた。

後片づけは私がやるから、そう言って起き上がろうとする母さんを、相撲取りの押し出しみたいに軽くつつくと、ぱたりと布団に倒れた。体も心も限界だったのだと思う。「ほんとうにやるから、流しに置いといて」同じ言葉をうわ言みたいに何度も口にしているうちに、寝息を立てはじめた。ぼくはしばらくの間、布団越しに母さんの体をとんとんと叩いた。

台所で鍋と食器を洗っていると、表戸が開くかすかな音がした。

来た。

玄関に立てかけてある槍《やり》を手に取った。音を立てないようにして、鍵《かぎ》を開け、そっとドアを開ける。

ドアのすぐ向こうに顔があった。先に口を開いたのは相手のほうだった。

「——なにしてるの?」

コロッケ型の白い顔。サチだった。もう夜の八時。それは、こっちのセリフだ。

「そっちこそ——なにしに来た」

「いや、別に」

サチは昔と同じように、こっちが何も言わないうちに、家へ上がりこんでくる。手には竹刀《しない》袋。サンタみたいに、とんでもなく大きなスポーツバッグを肩にかついでいた。

「試合の帰り?」

「ううん、別に」

荷物をお茶の間に置いたサチが、皿洗いの続きを始めたぼくに声をかけてくる。

「おお、感心、感心。いいお婿《むこ》さんになるよ。牛乳ない？」

「自分で出せ」

サチがぼくの家に来るのは、これで何度目だろう。数えきれないぐらいの回数だ。

「クロに会わせて」そう言ってやってきたのが最初。その次は一緒に釣りに行った帰り、門で出迎えた母さんが、魚臭いサチを見かねて「お風呂に入っていけば？」と声をかけた時だ。それからというもの、サチはたびたび上がりこんで、母さんの目が届かない時には自分の家みたいにふるまう。コーラより好きな牛乳のある場所は、よく知っているはずだ。

冷蔵庫から牛乳の1リットルパックを取り出し、戸棚のコップを勝手に使って飲みはじめたサチが言った。

「話は聞いたよ。住吉《すみよし》から」

住吉？　隣のクラスの男子だ。パソコン部。ぼくはほとんどつきあいがない。サチだって同じはずだ。

「クロはどうなの？　お母さんもたいへんだったんでしょ」

そうか、住吉の父親は住吉タクシーの運転手だ。鍋を棚にしまいながら、ごく簡単に説明した。

「だいじょうぶ、あさってには退院、いま寝てる。入院はしてない」

めちゃめちゃな説明だったけれど、サチは全部、わかったっていう顔で頷く。

「ああ、よかった」

そこで会話が途切れてしまった。昔と違うのは、サチと何を話せばいいのかわからないことだ。沈黙が長すぎたから、どうでもいいことを言ってしまった。

「うどん、食べる?」

母親が夜働いているサチは、いつも夕飯を自分でつくるか、コンビニ弁当ですませているはずだった。小学生の時には何度かうちで夕飯を食べていった。

「いらない、家で食べてきた」

ぼくはサチに背中を向けたまま聞いた。

「じゃあ、なにしに来たんだよ」

「やるんだろ」

「やる?」

振り向こうとする前に、サチの声が飛んだ。いつか濡《ぬ》れた服をぼくのシャツに着替えた時のような鋭い声だった。

「こっち、向かないで」

洗い終えた食器をもう一度洗うことにした。

「どうせ、やるんでしょ」

「何をさ」

「クロの仇討《かたき》ち」

なんで知ってるんだろう。超能力者みたいだ。

「お前には関係ないだろ」

「ううん、関係ある。クロは半分、あたしの犬だもん。一緒にやろ」

「危ないから、お前はだめ。相手が誰だか全然わからないんだ。一人じゃないかもしれない」

「だから二人のほうがいいんじゃない」

「毒薬を持ってるやつだよ。他の武器も持ってるかも」

「だいじょうぶ。準備バンタン、ほら」

もういいのか？　おずおずと振り向いた。

お茶の間に剣道の胴着《どうぎ》と防具《ぼうぐ》をつけたサチが立っていた。面はつけていなかったが、頭にはタオルを巻いて、長い髪をたくしこんでいた。手には竹刀。

サチは上段の構えから竹刀を振り、昔のなんでもかんでもぼくに張り合おうとする時の顔で、にかっと笑った。

「陸上部なんかより、よっぽど強いよ、あたし」

23

いちじくの木の下にあるクロの家は、塀に使った板の残りでぼくがつくったものだ。小学校六年の時の作だから、屋根が「へ」の字になっている。外へ連れていく時以外、鎖はつけないのだけれど、クロはたいがいここへ入りこんでいるんだ。今朝、倒れていた時も、頭はここの入り口に向いていた。必死で自分の家へ戻ろうとしたのだと思う。

ぼくとサチはクロの家の壁に寄りかかって、塀の外を見張っていた。母さんはサチが来ていることにも気づかずに、ぐっすり眠っている。

野良犬出身のクロは、ぼくか母さんかサチではないかぎり、誰かが敷地の中へ入ってきたら必ず吠《ほ》えかかる。ぼくはともかく、母さんなら目を覚ますほどの声で。

たぶん、犯人は初めてここへ来た時、クロに見つかって吠えられ、二回目の昨日は、あらかじめ毒の入ったエサを用意してきたのだと思う。食べさせられたのは、化学薬品入りのビスケットじゃないかって藤田先生は言っていた。犯人がそこまで知っていたかどうかわからないが、クロはビスケットが好きなのだ。外から投げ入れられたら、怪しまないで食べてしまう。しかたないんだ。だって、元野良犬だから。

山に近いぼくの家は、十一月に入ると、夜は吐く息が白くなる。

「寒いね」

サチが喋ると、家の明かりに照らされた顔に薄い霧がかかった。

「おお」

ぼくが答えると、もう一度、闇《やみ》が白くなった。

いざという時、動きやすいように、ぼくはスタジアムジャンパーを上着にした。防具の上にダウン・ジャケットをはおったサチは、なんだか雪だるまみたいだった。毛布を一枚用意して、二人でそれをすっぽりかぶっているけれど、それでも寒かった。敷いていたレジャーシートが薄すぎるからだ。地面の冷たさが背骨をつたって、頭の芯《しん》まで這《は》い昇ってくる。

「きれいだね」

「なにが？」

「星」

「あんまりくっつかないでよ」

「おお」

「そんな離れなくてもいいよ」

「おお」

「その『おお』っていうの、やめなよ。眠くなる。なんか、他のこと言ってみて」

「おおおおお～ぅ」

「ばか」

なんだか、こうしていると、少し前までの頭がくらくらするほどの怒りを忘れてしまいそうだった。自分を奮い立たせるために拳《こぶし》をもう一方の手のひらに叩きつけた。星の瞬《またた》く音まで聞こえそうな静かな夜だ。鳴らした音は間抜けなほど高く響き渡った。

サチが竹刀を手に取って振る。こっちもいい音がした。剣道部は今年も郡大会初戦敗退だったが、サチは個人戦で準決勝に残ったのだ。

「ねぇ、もう十時だよ。そろそろ帰れよ」

「へいきへいき。どうせママが帰ってくるのは、二時とか三時だもん」

サチのママさんは、いまではパイン・ツリーのママさんでもある。

「ユキヤは？」サチの弟の名前だ。

「もう寝てると思う。あの子は九時には寝ちゃうんだ。ワタルより早寝早起き。ニワトリみたいだ」

ユキヤはサチが何度か釣りに連れてきたことがある。人と話をするときに、顔をななめにするのがクセ。父親に殴られたせいで、左の耳がよく聴こえないからだ。

明かりが届かない塀の向こうの暗闇を見つめて、サチが呟《つぶや》いた。

「どんなやつだろうね」

「卑怯《ひきよう》者で臆病《おくびよう》者だよ。毒を使うなんて。よっぽどクロが怖かったんだろ」

「クロ、ほかの人には凶暴だからね」

ほかの人――サチの何気ない言葉にどぎまぎしてしまった。クロがなついている自分が「ほかの人」に入っていないってことに、サチ自身は気づいていないようだった。

サチはぼくの「ほかの人」じゃない？　じゃあ、サチはぼくにとって何なのだろう。

頭の中で考えていることとは全然違うセリフが口をついて出る。

「来ないな」

「うん」

サチがぼくのほうを向いたのがわかった。タオルからはみ出た髪が揺れて、シャンプーの匂《にお》いがしたからだ。夏みかんの匂いだ。なんでだろう、かじかんでいた頬が少し熱くなった。

「ねぇ、二人で同じところを見ててもしょうがなくない？　見張りなんだから」

「あ――」そりゃあそうだ。「じゃあ、俺、こっち。サチは向こうを見てて」

ぼくらは同じ場所に居て、別々の場所を見つめ続けた。

「ね、何か話そう。寒いのに眠いよ」

サチがまた声をかけてくる。そうなんだ。これだけ寒いのだから、眠気なんか吹っ飛ぶはずなのに、どうやら寒さと眠気は両立してしまうみたいで、ぼくも気を緩めると下りてくるまぶたを押し上げるのに苦労していた。

「うう」

何か喋《しゃべ》ろうと思ったのだけれど、言葉がぜんぜん見つからない。クロの容体は、もう話したっけ？　母さんのレトロウイルスの話？　説明できるわけがない。「話そう」と言い出したサチも口を開かなかった。これはクロの仇討ちなんだから、楽しい話題を口にしちゃいけない、二人ともそう考えていたからだと思う。たぶん。

いまのぼくとサチの間には、すき間を埋めるクロがいない。クロのかわりに重たい沈黙がうずくまっていた。

毛布、もう一枚あったほうがよくないか――そう言うつもりで、口を開きかけたとたんに、くしゃみが出た。やっと口に出した言葉は、間抜けなひと言だ。

「風邪ひぎそう――」

サチがずりずりと体を動かした。うつらないように遠ざかろうとしたのだと思ったら、毛布を二十センチぐらいこっちへずらしてきた。そのついでみたいに十センチぐらい近づいてくる。

「だいじょうぶだよ。お前が風邪びぐぞ」

「声がだいじょうぶじゃないよ」

「やっぱり、毛布、もう一枚持ってこようか」

「いいよ、平気。あんまりあったかいと、もっと眠くなっちゃう。知ってる？　寒いところで寝ちゃうと、凍死するんだよ」

聞いたことがある。まずいまずい、こんなところでサチと二人で凍死しちゃったら、みんなに何を言われることか。拳でまぶたをこすり、誰も来ない闇を見つめながら尋ねてみた。

「なんで来てくれたの」

「なんでだろ」

夏みかんの匂いで、サチが首をかしげたのがわかった。

「昔、うちの馬鹿をやっつけてくれたでしょ。あの時のお返し」

そんなことどうだっていいじゃないか、って口ぶりだ。

「でも、あの時は、怒ってたじゃない」

「怒ったけど、少し嬉《うれ》しかった」

「へんなの」

サチもやっぱり女の子だ。ぼくには理解不能。「人の気持ちを想像できるかどうかは、とても大切なこと」と母さんにお説教をされていた頃に比べたら、ぼくだって人の気持ちをずいぶん考えられるようになったけれど、女の子の場合はいまだに苦手。『この女の子の、この場合の気持ちを百五十字以内で記せ』なんていう問題ばかりのテストがあったとしたら、0点をとるだろう。

いつもならとっくにふとんに入っている時間だ。視界がぼやけてくるのをこらえながら、門の先の暗闇を見つめ続けていたぼくは、サチの突然の言葉でいっぺんに目が覚めた。

「どう、ウサギと仲良くしてる?」

「え? なんのこと」

「ウサギとつきあってるんでしょ」

鼻づまりをしているような声だった。よぶんにもらった毛布をサチのほうに移動させたら、すぐに突き返されてしまった。

「ぜんぜん。映画を観《み》に行っただけだよ」

「そう、なんだ」

「そう」から「なんだ」までの時間がやけに長い気がした。あいだに入る言葉を答えなさいっていう穴埋め問題を出されている感じ。こんな喋り方はサチらしくない。振り向いて言い返した。

「倉田さんとは、どうなのさ?」

なんでこんなこと、言っちまったんだろう。そういうぼくの言葉も、なんだかサチにテスト問題を出しているような調子だ。じつは答えを知りたくないテスト問題。

「倉田さん? 何それ? どうって何が?」

「いや、その、だって、みんなが——」

「別に何もないよ。ワタルも信じてたの?」

ぼくの顔を見つめかえしてくる。家から漏れた明かりで目がきらきら光っていた。サチの目って、こんなに大きかったっけ。

こんな近くで顔をつき合わせるのは、一緒に釣りに行って、二人でビクの中の魚を覗《のぞ》きこんだとき以来だ。サチの鼻ってこんなに小さかったっけ。サチの唇はこんなにぷっくりしてたっけ。

「ねぇ、ウサギとどんな映画観た？」

「どんなって――」

「面白かった？　もし面白かったら、あたしもビデオで見るよ」

なんだかこういうの、苦手だ。今日のサチは少し変だ。心の中にある言葉が、喉《のど》を通って、唇から出てくるあいだに、違う言葉に化学変化してしまっている感じ。

「うーん――あんまり面白くなかった」

ぼくも変だった。本当はウサギと観た映画は面白かった。でも、すぐそこにあるサチの顔を見ているうちに、その言葉はまるで違うせりふになってしまう。

「ウサギと何回、映画に行ったの？」

「一回だけ」

毛布から右手を出して、ひとさし指を突き出した。

「あたしとも一回だ」

サチもひとさし指を突きだす。左手だったから、二人で指の長さくらべをしているみたいだった。なんて答えていいのかわからない。なぜだろう。声が出ないかわりに、ぼくはサチの手を握った。夜の空気は冷たいのに、サチの手は温かかった。映画館の時のようにすぐ引っこめたりはしないで、力くらべをするみたいに握り返してくる。

ぼくの唇が動かないとわかると、サチはまた何か言いかけた。

もう、やめよう。そう言うかわりに、ぼくはいきなり顔を近づけて、唇をサチの唇にくっつけてしまった。

時間にしてほんの一秒ぐらいだったと思うけど、サチの目がまん丸になっているのがわかった。ぼくもサチも目を開けたまま、近づきすぎてぼやけてしまっているお互いの顔を見つめた。

息を吸ったり吐いたりするところ。

そして食べ物を咀嚼《そしゃく》するところ。

ぼくにとって十三年間、人間の口とは、そういうものだった。テレビドラマや映画の中で、キスシーンを見るたびに思ってた。セックスが気持ちいいらしいというのは理解できるけれど、あれはわからない。あれには、何の意味があるのかって。

大ありだ。

唇に電流が走った。射精の瞬間より高圧の電流。

サチはサチだ。誰のものでもないけれど、今夜のこの暗がりの中では、ぼくだけのもの。そんな判子《はんこ》を押した気分だった。

「——やったな」

サチが眉《まゆ》をつりあげた。唇をぬぐうかと思ったけれど、そこまではしないで、毛布の中に顔を半分隠してしまった。トラック半周分ぐらいの間《ま》のあと、サチが言った。

「覚えてろよ」

「ごめん」

今度はトラック四分の一周分の間のあとだった。

「なんであやまる？ いまの『ごめん』は取り消してよ」

よかった。サチは怒っていない。本気で怒った時には、猫みたいな声になるのだ。サチの声はクロが鼻をすすった時のようだった。

「取り消す」

それからぼくらは、しばらく黙ったまま、お互いの先の暗がりを眺めた。でも、今度の沈黙はなぜか居心地がよかった。ぼくとサチは三分間に一センチずつ距離をつめ合い、三十分後には、体をぴったり寄せ合った。

そうしているだけで、ぼくの心臓はウォームアップ・ランの時の速さになった。こんなこと、少し前まではなかった。自分の中の言葉にならない、もやもやしてた気持ちに、やっと言葉が見つかった。

ぼくは、サチが好きなんだ。

「これからもう一度、吐かせてみる」と電話で話していた藤田先生に、のどの奥に手を突っこまれているだろうクロや、過労でダウンしてしまった母さんには悪いけれど、この家を守るっていう大切な使命を忘れてしまいそうだった。犯人がどこの誰だか知らないが、もう少しの間、来なくていい。そう考えてしまったほど。ごめんよ、クロ。でも、そうはいかなかった。

十一時を過ぎた頃、家の中から電話の音が聞こえてきた。放っておこうと思ったけれど、コール音はしつこく続いている。うちでは夜、十時を過ぎると母さんが留守番電話にしておくのだが、ぼくがそれを忘れていたのだ。母さんを起こしたくなかったから家の中へ戻ることにした。

こんな時間に、誰だろう。研究所からだろうか。母さんの話によれば、若い研究者の人たちは徹夜をすることも珍しくないんだそうだ。夜になると着信音のボリュームを下げて、留守番電話にしてしまう理由を母さんは「家に帰ってまで仕事に追いかけられたくないもの」と言っているのだが、本当は早寝のぼくを起こさないためだと思う。電話をかけ直している母さんの声が、ふとんに入ったぼくに聴こえることがよくある。

心配ご無用。ぼくは一度寝てしまうと、耳から二十センチの距離に置いたアラーム時計が鳴っても起きられないんだから。

「もしもし」電話を取って呼びかけたが、返事はなかった。そのかわりに耳を遠ざけなくてはならないほど騒々しい音が流れてきた。

人の気分を憂鬱《ゆううつ》にさせるメロディ。聴いたことのある曲だった。

葬送行進曲だ。

誰かの嫌がらせ。もちろんクロに毒入りのビスケットを食わせたやつのしわざに決まっている。思わず叫んだ。

「誰だっ、卑怯者、名前を言えよっ」

答えはない。送話口をスピーカーにあてていて、こっちの声なんか聞いてはいないのだろう。それでもぼくは叫び続けた。

「誰だ、誰だ、誰だっ。名前を言えっ」

陰気なサビの部分が終わったとたん、葬送行進曲がぷつりと切れた。

ひとつわかったことがある。犯人はぼくの家の電話番号を知っている人間だ。いくら田舎町とはいえ、電話帳に載せていないこの番号を知っている人間はかぎられている。

留守電をセットして、着信音のボリュームを下げていると、今度は母さんの部屋から、かすかな振動音が聞こえてきた。マナーモードにしてある携帯が震える音だ。ドアを開けると、寝ぼけた母さんが片手をふとんから出して見当違いの場所を手さぐりしていた。さすがの母さんもこのぐらいの音では目を覚まさない。目覚まし時計を握りしめようとしている手をふとんの中へ戻して、携帯電話を手にとって部屋を出た。

とったのはいいけれど、ぼくは携帯の使い方がわからない。その頃のぼくらの町では、中学生で携帯を持ってるやつなんかいなかったんだ。「東京のコみたい」と言われているウサギでさえ。

ここかな。電話マークのついたボタンを押して、耳に押し当てる。

笑い声が聞こえた。金属の板をのこぎりで引くような耳ざわりな笑い方だ。すぐに本当の声ではなく、〝笑い袋〟というおもちゃを使っていることがわかった。ムダを承知でまた叫んだ。

「卑怯者《ひきょう》!」

電話を叩《たた》き切りたかったが、切り方もよくわからない。もうひとつの電話マークに気づくまで、十秒ぐらいかかった。

犯人は母さんの携帯電話の番号まで知っている。たぶん、こうした電話は初めてじゃないはずだ。毎晩十時に寝てしまうぼくは、ちっとも気づかなかった。母さんはずいぶん前からこんな嫌がらせを受けていたのだろう。ぼくにはひと言も漏らさずに。

こんなことをして何が面白いんだ。卑怯者。最低野郎。クソったれ——。

知っているかぎりの罵倒《ばとう》の言葉を心の中で叫んだ。クズ。ゴミ。チンカス野郎——。

いままでのぼくは心の底から怒ったり、人を憎んだりすることがなかった気がする。腹が煮えくり返ることは多かったけれど、頭の隅はいつも冷めていて、こう考えていた。「まぁ、しかたない。ぼくは人とは違うんだから」

でも、いまは違う。頭の隅まで煮え立っていた。もしこの「クズでゴミのチンカス野郎」が目の前にいたら、迷わずグーで殴りかかるだろう。

笑われるに決まっているから、サチが来た時にさかさにして傘立てに隠しておいた槍《やり》を手にとった。いまなら本気で使えそうな気がした。ぼくは夢の中で見た、クロマニヨン式の槍投げ方法を思い出して、根元近くを握って肩にかついだ。

携帯電話をポケットに突っこんで外へ戻ると、ポーチにサチが立っていた。片手には竹刀《しない》、もう一方の手には明かりを消した懐中電灯。顔がこわばっていた。ぼくが手にした槍に驚くことも忘れているようだった。ぼくの肘《ひじ》をつかみ、いままでだったら考えられないほど顔を近づけてきて、耳もとで囁《ささや》いた。

「誰か来るよ」

竹刀でいちじくの木の先を指す。塀の上に頭だけが見えた。きのこみたいに丸くて大きな頭が、坂の下から上へ、ぼくの家の門へ、ゆっくり近づいてくる。

母さんの背丈《せたけ》に近い塀から頭が半分出る程度。そんなに大きなやつじゃない。その頭が月の光に照らされて、てらてら光っている。ヘルメットをかぶっているのだ。シルエットだけの横顔に見覚えがある気がした。

声を出すわけにはいかない。懐中電灯を貸してくれ、と言葉にするかわりに、サチへ手を伸ばした。なぜだろう。もうそこには懐中電灯が差し出されていた。

懐中電灯は必要なかった。そいつが門の前に立った時には、月の光だけで誰なのかがわかった。片手に何かぶら下げている。

いきなり槍を投げつけるつもりだったのだが、手がとまってしまった。懐中電灯の光で顔を照らして、名前を呼んだ。

「——トラ」

顔を見るのも、声をかけるのも久しぶりだった。

二年生になってから、トラはますます学校に来なくなった。たまに学校で出くわしても、骨折させられたことなんて忘れたという顔で、完全に無視。あれからはまともに話をしたことが一度もなかった。暴走族に入ったウツミさんのバイクの後部シートで鉄パイプを振りまわしている。あいかわらず塗装工場からシンナーを盗み出している。そんな噂《うわさ》を聞くだけだ。

トラはまぶしそうに目をしばたたかせ、ぼくの隣にいるサチを見て、ぽかりと口を開けた。

「なんだ、室田も一緒か」

ため息をつくようにそう言って、片手を振る。サチの竹刀よりずっと鋭い音がした。手にしているのは、馬鹿でかいバールだ。

「話は聞いた。誰だか知らねぇけど、最低だな。犯人をとっちめようぜ。俺《おれ》も仲間に入れろ」

　返事なんか聞く必要もないというように、にんまり笑う。喉に言葉がつまってしまったぼくのかわりに、サチが勝手に答える。

「頼むぞ、トラ」

　トラがサチの言葉にくすぐったそうな表情をした。それから、ぼくとサチの間の二センチぐらいしかないすき間を眺めて、首をかしげた。

「あれ？　なんだよ、お前ら。なんかおかしいぞ――」

　ぼくとサチは、さっきの出来事が見つかってしまった気がして、こっそり目配せを交わした。トラが何がおかしいのか気づく前にぼくは槍の先をバールに重ねた。和解と団結のしるしだ。

「ありがと、トラ」

　トラの関心はたちまちぼくの石器の槍先に移った。

「おっ、すげえ気合入った武器」

「ずっと言いそびれてたけど、腕、ごめんな」

「なんの話だ、それ？　三中最強の俺さまが、他人に腕の骨を折られるわけねぇじゃん」

木刀《ぼくとう》にすればよかったかな、部室にあったのに。そう言ってサチも竹刀の先を団結のしるしに重ね合わせた。

いつもひとりぼっち。ぼくは長く自分のことをそう思っていた。だけど、自分で思っているほど、ぼくはひとりじゃないのかもしれない。

ぼくらが毛布にくるまって犯人を待っていたことを知ると、トラは呆《あき》れ果てたという調子で言った。

「お前ら、馬鹿か？　犬小屋のとこに誰かがいるの、道から見えてたぞ。ワタルにしちゃ、ずいぶんちっこいなって思ったんだ」

煙草《たばこ》に火をつけて、白い息といっしょにけむりを吐き出す。いつのまにかトラは、ちゃんと鼻の穴からけむりが出せるようになっていた。

犬の毒を用意するほどの用心深い相手だから、姿が見えないように隠れていたほうがいいとトラは言う。言われてみれば確かにそのとおりだ。これはキャンプファイヤーじゃないんだから。

「門の脇《わき》に停めてある自転車、室田のだろ？」

トラはサチが頷《うなず》くより早く、学校の教師のように、ぴしゃりと言った。

「あれは隠しとけ。俺らが集まってることを気づかれるかもしれない。それと家の電気、消しとかなくちゃ、だめだ。明かりがついてると、入りづらいもんなんだよ」

どこに入りづらいのかは知らないけれど、まるで体験談のような確信のこもった口調だったから、ぼくとサチは素直に頷いた。教師に「中は空洞か？」と呆れられていたトラの頭の中にはいまや、授業では教わらない、いろんなものが詰まっているらしい。

トラがバールの尻《しり》で地面にぼくの家の見取り図を描く。そして、鋭く尖《とが》った先端で何カ所かをつついた。

「犯人が坂の下からくるとはかぎらない。三人いるんだから、三カ所に分かれよう」

ぼくらが決めた「南山家防衛フォーメーション」はこうだ。

身軽なサチが、いちじくの木に登り、坂の下を見張る。

トラは「次あたり臭いぞ」という家の裏手。こちら側を仕切っているのは、ぼくらが引っ越してくる前からあったトタン板のフェンス。貯水池はもう埋め立てられてしまったけれど、フェンスの先はいまも空き地で、玄関側以上に、誰の目も届かない。

ぼくは家の正面。玄関脇にあるアオキの蔭《かげ》に隠れて、坂の上か、梨《なし》畑の中を突っ切ってきた場合に備える。誰かが近づいてきたら、葉っぱを鳴らして合図することも決めた。

「レディ、ゴー」ぼくらは囁き声で鬨《とき》の声をあげた。

アオキの蔭で槍を握りしめた。もう毛布はないし、気温はますます下がっていたけれど、寒いとは思わなかった。身体中の血が熱くなっていたからだ。

空のてっぺんにあった食べかけのメロンパンみたいな月は、いつのまにか背後の山の蔭に隠れてしまい、ぼくの家はいままでより深い闇《やみ》に包まれた。いちじくの木から、サチがときどき口笛を吹いてくる。

「ひゅっひゅぅ～」

強くなってきた風の音に似せたつもりのようだけど、あまりうまくいってはいない。一人で心細くなったのだと思う。サチになにか怖いものがあるとするなら、それはヘビと暗闇だ。だいじょうぶ、ここにいるよ。そう言うかわりに、ぼくも口笛を返す。

「ひゅっひゅひゅ～」

裏手からトラのホイッスルのような口笛が飛んできた。教育的指導。「静かにしろ、馬鹿」と言っているのだと思う。

一時間、経過。

「ひゅっひゅぅ～」

「ひゅっひゅひゅ～」

「ぴっぴぴっ！」

二時間経《た》ったが、誰かが近づいてくる気配はまるでなかった。裏手でトラが木の枝を鳴らした。二回。これは「不審者発見」ではなく、「作戦会議」の合図だ。

「来ねぇな」

トラが煙草を取り出してくわえたけれど、ライターの火をともすのはまずいと考えたのか、すぐに箱へ戻した。

「昨日の今日だからな、今晩は来ないかもしんないな」バールで肩叩きをしながら、ラクダの絵柄の外国煙草には似合わないことを言う。「朝まで待って来なかったら、ワタル、電話に出てくんねぇ。親父《おやじ》に集会へ行ったって思われたら、俺、ボコボコにされちまう」

暴走族の見習いをしていることを親父さんに「めちゃんこ叱《しか》られた」トラは、最近トラック運転手の仕事の手伝いをさせられているそうだ。「学校休まして、長距離の助手席に乗れっていうんだぜ。そんな親がどこにいんだよ」とトラはこぼすが、いいお父さんだとぼくは思う。長袖《ながそで》を着ていてもはみ出す入れ墨にはちょっとビビるけど。

朝まで居てくれるらしいトラはともかく、サチはそろそろ帰ったほうがいい時間だ。パイン・ツリーの営業時間が終わって、ママさんが戻ってきてしまう。

サチに顔を向けると、なにも言わないうちに口を尖らせた。ぼくの考えていることは、すべてお見通しっていうふうに。

「だいじょうぶだよ。どうせママはいつも酔っぱらって帰ってくるから。あたしがいなくたって、気づかないと思う」

「じゃあ、あと一時間だけ。そのあとはぼくとトラだけでやる」

「おう、そうしよう」

サチが不服そうに下唇を突き出した時だった。ポケットが震えた。母さんの携帯に電話がかかってきたのだ。

相手が誰なのか、出なくてもわかった。電話を抜き出し、また怒鳴り返してやろうと思ったのだが、やめておくことにした。

これがただの嫌がらせ電話じゃないかもしれないことに気づいたのだ。電話に出るか出ないかで、こっちが寝ているかどうかを確かめる。やつがそのためにかけているのだとしたら――

ぼくは震え続ける携帯を握りしめた。しつこい振動音は、調査完了とでもいうふうに、ふいに途切れた。見つめ返してくるサチとトラの顔を交互に眺めて言った。

「来るよ、もうすぐだ」

遠くからクルマの音が近づいてきたのは、それから二十分後だった。

夜、このあたりはめったにクルマが通らない。坂の下にある駐車場は森林組合の持ち物で、クルマの音が騒がしいのは昼間だけだ。

タイヤの軋《きし》みで、坂の下の三叉路《さんさろ》を曲がったことがわかった。ほどなく門の先の梨畑が明るくなる。ヘッドライトだ。

この坂道の先に、夜中に用事のある人間なんかいない。目的地があるとするなら、それはぼくの家だけだ。

ヘッドライトが這《は》い昇ってくる。槍を握りしめた。サチには「それは、やめときなよ」と言われたが、ぼくにとって武器といえば、鉄パイプでも金属バットでもない。これしか考えられなかった。

音をしのばせるような、かすかなブレーキの音。坂の途中で停まったのだ。

サチがいちじくの枝を鳴らした。

来た。

犯人が何かを始めるまでは、攻撃しない。そう決めてあった。アオキの蔭から顔だけ出して、塀の外を窺《うかが》った。

坂の下から足音が聴こえてくる。ぼくの家の前の道はあいかわらず舗装されてはいないのだが、霜が降りる季節の土は硬く乾いていて、スニーカーの靴底でもよく響く。

サチが木から降りようとしているのが見えた。裏手にいたトラがしのび足でこちらへ向かってくる音が聴こえた。ぼくも足もとの枯れ草が鳴らないように気をつけて、アオキの木蔭を離れ、家の左手へ歩いた。こちら側には塀がなく、石垣を登れば外へ出られる。

石垣の先は、持ち主がもてあまし気味の畑だ。いまの季節は申しわけ程度に色の悪いほうれん草が植わっている。そこへ出て、あちこちに落ちている枯れ枝の中から、葉っぱがちゃんとついているものを選んで、拾いあげた。

顔の前にうちわのように葉っぱを広げて、目から先だけ頭を突き出した。塀を真横から見られる位置だ。トラの忠告どおり家の照明は消してあるし、月も山の蔭に隠れてしまったから、坂道は真っ暗だった。

墨を塗ったような空間に目を凝らしていると、ぼんやりと人影が見えてきた。

背丈は普通。ずいぶん痩《や》せている。闇と一体化しようともくろんでいるような濃い人影だった。たぶん服も頭にかぶっているニット帽も黒ずくめなのだ。そのせいか、もともと細いらしい体が長い棒に見える。まるで田んぼのかかしが歩き出したようだった。

ニット帽をかぶった頭が左右に動いた。あたりを窺っているんだ。ぼくは葉っぱの間から、かかし男を睨《にら》み続けた。

片手にさげていた紙袋を地面に置き、何かを取り出そうとしている。出てきたのはふたつの丸い筒。それを両手に持った。

左手の先に明かりが灯《とも》った。懐中電灯だった。右手に持った筒は、たぶんペイント用のスプレー缶だ。

また落書きをするつもりなのか。人の家の塀に。大工仕事の下手な母さんがどれだけ時間をかけてあの塀をつくったと思ってるんだ。何度も指にトンカチを打ちつけて、鼻の頭に白いペンキをつけて、ようやく完成させた塀だぞ。手伝ったぼくだって、自分の指にのこぎりを引いて大出血したんだぞ。

全身の血管が、動脈も静脈も、太いやつも細いのも、すべてがふくれあがった。ぼくの体の中に住んでいる何かが叫んでいる。クロマニヨン人よりもっと原始的な何か。獣《けもの》じみたそいつが人間の言葉で吠《ほ》えていた。

ぶっ殺してやる！

暴力はいけません。人を傷つけることは、いけないことです。小さい時から、ぼくらは大人たちからそう教えられてきた。

暴力では何も解決しません。

本当だろうか。そもそも人は何かを解決するために暴力をふるうのだろうか。たとえばサチの父親は、何を解決するために、グーパンチでユキヤの鼓膜を破ったんだ?

その時のぼくは、黙って見ているだけでは、何も解決しないことに苛立《いらだ》って、拳《こぶし》を握りしめていた。

槍《やり》は捨てた。あんなやつ、素手でじゅうぶんだ。サチの唇が触れた自分の唇に拳を押し当てる。それが、どんな武器よりぼくを強くしてくれた。

体が震えていた。寒さのためではないし、もちろん恐怖のためでもない。「ナイフぐらい用意しててもおかしくないヤツだ」とトラは言うが、怖さなんか少しもなかった。十四年近くしか生きていないから、大人ほど命は惜しくない。どちらかというと喜びに近い震えだ。体の中に閉じこめられた獣が、檻《おり》のカギが開くのを待っているんだ。

かかし男は懐中電灯を紙袋の上に置き、塀を照らす角度に調整していた。懐中電灯の光が上方に向く。マフラーで顔の下半分を覆《おお》っているのがわかった。顔を見られたくないようなことを、なんでするんだ、チンカス野郎！

からからから。闇の向こうで玉が転がる音がした。スプレー缶を振っているのだ。もう我慢できなかった。枯れ枝を捨てて、足を一歩踏み出した。

その時だ。

「めーーーん」

甲高い声がこだました。

塀の上に現れた人影が、やつをめがけて舞い降りる。大きなカラスのようだった。

サチだ。

サチの竹刀《しない》が、かかし男の側頭部を打つ。細長いシルエットが悲鳴をあげて、ひざまずいた。耳を狙《ねら》ったんだ。それがどれだけ強烈なのかを、サチはよく知っている。

ぼくは塀から飛び出し、自分でも気づかないうちに声をあげていた。

言葉にならない声。獣の吠え声、もしくはクロマニヨン人の雄叫《おたけ》び。

耳を押さえたかかし男がこちらを振り向く。マフラーの上の眼鏡しか見えないが、その細いフレームと見開いた目に、なぜか見覚えがある気がした。

サチがかかし男の背中に新たな一撃を加える。今度のは効かなかった。サチの悲鳴。

坂の下へ逃げようとしたやつがサチを蹴《け》りつけたのだ。嫌な音をさせて足もとへ倒れたサチに、どけ、と言うふうに、もう一度足を出そうとしている。

「やめろっ!」

かかし男に飛びかかれ、頭がそう命令していたのに、ぼくの体はサチの上に覆いかぶさった。脇腹《わきばら》にやつの足が突き刺さる。息がつまった。

「竹刀、どこ!?」

頬の下でサチが叫んでいる。この様子ならだいじょうぶ。かかし男がクルマへ向かって逃げて行くのが見えた。逃がさない。短距離だって陸上部でいちばん速いんだ。

だが、腹這いからのスタートというハンデは大きすぎた。やつの黒いジャンパーの襟まで、あと三十センチで手が届くというところで、ドアが閉まってしまった。クルマの前に立ちふさがった。

「逃げるな、出てこいっ」

答えるかわりに、やつがエンジンをかけた。町のどこの道でも出くわしそうな平凡なクルマだ。運転席が暗くて、人相ははっきりとわからない。

こちらを脅すようにエンジン音が高くなる。怖くないぞ。こんな子どもマンモスより小さなクルマなんて。

「ワタル、危ない」

サチの叫びが聞こえたが、クルマの前で両手を広げた。ここは通さない。絶対に逃がすもんか。

突然、エンジンの唸《うな》りをかき消すほどの音がした。クルマの後部ガラスが割れる音だ。クモの巣のかたちに走った罅《ひび》の向こうに、バールを手にしたトラが立っていた。

トラが運転席の脇に回りこむ。ドアを蹴り、バールを振り上げた。

「おら、出てこいよ」

バールの鋭い切っ先が、一撃でガラスに罅を入れる。暴走族じこみだろうか、あきらかにトラはクルマのガラスの割り方を知っていた。かかし男が頭を抱えて悲鳴をあげた。

二撃目で、ガラスが割れた。トラが慣れた手つきでドアロックをはずし、かかし男の襟首をつかんだが、ハンドルにしがみついて動かない。人けのない深夜の坂道に、エンジンの空吹《からぶ》かしの音が響いた。トラが鼻を鳴らす。

「だいじょうぶだ。この馬鹿、あせってサイドブレーキをかけたままだよ」

ここからはぼくの番だ。腕を伸ばしてやつを引きずり出した。痩せっぽちだから、簡単だった。

顔を見られたくないらしい。かかし男は両手で顔を隠して、地面にうずくまってしまった。

「てめえ、ぶち殺す」

トラが顔面を蹴り上げた。かかし男がゲロを吐くような声を出し、地面に黒いしぶきが飛んだ。血だ。

ぼくは血を見るのが苦手だ。自分の血も、人の血も。でも、その時は平気だった。ぼくも固めた拳を振り上げた。ぼくたちの背中に、サチの声が飛んできた。

「やめなよ」

バールよりも強力なひと声だった。振り下ろそうとしたぼくの手首は、サチの声にしっかりと摑《つか》まれてしまった。トラも同じ。サッカーのシュートの手本みたいに宙に浮かせた足を止めた。

家から、母さんの声が聞こえてきた。

「ワタルっ、どうしたの、どこにいるの」

握った拳を開いて、ニット帽をむしりとる。髪の毛をつかんで顔を上げさせた。サチが懐中電灯をかかし男に向ける。鼻からずり落ちた眼鏡に後部ガラスよりひどい罅が入った間抜け面《づら》が照らし出された。

サチが息をのむ。ぼくも言葉を失った。トラが首をかしげたのは、あまり学校へ来ていないからだろう。見たことのある目つきだと思ったわけだ。

犯人は、真淵。ぼくらの理科の教師だった。

クロが死にかけても来てくれなかった警察が、ぼくの家へやってきた。パトカーに乗ったのは生まれて初めてだ。

警察署でぼくはすべてを話した。真淵はもちろん、サチとトラも別の場所で話を聞かれている。最初は嫌がらせの貼《は》り紙だったこと。次に落書きがあったこと。そしてクロが毒を食べさせられて、いま入院中であること。

ドラマのように二人ひと組じゃなく、相手は一人。鉄格子《てつごうし》も小さな電気スタンドもない会議室みたいな部屋の中だった。刑事はぼくの話のすべてに耳をかたむけてくれた。ぼくの言葉をていねいにパソコンを叩《たた》いて記録して、書類をつくっていく。逮捕状かもしれない。話し終えると、どこかと電話で話しはじめた。

真淵は刑務所へ行くことになるのだろうか。ちょっと可哀相《かわいそう》な気もした。犯人が真淵とわかったとたん、ぼくの心の中では怒りより戸惑いのほうが大きくなっていた。なぜ真淵がぼくの家を狙い、母さんのことを攻撃したのか、いきなり突きつけられた事実をうまくのみこめなかったのだ。

電話が終わると、刑事はパソコンからプリントアウトした書類を差し出して、こう言った。

「被害者は訴えるつもりはないと言っている。この調書にサインしなさい。そうしたら今日は帰ってもいい」

被害者？　それが母さんや、ましてクロなんかではないことは、生徒を叱《しか》る教師によく似た口調でわかった。どうやら真淵のことらしい。どこからそんな言葉が出てくるんだ。

「ちょっと待ってください。もう一度、最初から話します」

「あんまり面倒なことにしないほうがいいぞ。お前はまだ十三だからいいけど、あとの二人は十四だ。訴えられたら刑事罰になるぞ」

トラに気づいた警官の一人が、まるでこっちが犯人みたいに「またお前か」と言っているのを聞いた時に、ちょっと嫌な予感がしていたのだ。それが的中してしまった。あとから母さんに聞いた。こっちが被害届けを出していない（というより、まともに話を聞いてくれなかったのだが）から、真淵には何の罪もない。真淵もぼくらを訴えなかった。だから、この件に警察は関与しない。そういうことらしい。わけがわからない。刑事ドラマだったら、真淵は熱血刑事に拳銃《けんじゅう》で足を撃たれているだろう。

ぼくらに遅れて、タクシーで警察にやってきた母さんは、しばらく抗議を続けたが、反応は冷やかだった。警官たちの母さんを見る目は、こう言っているふうに見えた。「よその土地から来た、小難しいことを話す生意気な女」。塀に落書きをしないだけで、頭の中身は真淵と変わらない。母さんとぼくはこの町でもう十何年も暮らしているのに、いまだによそ者だった。

もちろん学校にも通報されたが、さすがに学校側は真淵のしていたことがまともじゃないとわかったのだろう。ぼくらは何の処分も受けなかった。でも、真淵にもまったくおとがめはなし。

全治二週間の怪我《けが》で、真淵は一カ月学校を休み続けた。そろそろ真淵が戻ってくるという噂《うわさ》が出はじめた頃から、トラが毎日学校へ来るようになった。理科の時間にはぼくらのクラスにもやってきて、空いている席に座り、あいかわらず自習だとわかるまで居座り続けた。

結局、真淵が学校へ戻ることはなかった。教師を辞めたのだ。学校側の説明によれば、あくまでも自主的に。「えー、真淵先生は、ご本人の都合で、退職することになりました」

噂はたちまち小さな町を駆けめぐった。

真淵は研究所に抗議していた市民団体に入っていたわけじゃなかった。もともとは同じ分野の勉強をしていたのに、田舎の中学校の教師にしかなれなかったから、母さんに嫉妬《しっと》していたんじゃないか、そんな話も聞いた。

でも、真淵に関する噂はほんのひと握り。町の人々のひそひそ話の対象は、もっぱらぼくたち三人だった。噂の中では、真淵の怪我が全治二カ月の重傷になったり、クルマには火がつけられ、畑に落とされたことになったりしているようだった。

不登校生徒で父親に前科がある札付きの不良と、その「親友」の、ハーフでシングルマザーの子。そして家庭内暴力で両親が別居中の子。わかりやすいストーリーがたくさんつくれるみたいだった。

最初から評判の良くないぼくやトラはいいけれど、可哀相だったのはサチだ。

「いかがわしい店の商売女の娘」というもともとのありがたくないレッテルに、「虐《ぎゃく》待《たい》を受けた子どもだから、やっぱり暴力的」という中傷《ちゅうしょう》が勝手に加えられてしまった。

あの晩、ぼくらを止め、ほんとうに全治二カ月になっていたかもしれない真淵を軽傷で救ったのは、サチなのに。

ぼくはまったく知らなかった。こんな通説があるらしい。

『親から暴力をふるわれた子は、いつか他人に暴力をふるうようになる』

誰がそんなこと決めたんだ。たとえ分厚い統計資料があったとしても、軽々しくそんなことを言うな。そっちこそ暴力だ。拳を握らない卑怯《ひきょう》な暴力だ。自分にはなんの責任もないことで、他人に責められる気持ちが、どんなものなのか知ってて言ってるのか。

視察の時に姿を現さなかったことで危うくなった、ぼくの大学付属高校への進学話は、この事件の噂が広まったおかげで、完全に消滅した。木嶋は「日本の陸上界の大きな損失だ」と嘆いていたが、当時のぼくは学校がどこだろうと、ぼくの足はぼくの足、としか思っていなかった。

ぼくはいろいろなものを失ったけれど、見つけたものもある。

トラはあいかわらずみんなの前では、ぼくなんか眼中にないって態度だ。ぼくと一緒にいると、トラの「最強伝説」が崩れてしまうらしい。でも、二人っきりになると、向こうから近寄ってきて、父親と長距離トラックで行った町の話や、暴走族を勝手に抜けてボコボコにされた話なんかをはじめる。そして、話の中で必ず一度は、まるで合言葉みたいに同じセリフを口にする。

「あの時の真淵の顔、覚えてるか。笑っちゃうよな」

ぼくとサチは、その年の暮れに、二回目の映画を観《み》に行った。そして二回目のキスをした。

24

ぼくが入った高校は、スプレー落書きだらけの学校だった。校舎のガラス窓はところどころ割れて虫食いになっている。

最初は、県立だからあまりお金がなく、美観に注意を払わない主義なのかと思っていたのだが、入学してすぐ、いくら消しても落書きがなくならず、新しいガラスを入れても、どうせまた割られてしまうせいだとわかった。

お手上げ。触らぬ神に祟《たた》りなし。学校全体にそんなムードが漂っている。中学三年の時、進路指導の教師に、相談というより決定事項のように、ここへの入学を決めさせられた。きっとどこの地方の学区にも、ひとつはあるんだろう、危険物一時預かり所みたいな高校だった。

サチが通いはじめた私立高校とは大違い。サチから電話で聞いた話では、サチの学校には、温水プールとアスレチック・ジムとバイキングスタイルの学食があるそうだ。

サチの母親は、サチとはあまり似ていない丸顔で、小太りだけれど、お化粧をするときれいな人だ。優秀なバーのママさんらしい。雇われていたパイン・ツリーでお金を稼ぎ、遠くの町に自分の店を出した。だからサチは、ぼくらが中学三年の時、卒業を待たずに引っ越していった。

サチが町を出て行くと知った時には、頭の上から砲丸が落ちてきた。サチが新しく住む町は、映画館のある街よりずっと遠いのだ。なにしろ隣の県だ。

「外国に行くわけじゃないんだから」

サチはそう言うけれど、陸上の大会や修学旅行以外で遠くへ行った経験がほとんどないぼくにとっては、半分外国みたいなものだ。

サチは週に二回は電話をくれる。ぼくはまだ携帯を持っていないから、家の電話へ。午後十時よりだいぶ前に。最近は十一時ぐらいまで起きているといっても、信用しないのだ。

「だって電車通学だよね。朝のジョギング、いままでより早起きしてやってるんじゃないの」

「いや、最近、ジョギングしてないから」

「え？　でも陸上部に入ったんでしょ」

「うん、まぁ、いちおうね」

「あ、朝練があるのか」

「いや、別に――」

朝練どころか、放課後の部活にもいつも半分ぐらいしか集まらない。部員八人のうちの半分だ。顧問は百メートルも走れないだろう、まるまると太った古典の教師。ほんの四人か五人での練習も、ろくなもんじゃない。校庭は、運動部員の少ないこの学校で唯一《ゆいいつ》まともに頭数が揃《そろ》っている野球部の天下で、やつらが外野へのシートノックをしている間は、走ることができない。バッティング練習中に走ろうものなら、硬球がライナーで飛んでくる。命がけ。

部室だって、ぼくらのものというよりキャプテンのクラスメートの金髪頭たちのもの。彼らには「喫煙所」と呼ばれているらしい。一、二年の部員をパシリに使うこともある。体の大きいぼくは気味が悪いのか、まだ一度も使いっぱしりをさせられたことはないが、もし「パンを買ってこい」なんて言われたら、喧嘩《けんか》になるかもしれない。

専門種目は？　と聞かれたぼくは、千五百と答え、少し迷ってから、つけ足した。

「槍《やり》投げをやりたいんです」中学二年の春以来、木嶋の槍には二度と触《ふ》れなかったのだが、本当はもう一度、体の中身もいっしょに飛ばすようなあの感触を試してみたかったのだ。そうしたら、千五百の持ちタイムがぼくより十五秒遅いキャプテンに、こう言われた。

「槍なんて、あるわけないだろ。第一、どこで投げるんだ?」

陸上部なんて名前だけだ。この学校では、近くにある大手企業の自動車工場に就職する生徒が多い。この学校から、そこに入社するためには、運動部に在籍していなければならないらしい。

ぼくも週に一度はサチに電話をする。サチは高校に入ってすぐ髪を染めたそうだ。

「似合ってるかどうか、心配だよ。ワタルにも早く見て欲しいな」

もちろんぼくとのつきあいの長いサチは、ワタルも染めないの? なんて言わない。ぼくの髪はもともと茶色だし(それもヘアカラーした色とはちょっと違う、ゴールデン・レトリバーみたいな芯《しん》の薄い色)、ぼくが髪をほかの色に染めるなんて考えもしないことを知っているからだ。ぼくに唯一、染めてみたい色があるとしたら、それは黒だ。

「入るかどうかまだ決めてないけど、剣道部も茶髪オッケーだって。私立だけど、服装はわりと自由なんだ」

「うちもそう。校則はゆるゆる」

ゆるゆるというより、服装に関しては、制服着用以外、校則はないも同然だ。ほぼ全員が色とりどりに髪を染めている。女子の中にはカラーコンタクトをしている子も多い。もう都会では流行《はや》っていないらしい、真っ黒な肌をした子も。

遠くから教室を眺めたら、きっと国籍不明だ。実際に生徒は生粋《きっすい》の日本人だけじゃない。学校全体でみると、ブラジル人とそのハーフが一人ずつ。フィリピン人とのハーフが一人。自動車工場で働く外国人労働者や、パイン・ツリーで働くホステスさんたちの子どもだ。苗字《みょうじ》でしか確かめようがないけれど、韓国人もいるはずだ。

そういうわけで、ぼくは念願だった、とりたてて目立たない生徒になった。

でも、なんだか違う。ここは自分の居場所じゃない。ぼくより髪の茶色いやつから、「ヘアカラー、どこの使ってんの、すんげえいい色じゃん」なんて言われたり、野球部のライナーを避けながらジョギングをしている時なんか、特にそう思う。

十五歳になってもぼくは信じ続けていた。本当のぼくがいるべき場所は氷河に覆《おお》われた雪原なんだって。

現実逃避? もっと大人になれ? もう聞き飽きたよ。そういうセリフ。

なんとでも言ってくれ。でも、高校に入ってついたぼくのあだ名を聞いたら驚くよ。ちょっと待っててよ。キャメルを一本、吸い終えたら、教えてやるから。

ふぅ。

驚くなよ。

「原始人」だ。

なんでバレちゃったんだろう。

入学したばかりの頃、ぼくは張り切っていた。陸上部に朝練がないことを知ると、ひとりで授業の始まる一時間前に校庭へ出て、野球部の放つライナーをかいくぐりながら、ジョギングをした。

体育の時間はつねに全力。跳び箱では着地用マットを飛び越し、バスケットボールの授業の時には、ダンクシュートを狙《ねら》ってリングをひん曲げた。スポーツテストでは例によって、前屈や上体起こし以外はクラスで一番。朝が早いから、二時間目あたりで居眠りをし、三時間目が始まる前の休み時間には、みんなの倍のサイズがある弁当を食べてしまい、昼には購買部で売っているパンを最低三個たいらげた。

たぶんそのせいだ。誰が言いだしたのか知らないが、五月に入る頃には、クラスでのぼくのあだ名は「原始人」になっていた。新しい学校のクラスメートはガラが悪くて怠け者ぞろいだけれど、ぼくにはおおむね好意的で、誰もが話しかけてくれるから、つい調子に乗って、趣味は釣りで、魚だけでなく、カエルやザリガニも焼いて食べていたなんて話をしてしまったのも、いけなかった。

人の目は怖いや。隠してもだめなんだな。

もちろん、みんなが冗談半分でそう呼んでいることぐらいわかっている。でも、「おーい、原始人」と呼ばれるたびに、「うぃっす」なんて笑顔で答えながら、心の中のもうひとりのぼくは、いつも目玉をまん丸にしていた。

やっぱり、そうなんだ。みんなには、そう見えるんだ。

母さんがよく使う言葉を借りて言えば、客観的事実。

高校生になったぼくは、中学時代に解明した自分の出生の秘密を、何度も笑い飛ばそうとしていた。子供っぽい空想として。でも、考えれば考えるほど、自分の推論が正しく思えてくる。

自分がクロマニヨン人の子どもだなんて、信じたくはないが、長い間（ぼくの人生の長さからすれば、半生をかけたとも言える時間）考え続けたことだ。いまさら違う結論を与えられても困っただろう。心のどこかでは事実であることを願っている気さえしていた。

本当のぼくは、野球部に怒鳴られながら、落書きだらけのフェンスの下をこそこそ走っているぼくとは違うんだ。居眠りをしている最中に名前を呼ばれて、黒板の方程式の前で立ちすくんでしまうのは仮の姿なんだ——そうした想像は悪いものじゃなかった。古代人とのハーフなんて、地球上にぼくひとりしか存在しない。それを思うと悲しくなるけれど、その悲しさは、ほんの少し甘酸《あまず》っぱかった。

ぼくはクロマニヨンの子。

心の中でそう唱えれば、誰も聞いていない授業を、あきらめ顔の教師がぼそぼそ声で続けている教室の壁の向こうに、氷河が輝き、マンモスの群れが横断していく太古の雪原が見えてくるのだ。

とはいえ高校生活はそれなりに楽しかった。なにしろみんなと普通に話をするなんて、いままでのぼくにはあまりなかったことだから。

体育がいちばんの取りえというのは、中学三年あたりになると馬鹿の代名詞に思われたりするもんだが、ここではいまだにヒーロー扱いしてくれる。中学時代の成績は普通だったけれど、元素記号を十個答えられるだけで、「お前、原始人のくせに、すごいな」と驚かれる。外見のせいか、英語の宿題を見せてくれと言われることもあった。英語は苦手だから、こっちはがっかりされることが多い。

同じ中学出身の連中が広めた、ぼくが過去に起こした騒動——学年一の不良に怪我《けが》をさせて停学になったことや、教師に対する暴行事件——は、普通の高校ならクラスメートの陰口の対象になっただろうが、週に一度は投石でガラスが割れるこの高校では、逆にある種の尊敬を集めた。

噂《うわさ》は大げさに伝わっているらしく、ぼくはヤクザの組長の息子を病院送りにし、母親をストーキングしていた変態男を半殺しにした、「居眠りばかりしていて、おとなしそうだけど、怒らせたら怖い」という妙な称号を授かることとなった。とんでもない。

おかげで、休み時間の話し相手に困ることはなかったし、弁当を食べる時にひとりぼっちになることもなかった。あいかわらず喋《しゃべ》るのは下手だし、みんなより顔がごつごつして、ヘアカラーを使っていないのに髪が茶色で、自分でもへんてこなやつだと思うのだけれど、世の中には物好きがいるもんだ。一学期のあいだに二人の女の子から、つきあって欲しいと言われた。

断ると、こんな噂が立った。「南山には中学時代からつきあっている、雑誌モデルのすっごく可愛《かわい》い彼女がいる」。とんでもない！

だから、クラスメートの何人かから、屋上へ煙草《たばこ》を吸いに行かないかと誘われた時も、断らなかった。ぼくの通う高校ではごく普通のことだから。仲間入りの儀式みたいなものだ。

一人が慣れたしぐさでパッケージから煙草を振り出した時に初めて、躊躇《ちゅうちょ》した。喫煙に関して厳しい意見を持つ母さんの影響か、ぼくは煙草のけむりが苦手なのだ。木嶋は「陸上選手が煙草を吸うなんて、ボクサーが眼鏡をかけてリングへ上がるようなもの」と言っていた。もちろん「煙草ははたちになってから」というスローガンだってよく知っている。でも、結局、受け取った。その時のぼくには健康や持ちタイムや法律より、新しくできた仲間のほうが大切だったのだ。

慣れたしぐさをしてみせたのだが、ひと口目でむせてしまったから、初めてだっていうことがバレてしまった。

記念にやるよ、一人からそう言われて、半分ぐらい残っているパッケージを気前よく譲ってもらった。

というわけで、いまキャメルを吸ってるとこ。

正直に言って、こんなもの、どこがおいしいのかまったくわからない。肺の中に入れるのはまだ無理だから、けむりが目にしみるのを我慢して、今日、二本目を灰にした。

灰皿は、中学の美術の時間につくった紙粘土細工の壺《つぼ》。美術教師の小池から「芸術の原点だ。タイトルをつけるとしたら、純朴だな」と妙な褒められ方をした壺だ。釘《くぎ》一本で模様をつけたクロマニヨン風の装飾を気に入ったのかもしれない。「純朴」と名づけようとした壺が、高校生の灰皿に使われていることを知ったら、小池はさぞ嘆くだろう。

フィルターのぎりぎり手前まで吸った煙草を慎重に消して、壺に放りこみ、母さんの手が届かないタンスの上に置く。窓を全開にして部屋からけむりを追い払った。見つかったら大ごとだ。

オナニーにつぐぼくの新しい秘密。

でも、こっちの秘密は母さん以外の誰かに知られても、恐ろしくない。今度、トラに会ったら話してやろうか。俺も煙草を吸いはじめたんだぜって。高校へ進学せずにフリーターになったトラは、キャメルは高いと言って国産煙草に替えているから、何本か分けてやってもいい。

親に言えなくて、仲間には言える秘密を持つ。ぼくにはそれが、とても大人らしいふるまいに思えた。

サチにも言うのかって? それはダメだ。サチは仲間じゃないから。うまく説明できないけど、サチはもう仲間じゃない。ぼくの中では、もっと別の存在になっていた。なんと言えばいいんだろう。「南山君には、彼女、いるんだ」「その子、恋人なの?」クラスの女の子に聞かれたが、それにもきちんと答えられなかった。サチはサチ。ぼくはぼく。だけど、サチはぼくで、ぼくはサチなんだ。向こうが同じように思っているのかどうかは、わからないけれど。

25

——最近、どうしてる? あんまり電話くれないから、心配だよ。

サチが引っ越してしまった当初は、あんなに待ち遠しかった電話が、この頃はそうでもなくなっている。いまだって、同じだ。かかってきた時には、そわそわするのだが、話しはじめると、とたんに気が重くなる。

「ごめん、いろいろ忙しくてさ」

十五歳になったぼくは、嘘《うそ》がうまくなった。昔は嘘をつくたびに、心臓の鼓動の速さが五割増しになったものだが、いまは二割増し程度。法律上の大人になる頃には、心臓をことりとも鳴らさずに嘘がつけるようになるに違いない。

ほんとうは時間はたっぷり余っていた。ぼくは以前よりずっと暇になっている。たった一人の朝練はやめてしまった。部活も他の部員並みに、出たり出なかったり。目標にしていたインターハイへの出場がなくなってしまったからだ。ぼくの学校の陸上部では、入ったばかりの一年は、基礎体力づくりに専念させるために、予選には出場させない決まりになっているんだそうだ。キャプテンに抗議したら、返ってきたのは、「悪い。でも、もう選手名簿は出しちゃったからさ」のひと言。やってらんない。

——部活はどう？

「ぼちぼちでんな」

たぶんサチからの電話に気が重くなるのは、ぼくのぱっとしない高校生活のことを聞かれるからだろう。サチは新しく入った私立高校にすっかり溶けこんでいるようで、いまの自分についていろいろ話したがり、いまのぼくのことをあれこれ聞きたがる。でも、ぼくには話すことがない。陸上のトレーニングより、煙草を吸う練習のほうが大変だよ、なんて話したら、サッカーに似てるから入部したという、ラクロス部のスティックでぶっ叩《たた》かれるだろう。

ぼくの二割増しの鼓動の速さに気づかずに、サチは話し続ける。ぼんやりしているように見えて、サチはぼくの考えていることをたちまち見抜くという恐ろしい特技を持っているのだが、顔の見えない電話で話している時には、この得意技も通じなくなるようだ。

――クロは元気にしてる？

「うん、元気だよ」

これも半分、嘘。真淵に毒を食わされた頃から、クロは急におとなしくなってしまった。散歩に連れていっても、前みたいにぐいぐいリードを引っぱることはない。空き地でリードをはずしても、走りまわるのは最初のうちだけだ。片足が悪いせいもあるのか、すぐに苦しそうなあえぎ声を立ててうずくまり、草の臭い嗅《にお》ぎ《か》を始める。

あれ以来、何度か通っている獣医の藤田先生は、毒を食わされたこととは関係はなく、年のせいだと言う。クロは推定十歳。人間の年でいえば、もう六十近くだそうだ。

しばらくクロの話。ぼくはいちばん元気のいい時のエピソードを口にする。それからまた学校の（おもにサチの学校の）話。

――ねぇ、ワタルは、将来、自分がやりたい仕事とか考えたりする？　うちの学校、一年のうちから進路相談があるんだ。来月、最初の面談。だけど、いま答えろって言われてもねぇ。

サチはこの頃、将来について語ることが多くなった。これもぼくの気分を重くさせている原因のひとつかもしれない。

ぼくは自分の未来が怖かった。中学時代、同級生たちは卒業アルバムに思い思い、将来について書いていた。

憧《あこが》れの職業。いつか叶《かな》えたい夢。人生設計。十年後、二十年後の自分——。

だけど、ぼくの場合、「持ちタイム更新」としか書けなかった。それ以上の自分の未来が想像できなかったからだ。

学校を出たら、ぼくは何になればいいんだろう。原始人？

サチの高校はほぼ全員が進学希望だそうだけど、サチは大学へは行かないと言っている。「手に職をつけて、将来は自分でお店をやってみたいんだ。ママのやってるような仕事じゃないよ。昼間開いて、夜閉まる、普通のお店」

——とりあえず、ドッグトレーナーの養成学校へ行くって答えるつもりなんだ。動物の看護師とどっちがいいか迷ってるけど、将来、開業するなら、やっぱりトレーナーかなって思って。

「将来やる店って、犬の店？」

──うん、訓練所。ペットショップはあんまり好きじゃないからね。

初耳だ。ドッグトレーナー。訓練所。聞いたことはあるけれど、見たことはない。口で言うほど迷ってはいないみたいだ。サチはすでに、いま住んでいる町から通える専門学校のことも調べてた。

「それって、もしかして、クロを手なずけるのがうまいって、俺がいつも褒《ほ》めてるから？」

──たぶんね。

「あれはお世辞じゃないけど、でも、そんな簡単なことで決めちゃっていいの？」

──うん、いいの。

「そんなもん？」

──たぶん、そんなもん。

ぼくは自分の先にある日々が不安でしかたないのだが、サチはいまからすぐにでも何年か先にワープしてしまいたいって思っているようだった。

──ワタルはどうする？　進学？　ワタルなら陸上で推薦入学とかもあるんだろうね。

「わかんないよ、まだ」

本当にわからない。自分が何者なのかもわからないのに、将来の夢なんか語れない。サラリーマンになったとしても、課長に叱《しか》られたら、ロッカールームに隠した槍《やり》を投げちゃうかもしれないし。料理人になったら生肉にかじりつくかもしれない。

しばらくサチは、ドッグトレーナーの仕事と学校について喋り続けた。

――養成学校は二年間なんだけど、大変なのはそのあと。公認訓練士の資格を取るには、三年間、どこかで助手として経験を積むんだ。そこで訓練試験に合格する犬を五頭以上、育てなくちゃならないの。クロにお手を教えたぐらいじゃ、ぜんぜんだめだね。なにしろ犬にも一頭一頭の性格があるから――

サチは陽気だった。明るすぎるぐらい。「鈍感大王」とサチに名づけられているぼくにだって、無理してはしゃいでいることがわかるほど。ぼくは尋ねてみた。

「ねぇ、最近、あの馬鹿はどう?」

あの馬鹿。サチの父親のことだ。

昔はぼくが馬鹿呼ばわりしたら怒ったものだが、いまは何も言わない。サチも父親が本当の馬鹿だと気づいたんだと思う。

別居しているサチの父親は、ママさんが自分の店を開いたとたん、そこへ顔を出すようになったんだそうだ。定職を持たずにぶらぶらしているから、羽振りのよくなったママさんに金をせびり、ヨリを戻したいなんて言っているらしい。もちろんサチや弟にとっては、「とんでもない！」なのだが、大人は不思議だ。「女手ひとつ」に疲れてきているママさんは、このところ妙に父親に優しいのだとか。

——馬鹿だよ。相変わらず。ママもだ。

ママさんが優しいのをいいことに、父親は、ママさんのいないあいだに、勝手に家へ上がりこむこともあるらしい。弟のユキヤは、別居してから治まった、夜中に突然叫び出す癖が再開してしまったそうだ。

「なぁ、なんかあったら言えよ。俺、飛んでくよ」

——へいきへいき。あたしの部屋には竹刀《しない》もまだあるし、ラクロスのクロスもある。

クロスというのは、ラクロスのスティックのことらしい。どうってことないという調子でサチは言うけど、そんなことはないはずだ。父親のことは、いまのサチにとって、四年前に終わらせたと思った宿題が、昔より難しくなり、さらに山積みになって戻ってきたようなものだ。本当は犬の訓練方法より、駄目な父親のしつけ方を学びたいんじゃないだろうか。

——無理しなくていいよ。ワタルの家からうちまでどのくらいかかると思ってるの。

「ほんとに飛んでくから。ぶるんぶるんぶるんぶるん」

飛行機のプロペラの口真似《くちまね》をすると、サチが楽しそうに（一生懸命、楽しそうに）笑った。

サチにはサチで「たぶん、そんなもん」ではすまない問題がある。きっと人間は一人ずつ、背中に荷物を背負わされて生まれてくるんだ。中身を選ぶことも、確かめることも、途中で放り出すこともできない荷物。中身がおトクな福袋だったりする人間もたまにはいるんだろうが、たいていは重荷だ。ぼくの場合、それが極端に風変わりな荷物だったというだけかもしれない。

ぼくが昔から、父親が存在していないという荷物を背負っているのに対して、サチには父親の存在が重い荷物としてのしかかっている。サチもユキヤもＤＶ野郎の娘や息子として生まれてこようなんて思っていなかっただろう。

トラだってそうだ。トラの父ちゃんの背中に牡丹《ぼたん》と般若《はんにゃ》の入れ墨があることはトラとは関係ない。でも、トラはその入れ墨をいっしょに背負わされて生きている。

高校一年になってもぼくは、送り主が誰なのかもわからない自分の荷物の中身について悩んでいた。

——馬鹿のことはどうだっていいよ。それよりワタル、今度の日曜は出てこれる？

サチが先週と同じセリフを口にした。

サチが引っ越してから、ぼくらは一月半か二カ月に一度のペースで、中間地点である映画館のある街で待ち合わせをしている。最近はどんな映画を観《み》るかなんて相談はしない。映画はただのダシだ。何も観ないで待ち合わせた喫茶店でずっと話し続けることもある。一月半だか二カ月だかの空白を埋めるように。

カップやグラスが空になり、ウエイターが水のおかわりを注いでくれなくなると、繁華街から十分ほど歩いたところにある運動公園へ場所を移す。

最後に一回だけキスをする。お別れの挨拶《あいさつ》がわりに。次に会う日までお互いを忘れないようにという契約書へハンコを押すみたいに。それ以上のことはしない。その先をどうしたらいいのか、ぼくらにはよくわからないのだ。

ぼくは週に二回のペースでオナニーをしている。妄想の中で女の人とセックスをする。でも、そこに登場するのは、グラビアアイドルや、トラが貸してくれたAVビデオの女優だ。なぜかサチは出てこない。

これって不思議だ。妄想の中の女の人たちに比べたら、確かにサチのおっぱいは小さい。ラクロス部に入ったとたん、元のコロッケみたいな色黒に戻ったし、汗をかくからお化粧なんてムダだそうで、唇の色も地肌のまま。

でもそういうこととは関係ないんだ。目の前からいなくなったら困る、と思えば思うほど、サチとのセックスなんて想像できなくなる。

漢字書き取りのテストによく出てくる「矛盾」ってやつだ。サチとたくさん話したいのに、話をしているとつらくなる気持ちもそう。会いたいけど、いまの自分を見せたくないっていう気持ちもそう。

結局ぼくは、先週と同じ答えを返してしまった。

「うーわかんない」

――最近、いつもそればっかりだ。あたし次の次の土日は試合なんだよ。ベンチで応援するだけだけど。その次は期末試験前でしょ。だから今度がだめだと、しばらく会えなくなっちゃう。

「うー」それも嫌だ。

――絶対に出てこいよ。

今度のサチの言葉は、読み取りテストに出てくる「有無」を言わせない調子だった。ラクロスのクロスでぶっとばされないように、ぼくは返事をした。

「行くよ」

――じゃあ、いつもの時間に。

「うん、いつもの場所で」

26

こふこふ。

ぼくの部屋に顔を覗《のぞ》かせたとたん、母さんが咳《せき》をした。

今日はまだ煙草《たばこ》を吸っていないのだが、思わずたんすの上の壺《つぼ》に目を走らせてしまった。

初煙草の記念にもらったキャメルはとっくになくなっていて、自動販売機で買うようになっていた。何かの資格試験の勉強みたいに毎日二本ずつ灰にしている。

この間、壺の中を覗いた時には、「わ」に濁点をつけたような声を漏らしてしまった。紙と葉っぱがぐちゃぐちゃに入り混じり、茶色く変色した吸いがらの堆積《たいせき》は、さながら芋虫の墓場。ぼくの肺の将来を見せつけられているようだった。

読んでいた漫画本を伏せて、窓を少し開ける。「暑いね」なんて言わなくてもいい言いわけを口にして。

「そろそろご飯よ」

いつもならドアの外からかけてくる言葉を口にしてから、また咳をした。

こふこふ。

なんだかクロのあえぎ声みたいだった。わざとそうしているようにぼくには思えた。

「どうしたの、風邪？」

普通に喋《しゃべ》ったつもりだったが、喉《のど》に詰めものをしたような声しか出ない。

「そうかしら。熱はないけど、喉が痛いの。ここのところずっと。なぜかしらね」

母さんが向けてくる視線は、違う「なぜ」について問いかけているふうに見えた。

目をそらして、コンポへかがみこむ。ボリュームを上げて聴いていたラップ・ミュージックを止めようとしたぼくの背中へ声が飛んでくる。

「髪、染めたの？」

「――あ、うん、まあね」

「あなたは、もともと人より色がちょっと明るめでしょ。なのに――」

母さんは慎重に言葉を選んでいるようだったが、言わせてもらえば、ちょっとどころじゃない。ぼくの色の薄い髪は日が当たると妙に光ってしまって、金色に染めている連中より明るく見えたりする。それが嫌だったから、普通の茶髪にしたのだ。

背中を向けたまま答えた。

「学校じゃみんなやってる。みんなと同じにしてみただけだよ」

「ふぅん、そう」

母さんの言葉の「ふ」と「ん」の間はやけに長く、語尾が震えていた。機嫌が良くない証拠だ。

「サチだって、染めてるよ」

サチと母さんは仲がいい。サチを引き合いに出せば、文句を言わないだろうと思ったのだ。

「ふぅぅん、そうなの」

逆効果だった。コンポの電源を切る。ぼくのかわりに抗議の声をあげたのか、荒々しい切断音がした。振り返って、母さんの顔ではなく、頭の上のおだんごを見ながら言った。

「母さんだって、白髪染めしてるじゃない」

母さんは少しだけ笑って「確かにそうね」と言った。唇を噛《か》んで、言葉を探すふうに、部屋に貼《は》ってあるポスターを眺める。最近好きになったバンドのごくありふれたポスターだ。ときどきぼくは思う。独り暮らしだったらヌードグラビアが貼れるのにって。

「染めるなって言ってるわけじゃないの。髪の色のことは、ただの感想。話したかったのは、最近のあなたの生活ぶりのこと——」

母さんがそこで言葉を切る。次のセリフは予想どおりだった。

「煙草はやめなさい」

やっぱりバレてた。ぼくの顔に「なんでわかったんだろう」って書いてあったのかもしれない。何も言わないうちに母さんが言葉を続けた。

「臭《にお》いでわかる」

おもわず鼻をひくつかせて、部屋の臭いを嗅《か》いでしまった。自分で白状しているようなもの。

「最近のあなたの部屋、ひどい臭いよ。雨の日の公園の吸ガラ入れみたい。煙草が体に良くないことは知ってるわね。未成年は煙草を吸っちゃいけないっていうルールも。法律で禁止されているのは、なにも若い人を縛《しば》りつけるためじゃないの。育ち盛りの時期の喫煙が、いろんなものを阻害してしまうからなの。もうすぐ咲く花に、塩素水を与えちゃうようなものだもの」

母さんは書斎で書いている論文みたいに、筋道を立てて説明していく。いまのぼくには、なんだか疎《うと》ましかった。世の中は研究論文みたいに理論的じゃなくて、ルール通りに動いてないってことを、どこまでわかっているんだろう。

「できれば大人になっても吸って欲しくないって、私は思うんだけれど、大人になってから煙草を吸うか吸わないかを決めるのはあなたの自由。でも、いまはだめ。ね、やめましょ」

うん、わかった。頭ではそう答えていた。でも唇は動かなかった。素直に「うん」と言う自分を誰かに笑われる気がしたのだ。口から出たのは別の言葉だ。

「みんなと同じことをしただけだよ」

今度はぼくが、母さんが口を開く前に言葉を続けた。

「友だちとのつきあいなんだ。ぼくを屋上に誘ってくれるんだ。誘ってくれるみんなの気持ちを考えると断れないんだよ」

「友だち？」

「そうだよ。やっと友だちができたんだよ。それが、悪いこと？」

ぼくは母さんを睨《にら》みつけた。もう子どもじゃない。この白い木の塀に囲まれた小さな家と、近所の森が全世界だった頃とは違うんだ。電車で三十分もかけて学校へ通っている。サチとキスだってしている。ぼくにはぼくの生きている世界がある。ぼくにはぼくの人間関係がある。

母さんが熱くなったぼくの頭に水を注ぐ口調で言った。

「その人たち、本当にお友だちなの？」

ぼくは母さんを睨みつけた。そんなこと、いまは関係ないじゃないか。

「あなたにお友だちができたのは、嬉《うれ》しい。いろんな人とつきあうことは大切だと思う——」

母さんがまた咳《せ》きこんだ。絶対にわざとだな。

「でもね、ワタル。良くないことをする時にも断れないのが、本当のお友だちかしら。母さんには、そうは思えないんだけれど」

母さんの言葉はいつも正しい。教科書に載っている文章みたいだ。でも、またしても素直に頷《うなず》くことが出来なかった。屋上に煙草を吸いに行く仲間たちはみんなこう言う。「親なんてカス」「大人はバカ」。身近な人の意見には素直に耳を傾けたほうがいい——これも母さんの言葉だ。

ぼくに長く友だちができなかったのは、母さんのせいでもある。父親がいないのに、ぼくを産んだせいだ。この町に引っ越してきたせいだ。町の人に気味悪がられる変な研究をしているからだ。

母さんはふた言めには、こう言う。あなたのため。あなたが大切。あなたのことを思って——。

本当だろうか。仲間たちのカスの親とは違うのだろうか。本当に。頭の中に、ひとつの光景が浮かんだ。母さんがロシア語でソビエトの科学者にこう言っている姿だ。

「構いません。私には生まれてくる子どもより、実験が大切なんです」

母さんはぼくを実験のために産んだんだ。空想だとわかっているのに、ぼくは自分の想像に興奮し、想像の中の母さんに憤《いきどお》った。そして、目の前にいる現実の母さんに言ってしまった。

「じゃあ、そういう母さんに、友だちはいるの？」

思っていたより、ずっと尖《とが》った口調になってしまった。嫌な声だ。ずっと昔、声変わりが始まった頃のような裏返った声。

その言葉は煙草のヤニみたいに部屋の空気を汚した。自分の唇から出た言葉を、つかみとって口の中へ戻したい気分になった。

母さんは首をかしげ、ぼくから目をそらさずに言った。

「そうねぇ、確かにいないわねぇ。性格が悪いせいかしら」首をもとに戻し、寂しそうに微笑《ほほえ》んだ。「でも、母さんにだって、まったくいないわけじゃないわ。昔はいたと思う」

ふいに久保さんのことを思い出した。いま思えば、ぼくが久保さんと会う前、母さんにはいまより頻繁に電話がかかってきていて、母さんは仕事の連絡とは違う口調で話しこんでいた。でも、ぼくと久保さんが対面したあの日からは、そうした電話がかかって来ることはなくなった。

「ねぇ、ワタル。お友だちって、数を競うものじゃないわ。逆かもしれない。百人のお友だちがいるとか、何十人もの人を好きになったって言う人は、じつは本当のお友だちも、真剣に好きになった人も、いないんじゃないかしら。負け惜しみかもしれないけど、母さんはそう思う。大切な人は、少ないから大切なのよ」

何か言い返したかったけれど、もう言葉が出てこなかった。ぼくは、自分が母さんに奪われたもののことを思った。そしてぼくが母さんから奪ったもののことを思った。

ぼくは、振り向いても見えない背中の荷物について考える。

荷物の送り主は母さんとはかぎらない。もっと別の、ぼくの想像を超えた存在なのかもしれない。母さんは母さんで、その小さな体には重すぎる荷物を背負っているのかもしれない。

「さ、ご飯、食べましょ。今日はメンチカツよ」

部屋を出て行こうとした母さんが、もう一度振り返り、荷物をしょい直すように肩をすくめた。

「煙草はだめよ。背が伸びなくなっちゃう」

もうじゅうぶん伸びてるよ、という言葉を思いついたけれど、それを口にする前に母さんの姿は消えていた。

大切な人はそう多くない。

親はカスで、大人はバカかもしれないけど、身近な人間の意見だ。いちおう耳は傾けておこう。

確かに、屋上仲間が、とても大切かと言えば、そうでもない。もしあいつらが、マンモスに踏み潰《つぶ》されそうになったり、ホラアナグマに襲われているのを見たら、ぼくは命がけで助けようとするだろうか。

たぶん、しない。いや、絶対にしない。

アクション映画の主人公やアニメのヒーローじゃないのだから、命がけで守ろうとする人間なんて、ぼくには一生のうちに一人か二人しか現れないだろう。

27

「ロシア？」

テーブルの向こうでサチが目を丸くした。

「うん、ロシアのシベリア」

砂糖とミルクをたっぷり入れたブレンドコーヒーをスプーンでかき回しながら、ぼくは頷いた。

「シベリア」サチがまた、ぼくの言葉をオウム返しにして、首をかしげる。「なぜ、よりによって、シベリア？　ふつうはアメリカとか、ヨーロッパじゃないの」

行ってみたい外国はどこか、そう聞かれたから、思いついた地名を答えたまでだ。そんなに驚かなくてもいいと思うのだけれど。

「行きたい場所があるんだよ」

漠然とした目標だが、いまのぼくにとって将来何がしたいかと言えば、それはシベリアへ行くことぐらいだった。

サチが何かを思い出そうとするように、顔を仰向《あおむ》けて、テーブルの上のランプのかたちをした照明器具を見つめる。ロシアに知っている名所があるかどうか考えているのだと思う。

二人で映画が終わった後に入る、いつもの喫茶店だ。今日は映画を観《み》ずに、デパートの中のスポーツ用品店へ行った。サチがラクロスで使うマウスピースを買うためだ。

ラクロスはスカートがユニフォームで、「うちはグリーンと白のタータンチェックだよ」そう聞かされた時には、サチにしてはずいぶん軟弱な運動部を選んだもんだと思ったのだが、そんなことはないらしい。サチの言葉をそのまま借りると「剣道より格闘技」。使うボールは高校野球の硬式ボール並みの硬さで、まともに当たると危険だから、ボクサーみたいにマウスピースをくわえて試合をするそうだ。

サチの住む新しい町には、マウスピースを売っているところがないのだと言う。あいにくぼくらが行った店にも置いてなくて、取り寄せになった。

スポーツ用品店を出て、しばらく街をぶらぶらして、サチが吸いよせられるように入っていったバーゲンセール中の洋服屋につきあって、似合うかどうか訊《き》かれるたびに、てきとうに相槌《あいづち》を打って、結局、靴下だけ買って、それからぼくらはここへ来た。日曜だったから、午後四時近い中途半端《はんぱ》な時間にもかかわらず、店は混んでいた。

「シベリア……行きたい場所ねぇ……シベリア……」

サチが下半分を白目にしたまま、下唇を指で弾《はじ》く。何も思いつけなかったんだろう。ぼくの顔へ視線を戻す。

「どこ？」

「それは、秘密」サチにだって絶対に言えない。

「あ、やだな、そういうの、感じ悪」

言えよ、というふうに睨んできた。

「だめだ、言えない」

ぼくが首を振ると、あきらめたらしく、アイスミルクの氷をストローで突っつきながらわざとらしくため息をついた。

「秘密が多いな、ワタルは」

サチの高校は毎年、海外へ修学旅行に行く。一年の三学期に生徒へのアンケートが実施されて、それを元に行き先が決まるのだそうだ。気の早いサチは、もうそのことで頭の中をふくらませているのだ。

「サチはアンケートになんて書くつもり?」

「たぶん選ばれないと思うけど、アフリカ」

「アフリカ?」

「うん、行きたい場所があるんだ」

「どこ?」

「それは、秘密」

仕返しだ。でも、ぼくと違って、考えていることを頭の中にためこんでいられない性分のサチは、ぼくが悔しがる前に、自分から白状した。

「ふっふっふ、どうしても知りたいと言うのなら、教えよう」

「そんなこと言ってないよ」

「ナクル湖っていうところ。場所は——えーと、どこだっけ。ケニアだっけ——コンゴ？——コンゴって国、あったっけ？　とにかくアフリカの真ん中らへん」

グラスの水をこぼして指先につけ、テーブルの上に地図を描く。アフリカ大陸は頭《ず》蓋《がい》骨《こつ》のかたちをしていると習ったのだが、地理の苦手なサチが描いたのは、ヘチマみたいなアフリカだったから、ぼくには最後まで、サチの言う湖がどこにあるのかわからなかった。

「その湖には、そこにだけ生える特別な水苔《みずごけ》があるの。でね、それを食べにフラミンゴが集まるんだ。何百万羽も。いつか野生動物の写真集で見た。すごいよ。湖一面がピンク色になるの。夕焼けみたいに。その水苔を食べると、体の色がピンクに変わるんだって——」

サチがまた頭上のランプを見つめた。写真で見た風景を思い出しているんだろう。

ぼくも、百万羽のフラミンゴを思い浮かべてみる。

「アフリカへ行くとね、太陽がすごく大きく見えるんだって。で、夕日は真っ赤なの。

このあたりの濁った赤じゃなくて、ほんとのほんとの赤色——」

行ったことのないアフリカの話を、サチは瞳《ひとみ》の中に星を瞬《また》かせて話しはじめた。ついさっきまで、父親の話で顔を曇らせていたというのに。

馬鹿親父は、ついにサチの家に泊まっていくようになったんだそうだ。お小遣いをくれるママさんの前では、おとなしくしているけれど、ママさんがいない時には、昔みたいに凶暴になる。「年をとってお酒が弱くなったんだけど、かえってタチが悪いよ。ほんの少し飲んだだけで、わけがわからなくなる」ユキヤもう中学生だ。簡単に殴られたりはしない。サチが剣道を始めたように、自分で自分を守りたいのだと思う、空手を習っているそうだ。殴り合いになりかけて、サチが止めに入ったこともあるらしい。

ピンク色じゃない現実を振り払うようにサチが呟《つぶや》く。

「いつか行ってみたいね」

フラミンゴの湖を眺める目をしていた。

「修学旅行先、そこになるといいな」

サチの夢想の邪魔をしないように、遠慮がちに相槌を打つと、ぼくを睨《にら》んできた。ひとりぼっちにするなって目だった。

「行こうよ」

え？　思わず自分で自分を指さした。ぼくと一緒にってこと？　ママさんやユキヤは？

「そうだよ」

サチは怒ったように言い、窓の外を向いてしまった。ぼくはサチの横顔の先にある喫茶店の壁に、はっきりとした場所がわからないアフリカの情景を見ていた。

本当の赤色をした巨大な夕日が地平線に沈もうとしている。その手前には、もうひとつの夕焼けみたいに、薄い赤色に染まった湖。

ぼくの隣にはサチがいる。サチが何か叫んでいる。フラミンゴが一斉に飛び立ったのだ。

ぼくらは百万羽のフラミンゴに覆《おお》いつくされた、薄赤色の空を見つめる。それはとても素敵な想像だった。

「アフリカって、どうやって行けばいいんだろう」

窓の外のどうでもいい風景から目を離さずにサチが言った。

「別にアフリカじゃなくてもいいよ」

28

九月に行われた新人戦の地区大会が、ぼくの高校陸上におけるデビュー戦になった。専門の千五百メートルの他に、砲丸投げと四×百メートルリレーにもエントリーした。なにしろうちの部から出場する一、二年生全員で、男子は四人ぎりぎり。砲丸投げにエントリーしたのは、投擲《とうてき》か跳躍部門に誰か出ないと、来年から活動費と校庭の縄張りが削られてしまう、と新しいキャプテンに泣きつかれたからだ。

結果は、千五百が一位、砲丸は二位で予選通過、リレーは予想どおり、予選三組の最下位で敗退。結局、部の中で二週間後に開かれる県大会に進んだのはぼくだけだった。

雨が降っていたこともあって、タイムが良くなかったのが不満だったが、地区大会で一位というのは、すべての種目を通じて陸上部の歴史始まって以来だそうだ。県大会での入賞も夢じゃない。珍しく顔を出した顧問の佐々木は、興奮してそう言っていた。

県大会の千五百には、ぼくが行きそびれた大学付属高校の連中も出てくる。アフリカからの留学生もいるそうだ。ぼくは一日三本に増えていた煙草《たばこ》を控えて、二週間のあいだ、足りなかった走りこみをした。入賞どころか優勝を狙《ねら》っていた。見返してやりたかったのだ。見返す相手が誰なのかはわからなかったのだが。

新人戦県大会は、十月の最初の週末。

二日目は日曜だったが、スタンドに母さんの姿はない。あいかわらず土曜も日曜もない忙しさだから、ぼくのほうから言ったのだ。「来なくていいよ、小学校の運動会じゃないんだし。トロフィーを持って帰るのを、待っててよ」クラスの仲間が何人か見に来てくれると言っていたから、母親に応援に来られるのが恥ずかしいという気持ちもあった。

来ると言っていたサチの姿もない。朝になって連絡を寄こしてきた。

「ユキヤを病院に連れて行くことになっちゃって——ごめんね——まさか、違うよ。風邪ひいただけ」

砲丸投げに関して言えば、二人に見られなくてよかった。予選敗退。三投のうち記録となったのは、指をすべらせて失投した一本だけ。あとの二本はラインの踏み越しと、砲丸が枠の外へ出てしまったために(砲丸を投げるサークルは直径約二メートル、投擲ゾーンの扇形の角度は四十度。実際にあの場に立ってみると、ひどく狭い)、フアール。二投目の踏み越しは、いまだに結ぶのが下手な靴紐《くつひも》が出ただけだ。あれが記録されていれば三位に入れたんだけど。まぁ、しかたない。大会の半月前からの一夜漬けみたいな練習じゃ無理もなかった。

砲丸投げの直後に行われる千五百にぼくは賭《か》けていた。なにしろ前日の予選二組では一位だ。世界ジュニアの代表候補が何人もいるという大学付属も、たいしたことはない。

そしていま、ぼくは決勝のスタートラインにいる。

慌《あわ》ただしかった。引退した三年から借りたサイズが小さめの砲丸用シューズをランニングシューズに履き替え終わらないうちに、「三分前」の合図がかかって、片足跳びでスタートラインへ向かった。

前半からは飛ばさない。それがぼくの作戦だった。

「持ちタイムじゃかないっこないから、チャンスはスローペースのレースになった時だ」部員の中でただ一人、レースに付き添ってくれているキャプテンの、その言葉に従ったわけじゃない。キャプテンはぼくの本当の持ちタイムと、後半に追いこみが利《き》く足を知らないのだ。

スターターが鳴った。スタンドから歓声が起き、どこかの学校のブラスバンドが応援マーチを鳴り響かせはじめた。

狙いどおり、最初の一周はスローペース。レースは二周目に動いた。遅いペースに焦《じ》れたアフリカ人留学生が飛び出したのだ。他の選手は動かない。追うのを初めからあきらめて、二位狙いに徹しようっていう魂胆だろう。

この時を待っていた。迷わず留学生を追った。両足のギアを一段上げる。相手はもう十五メートルほど先行している。インターハイ予選は怪我《けが》で欠場しているから、持ちタイムは不明だが、予選一組の一位だ。小柄で影法師のようにほっそりした選手だった。自分で飛び出したのに、おどおど振り返って、後続を確かめている。ぼくは子鹿《こじか》を狙って走る肉食動物の気分だった。

アフリカ人留学生がまた後ろを振り返った。追ってきたぼくに大きな目をさらに大きくしている。並びかけると、焦《あせ》っているのか、フラミンゴみたいに細い足をもつれさせた。

中学の三年間でかけひきを覚えたぼくは、ここで一気に抜き去るようなへまはしない。このまま真後ろにポジショニングをとってプレッシャーをかけ続けるべきか、先行して揺さぶるかを考えた。その時だった。留学生は湖から飛び立つように、するりと斜め前方から消え去った。

なんてやつだ。信じられない。またペースを上げた。

こっちもペースを上げ、五メートル許したリードを挽回《ばんかい》しようとした。

四メートル、三メートル、二メートル、三メートル、四メートル。

あれ？　縮まらない。縮まらないどころじゃなかった。

五メートル、六メートル、十メートル。差はどんどん開いていく。

焦れば焦るほど、足が動かない。まるで何かに追いかけられているのに、前に進まなくなる、お決まりの悪夢の中にいるようだった。

無理して相手のペースに乗ったのが祟《たた》ったんだろう。呼吸もめちゃくちゃだ。肺が苦しい。慣れない砲丸投げのせいで痛めたのかも知れない、左足のふくらはぎが攣《つ》りそうだった。

三周目の途中でダントツの留学生との差は五十メートルに広がった。それどころか、自分たちのペースを守って走っていた第二集団にも抜かれていく。

一人、二人、三人。懸命にもがいたが、順位がどんどん下がっていくのを、どうすることもできなかった。

二位、三位、四位、五位――

ゴールした時には、自分の順位を確かめる気力もなかった。十位前後、もしくはもっと下。下から数えたほうが早いだろう。

競技場の隅にうずくまって、できの悪い答案用紙を鞄《かばん》にしまいこむ時の素早さで、電光掲示板へ斜めに目を走らせた。

優勝したティオンゴ選手のタイムは、三分五十一秒。ぼくはといえば、四分十九秒。中学の時のベストタイムより十秒以上遅い。

砲丸を投げ終わってすぐにスタートしたことや、足を痛めたことは言いわけにはならなかった。どっちにしたって、いまのぼくには四分を切ることなんてできっこない。ここでは怪物と思えるティオンゴの記録にしたって、驚異的というわけじゃなかった。県の高校記録にまだ数秒、高校日本記録には十秒以上及ばないのだ。

砲丸投げだけじゃない。千五百メートルもだめ。何から何まで中途半端《はんぱ》。

何がいけなかったのだろう。大学付属の横断幕がはためいているスタンドをぼんやり見上げながら、考えた。応援に来ると言っていた屋上仲間の姿はどこにもない。どうせ気が変わってカラオケにでも行ったに違いない。

ぼくは考え続けた。

確かに練習不足だった。煙草を吸ったのもいけなかった。でも、それだけじゃないことには、うすうす気づいていた。本当は地区大会の時から勘づいていたのに、認めたくなかった事実。昨日の予選でも、二組で一位とはいえ全体の四位で、トップランナーたちが力を抜いていたことがわかっていたのに、目をそむけていた事実だ。原因はたぶん、ぼく自身の変化にある。

問題はぼくの体格。身長は百八十三・五センチで止まったままだが、全身の筋肉は育ち続けている。高校に入って体重は七十キロを超えた。

中・長距離ランナーとしては、大きすぎるのだ。スタートラインに並ぶと、ぼくの頭は、選手たちの中からキリンみたいににょきりと突き出してしまう。背の高い選手がまったくいないわけじゃないが、県大会まで進んでくるランナーはみんな痩《や》せていて、手足は細い。ティオンゴのふくらはぎなんて、ぼくの二の腕より細そうだ。図体《ずうたい》のでかい砲丸投げの選手と力で張り合おうなんていうのは、ぼくぐらいのもの。

中学時代まで、少なくとも陸上競技に関するかぎり、ぼくを人と違う存在にしてくれていた自分の体が、高校生になって逆に重荷になってきたのだ。

フィールドでは、砲丸投げ予選に続いて、新しい競技の準備が始まっている。ぼくは汗も拭《ぬぐ》わずに、競技場の隅っこに座り続けていた。係員にうながされてようやく立ち上がり、誰も待ってはいないスタンドへ行く。十月の空は苛立《いらだ》たしいほど青かった。

目にしみるような色とりどりのウォームアップスーツを着た選手たちがフィールドに姿を現した。みんなぼくと似た体格。肩に長いケースを担《かつ》いでいる。槍《やり》投げの選手たちだ。キャプテンや顧問に挨拶《あいさつ》せずに、帰っちまおうかと考えていたぼくは、上げかけた腰を落とした。

特別な合図も歓声もなく競技が始まる。地味なフィールド競技にブラスバンドは静まり、応援団の声も少ない。

最初の選手が走り出す。ラインの手前で一瞬、体が静止して見え、手足が十字を描く。引き絞った弓のように体がしなり、回転し、そして、槍が放たれた。

槍はひと筋の光になって、青空に放物線を描く。

次々と飛んでいく槍を、呆然《ぼうぜん》と眺めた。出場している選手たちはみんな、運動部に力を入れている学校の生徒ばかり。

ため息しか出なかった。

槍が欲しい。そのことは何度も訴えてきた。新しいキャプテンは、前のキャプテンより部活に熱心な人だったが、答えはやっぱり同じだった。「無理だよ。この間、ハードルが壊れたから買い換えたいって話したら、佐々木に言われちまった。どうせハードル競技には誰も出ないんだから我慢しろ、って」

十本目の槍がそれまでの最高記録を更新した時、ふいに気づいた。そのくらいのことであきらめていた自分が馬鹿だったってことに。

自分で手に入れればいいのだ。小学生の頃、苦労して何日もかけて、クロマニヨンの槍を手にした時のように。

ぼくはサチと行ったスポーツ用品店のことを思い出していた。なにげなく手にした陸上競技用具のカタログに、槍投げの槍も載っていたのだ。

安いものなら、三万ちょっとで買える。いままでに貯《た》めた小遣いが一万三千円あるから、あとは稼《かせ》げばいい。近所のコンビニエンス・ストアのドアには、いつもアルバイト募集のポスターが貼《は》られているじゃないか。

よしっ、槍投げのトップの記録を確かめてから、ぼくは立ち上がった。

その日、家に帰ったぼくは、引き出しの奥にこっそりしまってあったキャメルを捨てて、夕方のジョギングを再開した。ジョギングのゴールは、近所のコンビニだ。

29

フィンランドグリップ。

槍投げの一流選手たちの握り方だ。

木嶋に教わった初心者向けと違って、糸を巻いたグリップ部分の端にひとさし指をひっかけるように添える。ぼくはこれに挑戦することにした。こちらのほうが、昔、石器の槍を投げていたときの握り方に近い。

ぼくは家の左手にある畑に立っていた。いつも葉もの野菜をちょぼちょぼ植えるだけのやる気のない畑だ。この夏は休耕地にすることに決めたらしく、空き地になっている。

片手には槍を持っていた。今日、スポーツ用品店に届いたものを取りに行ってきたばかりだ。

持ち帰るのは、なかなか大変だった。なにしろ槍の長さは、二・七メートル。高校男子が使う標準より少し長め。先端のフィールドに突き刺さるサンドピック部分は取りはずしてあったのだが、節約のために専用ケースは買ってなかったから、駅へ向かう途中、警官に職務質問をされた。電車に乗ってからもひと苦労。縦に持つと天井につかえてしまうのだ。

でも、そんな苦労、屁《へ》でもない。槍に頬ずりをしたい気分だった。実際に家に帰ってからは、二回ほど頬ずりをした。

重さは八百グラム。昔、木嶋に投げさせてもらった時より、さらに軽く感じる。再開した一人朝練の時にこっそり蹴《け》とばしている、野球部の金属バットより軽いだろう。槍を投げたい——その衝動は、千五百で挫折《ざせつ》したことへの言いわけかもしれないと、自分で自分を疑ったりもしたけれど、違っていた。そんなことはなかった。

槍は握った瞬間に、空っぽになったぼくの手のひらを埋めるように、すっぽりと指の中に収まった。

競技用の槍を持つのは、中学二年の春以来。石器の槍も真淵との一件の後に捨ててしまった。久しぶりに持つ槍は、ぼくを落ち着かせた。ぼく自身のために糸を巻いたグリップは、木嶋の槍よりずっと手になじむ。その太さと硬さは、ぼくに握られるためにあった。

槍を手にしたぼくは、最近、夢に出てこなくなった、マンモスを思う。赤い太古の空を思う。一度きりで、二度と夢に現れなくなった、顔がわからずじまいの父さんを思う。

ぼくはグリップを握りしめて、自分が何者であるのかを、知ろうとする。仲間と話題を合わせるために、たいして観《み》たくもないテレビ番組にチャンネルを合わせたり、カラオケボックスで受けたいだけの好きでもない曲を覚えたり、煙草《たばこ》を吸いに行くのを断る口実にいまだに苦労している自分じゃない自分は誰なのか、考える。

わからない。

槍を投げたら、答えは見つかるだろうか。すぐには無理でも、投げ続けていれば？

やってみなくちゃ、わからない。

夕焼けに向かって槍を投げた。知らず知らず声をあげていた。夢の中の父さんは、ンボババなんて、子どもじみた声はあげていなかった。楽器の音色みたいな美しい言葉を操っていた。文字にするのは難しいが、記憶のかぎりではこうだ。

アラップ、イップ！

試しだから、軽めに投げたつもりだったのだが、力が入りすぎた。

槍は畑を越え、道を越えて、その先の梨《なし》畑の金網フェンスに突き刺さった。

「誰だ、おらの畑に！」

ああ、いけない。

朝、七時前。陸上部のささやかな縄張りである砂場の前に立って、大きく息を吸う。前方を見据えてから、目を閉じ、ゆっくり呼吸を整える。

メンタルトレーニングのひとつだ。理想のフォームを、頭に思い描く。自分のベストの状態と、成功した時のイメージを、頭に思い描く。理想のフォームをスケッチするように。木嶋に教わった方法だ。

先週、中学校へ行き、槍投げのフォームとフィンランドグリップを教わるために、木嶋先生を訪ねた。

木嶋はぼくの新人戦での成績を知っていて、千五百から槍投げに転向したいというぼくの言葉に、意外そうな顔はしなかった。むしろ前々からわかっていたという口ぶりでこう言った。

「槍投げだけか？　お前がいちばん向いてるのは混成なんだけどな。トータルの身体能力が違う。お前にかなうやつはそういない――あ、そこらの高校生とは違うって意味だぞ」

木嶋は二年前のことをまだ気にしているらしかった。気の毒なぐらい何度も言い直そうとするから、笑って答えた。

「もう何人《なにじん》でもいいんです。千五百に関していえば、アフリカ人になりたい」

木嶋も笑ってくれた。

「南山、少し大人になったかな。俺もな。じゃあ、まず助走のことから説明しよう──」

もう一度、深呼吸。目の前の白線を見つめる。家の近くの畑や空き地では、正確な距離が計れない。だから、百メートル走コースの上をメジャーで計って、五メートルずつ印をつけたのだ。

息を吐ききってから、目を閉じる。ぼくのイメージは決まっていた。届かせたい場所にあるのは、彼方《かなた》に氷河が輝く雪原。そこを悠然と歩くマンモスだ。

一投目。四十五メートルの手前。

二投目。五十メートルを少し超えた。

槍先は地面に突き刺さって、ゆっくりとしなっている。角度が良かった証拠だ。棒切れをはしゃいで取りに行く昔のクロみたいに槍のもとへ走った。

始発電車で学校へ来たのは正解だった。授業開始の一時間も前からグラウンドのあちこちを飛び跳ね、騒々しいかけ声をあげる、早起き鳥みたいな野球部員たちもさすがにまだ姿を現してはいない。

二メートル半ある槍を持って、いつもの通学時間に電車に乗りこんだら大変だったろう。ぼくはサチからもらった竹刀《しない》袋二つを縫い合わせて、ケースとして使うことにした。見てくれは悪いが、端っこの目立たない部分に、サチの名前が入った名札が残っているのだ。

三投目。五十五メートルを超えた。新人戦で予選一位だった選手の記録をわずかに抜いたはずだった。

「うおおっ」

朝靄《あさもや》に白くかすむ、吹雪の雪原に似た校庭で、ぼくは雄叫《おたけ》びをあげた。

30

こふこふこふ。

その年の暮れになっても母さんの咳《せき》は止まらなかった。

こふこふこふこふ。

その頃には、鈍感大王のぼくも、母さんの咳がぼくの喫煙への無言の抗議ではないことに気づいていた。そもそも槍投げを始めてからは一本も吸っていない。

「なんだか胸が苦しいのよ」

そんな言葉を聞くたびに、胸がちくりとした。煙草を吸っていたことと関係あるんじゃないかと思ったのだ。受動喫煙なんていうほどの本数を吸っていたわけじゃないのだが、母さんはもともと喉《のど》が弱い体質なのだ。

「気になるのなら、病院に行けばいいのに」って言っても、いつも「仕事が忙しいから」と答えるばかり。似た分野の研究をしているせいなのか、母さんは病院があまり好きじゃない。特にこの町の病院が。「藤田先生に診てもらうほうがよっぽどましよ」なんて言ったりしている。

ようやく病院へ行ったのは、仕事が一段落した年明けになってからだ。

「検査に半日もかかるなんて。ワタル、覚えておくといいわ。薬をたくさん出す医者と、すぐにレントゲンやMRIを撮りたがる医者は、やぶ医者よ」

そんな憎まれ口を叩《たた》きながら、また咳《せ》きこむ。

こふこふこふこふこふ。

「検査の結果は聞くまでもない。喉にくるアレルギーよ。心配いらないから」

心配だった。母さんの強がりが、何かを隠しているように思えて。

31

槍《やり》投げの世界記録は、九十八・四八メートル。

陸上部がグラウンドにかろうじて確保している百メートル走路とほぼ同じ距離だ。二流の高校生ランナー（ぼくのことだ）なら、十一秒かかる。ティム・モンゴメリでも九秒七八。その距離を槍はほんの数秒で飛んでいく。

高校生の地区大会でさえスタンドに観客が増える百メートルに比べたら、槍投げは地味な競技で、選手も注目されない。でも、一万年前、クロマニヨンの世界ならどうだろう。

百メートル先にマンモスがいたとする。仕留めれば、集落のひと冬ぶんの食料になる大切な獲物だ。そこに九秒七八で到達しても、誰も褒めてはくれない。マンモスに踏みつぶされるのがオチだ。必要とされ、尊敬されるのは、そこに槍を命中させる人間。

ぼくは誰にも負けないはずだ。その記録を超えた瞬間、自分が何者かを知ることができるだろう。なによりの存在証明。現代人すべてがライバルだ。

九十八・四八メートル。

この記録をめざすことにした。とはいえ、いまは高校記録の七十六・五四にさえ二十メートル以上及ばないのだから、人はこういうだろう。「身のほど知らず」いいのさ。身のほどなんて、大人になってから知れば。ぼくが知りたいのは、自分が何者であるかだ。それどころじゃない。

「十代の頃は、ある日突然、十メートル距離が伸びることもある。でも二十代になると、一メートルに一年かかる。いまのうちだぞ、南山」二十代半ばに残した記録を超せず、去年現役を引退した木嶋はそう言う。ぼくの場合、ある日突然が、あと四回あればいい。そう考えると、いつか届く気がしてくる。いや、頭で願っているだけじゃだめだ。体で願わなくては。

そのための体づくりをはじめた。いまのぼくの体重は、県大会に出てきた槍投げ選手たちの平均をだいぶ下回っているはずだ。長距離ランナーから投擲《とうてき》選手に肉体を変えるのは、カモシカがライオンになろうとするようなもの。しかもこれには「ある日突然、十メートル」という奇跡は起きない。

もともと食べる量には自信があったが、それをさらにふやすことにした。といっても、砲丸投げの選手みたいに、むやみに体重が多ければいいってものでもない。必要なのは、筋肉をつくるためのタンパク質だ。

図書館で借りた栄養学の本の「食品成分表」で、何を食べればいいのか調べた。いままでの食事の基準といえば、おいしいか、まずいか、量が足りるかどうか、そんなことばかり。栄養のことなんかいちいち気にしてはいなかった。ぼくはほんとうに久しぶりに真剣に本を読み、勉強と呼べることをした。

肉や魚にタンパク質が多いことぐらいは知っていたが、豆類にも豊富だなんて知らなかった。すごいカロリーがあると思いこんでいた牛丼《ぎゅうどん》は、カレーより低い。タンパク質に関していえば、むしろ麻婆《マーボー》丼のほうが上。

ぼくは毎日、納豆三パック（三人前用のやつ）を自分で買い、朝晩食べた。ただし植物性タンパク質はアミノ酸スコアが低い。やはり肉も必要だ。安くてしかも余分な脂肪を摂取しすぎない鶏肉《とりにく》も買いこんで、自分で料理し、食卓に載せた。

母さんは長いあいだ、どんなに仕事が忙しくても、自分の手で食事を用意することをポリシーにしていたのだが、中学二、三年になって、ぼくが勝手に料理をするようになってからは諦《あきら》めたようだった。高校生になったいまは、全部ぼくがつくる日も珍しくなくなっていた。得意料理はいまだに、にんじん抜きの肉野菜炒《いた》めなんだけど。

小遣いは納豆と鶏肉に消えた。見かねた母さんが「栄養費」として、月々三千円の援助をしてくれたが、それは昼に飲む一日一リットルの牛乳に変わった。母さんから貰《もら》ったその年のお年玉は、二缶のプロテインになった。

もちろん食べるだけじゃ、デブになるだけ。ウエイト・トレーニングも欠かせない。午後の部活では槍は投げられないから、ソフトボールやバレーボールを代用にした練習をする以外のほとんどの時間を基礎体力づくりに費やした。

陸上部にあるバーベルは負荷が軽すぎる。毎日、柔道部や野球部に持っていかれる前に体育用具室の本式のやつをワンセットかっさらった。スクワット、補助椅子《いす》を使ったベンチプレス、ウエイトを抱えたままのツイスト・ウォーク。

栄養学の本と一緒に借りたトレーニングの教則本で、どこをどうすれば効果的に鍛えられるかを研究した。

コンビニのバイトを再開して、ダンベルを買った。バイトのない夜は、毎日、家でもウエイト・トレーニングだ。

フロント・レイズ。サイド・レイズ。ハンマーカール。リストカール。ダンベル・フライ。ワンハンド・ロウ。シット・アップ。

ぼくの弱点である柔軟性のなさを克服するために、ブリッジやチューブを使ったストレッチもかかさなかった。

スポーツテストでいい結果を出せたのは、みんなより少し多めにもらっていた、誰かからのプレゼントに過ぎなかった。そろそろぼくはその貯金を使い果たそうとしている。改めて見直すと、ぼくの身体は鍛えるべきところだらけだ。僧帽筋《そうぼうきん》、三角筋《さんかくきん》、大胸筋《だいきょうきん》、上腕筋《じょうわんきん》。走っていれば筋肉がつくと思いこんでいた、大腿筋《だいたいきん》や腓腹筋《ひふくきん》もまるでなっちゃいなかった。

木嶋はぼくらに器具を使った筋トレはさせなかった。陸上選手にはウエイト・トレーニングは禁物という古い考えの持ち主だったわけではなく、中学生はまだ体ができていないという理由からだ。身長の伸びは止まっているから、もういいはずだ。今度、木嶋先生のところへ行った時に、槍投げ選手のためのウエイト・トレーニング法を訊《き》いてみようと思う。部活のない試験前の土日なら校庭で投げさせてやる。このあいだ訪ねて行った時、そう言ってくれた。

槍を投げるのは、早朝と土日。学校が休みの日に部活をするような陸上部じゃないから、土日はまるまる空《あ》いている。家から走って二十分の秘密の森も練習場だ（近くに林業試験場ができてしまって、もう秘密の森とは呼べないのだが）。河原の石をどけ、草を刈って、助走路をつくってあるのだ。そこから歩測で六十メートルの距離に大きな岩がある。そこへ届かせるのが当面の目標だ。

二メートル半の槍が入った袋を電車に持ちこむと、乗客に嫌がられるか、驚かれるかだが、これにはすぐに慣れた。乗ったと同時に網棚へ上げてしまえばいいのだ。他人の荷物が一つや二つ置かれていても、うまく隙間《すきま》に突っこむコツも覚えた。そんなことばっかりうまくなってもしかたないのだけれど。

ぼくは大量の納豆と鶏肉を食い、バーベルを挙げ、ダンベルを振り、ひたすら自分の体と対話をした。

三週間もすると、まず胸に変化が現れた。鏡に映すまでもなく、触っただけでわかるほど大胸筋がふくらんできたのだ。「あれは、驚くよ。あちゃあ、ついに来たかって思う」いつかサチが言っていた言葉を思い出す。

続いて腹筋。プチ・シュークリームぐらいの大きさしかなかったひとつひとつのでこぼこが、普通サイズのシュークリームに近づいてきた。

筋肉を大きくしていくのは、妙な感じだ。例えるなら、小学校の頃、教室の水槽《すいそう》で飼育していた、おたまじゃくしの観察に似ている。体の内側に餌《えさ》をやると大きくなるペットを飼っているようだった。ぼくは鏡に自分の姿を映すのが、昔からあまり好きじゃないのだが、最近ではなるべく見るようにしている。

狭い部屋に長くいると叫び出したくなったり、人より早く始まった第二次性徴に驚かされたり、目や髪の色が人と違っていたり、ぼくは小さいときから自分の体をもてあまし気味だった。自分自身の肉体をあまり好きになれなかった。でも、いまになってようやく、自分の体ときちんと向き合えた気がした。

母さんが検査の結果を聞きに行った日も、ぼくが夕食をつくることになっていた。母さんが病院へ行くのは、仕事へのさしさわりを少なくするために、診察時間が終わるぎりぎりの時間だったし、うちの陸上部は日が暮れるとさっさと練習を終えてしまうから、冬場は早く家に帰れるからだ。

メニューはあっさりしたものにするつもりだった。ぼくの肉体改造計画を知った母さんは、このところ肉料理や脂《あぶら》っこいものばかり食卓に載せてくれる。自分は薄味の和食が好きなのに。

鮭《しゃけ》を焼くか、湯豆腐にしようか考えていた時、電話が鳴った。

――いま終わったところ。遅くなってごめんね。ほんとうに夕飯、頼んじゃっていいの。

安心した。母さんの声がとっても明るかったから。検査の結果が良かったんだろう。

「うん、平気。何が食べたい」

—月見うどん。

なんだか甘えた声で言う。困るのよね、そういう勝手を言われると。頭の中で母さんの口ぐせをまねてみる。うどん、あったっけ？　コンビニまで走ればいいか。

「わかった、鶏肉も入れる？」冷蔵庫に一キロは入ってる。

—うん、できれば皮のないとこ。

よしよし、たまにはわがままを聞いてやろう。体がなんでもなかったお祝いだ。

母さんはシュークリームを買って帰ってきた。上にチョコレートがかかっているやつ。ぼくもシュークリームは好きだが、このチョコ・シューは母さんの好み。自分へのご褒美《ほうび》なんだろうか、仕事が一段落した時なんかに、よく買ってくる。

月見うどんを汁まで飲み干して、ぼくが納豆二パックを投入した三杯目のうどんにとりかかっているのをホラー映画を見る目で眺めていた母さんは、お茶を淹《い》れ、シュークリームを皿に置いてから、ぽつりと言った。

「ワタル、聞いてくれる？」

「うん、何」納豆をうどんに入れるのはやめろ、かな。

「癌《がん》だった」

あまりにもあっさりした口調だったから、聞き流してしまうところだった。言葉の意味を理解するまで、ベンチプレス一回ぶんの時間がかかった。

母さんの顔を見返した。頭の中には何通りもの問いかけが浮かんでいるのに、唇は瞬間接着剤で糊《のり》づけされてしまった。母さんは言いわけをするみたいに、やけに早口で言葉を続けた。

「たいしたことはないのよ。手術をすれば済むことだから。でも、手術するからには入院しなくちゃならないでしょ。少しのあいだだけど家を空けることになるから。それが、ちょっと心配――」

何か喋《しゃべ》らなくちゃ。だけど、やっぱり言葉が出なかった。

普通なら、癌の告知っていうのは、患者にすべきかどうかを家族が悩むものだろう。本人が家族に告知すべきかどうかで悩むなんて。母さんがあっさり告知を受け入れる人だということを、ぼくはよく知っている。それでも思う。母さんの孤独を。ぼくの孤独を。ぼくたちが二人きりだという事実を。

「あなた一人で、だいじょうぶかしらね。二、三週間で退院できると思うけど。先生は一カ月って言うけど、そんなに長くいる必要はないはずよ。強引に退院しちゃおうかって思ってるの」

病気のことよりぼくのことが心配。そんな口調だ。ようやく唇が動いた。

「治るんでしょ」

「最近は、癌ってそんなに怖い病気じゃないのよ。悪いところを取ってしまえばいいんだもの。盲腸とたいして変わらない」

質問の答えにはなっていなかった。癌が盲腸よりはるかに深刻な病気であることぐらい、よくわかってる。去年、亡《な》くなったという知らせを聞いた高橋さんも癌だった。

「手術だけじゃない。放射線、化学療法、免疫《めんえき》療法もある。そのうち遺伝子療法だって可能になる。私たちが研究してるレトロウイルスも、癌の治療法として期待されているのよ」

母さんが最近の癌治療の進歩について話しはじめる。そうかと思えば、自分が居ないあいだの食事や洗濯物や仕事のことに話が飛んだ。

「仕事、病院にもっていこうかしら。食事はコンビニのお弁当でもいいから、お肉やお豆だけじゃなくて、野菜もちゃんと食べてね。洗濯物、もし大変だったら、病院に持ってきて。コインランドリーがあるから。患者さんしか使っちゃいけないらしいんだけど、事情を話せば、だいじょうぶだと思う。婦長さん、良さそうな人だったし。ノートパソコンの持ちこみも許可してもらえるといいんだけど。そうそう、納豆はマルショウさんのほうが安いわよ」

母さんはいつだって物事をきちんと順序立てて喋る人なのに、今日はめちゃくちゃだった。

「煙草《たばこ》を吸ったこともないのに、肺癌だなんて、しゃくに触るわね。でも、日本人には肺癌がとっても多いの。そのぶん治療法もいろいろ確立していて——」

そんなこと、聞いてない。尖《とが》った声を出してしまった。

「治るんだよね」

母さんは湯呑《ゆの》み茶碗《ちゃわん》で顔を隠して答えた。「もちろん」

「入院は明日？　手術はいつ？」

「すぐってわけにはいかない。入院は少し先になると思う。とりあえずいまの仕事を片づけなくちゃならないし。先生のスケジュールもあるし」

そんなのん気なことを言っていていいのだろうか。母さんだって本当は不安なはずだ。口調とは裏腹に、関節が白くなるほど湯呑みを握りしめていた。励ましの言葉をかけてあげたかったけれど、言葉が見つからない。本当のことを言えば、ぼく自身が誰かに励ましてもらいたいぐらいだった。

「シュークリーム、食べなさい。おいしいよ」

指についたチョコをのんびり舐《な》めながら言う。母さんはぼくのために、そして自分自身のために、癌が盲腸みたいなものだっていうお芝居を続けようとしている。もう十六歳だから、そのくらいはわかる。でも、それに笑顔でつき合えるほど、大人になりきれてはいなかった。

「あとで食べるよ」

母さんの顔が見ていられなくて、自分の部屋に引っこんだ。そして、いつものようにダンベルを手に取る。ウエイトはひとつ十五キロ。いつもどおりにしないと。いつもどおりじゃなくなっちゃう。

まず、三角筋を鍛えるサイド・レイズ。息を吸いながら、両手に持ったダンベルを肩の高さまであげる。息を吐きながら、ゆっくり下ろす。これを十五回。

一、二、三、四、だいじょうぶ、だいじょうぶ。

次は僧帽筋を強くするショルダー・シュラッグ。ダンベルを持ったまま肩をすくめ、それから下ろす。これも意識的に呼吸して。同じく十五回。

一、二、三、四、五、六、だいじょうぶ、だいじょうぶ、だいじょうぶ。

始めたばかりの頃より、ダンベルをずいぶん軽く感じるようになった。そろそろ負荷を増やす必要がありそうだ。母さんが重い病気だっていうのに、ぼくは腹立たしいほど健康だった。

九、十、十一、だいじょうぶ、だいじょうぶ、だいじょうぶ。
だいじょうぶ。母さんが死ぬわけはなかった。だって、いつかぼくがオリンピックに出て、世界新記録をつくる時、そこには必ず母さんがいるはずなのだから。

32

母さんが入院してからは、部活を休んで、毎日病院へ行き、「漫画ばっかり読んでるぐらいなら、もう帰りなさい」と言われるまでそこにいた。ぼくは病院に通う一週間で、一年分ぐらいの漫画を読んだ。デイルームに置いてある新聞連載の大人向け。たいして読みたかったわけでもないのに、なぜかあの時に読んだ四コマ漫画の数々を、ぼくはいまでも思い出すことができる。ちっとも面白くないオチまで。

手術の前日は日曜だったから、午前中から病院にいた。母さんがいつものように、もう帰れとは言わないから、午後もずっとベッドの脇《わき》で過ごした。

話しかけても、母さんはなんだか上の空だった。母さんは母さんなりに明日の手術に緊張しているんだな、ぼくが普段よりお喋りなのも同じ理由だし。そう考えていたのだが、母さんが緊張していたのは、別のことだった。

病室は四人部屋で、母さん以外の三人はおばあさんだ。一人はすっかりボケてしまっていて、人工呼吸器を手放せない重症。一人はイヤホンをつけて夕方のお笑い番組を見ている。もう一人が見舞い客といっしょに部屋を出ていった時だった。

「こんなところでなんだけど」

ぽつりと母さんが言った。

「万が一っていうこともあるから、いま話をしておくね」

「なにそれ？」

万が一って、どういうことだ。おとなの常套句《じょうとうく》。十分の一の確率でも、百億分の一の確率でも、そう言いたがる。

「万が一っていうのは、手術する先生がとんでもない藪《やぶ》医者で、肺と心臓を間違えてとっちゃったとかそういう場合」

母さんの冗談はたいていの場合、面白くない。今日のはとくに笑えなかった。胸がざわりと揺れた。口調がやけに明るかったから。このあいだ、癌であることを告げた時と同じ喋り方だ。

「あなたのお父さんのこと」

え？

「ごめんなさい。ずっと黙っていて。前にも話したけど、秘密にしておくっていう約束があったの。もちろん私はそんな約束、いつか破って、あなたにきちんと話をするつもりだったんだけれど……なかなかきっかけがつかめなくて……」

ベッドに横たわった母さんは、ずっと風呂に入っていないことを気にしてか、顔を上げたぼくから体を遠ざけるように身を起こした。

「最近のワタルはたいていのことは自分でやっちゃうし、私よりよっぽどしっかりしてるから、そろそろいいかなって思うの」

買いかぶりだ。ぼくには心の準備ができていなかった。病室の窓からは、やけにまぶしい夕日が差しこんでいる。斜め向かいのおばあさんが、テレビを観《み》ながら、げらげら笑っていた。

「こんなところで聞きたくないなら、別の機会にする」

母さん自身も準備ができていないように思えた。ぼくに「そうして」と言って欲しい口ぶりだった。

「別に、構わないよ」

普通に声を出したつもりだったのに、しわがれ声になってしまった。ぼくの目を覗《のぞ》きこんでくる目を見つめ返せなくて、落語家が座布団《ざぶとん》の山の上に並んでいるお笑い番組に視線を投げた。

「あなたのお父さんは、外国の人」

知ってるよ、クロマニヨン人だ。ぼくは意地になってテレビを眺め続けた。母さんはため息をつき、それからぼくに何か言った。

それは呪文《じゅもん》の言葉のようだった。

うまく理解できないでいると、ベッドでも手放さない書類とペンを手にとって、書類の裏にカタカナで書いて見せた。

「これが、あなたのお父さんの名前」

それはクロマニヨンでも、クロマニヨンの学名でもなかった。

「……誰なの？」

しばらく口ごもってから、母さんが言う。いつもより声が低かった。

「ソビエトにいた頃の、研究所の主任教授。その人には奥さんがいたし、あの国では有名な科学者だったから、スキャンダルになるのが怖かったのね。しかも相手が私。外国人でそれも自由主義の国の人間に――」

母さんが呑みこんだのは、たぶん「妊娠」っていう言葉だと思う。ぼくには聞かせたくなかったんだろう。

座布団をとられた落語家がひっくり返って、またおばあさんが笑った。別に構わない。母さんだって普通の女の人と一緒だ。誰かを好きになって、セックスをする。あたりまえの話だよ。ぼくの頭の中のもうひとりのぼくが、大人びた口調で言う。そうだろ、ワタル。

最初はスケートの滑り出しみたいにゆっくり喋っていた母さんは、だんだん早口になっていく。クロマニヨン人も人工授精も出てこない、きわめて現実的な話だった。

「その人は科学アカデミーの官僚的な体質に批判的だったから、なおさら。ソビエトっていう国は、言いがかりみたいな理由をつけて、体制に従順じゃない人を排除しようとする国だったから」

その人、と言うときの母さんの口ぶりは、ぼくじゃない誰かに呼びかけているように聞こえた。表情は見ていなかったからわからない。あ、また座布団をとられてるよ。

「だから約束したの。父親が誰かってことは、けっして明かさないって。日本に帰ってからも。その人は産むことに反対で、私は絶対に産みたくて。その交換条件だった。いまではソビエトはロシアになっているし、もう時効と言えば時効なんだけれど、その人の名前は私の研究所の人間なら誰でも知ってる。今度は私自身が公表しづらくなっちゃってしまって。あなたにだけはそろそろって思ってた矢先に、こんなことになっちゃって……」

そう言って母さんは、偏頭痛の時、こめかみにそうするように、ベッドの縁を指でとんとん叩《たた》く。

「いっぺんに二つのことを言うと、あなたは昔から、あたふたしちゃうでしょ。だから、ほんとうは退院してからのつもりだったんだけれど……」

母さんが嘘《うそ》をつくわけがないことはわかっていた。でも信じたくなかった。謎《なぞ》の呪文みたいな言葉を、いきなり父親の名前だと教えられても、意味のわからない英単語を暗記しろって言われている気分にしかならなかった。

その夜、ぼくは家に帰るとすぐ、母さんの部屋へ直行した。三方の壁を埋めた書棚から、手あたりしだいに本をひっぱり出した。いつもは見向きもしない専門書ばかりだ。

本を抜き出し、開き、めくって、戻す。一冊、二冊、三冊、四冊……筋トレみたいに単調な動作を、規則正しく繰り返した。だが、期待していたものは、まったく見つからなかった。

英語やロシア語で書かれた本も開いてみたが、英語が苦手なぼくには、さっき聞いた呪文に、どういうアルファベットをあてるのかがわからない。もちろんロシア語の本は完全にお手上げ。冬だというのに汗をかき、湿った指をスウェットパンツの腿《もも》で何度も拭《ふ》いた。

結局、日本語の本だけ開くことにした。でも、いくら探しても、どこにも載っていなかった。写真はおろか名前も。ミハイル・シロコゴロフなんて科学者のことは。

そのうち、ひたいから垂れた汗で本を濡《ぬ》らしている自分が腹立たしくなってきた。ぼくは本を放り出す。ミハイル・シロコゴロフだって？

誰だよ、そいつ。変な名前だ。やめた。そんなやつ、いらない。ぼくを産んで欲しくないって言ったやつなんか探してどうする。

ぼくは小学五年の時からずっとすがりついてきた、夢想の中の父さんを頭の中に呼び寄せた。こちらも世の中に一枚も写真は存在しないが、その面影は呪文みたいな名のロシア人より、はるかにリアルだ。雪焼けした浅黒い肌。太い鼻梁《びりょう》、突き出したおとがい、中背だが頑強な体。

ぼくの中のもう一人のぼくが、小学生みたいに口を尖らせて訴えている。

ぼくの父さんはすでに死んでいるのだ。ずっと昔に。魔王に誓って。妖魔《ようま》元帥《げんすい》にも誓って。ずっとずっとずっと昔に。そうとも、一万年前にだ。

33

サチがテーブルの上に食器を並べ、ふだんより半オクターブ高い声で言った。

「あなた、お風呂にします？　お食事？　そ、れ、と、も、ダンベル体操？」

「ダンベル体操って言うな。筋トレだよ」

ふだんはおばさんが出るのに、いつかけてもワタルが電話に出るから、おかしいと思ったんだよ。サチに問い詰められて、二週間前から期間限定の独り暮らしをしていることを、白状してしまった。「心配だな。クロにドッグフードの番をさせとくようなもんだ。一度、見に行く」そう言って、その週の土曜日、サチは無理やり押しかけてきたのだ。

「さ、さ、食べて。おいしいよ」

サチがスパゲッティと鶏肉《とりにく》のソテーの上で両手をひらひらさせる。おいしいよも何も、どちらもぼくがつくったものだ。サチに手伝わせたおかげで、鶏肉のソテーは皮が黒こげだった。

「何しに来たんだ、お前」家事の邪魔をしに来たのか？

「だから見に来たの」

ぼくの掃除嫌いを知っているサチはハンディ・モップまで用意していたのだが、おあいにくさま。サチに叱《しか》られないように、テーブルの上の雑誌やCDやペットボトルはすべて片づけ、脱ぎっぱなしだった服は洗濯機にぶちこみ、その他いろいろは部屋の押し入れに突っこんだ。サチが来ると言った時点で、掃除は半分終わったようなものだった。

「なんなら、ワタルの部屋、掃除しようか」

「あそこはいいってば」とんでもない。本棚の裏側に隠してあるH本をサチに見つかるのは、母さんに発見されるよりも恐ろしかった。

「あたしのサラダも食べてね」

「あたしのって、切っただけじゃん」

「切り方が大切なんだよ、サラダって」

トマトやキュウリは薄い輪切りやくし切りにするのがうちのやり方だけれど、サチのは小さな角切《かくぎ》り。レタスと玉ネギもちまちま刻み、ドレッシングをかけずに、塩とオリーブオイルで味付けしてある。確かにおいしいサラダだった。パスタを二つ折りにして鍋《なべ》に入れようとした人間のつくったものとは思えない。

「うち、スパゲッティってあんまし食べないんだよ。ユキヤが小麦アレルギーだったから」

「どう、味？」

キノコとほうれん草のスパゲッティだ。盛りつけはサチがした。ぼくのほうはピラミッドみたいな大盛り。自分のは小盛り。食欲がないのかと思ったら、あっという間に食べ終えて、こっちの皿をちらちら眺めてくる。サチがヤセの大食いなのは昔からよく知っている。ぼくの分を分けてやった。

ぼくはいつものように納豆をサイド・メニューに加えている。サチが呆《あき》れ声を出した。

「げ、スパゲッティに納豆？」

「案外、うまいんだ」

「……げげ。ワタルとは暮らせないかも」

なんだか嬉《うれ》しそうに顔をしかめる。別に一緒に暮らしてくれなんて言ってないんだけど、ぼくは夜は二パックと決めている納豆を、一パックだけにした。

五人分のスパゲッティを、二人で食べ終えると、手分けをして皿を洗った。几帳面《きちようめん》に食器が並んでいたキッチンの戸棚は、二週間のあいだにぼくがめちゃくちゃにしてしまった。サチは母さんに張り合うように、きちんと並べ直す。自分がここへ来たっていう証拠を残そうとするみたいに。

それからリビングでテレビを観た。この家でサチと二人っきりで過ごすのは、久しぶりだ。小学生の時以来だろうか。その頃はまだリビングは畳の間で、お茶の間と呼んでいたはずだ。冬だったから、こたつを出していた。二人でトランプをし、どっちかがズルをすると、こたつの中でお互いの足を蹴《け》りあった。今日のぼくらはソファの両端に分かれて座っている。

どっちがお茶を淹《い》れるかで、少し揉《も》めた。昔はじゃんけんで負けたほうが冷蔵庫の飲み物を取りに行ったものだが、今夜は違う理由。お互いに自分がやると言って譲らなかったのだ。結局、じゃんけんで勝ったサチが淹れることになった。

テレビは退屈なバラエティ番組だ。体重二百五十キロのアメリカ人女性が、百七十キロのダイエットに成功したっていうドキュメンタリーが流れている。

「おばさんの退院が決まって、よかったね」

三週間の予定だった母さんの入院は一カ月に延びていた。そうしたほうがいいと思って、サチにはもうすぐ退院ってことにしてある。

「胃潰瘍《いかいよう》で入院なんて珍しいよね。うちのお母さんも、なったことあるけど、薬だけで治してたな」

サチはテレビ番組に笑ったり、目を丸くしたりしながら、その合間に話しかけてくる。器用なやつ。

「ストレスから来たんじゃないかな、おばさん。おバカな納豆息子が心配で」

「違うよ」

「うちのお母さんはそうだった。あいつのせいだよ」

あいつというのは、サチの父親のことだ。最近は「うちの馬鹿」とは言わない。馬鹿と言いながら、ほんの少しこもっているようだった親しみの感情も消えているように、ぼくには思えた。あいつが来るから、土日は家に居たくない。サチが電話でそう言っていたのは、ここに偵察に来る口実だけじゃなさそうだった。

「どうしたの、これ」

コマーシャルの時だった。サチがテーブルの下に目を止め、そこにあった本をすくいとった。しまった。隠すのを忘れてた。

「基礎から学ぶロシア語会話?」

H本を見つかったように、頰が熱くなった。

「おふくろの部屋にあったんだ。暇つぶし」

「ふーん」

サチはクロが電柱の匂《にお》いを嗅《か》ぐような顔をしてから、こっちに振り向いた。

「そういえば、ワタル、携帯は？　買うって言ってたでしょ。ないと不便じゃない？」

「うーん、まだいいかな。どうせ病院にはかけられないし」

「あたしだって不便なんだけどな」

サチがぼくの顔をちらりと眺め、それから誰かから監視されているみたいに遠慮がちに、誰もいないキッチンへ目を走らせる。ロシア語会話の本をテーブルの下へ戻すついでに、ソファの端っこからぼくの隣に移動した。片手を伸ばすと、最近は確かめなくてもわかる場所にサチの手があった。サチにしてはていねいに結った髪からは、いつもとは違うシャンプーの匂いがした。ぼくは口に残っている納豆の臭《にお》いが気になってしかたなかった。スパゲッティソースにもニンニクが多すぎたようだ。

時刻が午後九時に近づくと、二人ともテレビより時計ばかり眺めていた。ここは田舎だから、バスの最終時刻が早い。逃したら帰れなくなってしまう。

「そろそろ、帰らなくちゃ」

サチの目が言葉とは違うことを訴えているように見えた。

「ああ、そうだね」

違うセリフを考えていたはずなのに、ぼくはそう答えた。

バスの停留所までサチを送っていった。ぼくもサチも藤田獣医に連れていく時のクロみたいな足取りだった。誰かに操縦されているロボットのように歩きながら、ぼくは昨日、まる一日かけて干した、ひなたの匂いのするふとんのことを考えていた。

バスに間に合ってしまった停留所で、サチに言う。

「今日はありがと」

「気持ち悪いな。ワタルの口からそんな言葉を聞くなんて」

サチが顔をくしゃくしゃにして笑う。女の子の表情としてはどうかと思うが、ぼくには最高の笑顔だ。

口が納豆臭かったから、手を握っただけで別れた。遠ざかっていくバスのテールランプを眺めながら、ぼくは心の割合で言えば、四分の一ぐらいほっとし、四分の三で激しく後悔していた。頭の中では、サチが「帰る」と言った時に、言いそびれたセリフを繰り返していた。

目を閉じ、呼吸を整え、頭から雑念を追い払う。まぶたの裏をスクリーンにして、そこに自分のベストのフォームを映し出す。そのうちに、槍《やり》とぼくの腕が一本の線で結ばれる。

34

助走する。全力の八十パーセントほどの走りだ。ステップは五歩。歩幅は身長マイナス十センチぐらい。最後に足をクロスする時に、体を思い切り反らせる。着地し、右耳のすぐそばで右腕を振り切る。

体を発射台にして、槍が飛んでいく。ぼくの心も槍と一緒に飛ぶ。

飛べ、飛べ、もっと飛べ。

結果に満足（あるいは失望）しつつ、インターバル走のかわりに、ダッシュで槍を拾いに行き、ゆっくり歩いて投擲《とうてき》スペースに戻る。

朝の練習はそれの繰り返し。目の前の白線だけが相手だ。最近のぼくはその単調さが気に入っている。よけいなことを考えなくてすむからだ。

このところ病院へ行っても、母さんとろくに話をせずに帰ってくる。怒っているわけではないのだが、なぜかそうなる。母さんがぼくにかけてくる声が、絆創膏《ばんそうこう》を剝《は》がす時みたいに慎重になっていることもわかっているのだけれど。

その日のぼくにはとりわけ、目の前の白線と槍しか見えていなかったようだ。

「おい、お前、なに投げてんだよ」

声をかけられて、ようやく自分が大勢の人間に囲まれていることに気づいた。野球部の連中だった。輪の中から一歩進み出て、えらの張った顔を近づけてくるのは、三年。確かこいつがキャプテンだ。

トンボを引っぱっていた一年生部員に険悪な目を向けられていることはわかっていたが、二年になったぼくはいままでより強気で、気づかないふりをして投擲練習を続けていたのだ。遅れてやってくる上級生部員が姿を現す時刻になったことも忘れて。

「槍です」

「見りゃあ、わかるよ。モップじゃないことぐらい。なんで投げてるって聞いてんだ。グラウンドを穴ボコだらけにしやがって」

ホームベースみたいな顔がさらに近づく。かたちだけじゃなく大きさもホームベース並みだ。睨《にら》んでくる目線は、ぼくとそう変わらない。槍投げに転向したらライバルになるかもしれない体つきだ。

「すいません、後で直しておきます」

「いいよ直さなくて、もうやめろよ、どうせ陸上部は地区予選止まりだろ」

腹が立った。うちの学校の場合、野球部だってたいして強くはないのだが、去年の秋の県大会で準々決勝まで行ったから、いままで以上に態度がでかい。

ホームベース野郎を睨み返した。目の前のこいつを殴りつけたくて、三角筋や上腕筋がうずうずしていた。筋肉だけで四キロ近く体重が増えた自分の力を試してみたかった。自分の中に抱えているいろんなもの、母さんの病気のことや、呪文《じゅもん》みたいな名前の誰かのことを、こいつの顔面に叩《たた》きつけたかった。

ぼくは父親がクロマニヨン人である可能性を、まだ捨てていなかった。ミハイル・シロコゴロフというのはじつは実験の責任者で、その意味においてのぼくの「産みの親」。母さんは、ぼくが、クロマニヨン人とのハーフというとんでもない重荷を背負って生きていかなくてもすむように、一世一代の嘘《うそ》をついたのかもしれない。

まだそんな馬鹿なことを、と人は言うかもしれないが、そうじゃないと、誰が言いきれる? 親がいる人間だって、自分の親のことをたいして知りはしないだろう? 母さんのことについて、ぼくが知らないことばかりだったように。

そのくせ家に帰ると、毎晩、ロシアの地図を眺めている。シビルスクという街の位置を目をつむっても指させるほど。母さんの部屋に入って、ミハイル・シロコゴロフという名前がないかどうか、本をめくり続けるのも毎日だ。なにしろ図書館並みの量がある。一日に十冊でも一年はかかるだろう。

筋トレの後、一日二十冊のペースで流し読みをしているが、やっぱりシロコゴロフに関する記述は見当らなかった。母さんの買いかぶりじゃないだろうか。それほど有名な科学者というわけではないようだ。インターネットで検索すれば、出てくるのかもしれないが、母さんのノートパソコンは、パスワードを知らないと開かないし、そもそも学校ではワープロソフトの使い方しか教わっていない。

寝る前には、母さんがソビエトに行く前に買ったらしい、ロシア語会話の本を眺めている。最近、自慢の寝つきが悪くなっているから、退屈な本ならなんでもいいのだ。

オーチン・プリヤートナ。はじめまして。

ミニャー・ザヴート・ワタル。ヤー・プリイェーハル・イズ・イェポーニー。ワタルといいます。日本から来ました。

トヴォイ・スィン。あなたの息子です。

「おい、聞いてんのかよ」

ふつうなら水のみ鳥みたいに頭を下げてくるはずの下級生に、視線を返されたのが気に入らなかったんだろう。ホームベースもぼくを殴りたそうな顔をしていた。ぼくの大胸筋へ自分のものと見比べるような視線を投げてくる。そんなことをしたら出場停止になることは、むこうにもぼくにもわかっている。ここは一万年前の雪原じゃない。自分が現代人の子である可能性も捨てきれないぼくは、言葉で解決することにした。

「予選を通過してみせますよ。それまでは使わせてください」

「は？」

「地区予選。だめだったら、二度とやりませんから。そのかわり、もし今度のインターハイ予選で県大会まで行ったら、グラウンドを使わせてもらえませんか」

「ふん」考える顔になった。ぼくが引かないとわかり、殴ることもできなくて、みんなの手前、どうやって事を収めたらいいのかわからなくなっていたんだと思う。

「地方大会ならどうです」

「行けなかったら、ほんとに、二度とやらないんだな」

「ええ」

ぼくは胸を張って言った。多少、プレッシャーがあったほうが物事はうまくいく。十六年間で覚えた、人生の豆知識のひとつだ。

その年のインターハイ地区予選で、ぼくは一位になった。県大会でも二位に入り、地方大会に進出した。ぼくの記録が飛躍的に伸びたわけじゃない。正直に言えば、高校の槍投げ選手はさほど数が多くなく、たいしたライバルもいなかったのだ。いまの実力でも、ここまで来るのは、それほど難しくないことはわかっていた。「喧嘩《けんか》の必勝法は、勝てる相手とやること」トラに教わった豆知識だ。

そうとは知らないホームベースは約束どおりグラウンドのライト側を空けてくれた。「ありがとうございます」と頭を下げたのだが、よく考えてみれば、みんなの校庭なのに、なんであいつに礼を言わなけりゃならないんだろう。

だけど、ホームベースは思ったよりいいやつだった。地方大会が迫ってくると、自分たちのランニング中には、気前よく野球部の練習場所を明け渡してくれた。槍拾い要員の一年生までつけて。

「いけよ、全国。俺たちも行けるもんなら、行きたいけど、まぁ、無理だろうから。お前だけでもさ」

「うぃっす」

ぼくたちの学校で地方大会まで進んだのは、すべての運動部の中で、ぼく一人だった。バーベルの取り合いでいつもは険悪な関係にある柔道部も、ぼくのためにいちばんまともな一式と専用ベンチを残してくれるようになった。この年、陸上部には、創設以来だという六人の新入部員が入った。

母さんの手術が成功し、退院していたから、ぼくは心おきなく槍投げに専念できた。ミハイル・シロコゴロフなんていう舌を嚙《か》みそうな名前も、槍を投げていれば忘れることができた。

地方大会には各県の有力選手が集まる。いままでどこにいたんだっていうぐらい凄《すご》いやつらが出てきた。体重が五キロ増えただけのぼくは、ただの瘦《や》せっぽちだった。

残念ながら、ある日突然、十メートルの奇跡は起きなかった。ここでは五位。あと一歩でインターハイ出場を逃した。大会を観《み》に来てくれた木嶋の言葉を借りれば、「まだ初心者だ。これだけやれれば、上出来だよ」だそうだ。

記録は六十メートル十三。

「あと十六メートルだな。近いようで遠いぞ」

木嶋はそう言った。高校記録のことだ。ぼくは答えた。

「いや、三十八メートルです」

世界記録まで、あと三十八メートル。と三十五センチ。

35

ごふごふ。

手術は成功したはずなのに、その年の夏になっても、母さんの咳《せき》は止まらなかった。

ごふごふごふごふ。

病院通いも続いている。

「ねぇ、ほんとうにだいじょうぶなの」

もう高校生なんだから、一緒に主治医の話を聞きたい。母さんが入院しているあいだじゅう、そう言い続けてきたのだが、母さんは回診の時には席をはずさせ、時おり呼ばれる診察室にもけっして同室させようとはしなかった。「胸を開いて診られたりするわけだから。母さんだって恥ずかしいわよ」そう言って。

母さんが退院してからも、ぼくの書棚漁《あさ》りは続いていた。母さんは残業を減らすようにしていたから、毎日というわけにはいかないのだが、夏休みに入ったいまは、一日三十冊ペースだ。

八月の暑い午後だった。母さんの部屋へ入ったぼくは、奥のいちばん大きな書棚の様子が、いつもと違うことに気づいた。

その書棚はスライド式になっているのだが、手前の空いたスペースにも本が積み上げられていて、奥の棚にある本は山をどかさないかぎり手に取れない。その山が床に移動しているのだ。

悪いけど、仕事部屋だから。母さんはぼくがここに入ることにいい顔をしないから、あまりいじりまわさないようにしている。この書棚の奥はまだ手つかずだった。

昨日の夜、部屋をノックした時、母さんがいつになく慌《あわ》てていたことを思い出した。

動くようになった手前の棚をスライドさせてみる。なんだかぼくのH本隠しみたいだ(ぼくの部屋の本棚はスライドしないから、本の裏側に突っこんであるだけ。母さんは何も言わないが、すでにバレている気がする)。親子そろって隠すのが下手。


女性向けのH本が出てきたら、どうしよう。なんてどきどきしていたのだが、なんのことはない。奥の棚にも、学術書が並んでいただけだ。あまり使わないものなのだろう。古い本が多い。

病気をしてから細い体がさらに細くなった母さんには、本を積み直すのも重労働なのかもしれない。ぼくが積んでおいてやろう。興味を失って元に戻そうとした時、棚の右下の一段だけ、本が寝かせて積まれていることに気づいた。

おかしいな。

母さんは増えすぎた本の収納に苦労しているようで、少しでも空いたスペースがあれば横向きに積む。でも、そういう場合にしても、すべて背表紙が見えるように置き、方向もきちんと揃《そろ》えるのだ。その一角の本だけは、背表紙が読めないように積まれていた。

やめておいたほうがいい、頭ではそう思いながら、手が棚へ伸びてしまった。頭の中には、こんなタイトルがちらついていた。

『クロマニヨン人復活プロジェクト』あるいは『独占手記～私はクロマニヨン人の母』

いちばん上はロシア語で書かれた本だった。英字ビスケットを裏返しにしたり、ちょっと齧《かじ》ったりして、でたらめに並べたようなロシア文字のタイトルはまったくわからない。著者の名前も。でも、ファーストネームだけは読めた。

Михаил

ロシア語会話の例文で見た記憶がある。

ミハイルだ。

内容は文字と図表ばかり。新しい本じゃない。ときおり出てくる写真はモノクロ。

新しいページを開くたびに黴《かび》の匂《にお》いがした。図表を見るかぎり、母さんが研究しているのとよく似た分野に思える。写真はどれも、ぼくが期待していたものじゃなかった。二冊目は英語の科学雑誌。こちらはまだ新しい。論文を集めたもののようだ。カラー写真やコンピュータ・グラフィックスの図表がふんだんに使われている。

予感に指先を震わせながら、ページをめくっていった。それぞれの論文の末尾に著者のプロフィールと、小さな写真が添えられていたからだ。英語が苦手なぼくにもわかりやすい綴《つづ》りだった。

雑誌の中ほどでこんな名前を見つけた。

Mikhail Shirokogorov

見たくなんかない。頭ではそう思っているのに、指は新しいページを探っていた。数ページ先のプロフィールの欄だ。

小さな、ちょっとピントがぼけたその写真の中の男は、眼鏡をかけていた。つるの太い、いかにも学者らしい眼鏡だ。丸顔で頭が禿《は》げている。残っている髪は長めで真っ白。瞳《ひとみ》は灰色。十六歳のぼくには老人に見えた。

これが、ぼくの父親？

名前の後についたカッコの中に、生年が記されている。

（1940〜）

まだ生きている。少なくとも、この雑誌が刊行された年までは。年齢は六十すぎ。

母さんから聞かされたロシア人学者の顔を想像することを、ぼくの頭は拒否し続けていた。拒んでいたはずなのに、テレビや本でロシア人を見るたびに想像をふくらませ、いつのまにかクロマニヨン人の想像復元図のようなイメージを幾通りもつくりあげていた。理想形、最悪の場合、その中間。そのすべてがいっぺんに吹っ飛んでしまった。年齢に関していえば、ぼくの想定範囲を超えていた。

雑誌を閉じ、でもまた開いた。開いては閉じ、また開く。そうしているうちに、ミハイル・シロコゴロフの写真が載せられたページだけ、やけにしわが多いことに気づいた。ページの隅はささくれ立っている。

母さんはしょっちゅうこのページを開いていたんだ。この男の写真を眺めていたんだ。ふだんはぼくの目に触れさせない場所に隠して、ときどき取り出して。

母さんは好きでもない男の子どもを妊娠してしまった。生まれてきた子どもとしてはあまり考えたくはないが、奥さんがいる研究所の上司だと聞いた時、そんな想像がぼくの頭をよぎった。その想像のほうがかえって気が楽だったかもしれない。

三冊目、四冊目、五冊目。どの本も洋書だ。シロコゴロフが書いた論文、あるいは本人に関する記述が掲載されていた。割かれたページは全体のほんの一部で、写真はなかったが、ありかはすぐにわかった。どの本も、そこのページだけ、ひんぱんに開いた痕《あと》があったからだ。

六冊目はまったく違う本だった。これは日本語。しかもまだ真新しい。

タイトルは『ホスピスという選択』。

ホスピス。

母さんが癌《がん》だとわかってからは、栄養学と筋トレに関する本だけでなく、「癌」に関する本もたくさん読んでいる。だから、その言葉が意味するものを、ぼくはよく知っていた。

次の本のタイトルで、ぼくの疑念が現実であることがわかった。

『末期ガンと告知された時に』

頭の上に巨大なハンマーが落ちてきた。

治ってなんかいなかったんだ。

母さんは、夜いつも、写真の中のシロコゴロフと話をしていたのかもしれない。研究のことや、ぼくのこと、自分の病気のこと。戻ってこない返事に耳を澄ましていたのかもしれない。本棚の奥の片隅に、ぼくの知らない母さんの秘密が詰まっていた。

その下の本も末期癌に関するもの。母さんらしい几帳面《きちょうめん》さで、ところどころに赤いアンダーラインが引いてあった。

『人生の長さより、人生の質を考える』

『残される家族にできることを、早めに準備しましょう』

『話すべきことを、話すべき人に、打ち明けること』

何かの間違いじゃないかと思って、何度も本を眺めた。アンダーラインが学術的な箇所にも引かれていないかどうか確かめた。研究の一環かもしれない。遺伝子治療とかっていうやつだ。

そうじゃないことがわかると、ぼくは目を閉じた。メンタルトレーニングだ。まず頭の中を空っぽにする。そして自分のベストのフォームだけを思い浮かべる。

空っぽ。空っぽ。空っぽ。空っぽ。

ベストのフォーム。ベストのフォーム。ベストのフォーム。

空っぽ。空っぽ。空っぽ。空っぽ。空っぽ。空っぽ。

できるわけがない。

ごふごふごふ。

背後で声が聞こえた。

振り向くと、ドアの前に母さんが立っていた。

いつからそこにいたんだろう。母さんの頰は濡《ぬ》れていた。

36

「そんなところで、なにしてるの?」

膝《ひざ》を抱えて、ぼんやりスニーカーを眺めていたら、いきなりサチの声がしたから、いましがたまで眠っていたぼくは、夢の続きを見ているのかと思った。なにしろここは、秘密の森の洞窟《どうくつ》だ。

洞窟の入り口にサチが立っていた。小学五年の夏、初めてぼくの前に現れた時みたいに唐突に。夏合宿から帰ってきたばかりなんだ。電話でそう話していたサチは、昔みたいに真っ黒に日焼けしていた。白いノースリーブにカーキ色のハーフパンツ。これでもサチにしたら女らしい恰好《かっこう》のほうだ。

おまえこそ。そう言おうと思ったけれど、舌はまだ寝ぼけているらしく、言葉が出てこない。かわりにサチが最近ますます強力になっている読心術を発揮した。

「電話したじゃない。今度の日曜、そっちに行くって。おばさんに、たぶんここじゃないかって聞いたから」

そうだっけ。サチと何を話したのか、よく覚えていない。

「合宿のお土産を渡したいって、あたしが言ったら、ワタルは街まで出たくないって。

覚えてないの？」

やっと声が出た。たった二文字。

「うん」

おじゃまします。そう言って、サチが洞窟の中へ入ってきた。

「久しぶりだね、ここへ来るの」

いつだったろう、最後に二人でここへ来たのは。遠い昔に思える。

「考えてみれば、最初にここで会った時のワタルは、背なんか、いまのあたしよりちっこかったんだよね。それが、こんなになっちゃって」

最初にサチと会ったのは、もっともっと遠い昔。一万年ぐらい前だ。サチはぼくの窮屈に折りたたんだ足とすね毛を眺め、それから自分の胸に手をあてて、小さく笑う。

「まぁ、あたしもだけど。ちょっとだけでいいから、あの頃に戻りたい気もするな」

ぼくもそう思う。だから、ここでこうしているのかもしれない。

「ねぇ、なんで黙ってるの」

「寝てたんだ」

最近、居眠りばかりしている。家でも教室でも。何か考えようとすると、体がそれを拒否するみたいに、頭がぼんやり霞《かす》んでくるのだ。そのくせ夜は眠れない。夜中に天井を見つめて考える。母さんがいなくなってしまった世界のことを。

「なんか変だよ、ワタル。電話の声もぼやっとしてたし。なにかあったの」

答えずに、スニーカーのベロを見つめ続けていた。

「ねぇねぇ」

サチはこっちを向けというふうにぼくの体を揺する。

サチには話さない。そう決めていて、電話ではそれを成功させていた。でも、すぐそこのサチの顔を見たら、もうだめだった。口から勝手に言葉がこぼれ出てしまった。

「母さんが……」

サチの前では、おふくろって呼んでいたのに、そんなことも頭から飛んでいた。いくらダンベルやバーベルを振り上げても、心までは鍛えられない。大胸筋はふくらんだが、その奥のぼくの心は弱いままだった。抱えている秘密の重さを、支えきれなかったんだと思う。

「死んじゃう」

「なに言ってるの」

「癌なんだ」

一度開いてしまった口は、もう閉じてくれない。サチはそれほど驚かなかった。あ、やっぱりという顔だ。

「……でも手術は成功したんでしょ。だいじょうぶ、治るよ。最近は癌って言っても──」

「あと一年」

今度はサチが黙りこむ番だった。

「あと一年で死んじゃうんだ。俺に黙ってたんだ。何度も何度も訊《き》いて、ようやく教えた。医者にそう言われたって。手術が成功したなんて嘘《うそ》だったんだ。いつもそうだ。いつも大切なことは教えてくれない。知ってるか、俺の父親の名前。聞きたいだろ」

みっともない声でぼくは叫んでいた。情けないやつ。自分でもそう思う。でも情けないやつになったとたん、ほんの少し楽になった。

「ミハイル・シロコゴロフ。ロシア人だってさ。ちなみにハゲ」

笑って見せたけど、サチは笑ってはくれなかった。

顎《あご》で自分の膝を叩《たた》いた。何度も何度も。そうしたら、それがスイッチだったように、涙があふれてきた。サチの前で泣いたのは、悲しい映画を観《み》た時を抜きにすれば、初めてのはずだ。

自分の膝に顔を埋めて泣き続けた。こんな姿をサチには見せたくなかったが、涙を止めることはできなかった。

サチの指が髪をすいてくれるのがわかった。

「あたしには、よくわからないけど、それって、みんなワタルのためじゃないの。だって、本当のことを聞かされたら、そのあいだ、ワタルはどういう気持ちで過ごしてたと思う?」

頷《うなず》きもせず、首も振らず、サチの言葉を聞いた。

「本当のことを知ることは、いいことかもしれないけど、幸せなこととはかぎらないよ」

何か答えようとしたが、言葉にはならなかったし、うまく説明もできなかった。

母親しかいなかったぼくは、母さんの存在がすべてだった。他の大人と変わらない隠し事があり、嘘があるのなら、もっと早く言って欲しかった。

「俺、ひとりぼっちになっちゃう」

する。

　ぼくは聞きたくないのだが、母さんは自分が死んだ後のぼくについて話をしようと

　高校を卒業するまで、自分はがんばるつもりだ。もし駄目だったら、親戚《しんせき》の人に頼んで面倒を見てもらうようにする。じゅうぶんとは言えないけれど、当面はお金の心配はしなくていい。進学する気があるなら、大学にも行かせられる。そんな話だ。

　母さんの両親はずっと前に亡《な》くなっているし、母さんにはきょうだいもいない。ぼくが覚えている親戚は、小学校の頃、法事で東京へ行った時に会った人たちだけ。ぼくたちの家を訪ねて来た人は一人もいないし、顔だってろくに覚えていない。

「もし、あなたさえよければ、ロシアにいる——」

　そこでいつもぼくが怒り、話は途中で終わってしまう。大切な話だと母さんは言うけれど、聞きたくない。考えたくもなかった。

　サチが不満そうな声を出す。

「ひとりじゃないだろ」

　顔をあげると、すぐそこにサチの顔があった。

「クロみたいな顔、するなよ」

　サチがぼくにキスをした。恋人にというより、子どもにするようなキスだった。

ぼくはサチを抱きしめた。初めて本気で抱きしめる時には、かっこよく抱擁《ほうよう》しよう。ずっと前からそう考えていたのに、現実には、ぼくのほうが抱きついているようなぶざまな姿になってしまった。

サチがぼくの背中をさする。ぼくも同じことをした。少し違うのは、ぼくがサチのノースリーブの中に手を入れたことだ。

「おいっ」

サチが怒った声を出した。

サチの乳房は、想像していたより柔らかかった。

ぼくはノースリーブをめくりあげ、ブラジャーを押しあげる。「ちっちゃいんだよ。ショーロンポーみたい」本人にさんざんそう聞かされていたせいか、手の中の予想以上の大きさにたじろいだ。コンビニの肉まんぐらい。とはいえ、ぼくにはサチの乳房が大きくても小さくても、どっちだってよかった。サチの体にくっついているものなんだから。

サチの体がくりとくずれて、仰向《あおむ》けに寝るかたちになった。

「ねぇ、ちょっと」

仲間に借りたアダルト・ビデオでは、このあたりで女の人の声が優しくなるのだが、サチの声は尖《とが》ったままだった。

やめろ、何してるんだ。熱くなった頭の中の、芯《しん》にだけ残っている冷静な部分がストップをかけようとしているのだが、体はぼく自身に反乱を起こしたように止まらない。

乳首に吸いついた。グミみたいだった。体重をかけすぎないように注意していたのだが、いきなり握り拳《こぶし》で頭を叩かれた。

「痛いよ」

あわててサチの体を抱き起こす。両手を突っ張って、ぼくの体を押し戻したサチは、怒っているというより呆《あき》れ顔だった。

「……ごめん」

サチの顔をまっすぐ見られなくて、エラーした内野手がグローブを眺めるみたいに自分の手に目を落とした。俺じゃないよ、こいつのせいだっていうふうに。

体を動かしたわけじゃないのに、ぼくはウォームアップ・ランの三周目並みに息を荒らげていた。ひたいから伝った汗が鼻の頭からぽたりと落ちる。きっといまのぼくはとんでもない間抜け面《づら》をしているだろう。

「泣いてたくせに。こういう時に、そういう気持ちになるもの？」

サチの言葉をうなじで聞いた。重い首を縦に振って、それから横に振る。

「うん……よくわからないけど」

本当にわからなかった。頭の中は悲しみでいっぱいなのは確かで、ぼくが激しく勃《ぼっ》起《き》しているのも確かだった。自分を情けない生き物だと思った。うなだれていた首を自分の膝の間にはさみこんでしまいたい気分になった。

「やっぱりワタルは原始人だな。よりによって、こんなところで――」

サチが鼻声で言葉を続ける。ぼくのしようとしたことより、場所が気に入らない、そんな口ぶりだった。

「ごめん」

同じセリフを繰り返す。それしか思い浮かばなかったのだ。

「クロに見られたらどうするの」

サチは四つんばいで洞窟の入り口へ行き、外を覗《のぞ》いた。ずりあがったブラジャーはまだそのままだった。ノースリーブの裾《すそ》がブラジャーの片側にからみついていたから、左の乳房はまる見えだ。日に焼けた手足に比べると、ずっと白かった。サチに知られたら、また頭をぶっ叩かれそうだったが、ぼくの視線はその白さとピンク色の乳首に釘《くぎ》づけになる。

「寝てる」サチが言った。クロのことだ。「まるでここの番をしてるみたい」

サチがこっちを振り向く。頬が染まってた。乳房もだ。ノースリーブがまくれあがったままなことに気づいていないのだろうか。むりやり目を引き剝《は》がした。

「服、汚れちゃうし」

サチもぼくの顔を見ようとしない。ここでこんなことをしてはいけない理由を、あげつらう口調だった。

「ワタル、爪《つめ》伸びてるし」

爪を見た。そうかな。何日か前に切ったばかりなんだけど。

「背中、痛いし」

「ごめん、なさい」

「試してみ」

サチの言葉に押されて、仰向けに体を横たえた。ここでいつも寝ころんでいるぼくには、ゴツゴツした硬い感触が気にならない。サチみたいに柔らかな体じゃないせいだろうか。岩が穿《うが》たれた洞窟だから、床になっている部分には砂と枯れ葉が吹きだまっていて、ぼくの基準で言えば清潔で、ひんやりしている。

「隙《すき》ありっ」

いきなりサチが飛びかかってきた。ぼくの唇に唇を重ねてくる。ううっと低く唸《うな》ったサチの口からは、ミント・キャンディの香りがした。クロの頭を撫《な》ぜるみたいに、ぼくの髪をくしゃくしゃにする。柔らかくって、思っていたより重くて、温かい体も、ぼくの体と重なった。やっぱり、女の子はよくわからない。

反撃開始だ。ぼくはサチの下着の中へ手を入れた。ざらりとした毛の感触がぼくを動揺させ、ペニスが痛いほど固くなる。伸びているという爪で傷つけないように、指をサチの奥深くに侵入させた。

サチの手もぼくのパンツの中に伸びてきた。ひんやりとした指で握られただけで、射精しそうになった。ぼくはサチの下でもがいてパンツを脱ぎ、サチの下着を下ろした。でも、その先は、どうしていいかよくわからなかった。エロ雑誌やアダルト・ビデオが、何の参考にもならないことだけがわかった。

サチの体を自分の中に閉じこめるように抱きしめた。無我夢中で両手を動かし、唇を動かし、すべての皮膚を吸取り紙にして、サチのすべてを知ろうとした。感じようとした。サチとひとつになろうとした。

そうしているうちに気づいた。ぼく自身より、ぼくの体のほうが、どうすればいいかをわかっていることに。

サチも同じなんだと思う。違う曲で別のダンスを踊っているようだったぼくらは、少しずつ息の合ったダンス・パートナーみたいに動きがひとつになっていった。いつのまにかぼくが上になり、サチが下になっていた。サチはちょっと痛がっていたけれど、それは岩が背中に当たるためではないようだった。

初めてサチの中に入った感覚をひと言でいうなら、するりだ。

自分たちの体がそういうふうにできていることを知った。ペニスがオナニーをするためにあるわけじゃないことをその一瞬で理解した。

サチの目が薄く開いて、ちょっと不安そうにぼくを見た。

いつかこうなる時に備えて、ぼくは自動販売機でコンドームを買い、引き出しのいちばん奥にしまってある。一度だけだが、使い方も練習した。でも、それを思い出した時には、限界を超えていた。

ごめんよ。サチの目が何かの覚悟を決めたように固く閉じる。

下半身が爆発した気がした。頭の中で白い花火が破裂する。いつものそれがロケット花火だとしたら、いまのは打ち上げ花火だった。

射精を終えたとたん、呆れるほど冷静になるのは、いつものことだ。たぶん人類が本当に洞窟《どうくつ》で暮らし、大きな獣が外敵だった頃から、男の体はそうなっているに違いない。

ぼくはこの瞬間にも、洞窟の中へホラアナグマが侵入してきてもだいじょうぶであるように、サチの上にぴったり覆《おお》いかぶさり、体をしっかりと抱きしめた。冴《さ》え冴《ざ》えとした頭の中には、なぜか「生命の樹《き》」が浮かんでいた。『人類進化の大いなる道』の冒頭ページに出てくる、生物が誕生し、進化し、さまざまに枝分かれしていく過程を示した図だ。ぼくはいま、自分とサチが、その末端に——ほんのほんのほんの先っぽにだけれど——確かに連なっていることを感じていた。

サチが鼻をすすりあげて、ぼくに手を伸ばしてきた。ぼくはその手を離すまいとして、すべての指を一本ずつからめて、固く握りしめた。

37

高校三年の夏、ぼくはようやく全国大会に辿《たど》りついた。

奇跡は簡単には起こらない。二年が終わる頃になっても、「ある日突然十メートル」の奇跡は訪れず、記録はほとんど伸びなかったのだが、三年になった年の、インターハイ県予選の一投目で、いきなりそれがやってきた。

助走路を走り、クロスステップに入った瞬間に「来た」とわかった。ステップの直前で失速し、それまでに貯《た》めこんだスピードを殺してしまうのが、ぼくの悪い癖なのだが、その時には完璧《かんぺき》だった。両手と両足が自分じゃない誰かに導かれるような感覚に囚《とら》われた。

全身の筋肉が共鳴し、両足が正確なリズムを刻む。両腕がなめらかに動く。体からよぶんな力が抜けて、やけに軽く感じた。

ラストクロス。体がXになる。

指先から離れた後も、槍《やり》とぼくの体はひとつの線で結ばれているようだった。といっても半分の奇跡だ。その一投で自己記録を五メートル伸ばした。六十七メートル四七。県の高校記録まであと十五センチだった。

地方大会ではさらに一メートル三十センチ記録を伸ばして、二位。県の記録を塗り替えてインターハイ出場を決めたぼくの名前が、地元の新聞の片隅に載った。母さんはそれを切り抜いて、赤ペンで囲み、病室の壁に貼《は》った。

というわけでぼくは、遠い街の初めて訪れた競技場の中にいる。

八月初めのとびきり暑い日だった。午後には温度計が三十五度を超えた。風がなく、炎熱のせいでメインスタジアムの銀傘《ぎんさん》が揺らいで見える。温度計以上に気温が上がっているはずのフィールドは、まるで鍋《なべ》の底だった。

午前中の予選は一投、二投ともファールで冷や汗をかいたが、三投目で六十三メートルを超えてなんとか通過。

決勝の五投目を終えて、いまのところ四位だ。トップの選手が五投目に記録した七十メートルを誰も抜けずにいる。四投目で自己ベストに近い六十八メートル五五を記録したぼくにも、あと一メートル以上が必要だった。

投擲《とうてき》順まであと二人。ぼくはストレッチを終えて、槍を手にした。照りつける太陽がうなじを焼く。暑いうえに湿度も高かった。立っているだけで汗が吹き出てくる。

手のひらの汗を拭《ぬぐ》い、ロージンバッグを握ってから、両手を軽く叩《たた》き合わせる。それからスタンドに視線を走らせた。

いままで見たこともない大きな陸上競技場だ。Jリーグのホームスタジアム並みの人数が収容できるだろう。フィールド中央に設けられた投擲用テントの近くから見ると、スタンドの観客の顔は豆粒だ。

ぼくは豆粒の中に目を凝らして、ひとつひとつをえり分ける。

インターハイが開催された県は、ぼくらの町からけっして近くはなかったのに、スタンドには知っているたくさんの顔があった。

陸上部のみんな。一年の時に八人しかいなかった部員は、いま二十人。ぼく以外にも四人が槍投げをやっている。始めた時には、自前の一本しかなかった槍は、数がふえ、部室の一角を占領するほどになった。

学校の仲間たち。競技が始まる前、ぼくの顔を見るなり、やつらはこう言った。「南山、喫煙所どこ?」ここへ来るバスの中で、ずっと学校の教師たちと一緒だったから、一本も吸えなかったんだそうだ。

連中の隣には、その言葉どおり、何人かの教師たち。期末テストで30点しかとれなかったぼくに、優勝したら、「3」を「8」に書き替えてやると言っていた物理の教師もいた。

卒業した野球部の元キャプテンのホームベース顔もあった。現役野球部員数名の臨時応援団付き。うちの学校にはブラスバンド部がないから、気をきかせてくれたらしいが、聞こえてくるトランペットはおそろしく下手だ。周囲に笑われているに違いない。

トラの居場所はすぐにわかった。金色の短髪がひときわ輝いていたからだ。十八歳になったトラは、あだ名通り、トラックの運転手になった。「忙しくて応援には行けない。徹夜でガンガンころがしてっから。仕事は親父《おやじ》から回ってくるからさ、そのわりには金が安いんだ。たまんねぇよ」先月会った時、偉そうに言っていたが、まだ大型免許はないから、「ガンガンころがし」ているのは、四トントラックだ。名前は「ラビット号」。今日もラビット号で駆けつけてくれたのだと思う。

校庭の隅のジャングルジムの中で膝《ひざ》をかかえていた頃や、森の奥でひとりぼっちで石のナイフを磨いていた頃を思えば、大いなる進化。「消防車」と呼ばれていた昔が、百万年前の出来事に思える。

もうぼくを笑うやつはいない。ぼくの成果を喜んでくれている。ぼくの結果をみんなが待ってくれている。

木嶋も来てくれた。予選が始まる前に、サブトラックでぼくのフォームをチェックし、最後に痛いほど肩を叩いてきた。

「あと八メートル、一日で伸びる距離だぞ」

「いえ、あと二十九メートルです」とは言わなかった。その時、切実に欲しかったのは、遠い夢ではなくて、今日の結果だったからだ。

スタンドの最前列には、サチがいた。

「場所がわかるように、赤い服を着てくから」その言葉どおり、真っ赤なTシャツを着ていた。でも、どんな色の服だろうと、サチの居場所はすぐにわかっただろう。なにしろぼくの番になるたびに、立ち上がって、両手に持ったメガホンをめちゃくちゃに振りまわしているのだから。

サチは週に一度、ぼくの家にやってくる。月に一度は、ラクロス部の合宿とか、友だちの家で試験勉強だとか、家に口実をつくって泊まっていく。ママさんにバレないのか、と聞くと、決まってこう答える。「お母さんはいま、子どもよりダンナだから」

サチの父親は、母親と結婚する時、両親から反対されて、継《つ》ぐはずだった土建会社を放棄したんだそうだ。「カケオチって言うんだっけ。それをいまだに申しわけながってるんだ。関係ないんだよ。どっちにしたって、また戻ってきて親に泣きつくようなやつなんだから。あいつに利用されてるだけなのがわかってないんだ」

そして、母さんがいた。この日のために一時退院をしたのだ。頭には、昔、塀をペンキで塗り直す時にもかぶっていた、愛用のベースボールキャップ。

隣のサチと話をしている。ぼくが部屋を散らかし放題にしていることや、そばやカレーにまで発展している納豆レシピについて、サチが何も知らないと思って愚痴をこぼしているのかもしれない。ぼくに無理やりつくった笑顔で話す病院に関するあんまり面白くないジョークかもしれない。笑ってくれていればいいけれど。

サチとお揃《そろ》いの赤いTシャツを着ているからだろうか、太陽電池で動いているみたいに、暑さもお構いなしに飛び跳ねはじめたサチの隣で、じっと座っている母さんは、ただでさえ小さな体が、さらに小さくなった気がした。そして、ずいぶん歳《とし》をとったように見えた。帽子をかぶっているのは、陽射《ひざ》し予防のためだけじゃない。ベースボールキャップの下の、去年まで長く伸ばさなくても大きなおだんごが結えた髪が、すっかり薄くなってしまっているのだ。

ぼくの番が来た。最後の一投だ。

目を閉じて、自分の最高のフォームを思い浮かべる。満足できる投擲が少なかった以前のぼくは、ビデオで見た外国選手の姿を再現してみることが多かったのだが、いまは違う。自分の県大会の一投目だ。

深呼吸をくり返す。何かを招き入れるつもりで大きく息を吸う。吐く息とともに緊張と雑念を追い払う。目を閉じるとどうしても頭に浮かぶ、副作用のためにつらそうにしている母さんの姿も、ぼくの家であいかわらず料理の邪魔をし、サラダだけを自慢するサチの顔も、すっかり吐き出す。

さぁ、助走だ。焦《あせ》って全力で走っちゃいけない。小さい頃から、走り出すと、鎖をはずした犬みたいにやみくもに全力疾走してしまう自分の両足をなだめすかして、八十パーセントの力で地面を蹴《け》る。槍投げを始めてからのぼくは、少しずつだが、自分の体を自分のものにしはじめていた。

スタンドの向こうに、何かが金色に光って見える。雪原のマンモスだろうか。それとも午後の陽射しが雲を光らせているだけだろうか。

ラインの五歩手前でクロスステップ。

その瞬間、小さな奇跡がやって来たことをぼくは知る。誰かが体を導いてくれている。

誰だろう。ぼくにこの体をくれた、母さんかもしれない。もうひとりの会ったこともない誰かかもしれない。生命の樹の長い行列にいる誰か、あるいはそのみんなかもしれない。ぼくの体のエンジンになっているサチかもしれない。頭が命令しなくても、体が勝手に動いた。

風のないフィールドに、ぼくの両腕と両足が風を起こした。

気持ちがよかった。

槍は最高の角度で、真夏の空を切り裂いていく。

歓声が聞こえる。学校を挙げて応援に来ている有名選手たちへのそれに比べたら、小さな声かもしれないが、ぼくにとっては大歓声だ。

もう何メートルだって構やしない。槍が落ちるのを確かめる前に、ぼくは拳《こぶし》を突き上げて、みんなのいるスタンドに雄叫《おたけ》びをあげた。何を叫んでいるのか、自分でもわからない。

言葉にはなっていないけれど、これが、ぼくの言葉だ。

ぼくが生きていることを、ぼくがここに存在していることを、みんなが認めてくれている。祝福を送ってくれている、そのことへの返礼の言葉だ。

ぼくは思った。いま、この時がずっと止まったままでいてくれればいい、と。

ずっとずっとずっと。

38

時は止まってくれなかった。

余命あと一年と告知されてからの母さんは、冷厳なその期限を、一日でも伸ばすことを唯一《ゆいいつ》の目標にしているようだった。すでに手術で治せる段階ではなかったから、わずかなパーセンテージしかない抗癌剤《こうがんざい》や放射線治療の可能性を信じて、ほぼ百パーセント訪れる副作用に耐えた。

ぼくは癌に関するたくさんの本を読み、「これで治った」、「ガンが消えた」という「奇跡」の療法や食品の情報を目にするたびに、買いに走った。ビワの葉のお茶、キノコの粉末、ニンジンジュース、中国の漢方薬、ハワイの木の実から抽出したというエキス。

日頃、非科学的な考えに否定的な意見を持つ母さんも、ぼくが遠くまで出かけて捜しまわったことを知っていたからか、最後の最後は科学以外のものを信じたかったのか、ひととおり試した。

やると決めたことは確実に実行する。母さんは最後までそういう人だった。だから、医師に宣告された期限を首尾よく生きのびた。

一年じゃなかった。一年と八カ月だった。

ワタルが高校を卒業するまで頑張らなくちゃ、と言っていた母さんは、卒業式まであと四カ月で力尽きた。四十三歳だった。

奇跡は簡単には起こらない。

インターハイの六投目は、七十三メートルを超えた。ラインの踏みこしでファールにならなかったら、の話だが。結局、ぼくの成績は、インターハイ五位。そのおかげで県の代表として国体への出場権を手に入れたが、開催されるのは、インターハイの時よりさらに遠くの県だ。母さんを残していくのが心配だったぼくは辞退した。顧問や木嶋には反対されたが、他の三年生と同様、ぼくも陸上部を引退し、クラスメートの半数がそうしているように自動車教習所に通いはじめた。クルマの免許さえあれば、もっと遠くへ行けて、評判の漢方薬や食品が手に入ると思ったからだ。母さんの体調が良くなれば、外出許可をもらって、二人で出かけることもできる。十八歳になって免許証が手に入ったら、ぼくは母さんといろんな場所へ行くつもりだった。

二人では、一度しか行ったことのない海。母さんの休みがとれず、高橋さんとぼくだけで出かけたイワナ釣りの穴場。夕日に輝く象が金色に見えたという動物園。

亡《な》くなる一カ月前から、学校は休み続けた。ぼくが病院に通いつめていることを知ると、クラスの連中が入れかわり立ちかわり授業の内容を写したノートを持ってやってきた。書き慣れていないことがすぐにわかる誤字脱字ばっかりのノートだ。みんな馬鹿のくせに、「馬鹿の南山を無事、卒業させるため。大学に行かせるためだ」と言って。年明け早々にぼくは木嶋の勧めで、スポーツ推薦で大学の入学試験を受けることになっていたのだ。

クロはトラに預かってもらっている。クロはいま、父親が社長で、社員はトラだけの会社「チャンピオン運輸」の番犬だ。

サチは自分の家で預かれないことを残念がっていたが、サチの家はいま、それどころじゃなさそうだった。父親が舞い戻ってきて、そのおかげでユキヤはほとんど家に帰ってこないらしい。

「昔よりひどいね」とサチは言う。父親は自分がつきあっている「ろくでもない連中」まで家に引っ張りこむようになっているんだそうだ。

そのためなのかどうか、サチは週末のたびに病院へ来て、ぼくと一緒にベッドの脇《わき》に座り、話ができる時には、母さんと話をしたり、話ができない時には、手を握ったり、苦しそうな寝顔を眺めたりしていた。

ぼくの部屋はあいかわらず汚いままだが、一時退院した時の母さんは、他の部屋がやけに片づいていることを不思議がっていた。サチは歯ブラシやタオルを自分で用意してきて、必ず持ち帰っていたし、退院する前に、ぼくは風呂場や洗面所に落ちているサチの髪をたんねんに拾ったりしたけれど、母さんの目はごまかせなかったようだった。

母さんは一度、サチにこんなことを言った。ぼくらに背中を向けて、目も閉じていたが、この時は意識はしっかりしていたはずだ。

「ワタルはすぐにお風呂の掃除をサボるから、お願いね」

思わずサチと顔を見合わせてしまった。

サチはいつも土曜日にやってきて、ぼくの家に泊まっていく。母さんには申しわけないが、たいていの場合、セックスをする。母さんの命がもうすぐなくなってしまう。そう考えれば考えるほど、サチと確かめ合いたくなるのだ。サチがちゃんと生きていることを。自分がちゃんと生きていることを。言いわけかもしれないけれど。

コンドームを使うようになったこと以外、二人とも上達したとは言いがたい。ぼくらはあいかわらず観客からブーイングが飛ぶ総合格闘技みたいに、体をくっつけあって、上になったり下になったりしている。ときどき新しい技を試みることもあるのだが、それは欲望のためというより、何かの修行みたいだった。

最後の頃の母さんは、体じゅうが痛かったのだろう、ずいぶん辛《つら》そうにしていた。でも「痛いの?」と訊《たず》ねても「平気」としか言わない。そのかわり、ちょっとわがままになった。

「家からもってきて欲しい本があるの」

もう研究所に戻ることはないのに、母さんは最後まで自分の研究を続けていた。二度目の入院の時、引き継ぎのためだという書類を、母さんに代わって研究所に届けていたから、主任には新しい人が選ばれていることも、仕事場に母さんの机がないことも、ぼくは知っていた。でも、母さんにはそんなこと関係ないらしい。

「シュークリーム、食べたい」

もう固形物が喉《のど》を通らなくなったある日、そう言ったことがあった。シュークリームを売っている店なら、病院の近くにいくらでもあったのだが、母さんが食べたがっているのが、そのどれでもないことはわかっていたから、電車で町へ戻り、母さんがいつも買う、一個百五十円のチョコレート・シュークリームを買った。

本当に買ってくるとは思っていなかったらしい、母さんは困ったように笑って、苦労してひと口だけ食べた。

前日まで母さんには意識があった。

最後の言葉は、これだった。

「白髪染め」

ぼくが「何か欲しいものある？」なんて聞いたからだ。それが母さんの最後の言葉になるとわかっていれば、もっと気のきいたことを口にしたのに。「白髪染め」を最後に、母さんの口は人工呼吸器に塞《ふさ》がれてしまった。

医者からは、最後に会わせたい人間を呼べと言われた。ぼくは誰にも——サチにも——連絡はしなかったのだが、研究所に知り合いがいるらしい医者が勝手に呼んだのだろうか、そのうちに相原研究所の人たちがやってきた。二年前に大学の研究室に戻ったという久保さんもだ。みんなに「先生」と呼ばれていた久保さんは、ぼくが会った頃より少し髪が薄くなっていた。

何日も前から母さんは個室に移されていたが、詰めかけた人数には部屋は狭すぎた。看護師が計器をチェックしに来たのを見はからって、他の人たちはデイルームに移動したのだが、久保さんだけは残って、目を閉じたままの母さんの顔を、ずっと見つめていた。本当に悲しがっているのは、この人だけのように思えた。

母さんに手を伸ばしかけてためらい、ぼくの顔に目を走らせてきたから、「どうぞ」と言った。久保さんは母さんの手をそっと握った。

四年前に、もしぼくが「どうぞ」と言っていたら、ぼくや母さんや久保さんはどうなっていただろう。

母さんは、ロシア人の教授のことなんか忘れて、久保さんと人生をやり直すことができたのだろうか。

ぼくには「父さん」と呼べる人ができて、ごく普通の子どもに収まり、みんなと同じような普通の家庭が体験できたのだろうか。

その別の人生の中では、母さんは癌にかかることがなかったのだろうか。

母さんの顔に問いかけてみたけれど、何も答えてはくれなかった。

点滴で送りこんでいる薬のためか、意識があった時、眉間《みけん》に刻まれていた苦悶《くもん》のしわは消えている。薄く目を閉じた母さんは、思慮深く考え事をしているようだった。

答えなんかないのよ、そう言っているふうに見えた。

不確かな事象に答えを見つけるのが、母さんの仕事だった。そのために常にひとつひとつ事実を確かめ、きちんと筋道を立ててモノを考えていくのが日課だ。

でも、ある時、こう言ったことがある。

「答えはひとつとは限らないのよ。しかも、それぞれが本当の答えなのかどうかもわからない。科学の世界でも、十年前に正しいと信じられてた学説が、どんどん新しいモノに変わっているの」

そんな昔じゃないと思う。入院中、母さんが普通に喋れなくなるまで、ぼくたちは一生分の話し足りなかった会話を取り返すように、いろんな話をしたから、その時の言葉のひとつかもしれない。

「真実って、空の雲みたいなものなの。目を開ければ、確かにすぐそこにあるんだけど、触れることはできない。近づこうとしても、なかなか近づけない。しかもどんどん流れていっちゃうし、カタチも変わっていく。研究者としては、言っちゃいけないことかもしれないけれど、最後にはこう思っちゃう。考えてもしかたないって」

考えてもしかたない。そうさ。少なくともぼくは、母さんと二人きりでも、ずっと楽しかったし、幸せだった。母さんもそう思っていたことを願うしかなかった。

ぼくは、母さんが嬉《うれ》しそうにしていた時のことだけを思い出そうとした。

幼稚園の運動会で、研究所の人たちと、断トツで走っていたぼくを応援していた時。ぼくがゴールしたあとも走り続けてしまうまでだけれど。

初めてサチを家に連れて行った時。「お友だちを連れてくるなんてほんとうに久しぶり」と言っていた母さんは、ずっと誰かと話してみたかったんだろう、サチにぼくの愚痴をこぼすのが楽しくてしかたない様子だった。あの時は、サチはどちらかというと母さんの友だちみたいだった。

ぼくが初めてつくった月見うどんを食べている時。母さんはわがままを言うのが嬉しかったようで、子どもみたいに口を尖《とが》らせた。「鶏肉は嫌だって言ったのに」

県の高校記録をつくって、インターハイへの出場を決めた時。珍しく母さんは興奮してあちこちに電話をしていた。

考えてみれば、母さんが笑うのはいつも、ぼくに関する出来事に対してばかりだった。主任になった時だって、とくに興奮している様子はなかった。いつものチョコレート・シュークリームの数が増えただけ。

母さんは幸せだったのだろうか。それを思うと、自分が母さんの人生の邪魔者に思えてくる。

壁に貼《は》ってあった地方新聞の切り抜きは、いつの間にか冷蔵庫のドアに移動していた。起き上がれなくなり、寝返りを打つことも辛くなった母さんが、いつも見つめていた場所だ。これで喜んでもらえるのなら、ファールなんてしなけりゃよかった。インターハイで優勝していれば、たとえ片隅だろうと、全国紙に名前が載ったのに。

まだ数日はだいじょうぶだろう、という医者の言葉を信じて、久保さんたちが帰ってすぐ、容体が急変した。

後になって「みんなの顔を見られて安心したんだね」研究所の人たちがそんな話をしているのを耳にしたが、そんなことはない。きっと最後は二人だけになりたかったんだ。ぼくはそう思いたい。

二人きりの病室で、母さんの手を握り続けた。ぼくよりずっと小さな手だ。ずっと細い腕だ。ぼくがこの体から産まれたことが信じられないほど。まだ幼なくて手を引かれていた頃には、ふっくらとして、つやつやしていた手は、かさかさで、指は枯れ枝みたいに細くなっていた。

病院のつきそい用ベッドで眠っていても、風邪ひとつひかない自分の体が、疎《うと》ましく思えた。こんな時なのに、朝から何も食べていなかったぼくのお腹《なか》は鳴り続けている。自分が健康すぎるほど健康であるのが、腹立たしかった。

ときおり病室を覗《のぞ》きにくる医者は、主治医ではなく、当直勤務らしい若い人だ。呼吸器や点滴や導尿管や、脈拍と血圧を計るための機械に繋《つな》がれた母さんに目を走らせてから、不吉な予言をする口調で言った。

「無理な延命はご本人が望んでいませんでした。最終的な判断はこちらに任せてもらえますか」

ベッドの脇に置かれたモニター画面が、母さんの命を無機的に数値化している。血圧は人間がまともに活動できない数値にまで下がっていた。医者が最終的な判断というやつをいまにも下したがっているように思えて、喉の奥から声を出した。

「お願いです。まだ止めないで」

ひたすら母さんの顔を見つめた。もしかしたら、もう一度、目を開けるんじゃないかと思って。奇跡が訪れるんじゃないかと期待して。

少し前、ドキュメンタリー番組で観《み》たのだ。突然の病気で臨終を告げられた少女が、棺桶《かんおけ》の中で目を覚ますという話。再現ドラマの中の少女は、お花畑の向こうに亡くなったお祖母《ばあ》さんが現れて、まだ来ちゃだめだと忠告されたと話していた。写真でしか顔を知らない祖父母に祈った。母さんを追い返して。まだ行かせないで。ぼくはこの先の自分の幸運のすべてと取り替えてしまってもいいから、奇跡が母さんのベッドに舞い降りることを願った。

でも、だめだった。電子グラフの数値は下がっていくばかりだ。起きないものなら、奇跡なんて言葉は、この世から消えて欲しい。

明け方近く、乱れ続けていた脈拍と血圧を示すグラフが一本の線になった。

医者が時計に目を落として、母さんの死を告げる。そして、それがこの病院の特典であるかのようにこう言い、部屋を出ていった。

「あと十分、待ちましょう。十分後にナースが処置をしに戻りますから」

病室でひとりぼっちになったぼくは、まだ温かい母さんの手を握って、甲を叩《たた》いて、それから頬をなぜて、言った。

「わかった。心配しないで。白髪染め、買っておくから」

ほんの数カ月前のことなのに、母さんの葬儀が行われた二日間のことは、とぎれとぎれにしか思い出せない。

39

霊安室でぼんやり突っ立っていると、早朝だというのに、久保さんが戻ってきた。母さんはこの日に備えてすべてを準備していたらしい。あらかじめ病院から久保さんに連絡が行くようにしてあったのだ。

霊安室で葬儀社のクルマを待つあいだ、久保さんとは、ろくに話をしなかった。意地になっていたわけではなく、ぼくからも久保さんからも、言葉が失われていたからだ。

葬儀社への手配から数少ない親戚《しんせき》への連絡まで、すべきことを処理したのは、すべて久保さんだった。病院のベッドの脇で、頭の中の時計が止まってしまったぼくを置いてきぼりにして、あらゆることが進んでいった。覚えているのは、下げる理由もわからずに、機械的に頭を下げ続けていたこと。そして線香の嫌な臭《にお》いだ。

「このたびはご愁傷さま」

「お気の毒にねえ」

「一年半もよくがんばったね」

誰もが同じ台本を持たされているように同じセリフを口にする。それを片方の耳で聞き、もう片方の耳から外へ放り出していた。

近所の人もたくさんやってきた。仲の悪かった梨《なし》畑の持ち主や、レトロウイルスの研究の反対運動をしていた地区長も。

ろくにつきあいのなかった人たちが、涙を流す姿を見るのは不思議な気分だった。あの人たちは何が悲しいのだろう。そんなに悲しんでくれるなら、生きているうちに、もっと母さんと仲良くしてくれればよかったのに。

ぼくは涙は流さなかった。少なくとも人前では。

唯一《ゆいいつ》、自分自身で連絡をしたのは、サチだけだった。学校を休んでやってきたサチは、ぼくの顔を見ても何も言わなかった。悔やみの言葉は口にせず、人の目がなくなると、ぼくの手を握ってくれた。声を出して泣くこともしなかった。トラが連れてきたクロを抱きしめたとき以外は。

葬式にやってきた親戚は五人。みんな居心地が悪そうだった。全員が久保さんに妙な目を向けていた。

葬儀の前後には久保さんといろいろな言葉を交わしたが、すべて事務的なことばかり。ぼくはただ言葉に頷《うなず》くだけだった。

火葬場からお骨《こつ》を持って家に帰ると、勝ち抜けゲームから抜け出せずに困り果てている様子だった親戚たちが少しずつ消え、母さんの写真とお骨の前には、ぼくとサチと久保さんだけが残った。

久保さんが母さんの遺影を見つめて言った。久保さんが選んだ写真だ。ちょうどぼくと会った四年ぐらい前のもの。

「君のことをお母さんから、頼まれていたんだ」

親に死なれた未成年者には、親に代わって生活を監督したり、財産を管理したりする、後見人という存在が必要なんだそうだ。最初、母さんは久保さんに頼むつもりだったらしい。死の半年ほど前に、ぼくはそのことについて相談されていた。

考えたくないことだ。ぼくは話し合いを拒否したのだが、「大切なことなの。私が指定しておかないと、あなたがよく知らない親戚の人になっちゃうのよ」そう言われて、「やってもらえるなら、木嶋先生がいい」と答えた。木嶋と母さんとはインターハイのスタジアムで会っている。その時に話し合ったのだろう。午後からの授業のために火葬場から去った木嶋には、「俺が父ちゃん代理だからな。覚悟しろ」と肩を叩かれている。

あまり状況を把握していない様子の木嶋にかわって、久保さんがていねいに説明してくれた。母さんの残した貯金と保険金、そして借地権がある土地と家の返還金は、ぼくが大学に行ったとしても、その四年間を暮らしていける額なのだそうだ。

「たいしたことはできないが、何でも言ってくれ」

研究所の寮の空き部屋に住まないか、久保さんからはそう提案された。久保さんは本当にぼくを心配してくれているようだった。

木嶋にも言われた。

「俺のところに来い。どうせうちはガキが三人いるから。三人も四人も一緒だ」

サチも。

「あたしのうちに来なよ」

でも、それがサチのただの夢でしかないことは、ぼくにもサチ自身にもよくわかっていた。

気持ちはありがたかったが、まだこの家を離れるつもりはなかった。「ありがとうございます」久保さんに心からそう言って、ぼくは宣言した。

「卒業するまでは、一人で住みます」

大学のスポーツ推薦が決まったら、陸上部の寮に入ることになる。どっちにしても、それまでの数カ月間だ。

母さんはいなくなってしまったけれど、母さんと暮らした記憶はまだこの家に残っている。いきなりすべてを失いたくない。忘れたくなかった。

流し読みばかりとはいえ、書棚には目を通していない本がだいぶ残っているし、母さんが遺《のこ》した私物の整理もこれからだ。

ぼくは知りたかった。ぼくの知らない母さんのことを。そして、ぼくの知らないぼくのことを。

40

「はい、おかわり、おかわり」

茶碗《ちゃわん》の中の残り少ないご飯を、ゆっくり口に運んでいると、木嶋の奥さんが両手を鳴らして、手を差し出してきた。

これで三杯目。それもお茶漬け用の大きな茶碗。まだ小さな木嶋の子どもたち三人が、目を丸くしている。いちばん年上のケンゾウが、ぼくにライバル心を燃やして、子犬みたいな勢いで二杯目のご飯をかきこみはじめた。ぼくは木嶋先生とその家族と一緒に、本来は四人がけのテーブルを六人で囲んでいる。テーブルの上には、すき焼きが煮える鍋《なべ》。

「南山、もっと肉を食え。お前はまだ細すぎる。遠慮するな、どうせオージービーフのいちばん安いやつだから」

木嶋がぼくの器に、どばどばと肉を投げ入れてくる。体のわりには酒が強くないみたいだ。缶ビール一本で顔を赤くしていた。

「いちばん安いやつじゃないよ。今日は南山君が来るから、二番目に安いのにしたんだ」

奥さんが木嶋の脇腹《わきばら》に肘《ひじ》打ちを食らわしている。木嶋の奥さんはいい人だ。元円盤投げの選手で、特別太っているわけでもないのに、腕の太さはぼくと変わらない。木嶋は本気で痛がっていた。

「なぁ、南山、やっぱり、うちに来ないか。独りじゃ大変だろう」

「そうよ、うちはぜんぜん平気。前にも学生さんの面倒を見てたことがあるし。留学生が下宿してたこともあるんだよ。ハンガリーの人」

ぼくは首を横に振った。

「だいじょうぶです。料理はぜんぜん苦にならないし。掃除も」

「嘘《うそ》つけ。お前、中学の時、部室をきたなくしてた元凶だったじゃないか」

二人とも良くしてくれるし、奥さん似の三人の子どもたちも懐《なつ》いてくれている。でも、ぼくさえいなければ、今日も二番目に安いオージービーフより高い牛肉が食べられたはずだ。「俺が持ってると、使いこみしちまいそうで心配だから」木嶋はそう言って、母さんが残してくれた預金通帳は、ぼくに渡したきり。使い途《みち》に口をはさむこともない。

「ちゃんとメシ、食ってるのか？」

「ええ」

あまり食べてはいなかった。インターハイの頃に比べると、体重は四、五キロ減っている。槍《やり》投げの選手としてはまだまだ軽量なのに、さらに痩《や》せてしまっていた。

四杯目のすすめを断り、いちばん年下のカナメを膝《ひざ》の上に載せた時に、話を切り出した。

「木嶋先生、俺、外国へ行きたいんですけど、同意書を書いてもらえますか」

未成年のぼくはパスポートを取る時に、後見人の承諾が必要なのだ。木嶋はぼくの言葉に驚きはしなかった。進路に就職を選ぶ生徒が多いぼくの高校では、遊べるのはいまだけ。卒業旅行で海外へ行くのが流行《はや》りだ。地元の教師である木嶋も、そのことを知っている。

「おお、いいとも。外国かぁ、いまの高校生は、いいよなぁ」ぼくが来たことを口実に二缶目のビールを開けて、ますます顔を赤くしている。「俺なんか外国に行ったのはユニバーシアードの時と、その後は、新婚旅行だけだもんな、な」

な、と声をかけられた奥さんは、せっかく休みがとれたって、槍を持って出かけちゃうからでしょ、と肩をすくめていた。

「どこへ行くんだ」

「ロシア」

木嶋がぽっかり口を開けた。ハワイかグアム、そんな場所しか想像していなかったようだ。

「ロシア？」

「ええ、モスクワの世界室内陸上を見に行こうかと思って。ゼレズニーがエキジビションをやるらしいから」

ヤン・ゼレズニーは、九十八・四八メートルの世界記録保持者だ。世界一位どころか歴代五位までの記録はすべて彼が達成したもの。史上最高の槍投げ選手だ。

「そろそろ引退するって噂《うわさ》でしょ」

前回のオリンピックで九位に終わったゼレズニーは、一度、現役引退を表明した後、それを撤回した。どちらにしても選手寿命はあとわずかだ。

「ああ、俺より三つ、四つ上だものな。そろそろ四十になっちまうはずだ」

「その前に、どうしても見ておきたくて」

心の中で、偉大なるゼレズニーに謝った。口実にしてごめんなさい。

「一人でか」

「そのつもりです」

「サチが一緒に行きたがっているのだが、一人で行くつもりだった。なにしろこれは、一人で決着をつけなくちゃならないことだ。

頭脳派のアスリートだったという奥さんはぼくに目を走らせてきて、何か言いたそうな顔をしたが、もともと細かいことを気にしないうえに、三本目の缶ビールを奥さんにたしなめられている木嶋は上機嫌だった。

「そうかそうか、お前がまたやる気になってくれて、嬉《うれ》しいよ。そうだよな、世界記録更新をめざしてるんだもんな。見て来い、見て来い。俺にも一緒に夢を見させてくれ。ゼレズニーは、お前と変わらない体格だから、きっと参考になるよ」

「じゃあ、いいですか？」

「おう、許可は出す。金は出せんけどな」

木嶋が赤い顔で笑う。先生、騙《だま》してごめんなさい。


母さんがいなくなった家で、ぼくとサチは同じふとんの中から天井を見上げていた。裸の体をくっつけあって、手を握っている。

サチはときどき指相撲をしかけてくる。昔はぼくに負けるとムキになって、勝つまでやめようとしなかったのだが、最近はやる気があるとは思えないぐらいあっさり負けてから、楽しそうにころころ笑う。

終わった後に、こうしている時がいちばんいいかも、とサチはよく言う。ぼくはちょっとショックだ。

「お正月、寂しくなかった？」

「うん、木嶋先生の家に行ったし、クラスの連中も来てくれたし」

誰かが来ると、いなくなった後が寂しい。ひとりぼっちだった冬休みの後半は、母さんの部屋で一日じゅう過ごした。

書棚の本は、すべてを読み終えていた。読んだといっても、膨大な数で、しかも半分は外国語の本だ。パラパラ漫画みたいにめくって閉じる、その繰り返し。シロコゴロフに関する情報を、スライド式書棚の奥以外の場所から見つけることは、とっくに諦《あきら》めている。うちにはアルバム写真がほとんどないから、母さんが確実に見ていたはずのものを、ぼくも見てみたかった。ただそれだけだ。

この数日間は、机の引き出しや戸棚の中にあった、母さんの私物をひとつひとつ点検していた。捨てはしない。取り出して、眺め、元に戻す。ただそれだけ。初めてじゃない。母さんが入院している頃から、ぼくは何度も同じことをしている。一時退院した時に、母さんがあらかたのものを整理してしまっていて、たいしたものは残っていなかった。ほとんどが文房具。

「ねぇ、聞いてる?」

サチがぼくの裸の脇腹をつついてきた。またお母さんのこと考えてるんだね、保安灯だけがついた薄明かりの中で光るサチの目は、そう言っているようだった。

「あ……うん、聞いてるよ、冬休みにここへ来れなかったわけでしょ」たぶん。

ぼくの知るかぎり、母さんには日記をつける習慣はなかったし、もし日記が残っていたとしても、ぼくには読むつもりはなかった。息子としては、母親の丸裸の姿は見たくない。

昔の母さんを知る唯一《ゆいいつ》の手がかりは、ソビエト時代の研究ノートだった。十冊以上あるそれは、一時退院した後も机の一番下の引き出しに、以前のまま置かれていた。

「見てもいいんだよ、ワタル」ぼくには母さんがそう言っているように思えた。

ほとんどがロシア語で書かれているのだが、ときおり日本語で、ホームステイ先の食事に辟易《へきえき》したことや、ソビエトの郵便局の対応のひどさについて、愚痴をこぼしている走り書きがあるのだ。けっこう笑ってしまう。二十代前半の頃の母さんは、案外に子どもっぽい。シーというキャベツのスープらしい食べ物に、延々と文句をつけていた一文の最後は、こんな言葉で結ばれていた。「ああ、月見うどん、食べたい」

数少ない日本語の部分は、暗記してしまうほど読み返している。この一年で少しはましになったロシア語の読解力を試すつもりで、久しぶりに表書きに、1と書かれたノートを手にとってみた。

開いたとたん、ページの中ほどから、何枚かの写真が滑り落ちた。

以前にはなかったはずのものだ。古いスナップ写真だった。最後に一日だけ帰ってきた日に、ぼくがこれを開くことを予想して、挟みこんだに違いない。

三枚のうち二枚は、集合写真。母さんのソビエト時代のものだ。どちらも揃《そろ》いの白衣を着た人々が並んでいる。唯一の東洋人で、ひときわ小さい母さんは、ひと目でわかった。ただし、信じられないほど若々しい。いまのぼくと変わらない年齢に見えるほど。二十年ほど前の母さんは、長くまっすぐな髪と、ピンク色の頰の持ち主だった。

二枚の写真の両方に、もう一人、すぐに誰なのかわかる人物が写っていた。ミハイル・シロコゴロフだ。

もしかしたら、昔々、ぼくも見たことがある写真で、その時は気づかなかっただけかもしれない。どちらの写真のシロコゴロフも、科学雑誌に載っていた肖像より若かった。

つるの太い眼鏡は変わらないが、髪はまだ、ひたいが少し後退している程度。色は薄い茶色。数年前の写真では丸顔に見えたが、この頃にはまだ太ってはおらず、顎《あご》が張った四角い顔だ。

今回のぼくは冷静にその姿を眺め、そして冷淡にノートへ戻した。

でも、やっぱりぼくには似てないな。

三枚目の写真には、母さん一人が写っている。髪形はぼくのよく知るおだんごに変わっていた。誇らしげな表情。正確に言えば、一人じゃない。くるめた毛布を両手で抱えていて、その中に、産毛《うぶげ》だけが生えた小さな頭が見えている。

たぶん、これはぼくだ。誰が撮ったのかわからないが、母さんはぼくの前ですらめったに見せない、満面の笑みを浮かべていた。

「ワタル、聞いてる？」

サチがまた、体をつついてきた。さっきより痛い。ぼくを母さんから引き剝《は》がそうとするような力強さだった。

「聞いてるよ。大晦日《おおみそか》には神社に行く約束があったんだろ」クラスの友だちと。部活の仲間だったっけ？

「しかも、正月はずっとあいつが居たからね。自分のことは棚にあげて、うるさいんだよ、どこで何をしてるんだとか、男とつきあってるのかとか。あいつに言われたくないよ」

家の外で、トラのところから帰ってきたクロが、ひと声だけ鳴いた。夢を見ているのかもしれない。ひとりになったぼくは、クロを家に上げたいと思うのだが、犬に関する専門的知識を勉強中のサチの意見は厳しい。そういうことは、かえって犬のためにならないのだそうだ。

いつもは先に眠ってしまうのだが、今夜のサチは目が冴《さ》えているようだった。天井の豆ランプに話しかけるように言った。

「ロシアへ行ってどうするの」

答えに詰まっていると、先にサチが言葉を重ねた。わかり切った質問をしたことを後悔して、自分の言葉を塗りつぶそうとする調子で。

「お父さんに会いに?」

「どうなんだろう、よくわからない」

それ以外の理由は考えられないのに、ぼくにはまだよくわからなかった。自分が本当に父親だという男に会いたいのかどうかすら。本当は会いたくないような気もしていた。わかっているのは、とりあえず、そこへ行かなければ、ぼくがどこにも進めないだろうということだけだ。

「やっぱり、あたしもいっしょに行くよ」

「いや、それはだめ」

「冷たいな。雪見だいふくみたいだ」

「だって、そんな暇ないだろ」

サチは短大へ行かせたがっているママさんに逆らって、ドッグトレーナーの養成学校へ進むことに決め、あちこちに願書を送っている最中だ。人気があるわりに定員が少ないから、信頼できる学校に入るためには、倍率の高い試験を受け、それに合格しなければならないらしい。「なるべくうちから遠いところにある学校にするんだ。アパートを探して、ユキヤも呼ぶ。ワタルの行く学校の近くが第一候補だよ」サチはそう言っている。

「だいじょぶ。試験っていったって、論文と面接ぐらいだもん。なんとかなるよ」

「だめだめ。ロシアは寒いし。お前、すぐに風邪ひくから」

「なんか心配。ワタルは一度走り出すと、どこへ行っちゃうかわからないんだもん」

サチがぼくの手を握ってきた。やけに強い力で。

「ワタルが帰って来ない気がして、怖いんだ」

「そんなわけないじゃん」

ぼくは軽い調子でそう言って、サチの手を握りしめた。指相撲をしようとしたけれど、相手にしてくれなかった。

41

ロシアへ旅行するのは、思っていたよりずっと大変だ。ハワイやグアムへ卒業旅行に行くのと同じにはいかない。

事前に宿泊先や交通機関のチケットまでを、すべて手配しておかなくちゃならないし、観光ビザでは自由行動も制限されている。旅行代理店の話では、例外があるとすれば、ロシアの文化交流団体か日本企業とつきあいのある会社から招待状を送ってもらうことぐらいだそうだ。海外旅行どころか飛行機に乗ったこともない高校生にはかなり難しい。

でも、母さんの部屋で過ごしていた日々は無駄ではなかったようだった。ぼくは母さんが、いまよりもっとロシアに行くことが難しかった時代に、どうしたかを考えてみた。

ホームステイだ。それから、もう一度、ロシアへ渡る方法を調べてみた。

母さんの残したノートが導いてくれている気がした。やはりホームステイが抜け道だった。この形式なら、交流ビザが取れる。しかも行き先も、かなり自由に選べる。ロシアの大学が運営しているという、ホームステイの日本連絡事務所を捜し出して、電話をかけてみた。

大学が運営しているといっても、それほど厳しい規制はなかった。ロシアに興味があって、一人旅がしてみたい人間なら、基本的に受け入れてくれるようだ。一度の旅で複数を選べるという滞在先は適当に答えた。シビルスクに滞在できれば、後はどこでもよかった。

木嶋からの同意書は去年のうちにもらっていて、ビザの発行に必要なパスポートはすでに手に入れていた。時間はかかったが、案外にあっさり日程が決まった。出発は二月の中旬。大学のスポーツ推薦入学の試験はもう終わっていて、ぼくが戻るまでには合格が（あるいは不合格が）決まっているはずだ。

新潟空港からウラジオストクへ飛び、それからシベリア鉄道で西へ向かう。これがぼくの考えているルートだ。シビルスクはウラル山脈の手前にある特急の停車駅。時間はかかるが、ぼくはそうして行きたかった。母さんが二十年前に旅した道だったからだ。

一人で旅行をするとなると、問題は言葉だ。入国の準備を進めながら、余った時間の多くをロシア語の勉強にあてた。独学だから発音には自信がないが、今回の旅をするのに困らない程度には通じるはずだった。

ヴォット・モイ・ビリエートゥ。

「私の切符です」

スコーリカ・エータ・ストーイトゥ。

「これはいくらですか」

このへんはなんとか。もう少し複雑な会話が通じればいいのだが。

「ぼくの行きたい場所は、どこにあるんでしょう」

「母は亡《な》くなりました。癌《がん》でした」

「ぼくはだいじょうぶ。気にしないで。時々母のことを思い出してあげてください。母がそうだったように」


出発が二日後に迫った日、ぼくは午後の早い時間から夕食の準備をしていた。メニューは、ツナとトマトのスパゲッティ。サラダ用の野菜には手をつけていない。今日はサチが来るのだ。

「あたしが知らない間に行かないでよ、ちゃんとお別れ会しよう」

そんなおおげさなことを言う。ホームステイといったって、一人旅の抜け道になっているショートステイだ。長く滞在するわけじゃない。

約束の時間を過ぎても、サチはやってこなかった。

下ごしらえを済ませていたぼくは、お湯を沸騰《ふっとう》させ、パスタをいつ投入してもいいようにしていた。五人分を一度に茹《ゆ》でることができる、うちでいちばん大きな鍋《なべ》の火を止めた。

鍋から湯気が立たなくなってから、もう一度コンロを点火したが、再び沸騰しはじめる頃になっても、玄関のチャイムは鳴らなかった。

ぐつぐつぐつぐつぐつぐつ。

湯気に曇ったキッチンの窓を拭い、外を眺め、足音が聞こえないか耳を澄まし、深く息を吐いて火を止めようとした時だ。ジーパンの前ポケットに入れていた携帯電話が鳴った。サチのためだけの着うた。メールではなく電話専用のやつだ。ヒップホップ系の陽気な歌なのに、なぜかその時は不吉に聞こえた。

携帯に耳を押し当てたとたんに、サチの声が聞こえた。絶叫だった。

——ワタル、ワタル、ワタルッ

「いまどこ?」

——バスの停留……

そこで通話が途切れた。コンロの火を消したぼくは五秒で自分の部屋へ行き、床に脱ぎ散らしたままのベンチコートをひっつかみ、十秒で玄関へ行き、十五秒でスニーカーをひっかけ、二十秒で家を出た。急がないと。自転車はクロを引き取りに行った日からトラの家に置きっぱなしだ。鍵《かぎ》をかけることも忘れていた。何がなんだか、まったくわからなかったが、とにかくサチに良くないことが起こっているのだ。

家の前の坂道を走り降り、バス通りへ向かう左に曲がる。長距離走とはご無沙汰《ぶさた》だったが自己ベストを更新する勢いで走り続けた。徒歩なら十分はかかるバスの停留所のある通りまで二分とかからずにたどりついた。

バス停は三叉路《さんさろ》の右手にある。バス通りとはいえ田舎だから夜は人けがない。停留所があるのは鉄工所の資材置き場の前だ。

ふだんなら人のいない道の向こうに、いくつかの人影が見えた。ひとつの小さな影が離れ、また大きなひとかたまりの影にのみこまれる。そこからサチの声が聞こえた。

「放して、放してよっ」

サチの声を聞いたぼくは骨形のドッグトイを投げられたクロといっしょだった。いままでのどんな競技会よりもけんめいに足を動かした。バス停の前から少し離れた場所だったが、百メートルはあるだろうそこまで、ぼくは十秒を切っていたかもしれないスピードで走った。

近づくにつれ、とぼしい光を投げている街灯の下の様子が秒単位でわかってきた。薄明かりに照らされているのは、サチらしい小さな影と、それより大きな大人の男のものらしい二つの影。

男の一人がサチを捕え、嫌がるサチをむりやり引きずっている。

その先には、夜目にもボディが真っ黒だとわかるクルマがうずくまっている。捕えられたサチをのみこもうとするように後部ドアが開いていた。

「待てっ」そう叫んだつもりだったが、口からは獣の叫びじみた声しか出なかった。

人影の中で、ぼくの声に気づいたのは、サチだけだった。

クルマに押しこまれる瞬間、サチが振り返った。

一瞬人違いかと思った。サチの顔がひどく腫《は》れていたからだ。左の目は完全に潰《つぶ》れている。右しか開いていない目がぼくを捉《とら》えた瞬間に、サチが叫んだ。

「ワタルっ」

その声を聞いたとたん、頭の中まで獣になった。両足はさらに加速する。

あと数秒というところで、助手席に乗りこもうとしていたもうひとつの人影がこちらを向く。そいつがクルマに乗らず、片手を振って合図すると、サチを乗せたクルマが走り出した。ぼくはまた獣の吠《ほ》え声を出して、クルマに突進した。

残った一人が、両手を広げて目の前に立ちはだかった。ずんぐりした体格の中年男。

「なんだ、てめえ」

こっちが言いたかったセリフを、向こうが先に口にした。ぼくはそいつを、どこかで見たことがある気がした。

まだ間に合う。そいつを蹴散《けち》らして走り続けるつもりだったのだが、すれ違ったと思った瞬間、コートの衿《えり》をつかまれて引き戻された。

高校の運動部員ほどの瞬発力はなかったが、やけにねちっこい力強さだった。サーベルタイガーみたいに歯を剝《む》いて振り向いたぼくは、街灯に照らされたそいつが誰なのか、ようやく理解した。

かつて途方もない大男に思えたそいつの背丈は、ぼくより七、八センチ低かった。そのかわり横幅は、七年前に見たときよりさらに広くなっていた。髪にはきついパーマがかかり、普通のメタルフレームだったはずの眼鏡はうさんくさい金縁で、薄くスモークがかかったファッショングラスになっている。

「南山ってのは、おめえか」

そいつはぼくの名前を知っていた。唇を歪《ゆが》めてわめき、顔に唾《つば》を飛ばしてくる。

「おい、小僧。俺の娘をどうする気だ」

サチの父親だった。

サチの父親は酔っているようだった。ゴングが鳴る前のボクサーみたいに顔を近づけてきて、酒臭い息を吐きつけてきた。

「言ってみろ、人んちの娘に何をした。まだ高校生だぞ」

それはこっちのセリフだ。頭の中では、左目が糸になってしまったサチの顔がフラッシュバックしていた。ぼくもやつの模造毛皮のついた作業服の衿をつかみ返した。父親の眉《まゆ》の間に、深い皺《しわ》ができた。ファッショングラスを必要以上にゆっくりした動作ではずす。現れた切れ長の目が、すっとすぼまった。

「俺とやる気か、小僧?」

遠くからヘッドライトが近づいてきた。父親はぼくのベンチコートをつかんだまま、体を押してくる。ひと目につく路上から鉄工所の中へ連れこむつもりらしい。鉄工所の敷地の道路側の半分は資材置き場で、柵《さく》はない。そのかわり背丈より高く積み上げられた鉄材が左右を覆《おお》っている。ぼくは抵抗しなかった。やってやろうじゃないか。

ヘッドライトが通りすぎる瞬間、父親の目がぎらりと光った。こちらを睨《にら》みつけてくるまなざしで、相手が心底怒っていることがわかる。でも、たぶん、その怒りは、サチのためじゃない。自分自身のためだ。サチの父親は、群れのメスを横取りされたことに腹を立てるボスザルの目をしていた。

衿もとに拳《こぶし》を巻きつけて首を絞め上げてきたから、ぼくも同じようにした。目を逸《そ》らさずに言った。

「お前こそ、サチに何をした」

父親が拳を固めて、ぼくの顎《あご》を狙《ねら》ってきた。こうしたんだよ、という答えのように。こんな酔っぱらいの中年男のヘナチョコパンチなんか簡単によけられる。そう考えていたのだが、向こうは人を殴り慣れているようだった。コートを握っている左手でぼくの体を引き寄せ、前のめりになったところに右の拳をくり出してきた。

顎に衝撃。人から本気で殴られたのは初めてだった。案外、痛くない。痛いというより、痺《しび》れが酷《ひど》い。

痺れた顎が、じんと熱くなったと思ったとたん、今度は頬に二発目。皮膚の下で頭《ず》蓋骨《がいこつ》が揺れた。

最近の子どもは殴られた経験がないから、他人の痛みがわからない。テレビでこんなことを言うオッサンがいる。トラの腕の骨を折ってしまった時にも似たような説教をされた。「殴られる痛みを知れば、人を傷つけようとは思わないだろう」

そんなの、嘘《うそ》っぱちだ。

初めて他人に殴られたぼくはこう思った。

ぶっ殺してやる。

全身の血が頭へ駆け昇っていく。やつの左手首を両手で握って、三発目を肘《ひじ》で払った。喧嘩《けんか》らしい喧嘩をしたことのないぼくは、それ以上、どうしていいのかわからなかったが、考えるより先に、騒いでいる血が体を動かした。

頭をやつの顔面に叩《たた》きつけたのだ。

鼻を狙ったのだが、ぼくの鼻も相手の前歯に当たった。パンチを食らうより、このほうが痛かった。自分が頭突きを食らったようだった。

やつが鼻を押さえる。指の間から血が滴《したた》り落ちていた。こちらを睨みつけてくる目で、向こうもぼくと同じことを考えているのがわかる。「ぶっ殺してやる」だ。

獣が吠えるような声をあげて、足を飛ばしてきた。狙ってきたのは脛《すね》。骨が無防備な部分だ。今度はストレートに痛みが来た。脳天を刺す激痛。

たまらずに腰をかがめたのがまずかった。報復のように鼻へ蹴りが飛んできた。サチの父親は、他人を痛めつける方法を熟知しているようだった。脛を蹴られた人間が前かがみになるのを最初から計算した動き。よけきれずに硬い安全靴の爪先《つまさき》が鼻をかすっていった。

鼻の奥で鉄錆《てつさび》に似た臭《にお》いがし、血があふれ出してきた。灰色のベンチコートに点々と染《し》みをつくる。街灯の薄い光の下で見る血は、赤ではなく黒だった。血を見た瞬間、ぼくも獣の声をあげた。

みぞおちを狙ってくる安全靴を避けながら、汚れたコートを脱いだ。突進してきた広い肩を闘牛士みたいにかわして、コートを頭にかぶせる。

一瞬、ひるんだ相手の頭をコート越しに殴った。パンチだなんて言えるしろものじゃない。太鼓を叩く手つき。一発目はたぶん後頭部。二発目は少し柔らかい感触。顔面に当たったのだとわかる。

怒りの声をあげてコートをかなぐり捨てた父親の顔はさらに血に汚れていた。ぼくも同じだった。二人とも鼻血で顔を染め、猫の喧嘩みたいにうなり声をあげながら、めちゃめちゃに手を振り上げ、足を振り上げた。お互いの血が、お互いの体を汚す。本物の喧嘩は、ドラマのアクションシーンとは大違いだ。かっこ良さなんかかけらもない。醜く、汚いだけ。

体重と人を殴る技術では向こうが上だったが、スタミナはぼくのほうがはるかに上回っていた。しかも相手は酔っぱらい。蹴りを空振りし続けているうちに、やつの足がふらつきはじめた。

両足に飛びついて、押し倒す。馬乗りになって不格好なパンチを振るった。

ぶっ殺してやる。頭の中でもう一度叫んだ。

腫れあがったサチの顔がまた蘇《よみがえ》ってきた。その顔が「ユキヤの耳、一生治らないらしい」と泣いていた時のサチに変わった。それから、いつかの夜「親に暴力を振るわれた子どもは、他人に暴力を振るうようになるんだって」不安そうにそう言って手を握ってきた時の顔になった。小学五年生の時、今日と同じように片目を潰され、眼帯をかけたサチの姿が浮かんだ。「ワタルみたいになりたいよ、もっと強くなりたいんだ」

七年前、まだ小学生だったぼくが、この男を襲撃しようと思ったのは、なぜなのか、いま、ようやくわかった。あの時も顔を腫らしたサチを見た瞬間、ぼくの心のどこかにあるスイッチがオンになってしまったのだ。

まだ世の中を知らない単細胞の子どもだったから？　そうかもしれないが、それだけじゃない。

ぼくはあの時から、サチが好きだったんだ。

サチを不幸にするやつは、ぼくの敵なのだ。

父親は両肘で顔面をかばっている。ガードされていない側頭部を狙って拳をくり出した。目の前にいるこいつが憎かった。存在自体が許せなかったのだ。切れ長の目がサチに似ているところまで。

耳に当たると、やつが情けない悲鳴をあげた。ユキヤの片耳をこうしてダメにしちまったくせに。殴られる痛みを知ったほうがいいのは、こいつのほうだ。

ゆるんだガードの隙間《すきま》から顔面に拳を叩きつけると、骨と骨がぶちあたる。あいこのようにこっちも痛い。だが、腕を止めることができなかった。ぼくが生まれる前から体に巣くっているらしい獣が命令してくる。大切な人間を奪おうとする存在とは、闘わなくちゃならない。洞窟《どうくつ》に侵入しようとするホラアナグマは退治しなくちゃならない。ぼくの目も、群れのメスを狙う若いオスの目になっていただろう。

父親の体から力が抜けた。勝負がついたと思って、拳を止めた。

でも、それはフェイントだった。下から両手を突き上げてきた。手のひらがぼくの顎を打つ。頭蓋骨が揺らぎ、激しい耳鳴りがした。父親はのけぞったぼくの体の下から抜け出して、敷地の隅へ走り出した。

逃げるつもりか。まだ終わってないぞ。さっきのはユキヤのぶん。サチのための復《ふく》讐《しゅう》がすんでない。片目をサチと同じようにしてやりたかった。いや、七年前のぶんを入れて、両目だ。後を追った。

父親が資材置き場の前でつんのめるように膝《ひざ》を折る。逃げ出したわけじゃなかった。立ち上がった時には、片手に鉄パイプを握っていた。それを振り上げて襲いかかってきた。

横跳びで鉄パイプをよける。耳のすぐ脇《わき》で皮膚のかわりに空気が切り裂かれる音がした。手加減なしだ、という警告音に聞こえた。

父親は悲鳴に聞こえるかけ声をあげて、今度は横殴りに鉄パイプを振る。鼻先で風が巻き起こる。尻《しり》もちをついて逃れた。一秒遅ければ、頭を砕かれていただろう。

尻もちのまま後ずさりした。すぐに背中が資材の山に突き当たった。もう逃げ場はない。父親は息を荒らげて近づいてくる。真冬なのにうなじから汗が伝い落ちた。冷たい汗だ。

背中に腕を回して手さぐりをした。こっちも武器を握るためだ。やらなければ、やられてしまう。

父親が言葉になっていない罵声《ばせい》を吐きながら腕を振り上げた。防犯灯の薄明かりに鉄パイプが光る。あれをまともに食らったら、もちろん鼻血ぐらいですみはしない。

右手が硬い感触を探り当てた。汗ですべりそうな手のひらで握る。

鉄パイプが振り下ろされる瞬間、手にしたものを両手でかかげて攻撃を防いだ。とっさに握ったのは、槍《やり》ほどの長さがある鉄の角材だった。金属がぶつかり合う音は時代劇のチャンバラの音にそっくりだ。鉄材を持った両手がびりびり痺れた。

立ち上がったとたん、また頭上に鉄パイプが飛んできた。鉄材でそれを跳ね返す。それまでぼくを突き動かしていたランナーズ・ハイに似た衝動はすっかり消えうせていた。いまはただ怖いだけだ。鉄材を持つ手が震えていた。足も震えている。だが、やらなければ、やられる。闘争本能ではなく恐怖に駆られたぼくは、父親のいるあたりを目がけて鉄材を振るった。

父親は攻撃を跳ね返されて体勢を崩していた。その後頭部に鉄材の尖《とが》った角が命中した。

鈍い音がした。キャベツに包丁を入れた時の音に似ていた。手のひらに嫌な感触。金属を打った時よりも手応《てごた》えのない痺れが、指と手のひらに伝わってくる。

肥満した体が前のめりに倒れた。伐採された大木のような倒れ方だ。サチの父親は片頬を地面に打ちつけても、声ひとつ立てなかった。そして、そのまま動かなくなった。

いきなりぼくの頭の中で、録画再生のスイッチが入った。七年前、この男に手製の槍を投げた時の光景が蘇る。

あの時の再現フィルムを見ているようだった。同じように父親は動かない。違うのは、横顔を見せている父親の頭の下から、じわじわと黒っぽい液体がにじみ出てきて地面を濡《ぬ》らしていることだ。

血だ。

血はみるみるうちに、黒い水たまりになっていった。

足もとで甲高い音がした。手から力が抜け、鉄材が落ちた音だった。

やっちまった。今度こそ、本当に。そう思った。

どうしたらいいんだろう。頭に昇っていた血が、音が聞こえるほどの勢いで下がっていく。ぶっ殺してやる。さっきまでそう叫んでいた頭の中では、まったく違う言葉を連呼していた。

「死なないでよ。頼むから、死なないで」

サチの父親の体を揺すってみる。喉《のど》の奥で声とは違う種類の音がしただけで、ぴくりとも動かない。頬に触れてみた。まだ温かかったが、母さんが死んだ時だってそうだった。指先に触れた肌がどんどん冷たくなっていく気がして、静電気に弾《はじ》かれた時のように手を引っこめた。

携帯電話を取り出して１１９を呼び出した。スピーカーから男の声が聞こえた瞬間、いっきにまくし立てた。

「相原のバス停前の鉄工所に来てください。いますぐ。頭から血を流してる」

ここから町中の消防署まではクルマでも十五分はかかる。叫ばずにはいられなかった。

「早く。早くして」

応対係は冷静な声で質問を投げかけてくる。原因は？　どういう怪我《けが》をしたのですか？　いま鉄工所の作業場から？　痛みはひどい？

「違う。ぼくじゃない。中じゃない。外の資材置き場だ」

――では、怪我をされたのはどなた？　あなたは？

あなたは？　なんて答えればいいんだ。南山渉。倒れているのは、恋人の父親です。原因はぼくです。

「いいから、早く。悪戯《いたずら》なんかじゃない。本当なんだ」

それだけ言って、電話を叩き切った。ベンチコートを拾い上げたが、自分と父親の血に汚れたそれに、袖《そで》を通す気にはなれなかった。

後頭部から楕円形《だえんけい》に広がっている血だまりが、またひとまわり大きくなった。救急車が来たって、手遅れかもしれない。

ぼくはどうなるんだろう。正当防衛です。向こうから先にしかけてきたんです。やらなければ、やられてしまうと思ったから――そう言えばすむだろうか。

サチの父親に関して、この土地の人々は寛容だった。ここで生まれ育った自分たちの「仲間」だからだ。家庭内暴力の話は密《ひそ》かな噂《うわさ》にしかならず、むしろ夜の店で働くサチの母親のほうが白い目で見られていた。

どんな言い訳をしたって、まともに取り合ってもらえる気がしなかった。昔からそうだったから。

真淵の時だって、警察にはろくに話を聞いちゃもらえなかった。トラを怪我させた時も、まわりの大人は本当の理由を知ろうともしなかった。結局、梨《なし》泥棒だと疑われていた頃と、何も変わっちゃいないんだ。

どうしたらいいんだろう。

どこかでサイレンの音が始まった。恐怖で混線した頭の中から聞こえる空耳に違いなかった。連絡してから、まだ三分も経《た》っていない。

そのうちぼくの耳には、そのサイレンが救急車ではなく別のクルマのものに聞こえはじめた。ぼくを逮捕しにきたパトカー。警察署のほうが消防署より近いのだ。

そうするべきじゃない、頭の中の半分ではそう思っていたのに、脳味噌《のうみそ》のあとの半分が足を勝手に動かした。

結局、ぼくは七年前と同じ行動を取った。怖くなってその場から逃げ出したのだ。

家まで走りながら、サチの携帯に電話をかけたが、つながらない。

頭は混乱していた。さっきまで頭にこびりついていた腫《は》れ上がったサチの顔が、いつのまにか、まぶたすら動かなくなったサチの父親の横顔にすり替わっている。その姿と後頭部から染み出した黒い血が、芸術的な効果を狙《ねら》った映像みたいに交互に大写しになる。

七年前の再生録画。七年前と違うのは、何の力もないのに自分が強大だと信じていたちび助のぼくが、七年の間に脳味噌の成長より先に、肉体的な強さだけ手に入れてしまっていたことだ。おもちゃだと思っていた手の中のピストルから、本物の弾丸が出てしまった。

心はシーソーのように行ったり来たりしていた。

戻ろう。

いや、だめだ。

引き返そう。そう考えながら、足は止まらない。

逃げ出したら、それこそ、本当に犯罪者だ。

どっちにしたって、犯罪者だ。何しろ人に大怪我を——

ただの怪我か？　ほんとうに？

つけっぱなしで出てきた家の灯《ひ》が見えた時には、涙がこぼれそうになった。いちじくの木のシルエットが見えたら、もうだめだった。足は迷わず家に向かった。母親を見つけた迷子の子どものように、がむしゃらに走り続けた。

門を入ると、クロが飛びついてきた。ぼくはすがりつくようにクロを抱いた。

六年間のトレーニングのおかげで、ふだんのぼくの肺と心臓は、長く走り続けた後でも、すみやかに平常に戻るのだが、この時ばかりは、いつまで経っても、呼吸の乱れを止められなかった。きっと心臓がランニングの時とは違う理由でバウンドし続けているからだ。体は指先まで震えていた。クロが不思議そうに見つめてくる。

少しすると正真正銘のサイレンが聞こえてきた。静まり返った夜に、それは禍々《まがまが》しいほど大きく聞こえた。まだ止まらない喘《あえ》ぎを無理やり押えつけて耳を澄ました。

サイレンが止まる。

長い長い時間が経ったが、再び始まるはずのサイレンの音はいっこうにしなかった。

やがて、かすかにクルマの発進音だけが聞こえてきた。

意味することはひとつ。もうサイレンは必要ないってことだ。

死んじまった。

殺しちゃった。

人殺しだ。ぼくは人殺しになってしまったんだ。

心の中のシーソーが止まったら、今度はメリーゴーラウンド。同じ言葉が頭の中をぐるぐる駆けめぐり続けた。

人殺し。人殺し。人殺し。人殺し。

「どうしよう？」

顔を舐《な》めてくるクロに聞いてみた。小さく鼻を鳴らしただけだ。

「どうしよう？」

今度は誰もいない家に向けて問いかけてみる。誰でもいいから答えて欲しかった。

夜風がスウェットシャツしか着ていない、汗まみれの体を急速に冷やしていく。うずくまったまま、自分を抱きしめるように腕組みをした。

しばらくそうしていた。そして、決めた。

出発はあさってだったが、もうここにはいられない。捕まりたくはなかった。

以前、トラが言ってた。「前科がつくと、大変だぜ。海外旅行も満足に行けねぇ。うちの親父《おやじ》も、出てから何年も経ってたのに、おふくろとの新婚旅行は国内の温泉だったってよ」

捕まってしまったら、ロシアに行くチャンスがなくなってしまう。昨日から少しずつ始めていた旅支度を、急いで終わらせることにした。

もともとたいして荷物を持っていくつもりはなかった。服は必要最低限。向こうの気温は、いまマイナス十度近いそうだから、厚手のものを少しだけ。イヤーマフとスキー用のスパッツはすでに用意してある。下着はこまめに洗濯をすればいい。歯ブラシ。その他の洗面道具。梅干しと正露丸。旅行ガイドブック。パスポート。ビザ。旅行証明書《バウチャー》。ベンチコートは血に汚れてしまったから、ダウン・ジャケットを着ていくことにする。

いまにもパトカーが家の前に横づけされる気がして怖かった。頭の中を空にして、旅支度に専念しようとすると、今度は血を流したサチの父親の顔が浮かんでくる。

手袋が必要だと気づいて、タンスを探っていたら、携帯が鳴った。

サチのメール専用の着メロだった。

『わたる、だいじょぶ。ごめん。わたしはへいき。この人たちおやじの仲間。わたしを家につれもどそとしてる。わたるのことをママがはなしちゃたみたい』

たぶんこっそり打ってるんだろう。携帯を持ったばかりのぼくと違って、サチの親指は凄腕《すごうで》なのだが、文面が乱れ、まともに漢字が変換されていなかった。

『おやじがよぱらっていきなりくるまをだせてさわいだみたい。すぐに家をぬけだしてぜったい見おくりいくから。しんぱいしないで。ほんとにごめん』

こっちこそ、ごめんよ。お前の馬鹿親父を、本当にやっちまった――なんて返信すればいい？　迷っているうちに、とんでもない現実に気づいた。いきなり突きつけられたその事実は、鉄パイプ以上の破壊力で、ぼくを打ちのめす。

何で気づかなかったんだろう。

もうサチには会えないのだ。

どんな親だろうと、自分の父親が殺されたのだ。肉親なら、その犯人の顔なんて見たくはないだろう。たとえサチが許してくれたとしても、まわりの人間が許しはしない。

サチのメールを何度も読み返した。すべての言葉を暗記してしまうぐらい何度も。サチに答えを返す。最後のメールになるはずだ。ひと言ひと言を、ゆっくり考えて、打ちこんだ。

『紗知、だいじょうぶだよ、ぼくは一人でロシアへ行く。こっちも謝らなくちゃならない。ごめん。本当にごめんよ。元気で。さよなら』

送信ボタンを押した瞬間、喉から情けない呻《うめ》き声が漏れた。胸から大きな塊が飛び出したようなその声に押されて、涙がこぼれてきた。もしサチから返信があったとしても、もう見ないつもりだった。

それからトラに電話をした。

留守番電話になっていた。用件を手短に吹きこむ。

――トラ、事情があって、いますぐ旅に出る。またクロを預かってくれないか。いつ帰れるかはわからない。クロをよろしく。ドッグフードは、例の老犬用のやつ。

トラは長距離の仕事に出ているかもしれない。念のためにクロの犬小屋の前にありったけのドッグフードの袋を置き、封を開けておいた。さっそくクロが匂《にお》い嗅《か》ぎを始める。

「おあずけ」

ふだんは言ってもなかなかきかないのだが、今日のクロはやけに素直だ。ドッグフードから目を逸《そ》らして、ぼくの顔を覗《のぞ》きこんでくる。顔になにかついてるよ、と言いたそうな表情で。

「いいかい、トラが来るまでおとなしくしてるんだぞ」

クロが見上げてくる。もともと悲しげに見える瞳《ひとみ》が年をとって濁ってきたせいか、ますます悲しげに見えた。

「元気でな。お前は絶対に死ぬなよ。長生きしろよ」

クロが鼻を鳴らす。顎《あご》を撫《な》で、それから頭を掻《か》いてやる。もう一度、顎を撫でて、時間をかけて、お腹《なか》をさすった。クロともう会えない気がしたからだ。

もし捕まったら、ぼくはどこへ行くことになるんだろう。中学の先輩のウツミさんは、十六歳で少年院に送られた。十七のぼくもそこだろうか。ウツミさんの場合はただの窃盗だから、ぼくの場合、もっと厳しい施設かもしれない。何年、そこに入ることになるんだろう。

考えれば考えるほど、さっきの自分の行動が馬鹿げたものに思えてきた。できるなら、時計の針を一時間前に戻してしまいたかった。

あの時、鉄材さえ握らなければ。

むやみに振りまわしさえしなかったら。

サチの父親に殴られても、「暴力反対」と三回唱えて、殴り返したりしなければ。

でも、何度考えても同じだった。ああするしかなかった。言いわけでなくそう思う。違うことをしていたら、あそこで血を流して倒れるのは、ぼくのほうだったろう。

荷物を取りに部屋へ戻ろうとした時に気づいた。どうやって新潟まで行けばいいんだ？　死体が見つかって大騒ぎになっているかもしれないバス停留所へ行く？　そもそもう最終バスは出た後であることに、回転が鈍くなっている脳味噌が、ようやく気づいた。

駅まで行けば、まだ電車はあるだろうが、どちらにしても県庁のある街までだ。警察が駅で張り込んでいるかもしれない。二時間ドラマでは、犯人が捕まるのは、たいてい断崖《だんがい》絶壁の上か空港か駅のホームだ。

自転車で行こう。留守らしいトラの家まで、バス通りを通らずに走って取りにいく。行けるところまで行って、乗り捨てればいい。

スポーツバッグの中に、最後の荷物であるフォトスタンドを入れた。母さんの遺影を小さなサイズにして飾ってあるやつだ。

チャックを閉めていると、また携帯が鳴った。サチ専用着うた。

サチの声がした。ぼくは携帯を痛いほど耳に押し当てた。

「ワタル、あたし。いま――」

そこで言葉が途切れ、ぼくじゃない誰かに向けて叫んでいるのが聞こえた。

「違うよ。クラスのコと話してるんだ。やめてよ――」

父親の仲間の一人に携帯を取り上げられようとしているらしい。

「サチ、サチ、サチ」

ぼくは何度も叫んだ。サチもぼくの名を呼んでいた。

「ワタル、ワタル、すぐにそっちへ行くよ――」

それがサチの最後の言葉。鈍い切断音がし、携帯が沈黙した。ぼくは、いまのサチの声を、ずっと耳に閉じこめたまま生きていこうと決めた。

携帯電話は置いていくことにした。どうせロシアでは使えない。サチからまた連絡があったとしても出ないつもりだったから、着信のメロディを聴くのはつらいだけだ。

スポーツバッグを肩にかついで、玄関に鍵《かぎ》をかけていると、坂道をクルマが昇ってくる音に気づいた。思わず身を固くする。

門の前でブレーキの音がし、短いクラクションが鳴った。おそるおそる振り返ると、想像したパトカーではなく、四トントラックが停まっていた。

「よ、ワタル」

窓から金髪頭が顔を出す。トラと愛車のラビット号だった。

「悪い。近くを走ってたんだけど、携帯に出れなくてよ。こいつが運転中は携帯を使うなってうるさいから」

トラの顔の隣に、もうひとつの顔が現れた。トラとお揃《そろ》いの金色の髪。ウサギだ。

ウサギと結婚する。トラからそう聞かされたのは、一カ月前だ。二人がつきあっていることを知ったのも、そんなに昔じゃないから、驚いた。ウサギのお腹には赤ちゃんがいるそうだ。

結婚。お腹に赤ちゃん。信じられない。

ほんの少し前までトラは「怪獣映画よりアクション物を観《み》に行こうぜ。あっちは女の裸が出てくるんだ」なんてせいいっぱい大人を気取った口調でぼくを誘って、映画館でひよこみたいに目を丸くしていたのに。ウサギが遠足の日にこっそりリップグロスを塗ってきて先生に叱《しか》られて、泣きべそをかいたせいで母親のマスカラも塗ってきたことがバレちまったのは、そんな昔の話じゃないのに。

いつからなんだろう。いつのまにか、自分たちが気づかないうちに、ぼくらは子どもじゃなくなっていた。

クロを荷台に乗せると、すっかり慣れた様子で片隅にうずくまる。乗りこんだぼくにトラが聞いてきた。

「旅行に行くの、あさってからじゃなかったっけ」

「ちょっと予定が変わっちまって」

「一人で槍《やり》投げを見に行くんだろ。変なやつだよな、お前」

黙ったままのぼくに横目を走らせたトラが、軽口を叩《たた》くのをやめた。

「なんかあったのか？」

切れて流れた血が生乾きのぼくの唇と、赤くなっているらしい両目に視線を走らせてきたが、無言で首を横に振ると、何も言わずにクルマを発進させた。

「途中まで送ってやるよ。そう言えば、行き先は聞いてなかったな。どこだ？」

「ロシア」

冗談だと思ったらしい、トラが笑った。

「やっぱり変なやつ」

42

シベリア鉄道から見る窓の景色は、呆《あき》れるほど単調だった。いつか母さんが言っていたとおりだ。

めったにロシアの話をしない母さんが、ある時、シベリア鉄道を紹介するテレビ番組を眺めていて、名所や賑《にぎ》やかな街並みが各駅ごとにあるかのように映し出されていくのに肩をすくめたことがある。

「ああいう場所は、一日中、列車で走って一カ所あるかないかよ——」

それから、こう言ったのだ。

「冬のシベリアはね、どこまで行っても、白白白白白」

白を五回も繰り返したのを聞いたぼくは、その大げさな言い方を笑ったのだが、ほんとうにそうだった。シベリアの寒さのピークは一月で、二月のいまは少し緩んでいるらしいが、一面の雪であることは変わらない。森林は白樺《しらかば》が多く、ごくたまに姿を見せる民家も白樺でつくられ、屋根に雪を載せているから、
どこまで行っても、白白白白白。

白を十回くり返してもいいぐらいだ。でも、その単調さに慣れてくると、妙に心地良くなってくるから不思議だ。

列車ごと白一色の世界へ吸いこまれていく気分になる。何日経《た》っても、エンドレス映像で頭の中に流れている、黒い血を流したサチの父親の横顔を、少しずつ、その白さが消してくれる気がした。

いいと言ったのに、トラは新潟までぼくを送ってくれた。着いたのは、夜明け前。

「ヤバイことになったんだ」

急いで旅立つ理由を、ぼくはそのひと言でしか説明しなかったのだが、トラはそれ以上、何も聞こうとしなかった。自分自身がヤバイことをいろいろ経験しているから

だと思う。

髪は派手な金色だけれど、ウサギはかつて、街で百メートル歩けば必ず男から声がかかるという伝説をつくっていた頃に比べれば、服も地味で、化粧もずいぶん薄くなった。トラのウチに通って、トラの母ちゃんに家事を仕込まれているんだそうだ。

「行った最初の日に、爪《つめ》切り渡された。長いから切れって。コウちゃん（トラの本名は幸司だ）のうちでいちばん怖いのは、お父さんじゃないよ。お母さんだよ」

ウサギがぼくを見る目も、昔とは変わっていた。なんだか年下の男の子として接されている雰囲気。でも、けっして嫌な感じじゃない。「四カ月なんだよ」そう言って、つるりとオーバーオールの下のお腹を撫ぜた時の顔は、ばっちり化粧をしていた頃よりも、よっぽどきれいだった。

ウサギは、しきりにサチとのことを聞いてきた。ぼくは砲丸の玉を詰めこんだような胸の重さを隠して、昨日までの自分たちのことを話した。何事もなく、特に問題がなかった頃の二人の話。興味しんしんといった感じのウサギの質問に答えているうちに、サチの父親のことはただの夢で、これからもずっとサチと一緒にいられる日々が続く気さえしてきた。

「サチとは結婚しないの？」

「そんな、まさか」

「でも、サチは意識してるんじゃないかな」

そこまでは考えてもいない――と思う。

ぼくは自分がもうすぐ結婚ができる年齢になること自体に驚いていた。男は十八歳になれば結婚が可能。もちろん知ってはいたけれど、他人事《ひとごと》でしかなかったその事実が遠い世界ではないことに気づかされたのは、母さんが死んだ後、町役場からやってきたケースワーカーの言葉を聞いてからだ。

「未成年のあなたには、二十歳《はたち》まで後見人が必要なんです――」

ぼくの今後に関する説明の中に、こんな言葉があったのだ。

「ただし、あなたが結婚されて世帯主になった場合は別ですけれど」

なにげなくサチにその話をしたら、サチはこう言った。

「後見人っていうのが面倒になったら、あたし、協力してあげてもいいよ」

言ってから、すぐに「冗談だよ」とつけ加えた。顔を赤くしながら。

どちらにしても、もう昔話だ。サチの父親を鉄材で殴ったあの晩までの。

飛行機が出るまでの二日間は、漫画喫茶で夜を明かした。新潟は大きな街で、ぼくらの住むあたりではまだ珍しい、二十四時間営業の漫画喫茶が何軒もある。

出国と入国の審査の時には、いつかドラマで見た、逃亡しようとした犯人が税関でひっかかって逮捕されてしまうシーンが頭にちらついて、心臓が飛び出しそうだった。

ウラジオストクの駅には、大理石でつくられた標識が立っていて、こんな数字が刻まれている。

９２８８。

モスクワまでのキロ数だ。シビルスクは途中駅だが、それにしたって、約六千キロ先。特急のロシア号でも五日間かかる。冬場のためか、日本人の姿はあまり見かけなかった。

ぼくの客室は、いちばん料金が安い六人部屋のツーリストクラス。二段ベッドの下段で一日の半分は眠り、起きている時間の半分は外を眺めて過ごしている。他の五人の乗客のうち三人はウクライナ人。後の二人は中国人だ。部屋には焼きベーコンに似た臭《にお》いが、廊下には便所の臭いが立ちこめている。

ウクライナ人たちは乗り慣れているのか、食料を持参していて、三食とも自前で済ませている。中国人の若いカップルは毎回、食堂車。停車駅の売店で買ったものばかり食べているぼくに同情したのか、ときどきウクライナ人たちが、缶詰や、チーズやソーセージを挟んだ酸《す》っぱい味のパンを分けてくれる。もともとは同じソビエトという国の人間だったのに、彼らの言葉はロシア語とは違う。両方使えるようで、ぼくにはロシア語で話しかけてくれるのだが、訛《なま》りが強いのか、ほとんど聞き取ることができない。

韓国製のカップ麺《めん》とピロシキばかりの食事にうんざりした今日の昼、初めて食堂車へ行った。旅費に余裕はなかったのだが、まだろくに話していないロシア語を試してみたい気持ちもあった。シビルスクへ行くと決めてからは、ロシア語講座のビデオやCDを手に入れて、ヒアリングも勉強している。

ウエイトレスが尋ねてくる。

「何にします?」

「パカジーチェ・ミニュ」

メニューを見せてください。そう言ったら、ちゃんと通じた。気をよくして、ボルシチを注文する。

なぜか、キャベツのスープが出てきた。日本を発《た》って五日目。ぼくも月見うどんが食べたくなってきた。

列車はいまバイカル湖の沿岸を縫うように走っている。どこまでも続く岸辺と、氷結した涯《はて》のない水平線は、湖というより海だ。

中国人のカップルは、さっきからずっと氷に覆《おお》われた湖面の写真を撮り続けている。ぼくは何度か彼らのカメラのシャッターを押してやった。まだ大学生だという、仲の良さそうなカップルだ。サチと一緒だったら、ぼくらもあんな風に、風景に興奮したり、カメラでお互いを撮り合ったり、駅で土産物を物色したり、デッキで肩を抱き合ったりしただろう。

もうサチに会えない。そのことを思うと、午後の陽射《ひざ》しを照り返して光る湖面が目にしみた。

日本に帰ったら自分がどうなるのか、想像もできなかった。目の前に広がる、海のような湖の涯がどうなっているのかわからないのと同じように。

自分のこれからは考えないようにした。そして、体のあちこちに残っている傷の痛みとともに疼《うず》く、サチの父親への罪の意識を、シベリアの白一色の風景が洗い流してくれることを祈り続けた。

43

シビルスクは、シベリア鉄道ロシア号の六十一番目の停車駅だ。ウラル山脈の東側、モスクワの手前にある。手前と言っても、三千キロほど東。

列車に乗って五日目、ぼくはようやくこの街に辿《たど》りついた。ホームステイ先は学校教師の家だ。ホストはウラジミール・バフミティフさん。

駅に迎えに来てくれたバフミティフさんは、最初は英語で話しかけてきたが、英語の授業はもっぱら、よりよい部活のために睡眠時間にあてていたぼくには、さっぱり理解できなかった。ロシア語で（ボルシチとキャベツのスープの発音が同じに聞こえる程度のカタコトだけれど）喋《しゃべ》ったら、とても驚かれた。

ここには五日間滞在し、六日目にモスクワへ向かう。車中泊し、モスクワで二泊。モスクワから飛行機で帰国。それが旅行会社が組んだ日程だ。

長い時間じゃないが、着いた日から毎日、街に出かけている。

想像していたより大きく近代的な街だ。歴史の古い街らしく、重厚な彫刻がほどこされた石造りの建物が多い。かと思うと日本でもあまりお目にかかれないような未来都市風の建物が建っていたりする。道はとんでもなく広く、そこら中に日本の会社のロゴマークをつけたままの中古トラックが走っている。

プリマハムと日本語で書かれたトラックが、何百年も前に建てられた古い教会の前を通り過ぎる、不思議な光景を眺めながら、ぼくは思った。

サチにも見せてあげたいって。二人でこの風景を見られたら、どんなに楽しいだろうと。

七千キロの彼方《かなた》にすべてを置いてきたせいか、人殺し、人殺し、と聞こえる耳鳴りも小さくなり、サチの父親の姿がフラッシュバックすることも少なくなった。一日にほんの五、六十回。

バフミティフさんには二人の子どもがいる。兄がビクトール。愛称はビーチャ。弟のニコライはまだ小学生で愛称コーリャ。コーリャはぼくが日本から来たと知ると、いきなりカンフーのポーズをとって、靴を放り脱ぐように足をあげ、「アチョー」と叫んだ。

ビーチャは三日目に、あまり市内見物をせず、出かけても午後になると戻ってきて退屈そうにしているぼくを、スノーモービルで郊外へ連れていってくれた。

質素な造りの——というより見かけをあまり気にしていないらしい——ロシアの

家々が続く道をしばらく走ると、白白白白白だ。遠くの丘陵が白というより銀色に見える稜線《りょうせん》を輝かせている。

民家の姿がまばらになった道まで来ると、ビーチャが言った。「ワラル、お前も運転してみろ」

「免許がいるんだろ?」と聞いたら、こともなげに答えた。「どこに信号があるのさ、ワラル。標識は? 免許はぼくも持ってないよ」

言われてみれば確かにそうだ。ビーチャはまだ十四歳だ。

スノーモービルの運転は簡単だった。少なくともこのロシアでは。なにしろハンドルを切り損ねても、スピードを出し過ぎても、ぶつかる物や場所がどこにもないのだ。

ロシア科学アカデミーのシビルスク生物学研究センターは、市街地の外れ、灰色の厳《いか》めしい造りの建物だった。場所はここへ来た初日に聞き、まっさきに足を向けた。でも、遠巻きに眺めてただけ。

二日目も、三日目も。

ぼくは市内観光なんかしちゃあいなかった。毎日、バフミティフさんの家を出ると、ここへ足を向け、周囲を歩く。そしてそのまま帰る。中に入る勇気がなかったのだ。

背の高い鉄製の門扉《もんぴ》は常に開いているし、役所や軍の施設みたいに兵隊が立っているわけではないのだが、人の出入りは少なく、入り口の脇《わき》に、関係者以外立入禁止と書かれた（たぶん）看板が立ち、守衛室らしい小部屋もある。外国人でまだ十七歳のぼくが入ろうとしたら、たちまち守衛につまみ出されそうだった。それ以上に怖かったのが、中に入れてもらえたとして、その後に、こう言われることだ。「シロコゴロフ教授はもうここにはいない」あるいは「教授はあなたとは会いたくないと言っている」

ぼくは毎日、徒歩で片道一時間近くかかる研究センターの前へ行き、敷地の回りをぐるぐる歩き、門の前の道を何度か往復し、そしてため息をついて帰る。それればかり繰り返していた。いつまでもこうしているわけにいかないことはわかっていたのだけれど。

四日目。今日こそはと考えながら、研究センターへ向かった。ほとんど空っぽのスポーツバッグの中には、小さな箱。ダウン・ジャケットの下は、持ってきた数少ない衣類の中では、いちばんまともな服。この日のために、生真面目《きまじめ》な学生に見えることを期待して買った、ハイネックのセーターだ。

二月のシベリアにしては、暖かい日ね。バフミティフの奥さんはそう言っていたが、それでも気温は氷点下だろう。

手袋を忘れてきたぼくは、ずっとジャケットのポケットの中に手を入れ、その中にあるものの感触を確かめ続けていた。フォトスタンドから取り出して、ハンカチでくるんだ母さんの写真だ。

せっかく一張羅を着てきたというのに、その日もぼくの足はためらい続け、周囲をうろうろするだけだった。

正門に戻ったのは、ちょうど昼どきで、センターには珍しく人の出入りがあった。多くは白衣を着た男女。守衛がこれまでの石像のように無表情な大男ではなく、赤ら顔の老人に替わっていたことに勇気づけられたぼくは、母さんの写真をそっと撫《な》ぜてから門をくぐった。

守衛室の中で居眠りをしているように動かなかった老人が視線を投げかけてくる。一瞬、身がすくんだが、老人はぼくに特別な興味を持った様子はなく、声をかけてくることもなかった。

なぜなのか、すぐにわかった。門を出入りしている人間の中には、学生らしい若者もいる。その中の一人だと勘違いしたらしい。ぼくを外国人だと思っていないのだ。シベリアにはアジア系の人間やそのハーフが多い。シベリア鉄道の停車駅の物売りには、ぼくよりずっと日本人らしく見える人たちがたくさんいた。

外国人がパンダ並みに珍しがられる田舎で暮らしていたぼくは、特徴的な外見のせいで人にさまざまなことを言われ続けてきたのに、七千キロの彼方のこの街では、誰もぼくを気にとめない。妙な話だ。悩み続けていたのが、馬鹿馬鹿しくなってくる。

ゆるやかな石畳のスロープの上に研究センターの玄関がある。後から建物に付け足されたのだろう。扉は全面がガラスだ。

外見は古めかしいが、センターの内部は改装されたばかりのようで、壁や床の薄いブルーはやけに真新しく、まだかすかに建材の匂《にお》いが残っていた。右手の受付カウンターによく太った中年の女の人が座っている。

「すいません、シロコゴロフ教授にお会いしたいのですが」

何度も練習したセリフだったが、ぼくが外国人であることは、最初のИの発音でわかっただろう。無愛想な顔が少しだけゆるんだ。ぼくにロシア語の正しい発音を教えるように、ゆっくりした口調で言う。

「どんなご用件でしょうか――」

どう答えればいいんだ？　迷ったが、結局、いちばんシンプルな答えになるはずの言葉を選んだ。

「ヤー・イエヴォー・スィン」

私は彼の息子です。日本語ではひと言も口にしたことがない言葉だと思う。

女性がぼくの顔を見つめ、何度かまばたきをし、それから肩をすくめた。どういう意味のしぐさなのかはわからなかった。

砲丸投げの選手みたいな太い腕で玄関ロビーの奥を指し示す。何組かの応接用の椅《い》子《す》とテーブルが置かれた場所だ。日本式に頭を下げたが、女性は軽く頷《うなず》いただけで、どこかに電話をかけはじめた。こちらは早口だったから何を喋っているのか理解できなかった。

ぼくは応接セットにしては硬い椅子に腰をかけ、拳《こぶし》を握りしめて、塗られたばかりらしい水色の床を眺め続けていた。いつまでも姿を見せない相手に不安になると、ポケットに手を入れて、母さんの写真に指を這《は》わせた。

エレベータホールでドアの開く音がするたびに、背筋が伸びた。でも、顔を上げることはできなかった。

どのくらい経《た》った頃だろう。こちらにゆっくり近づいてくる足音がした。

ぼくが顔を上げる前に、足音が止まり、声が降ってきた。

「私に会いたいというのは、君かい?」

大型の木管楽器のように深みのある声だった。顔をあげると、そこに写真ではない、実物のミハイル・シロコゴロフがいた。息が止まりそうだった。科学雑誌に掲載されていた姿より少し痩《や》せ、白髪頭はさらに薄くなっていた。

もし会えたら、最初に何を言うべきか、何十通りも考えてきたのに、枯れ葉が詰まった雨どいみたいな喉《のど》からは、このひと言しか出てこなかった。

「ダー《はい》」

灰色の瞳《ひとみ》が、ぼくの顔の中から何かを見つけ出そうとするように動いている。一度、目を伏せてしまってから、ぼくも相手を見つめ返した。

「もしかして、アヤコの?」

「ダー」

ぼくは立ち上がる。相手が想像していたより小柄であることに気づいた。目線は十センチほど下。シベリア・アイスマングらいの身長。何の根拠もなく、自分より大きな人だと思っていたから、意外だった。

「驚いたな――」

後はなんと言ったのかわからない。いきなりぼくを抱きしめてきた。がっしりした体からは、薬草の匂いがした。

「大きくなったんだな」

見上げられたぼくは、またもや目を伏せてしまった。

「ロシア人みたいだ」

どう答えていいのかわからない。そのためにぼくが悩み続けていたことを、そんな簡単な言葉で言われたって。

スポーツバッグから小箱を取り出して手渡した。お土産だ。何にしようか一カ月ほど考えて選んだもの。焼き物のコーヒーカップにした。母さんが使っていたのと同じ産地の陶芸品。まったく同じ絵柄というわけにはいかなかったが、苦労してよく似たものを探しあてた。

シロコゴロフ教授は、手に取ったカップを撫でて、「素晴らしい」「美しい」と何度も言ってくれた。それから硬かった表情をやわらげた。笑うと少し若く見える。

「アヤコは元気か？」

これへの返答は、何度も何度も練習したから、完璧《かんぺき》に近い発音で答えられたと思う。

「母は亡《な》くなりました。去年の秋。癌《がん》でした」

教授は笑顔を消し、何か呟《つぶや》いた。ぼくの知らないロシア語だった。神への祈りの言葉かもしれない。

研究センターの内部は病院に似ている。足音の立たない柔らかい材質の廊下はひっそりとしていて、左右には等間隔で灰色のドアが並んでいた。

シロコゴロフ教授の部屋は、三階のいちばん奥。実験装置が雑然と並んだ、理科室みたいな場所を想像していたのだが、実際には日本人だったら十人ぐらいで使わなければ気がすまないだろう広いスペースに、ぽつんとデスクがあり、パソコンが置かれているだけの部屋だった。母さんの部屋のように本や書類に囲まれているわけでもない。たぶん壁の片側の埋め込み式キャビネットに全部収められているのだろう。

教授は片手を差し伸べて、デスクの手前のソファにぼくを座らせた。

ぼくは使えるすべてのロシア語を駆使して、母さんが生きていた頃の話と、亡くなる間際《まぎわ》のこと、そして自分がどうやってここへ来たかについて話した。すべてを話そうとしたら、ぼくが生きてきた年月と同じ長さが必要だろうから、ごく手短に。もちろんサチの父親のことはなかったことにして。

それから母さんの写真を差し出した。死の一年半前のもの。県大会で二位になった時、サチが撮った写真だ。日頃、カメラを向けられるのを嫌がる母さんは、いつになく上機嫌で、まっすぐこちらを向いて笑っている。珍しくおだんごにせず、下ろしている髪は、まだふさふさでつやつや光っていた。

「アヤコが死んだ……」

教授は何度もその言葉を繰り返して、首を振り続ける。本当に悲しんでくれているようだった。もしかしたら、サチや久保さん以上に。母さんの写真を持つ手は小刻みに震えていた。

「なんてことだ」

ぼくはずっと真向かいにある顔を見つめ続けていた。ぼくに似ている部分を探したかったのだ。鼻のかたち。唇のかたち。目つき。顔の輪郭。母さんとはまるで違ってたぼくの肉厚の唇に似ているかもしれない唇がゆっくり動いた。

「じゃあ、いま君に家族は？」

「いません。母と二人暮らしでしたから」

教授の顔が曇った。

「生活はどうしているんだい？」

そう聞かれたことはわかったが、ロシア語で答えるのは難しい。母がきちんと考えてくれていたので、だいじょうぶです、と答えるつもりだったのだが、うまく説明するロシア語を思いつけなかった。

「なんとかやってます」

知っている言葉をつなぎ合わせると、否定的な意味にとったらしい、老教授がまたもや顔を曇らせた。

「そうか、君もいろいろ大変だろうが、日本は豊かな国だろう？」

ぼくに合わせて、ゆっくり簡潔な言葉を使っていたシロコゴロフのロシア語が、急に早口で難解になった。何を言っているんだろう、この人は？　飛び飛びの単語を拾い集めて、言葉の意味を理解しようとした。

「ロシアよりずっと豊かだ。きっと生活には問題がないんだろうね――」

ようやく気づいた。シロコゴロフが顔を曇らせていた理由についてだ。ぼくの顔に向けられたまなざしが、事故を起こしたクルマの修理代を計算している目に見えてきた。

「私にしてあげられることは、何もないと思う」

もうひとつ気づいた。シロコゴロフが酒臭いことに。薬草みたいな匂いは、ウォッカの匂いだ。

ロシア人が昼から酒を飲むことは、シベリア鉄道で旅してきたから知っている。でも、気づいてみれば、この男の酒の臭《にお》いは普通じゃなかった。ビーチャが「アル中《ブハーリン》」

と呼んでいた、道をふらついて歩いている男たちと同じ臭いだ。手を震わせていたのも、そのせいだろう。

「アヤコがもうこの世にいないなんて。悲しい。本当に悲しいよ」

やめてくれよ。酒臭い口で、そんなセリフを言って欲しくない。

部屋の電話が鳴った。シロコゴロフはデスクへ行き、椅子を回し、こちらに背を向けて話しはじめる。専門用語らしい言葉を使っているらしく、意味はほとんどわからなかったが、ぼくには必要以上に話を引きのばしているように思えてならなかった。

ぼくは机の上に置かれたままの母さんの写真をポケットにしまいこんだ。母さんをさらし者にしてしまった気がした。ぼくよりも母さんが可哀相《かわいそう》だった。

横目でそれを見ていたのだろう。シロコゴロフが通話中の電話を片手で塞《ふさ》いでこちらに向き直る。面会を終わらせるいいきっかけだと思ったらしい。

「いつまでシビルスクにいるんだね。君の滞在中だけでも、何か役に立てることはないだろうか」

君の滞在中だけでも。そこだけ、ロシア語のうまくない外国人にも、はっきりと意味を悟らせるように語気を強めた。「別にありません」そう口にしかけたのだが、言葉にする前に気が変わった。

「今夜はあなたの家に泊めていただけませんか。ホームステイ先のホストに、たぶんそうなるだろうって言ってしまったんです」

ロシアでは自由旅行に制限がある。まして未成年の場合、自由行動は慎み、行く先を常にホスト・ファミリーに連絡する必要がある。無断外泊は禁物です。旅行会社からはそう忠告されていた。

シロコゴロフの顔を見て、ぼくがここへ来るべきではなかったことが、はっきりとわかった。みるみるうちに表情が硬くなり、ぼくに怯《おび》えた目を走らせてきた。長い通話を短いひと言で終わらせる。ぼくは意地悪そうに聞こえるように鼻を鳴らした。

「心配しないで。冗談です」本気だった。今朝、バフミティフさんには、知り合いの家で夕食をごちそうになるだろう。そこに泊まることになるかもしれない。そう言って出てきた。たぶんシロコゴロフにはまだ奥さんや家族がいるだろうから、教授のつく嘘《うそ》に調子を合わせるつもりだった。「彼は私の旧友の息子なんだよ」「ハジメマシテ、ニホンカラキマシタ」

会いに行けば、きっとそうしてくれる。勝手にそう思いこんでいた。なにしろ、ぼくは息子で、彼は父親なのだから。

「……昼飯だけでも一緒にとろうか……どこかレストランで……」

「いいです。これから行くところがあるし」行くところなんか、もうどこもない。

「そうかい、君に会えてほんとうによかった」

儀礼的に抱擁しようとするシロコゴロフの顔の前に、ひとさし指を突きたてた。

「そうだ、やっぱりお願いが、ひとつ」

シロコゴロフの笑顔がひきつる。

「なんだろう。私にできることであれば……」

金を貸してくれ。そう言われるのを恐れている口調だった。ロシア語の読解力が未熟でも、そのくらいはわかる。人間の表情は万国共通だ。

ぼくは答えた。行き先をひとつ思いついたのだ。

「シビルスク博物館への道順を教えてください」

44

午後になり、低い太陽がせいいっぱいの高みに昇ると、北緯五十五度の街を覆《おお》う寒気がやわらいだ。

ぼくが住んでいる町も冬は寒かったから、肌に感じる空気のけはいで、気温が氷点下を抜け出したことがわかった。

生まれた時からこの街に住んでいるバフミティフさんは、「近頃のシビルスクは気持ち悪いくらい暖かい」と言っていた。「東の山々は夏でも氷に覆われていたのに、最近は氷が溶けだすんだ。かと思うと、季節はずれの吹雪が来ることもある。地球が狂いはじめているんだな」

公立学校の中等部で物理を教えているバフミティフさんによれば、ロシアの中央部は世界一、温暖化が進んでいる場所なのだそうだ。そういえば、シベリア・アイスマンが発見されたのも、温暖化で永久凍土が溶けだしたのがきっかけ、という記事を読んだことがある。

バフミティフさんは、「ぼくは冬でもあったかいほうがいいな」と言うコーリャに笑いかけて、ぼくのロシア語のヒアリング力が確かなら、こうつけ加えた。

「ロシア人がゼネラル・モーターズのクルマに乗る時代が来るなんてね。世界中の人間がアメリカ人と同じ生活をしたがっている。全人類のその望みが叶《かな》った時が、地球の滅びる時だな。せめてこの子たちが天寿をまっとうするまで、地球に持ちこたえてもらいたいものだよ」

奥さんは「この人ったら、不吉なことばっかり」と顔をしかめてみせたが、理科系の授業は苦手なのに、地球の歴史にちょっとうるさいぼくには、バフミティフさんの言いたいことがわかる。

ぼくらを包む大気も、足もとの大地も、見あげる空も、けっして人間が主役として立つための舞台なんかじゃない。地球は、繰り返し大地を氷で閉ざした。ある時は酸素を三十パーセントにし、ある時はたった十パーセントにした。火山を一斉に噴火させ、噴煙で長い年月空を隠したこともある。人類の祖先や太古の生き物たちは、何度も地球に裏切られてきた。一万年ぐらいの単位で考えれば、いつ落ちるかわからない気球に乗っているようなもの。ただでさえ危うい居場所なのに、みんなそのことを忘れたふりをして、気球に針を突き刺すようなことばかりしている。

産まれてくる子どもの数が少なくなるのは由々しきことだ、なんて何十年か先の自分たちの寿命のかぎりの心配はするけれど、このまま世界中で人間が増え続けたら百年後や千年後の地球がどうなっちまうか、誰も考えようとしない。

一万年前の大地は真っ白だった。一億年前の空は赤かった。一万年後の大地は何色だろう。空の色は何色だろうか。

とはいえ、さしあたって、いまぼくの頭上にある空は、青く澄み渡っていた。その時、本当に熱かったのは、シビルスクの真昼の空気じゃなくて、ぼくの体そのものだったかもしれない。シロコゴロフ教授の部屋を出て、博物館へ歩くぼくの全身の血は、流れる音が聞こえるほどたぎっていた。

シビルスク博物館は生物学研究センターの付属施設だが、植物園まであるセンターの敷地は驚くほど広いから、いったん表通りへ戻って、一キロ以上歩かなくてはならない。

大量の黒い煙を吐き出す中古トラックが多いためか、道には排気ガスの臭いが立ちこめていた。昼どきだったから、通りすがりの料理屋から空腹をくすぐる香辛料の匂《にお》いが流れてくる。でも、それ以上に気になっていたのは、ウォッカの匂いだ。

シロコゴロフのウォッカの匂いが、鼻の奥にしみついていた。トラックに吹きつけられた排気ガスを吸いこんでも、その匂いは去ろうとしない。

シロコゴロフは、ソファから立ち上がったぼくに言った。

「博物館に興味があるのかね？」

「ええ、シベリア・アイスマンを見てみたくて」

教授は不思議そうな顔をした。「なぜ？」と問いかけてくる顔だった。

「母やあなたはアイスマンを研究していたのではないのですか？」

研究というロシア語が思いつかなくて「調べる《ブラヴェーリチ》」という単語を使ってしまったた

めだろうか、シロコゴロフは最初、ぼくの言葉に首をかしげた。首をもとに戻してから言う。

「あれは、引退したミハイロフ教授の置き土産だ。もちろん私もアヤコもよく知ってはいるが、直接かかわったことはない」

そうだったのか。小学五年生の時にその言葉を聞いていればよかった。母さんの口から聞かされても、ぼくが信用したかどうかはわからないが。

シベリア・アイスマンの存在を知ってからのぼくは、子どもだった自分が手に入るかぎりの情報を集めていた。だが、確かにどんな本にも、シロコゴロフの名前が出てきたことはなかった。もちろん母さんの名も。

母さんが遺《のこ》したシロコゴロフ教授に関する外国の文献も、英語の辞書を引きながら、あるいは理解できるロシア語を拾いながら、読み解こうとした。しかし、やっぱりアイスマンのことは出てこない。専門用語ばかりでろくに意味はわからなかったのだが、母さんやシロコゴロフの研究は、毎日毎日、試験管や顕微鏡を見つめ続けるような仕事らしかった。そもそもシベリア・アイスマン自体、ある時期からまったくニュースにならなくなっていた。

「あれはいま非公開になっている。奥の収蔵庫の中だ。研究者と学生しか立ち入れない場所だが、もし興味があるのなら鍵《かぎ》を開けさせよう」

シロコゴロフ教授はデスクに戻って、一枚の書類を取り出し、短い書きつけをしてから、そこにサインをした。

「これを持って行きなさい」

入室許可証だと思う。書類を握らせ、ぼくが博物館でどうすればいいかをわかりやすいロシア語で教えてくれた。

「バリショーエ・スパシーバ《ありがとうございます》」

素直にそう言った。

ドアへ歩きだしたぼくを、シロコゴロフが呼びとめる。振り返ると、両手を大きく広げて歩み寄ってきた。一瞬、身を引いたが、結局、抱擁を受け入れた。

ぼくの背中を何度か叩《たた》いた。肉厚の大きな手だった。

「何もできなくてすまない、息子よ」

くぐもった声で言い、もうひと言をつけ加えた。

「アリガトウ」

小さな声だったし、ずいぶんと発音がおかしかったから、すぐにはそれが日本語だと気づかなかった。きっと母さんから習ったんだろう。

ありがとう? どういう意味? 来てくれてありがとう? 帰ってくれてありがとう? 知っている日本語がそれしかないから?

先に立ってドアを開け、見上げてくるシロコゴロフの目は濡《ぬ》れていた。灰色の瞳《ひとみ》が水底の色になっている。それがぼくを混乱させた。

ぼくも日本語で言った。

「ありがとう」

なぜ、ありがとう? ドアを開けてくれて? 会ってくれて? 対面に少しは泣いてくれて? それとも、ぼくをこの世に送り出してくれて? 自分の発した言葉の意味すらわからなかった。

シロコゴロフがまた日本語で言う。十八年前の記憶を細い糸でたぐりよせているような慎重な喋《しゃべ》り方だった。

「サヨウナラ」

ぼくも言った。

「さよなら、父さん」

言葉の後半の意味がわからなかったのだろう。シロコゴロフ教授は曖昧《あいまい》に笑顔をつくってみせて、もう一度、ぼくにさよならを言った。今度はロシア語で。

廊下へ出た後も、あの人がドアの外に立っていることはわかっていたが、ぼくは振り返らなかった。

ウォッカの匂いは、抱きしめられた時、セーターにしみついてしまったのかもしれない。

黒いハイネックのセーター。ロシアを旅行するために買った、数少ないモノのひとつだ。

ぼくは服をあれこれ選ぶのがあまり好きじゃない。買うのはたいていジーンズショップか古着屋。目についたものを手にとって、サイズが合うことがわかれば、そのままレジへ持っていく。安いやつばかり。母さんにはいつも「安物買いは銭失いよ」と言われていた。

でも、このセーターは大きな街のデパートで買ったものだ。値段はふだんの服より0がひとつ多い。冬のロシアを旅するなら、できるだけ外気を遮断する服を――ガイドブックにそう書いてあったからだ。これなら厚手で寒さに耐えられそうだった。そして自分が少しは品良く、賢そうに見える気がした。母さんとの生活は(幼い頃をのぞけば)別に貧しくなかった。ぼくはちゃんとした普通の人間に成長した。シロコゴロフにそう思ってもらいたかったのだ。

馬鹿みたいだ。

しみついたその匂いが、悪いものではないように感じて、鼻をひくつかせている自分が腹立たしくて、セーターを脱いだ。そして肩にかけていたスポーツバッグの中に入れた。小学五年生の冬を半袖《はんそで》で過ごしたことを思えば、どうってことない。

もしかしたら今夜はシロコゴロフのところに泊まることになるかもしれない。勝手にそんな想像をして、ひとつしかないこのバッグに着替えと歯ブラシを詰めてきたのだ。こいつも馬鹿みたい。

誰もがだるまみたいに着ぶくれしているロシア人たちが、ぼくを見て目を丸くしている。Tシャツでじゅうぶんと思ったが、さすがに寒くて、ダウン・ジャケットをはおり、ぼくは早足で博物館へ急いだ。

シビルスク博物館は、赤い煉瓦《れんが》造りで、想像していたより小さな建物だった。

入り口の右手に立っていた、北極熊《ぐま》みたいによく太った警備員にシロコゴロフのサインの入った許可証を見せる。詰め所へ走っていき、鍵を手にして戻ってきた警備員に肩を叩かれた。

「どこから来たんだい？　ロシア語がうまいな」

研究センターで勉強している留学生だと思ったらしい。ロシアの人たちはたいてい、冬空を呪《のろ》っているような沈んだ顔をしているけれど、話しはじめれば、灰色の雲から顔を出す太陽さながらの笑顔を見せてくれる。この初老の警備員もそうだった。

日本から、と答えると人の良さ丸出しで話しかけてきた。

「おお、この街にはけっこう多いんだよ、日本人。好きだよ、イポーニヤ。クルマはトヨタがいちばんだね。みんなそう言う。俺は持ってないけど、そのうちにって思ってるんだよ」

もしかしたら、この人は昔の母さんと会っているかもしれない。聞きたかったが、ぼくの会話能力では、どう尋ねていいのかわからなかった。

カムリ、カムリ。トヨタのクルマの名前だろうか。警備員は何度も連呼してから、鍵を投げ寄こしてくれた。

エントランス・ホールにはマンモスの骨格標本が飾られていた。その奥の展示場は、ぼくの高校の体育館をふたつ合わせたほどの大きさだ。中央にガラスの陳列ケースが並び、古代生物の化石や、旧石器時代の道具類が収められている。暖房があまり効いておらず、ひんやりした空気が張りつめていた。

入館者はロシア人の観光客数組と、地元の小学生らしい子どもたちの団体。彼らに人気があるのは、右手の壁ぎわに並んだ恐竜のレプリカや巨大生物の剝製《はくせい》のようだった。ゾウアザラシの剝製の前の人垣をかきわけて、ぼくは展示場の奥へ進んだ。マンモスの臼歯《きゆうし》やアンモナイトの化石といった地味な展示物の脇《わき》に、閉ざされたドアがある。

所蔵庫と書かれている(たぶん)そのドアを開けた。

ドアの先には、天井が低く、清潔だが床も壁も古びた空間が広がっている。真ん中に狭い通路が伸びていて、両側にドアが並んでいた。蛍光灯にぼんやりと照らされている通路に人影はない。

暖房が展示場よりさらに抑えられていて、肌寒いくらいだった。湿度も低く調整されているのだろう、空気はひどく乾いていた。

教えられた「Γ—3」のドアは、シロコゴロフの言葉どおり、まっすぐ進んだ右手、奥から数えて三番目の部屋だった。鉄製のドアに鍵を差しこむ。

中は暗かった。淀《よど》んだ空気が、しばらく開けられていなかったことを示していた。壁ぎわにあるはずの照明のスイッチを手さぐりする。日本より高い位置でそれが見つかった。

窓のない小さな部屋だった。

片側の棚に、石器や槍先《やりさき》、展示場なら厳重にケースで保存されているだろう品々が、無造作に置かれている。

もう一方の棚には大量のファイル。紙製のファイルの背表紙は、古びて色褪《いろあ》せていた。

中央のガラスケースに、初めて見る本物のシベリア・アイスマンがいた。

照明灯を見上げて横たわっているアイスマンは、とても孤独そうに見えた。

この七年間に集めてきた、シベリア・アイスマンに関する情報は、ぼくが成長するにつれ、「ぼくとぼくの父さんと思われる人」にとって、芳《かんば》しいものではなくなっていった。

去年、母さんの部屋で読んだ、その年に出たばかりの科学雑誌の場合、記事の見出しはこうだった。

『ロシアの老教授のペテン』

シベリア・アイスマンはクロマニヨン人ではなく、もっと新しい時代のシベリア少数民族の遺体。それが最近の統一見解になっているようだった。

アイスマンが発見された場所から、後に銅製の斧《おの》の破片が見つかったのが、その証拠らしい。一万二千年前の人間には銅製の道具をつくる技術はなく、調査を担当したセルゲイ・ミハイロフ教授の主張とは大きく異なる。

いままでぼくが読んできたものの中にも、発見された当時は炭素年代測定の技術が低かったために、測定に誤りがあるのではないかと疑う記述がいくつもあった。去年版の科学雑誌はより辛辣《しんらつ》で、ミハイロフ教授が功を焦《あせ》って、故意に青銅器の存在を無視し、数値を捏造《ねつぞう》したに違いない、と非難していた。教授は他の研究者による再調査を拒否し続け、研究を中断し、そのまま引退してしまったそうだ。

シロコゴロフがアイスマンに冷淡で、かかわりを強く否定したのは、そのせいなんだろう。かつては「特別室で厳重に保管されている」と記述されていたアイスマンへの待遇が、物置小屋に押しこめられた古道具同然に思えるのも。

真実は空の雲みたいなもの。いつかの母さんの言葉を思い出す。アイスマンに懐疑的な記事を見つけるたびに、専門的な内容を理解できないまま憤《いきどお》り、ミハイロフ教授を心の中で援護してきたぼくは、こう思いたい。教授は、雲をつかみそこねて、それとよく似た霧に巻かれちゃったんだと。

銅製の道具を使っていたのが確かだとすると、アイスマンの生存していた時代は、最もさかのぼったとしても、せいぜい四千五百年前。

つまり、クロマニヨン人どころか、エジプトで文明が起こった後に生まれた、ただの昔の人。笑ってしまうような話だ。笑えないけれど。

思いこみの王者。ぼくはサチによく、そうからかわれる。まったくそのとおりだ。

本当はぼくにもわかっていた。自分がつかんでいるものが、ただの霧でしかないことが。自分が信じたいだけだったってことを。でも、体ばかり大きくても、ずっと小さくて弱いままだったぼくの心は、そう信じなければ、まわりに押しつぶされてしまいそうだったんだ。

ぼくはアイスマンと、その所持品と、誰にも読まれることのない研究データだけが取り残された部屋を見まわす。この狭い部屋が、かつてのぼくの閉ざされた小さな精神そのものに思えた。

父親だと信じていた人に顔を近づけてみた。赤茶色をした人間の干物のようなその姿を、たいていの人はグロテスクだと考え、顔をしかめるだろうが、小さい頃から写真を見慣れていて、そこにいくつもの夢想の顔を張りつけていたぼくには、まったく気にならなかった。

声に出して呼びかける。

「父さん」

吐く息で曇るほどガラスに顔を寄せると、アイスマンが保存されているケースが展示場のそれとは違っていることに気づいた。開けられないようにガラスを台に固定している鍵が取りつけられていないのだ。

ガラスケースに手をかけてみる。そう重いものではなく、簡単に持ち上げられた。少しためらったが、アイスマンに触れてみた。

かさかさに乾いた皮膚は、硬くて、生き物というより石に思える。だが、石ほど冷たくはない。木に近い温《ぬく》もりがあった。

頭蓋骨《ずがいこつ》に薄く皮膚が張りついただけの顔の輪郭を指でなぞりながら、眼球のない目を見つめて語りかけた。

ぼくは、ずっとあなたのことを、父さんだと信じて生きてきました。

十歳の時、そう決めちゃったんです。最初に見たものを親だと信じてしまう、生まれたてのヒヨコみたいに。

父親が欲しかったんです。どうしても。みんなと同じような父親が。たとえ死んでしまっていたとしても、面影ぐらいは欲しかった。自分が誰かと確かにつながっている、その証拠が欲しかった。体にぽっかり開いていた、いつもすーすーすきま風が吹きこんでいる大きな穴に、ぴったり嵌《はま》るピースが欲しかった。

アイスマンの腕をとってみた。肉はすっかり消失していたが、想像していたとおりの大きな手だ。槍をしっかり握り、石器をがっちりつかむための実践的な長い指だった。手の甲を叩《たた》きながら、ぼくはかつての父さんに報告した。

でも、もうだいじょうぶ。穴は埋まったと思います。

いままで、ありがとう。

だいじょうぶ。今度は自分自身に言った。

ロシアでようやくぼくは答えを見つけた。

ぼくはずっと自分を人とは違うと思って生きてきた。普通とは違う自分に怯《おび》え、同時にうっとりしていた。自分を特別だと考えていた。

ちっとも特別じゃない。

ぼくは六十五億分の一。人類の何十万年もの歴史の中の、たった十七年を生きているだけ。

自分の存在が、人類の進化の過程にいくつも存在する失われた環《ミッシング・リンク》なんかじゃなくて、誰かと確実につながっていることがわかった。ぼくは自分のミッシング・リンクを発見したのだ。

そして、見つけたとたんに、理解した。

大切なのは、誰の子どもであるかじゃない。ぼくの体に流れている血は、誰のものでもない、ぼくだけのものだ。人間も生き物もみんな長い長い生命連鎖でつながっている。でも、それは過去につながれているわけじゃなくて、気まぐれにバトンを渡された、リレー走者になっただけのことなんだ。だったら前だけを見て走ればいい。

いまのぼくには、父親がシロコゴロフだろうがアイスマンであろうが、どっちでもよかった。どうせ世界中の人間のミトコンドリアDNAを辿《たど》れば、二十万年前にアフリカで生まれたたった一人の女性に行き当たる。誰もが血縁者同士だ。

だけど、気づくのが遅すぎた。

自分が、みんなと変わらない普通の人間だと気づいた時には、残念ながら普通じゃなくなっていた。

もうぼくは普通には戻れない。ぼくは殺人犯。恋人の父親を殺した人間だ。

重しをつけてバイカル湖に沈めてきたはずの記憶が、また体にのしかかってきた。

ひざまずき、ぼくより長い指を握り、答えてくれるはずがないアイスマンに問いかけてみた。

「ぼくはどうすればいいんでしょう」

もう会えないサチを思った。

少し泣いた。

足音ひとつ聞こえない所蔵庫の一室で、しばらくアイスマンの柩《ひつぎ》に寄り添い続けた。

そして、あることを思いついた。

なぜ、そんなことを思いついたのだろう。握っていたアイスマンの右手が枯れ木みたいに軽かったせいだろうか。蘇《よみがえ》ってくるサチの父親の動かない横顔を振り払って、むりやり真っ白にした頭の中で、ぼくはこう考えた。

アイスマンを氷河に還《かえ》そう。

いままでぼくの父さんでいてくれたアイスマンを、老教授の面子《メンツ》のために閉じこめられているこの部屋から救出するのだ。

そうすることにどんな意味があるのか、自分でもわからなかった。本当に救いたかったのは、たぶん自分自身だったのだと思う。とりあえず何かをしなければ、ここが終着点になってしまう。ぼくはこの部屋から一歩も抜け出せなくなる。そんな気がしたのだ。

よし、それを終えたら、日本に帰って、自首しよう。

いや、雪原をどこまでも突っ走ってもいいな。ビーチャは、うちのスノーモービルなら北極圏まで走れるって言ってた。アイスマンと一緒にどこかへ消えちまおうか。

目的ができたことが、ぼくの心を少しだけ軽くした。頭の中を雪原で眠るアイスマンの姿だけで満たそうとした。スポーツバッグの中に入れてきた着替えを取り出し、すべてを着こんで、中身を空っぽにする。

アイスマンをゆっくり抱き起こす。完全に原形をとどめているといっても、背骨は湾曲し、腰のあたりで体はねじれていて、両足は骨盤にかろうじてぶら下がっているだけだ。弾力性を失った体は、少しでも力を入れると、折れてしまいそうだった。

首と膝《ひざ》を持って抱き上げた。生前の推定体重六十五キロのアイスマンからは、すべての水分が失われていて、あっけないほど軽い。ぼくが筋トレに使っている二十キロのダンベルよりずっと軽いだろう。

スポーツバッグの中にアイスマンを尻《しり》から入れていく。関節がゆるんだ両腕と、曲がった背中まではうまく入ったが、硬直した両足は、どう考えても収まりそうもなかった。

体育座りみたいに膝を曲げようとしたら、枯れ枝を折りとる時の音がした。うわ。

「ごめんなさい」

目をつぶり、両足がくの字になってしまったアイスマンの下半身を、むりやりバッグに詰めこむ。

遠征試合の時に使っていた大きなサイズのバッグだったが、頭もなかなか入らない。今度は先に「ごめんなさい」を言ってから、力をこめる。不吉な音に身をすくませながら、頸椎《けいつい》の支えを失った首を押しこんだ。

綿毛のように残っている頭髪がひっかからないように注意して、チャックを閉める。なんとか閉まったが、バッグの片側が頭のかたちに盛り上がってしまっていた。暖房が抑えられ、空気は乾いているのに、すべてを終えた時には、背中に汗をかいていた。スポーツバッグを担《かつ》いだぼくは部屋を出て、もとのとおり鍵《かぎ》をかけた。

愛想のいい警備員は、詰め所で新聞を読んでいた。ぼくはぱんぱんにふくらみ、アイスマンの頭部が薄い布を突きあげているスポーツバッグをカウンターの下に置き、あらかじめ脱いでいたダウン・ジャケットを上にかぶせる。

「何か持ち出したりはしていないね」

いちおう規則だからという感じの事務的な口調で尋ねてきたから、心の中で手を合わせて答える。

「はい」

出て行く時には、バッグを担がずに片手にぶら下げていたのだが、つい振り返ってしまったのが、まずかった。ふくらんだバッグに気づいて、警備員がけげんそうな顔をした。あんなに荷物があったっけという顔だ。

何か言いたそうな彼に、音を聞かれてしまいそうなほど高鳴っている心臓をなだめすかして、先に声をかける。

「カムリ、手に入るといいですね」

警備員が満面の笑顔になった。

「おお、そうだな。あれは高いからね。母ちゃんの機嫌のいい時に、相談してみるよ。やっぱり、カムリはイポーニヤでもいちばんの人気なのかい」

「たぶん」よくわかんないけど。

警備員は、アイスマンを持ち逃げするぼくを、手を振って見送ってくれた。

「パカー《じゃあな》、カムリ、カムリ」

名前も知らない日本車のおかげで、ぼくは無事外へ出ることができた。

博物館を出たとたん、通りの喧騒《けんそう》が、ぼくを現実に引き戻した。突然の思いつきに熱せられていた頭が、氷点下に戻っていた外気に、いっきに冷やされてしまった。アイスマンの頭のかたちが飛び出しているスポーツバッグに視線を落とす。自分のしでかしたことが信じられない。自分でやっちまったくせに、ぼくは目を丸くして、首を横に振った。

人のモノはとっちゃいけない——。胸のレリーフに刻まれたその教えにぼくは十七年間、忠実だった。小さい頃、梨泥棒《なし》だと疑われていたからだ。氷河期の夢想の中でも、他人の獲物は横取りしていない。なぜかサチの父親を殴り倒してしまった時よりも、良心が咎《とが》めた。

自分が勝手に抱えてしまった荷物をどうしていいかわからず、街を歩きまわった。最初は駅のコインロッカーに預けようと思った。ロシアのコインロッカーは信じられないほど大きいのだ。でも、もし警官や兵隊に呼び止められたら？　中身を知られたらマシンガンで蜂《はち》の巣にされてしまうかもしれない。そう思うと中心街には足を向けられなかった。

どこかに隠す？　それともこのまま帰って、バフミティフさんの家へ戻る？

街を彷徨《さまよ》っているうちに、いつのまにか博物館のある通りへ戻っていた。犯罪者は犯行現場に戻るって話を聞くけど、その心理がいまや前科二犯になったぼくにはよくわかる。

研究を中止したアイスマンの部屋は、この先も当分開けられることはないだろう、頭の中の冷めた部分でそう考えながらも、頭のもう一方には、盗難が発覚して博物館が大騒ぎになっている光景が浮かんでくる。自分の悪い想像があたっていないことを確かめたかったのだ。

遠目に見たかぎり、博物館の様子に変わりはないようだった。鉄柵《てつさく》ごしに見える前庭はさっきと同様、雪に覆《おお》われていて、ロシア独特の灰色のカラスが寒そうに餌《えさ》を探している。人影は煉瓦《れんが》造りの門の前にぼんやりと立っている一人だけ。

コートのフードをすっぽりかぶった人影は、警官でも兵士でもない。若い女の子だ。門へ向かって歩くぼくには、フードからかいま見えるその女の子の横顔が、東洋人のものに見えた。あまり高くない小さな鼻が、サチに似ている。きっとサチのことばかり考えているから、そう見えてしまうのだろう。

サチを思い出してまた悲しくなった。

女の子は誰かを待っているようだった。寒さに足踏みをしながら、何秒かおきに、決められた仕事をこなすみたいに周囲を見まわしている。

まずい。重症だ。こっちに向けた顔まで、サチに見える。この街に少なくない、タタール人に決まっているのに。

サチによく似た女の子が、飛び跳ねはじめた。待っていた誰かに会えたらしい。両手をめちゃくちゃに振っている。まるでバネじかけの人形。変な子だ。待ち合わせの相手はどんなヤツなんだろうと、思わず振り返ってしまった。

背中に声が飛んできた。

「ワタルー」

え？

女の子が両手をぐるぐる振りまわしながら、こっちへ走ってくる。

信じられない。

それは本当にサチだった。サチは笑っていた。驚くというより、ぼくがここにいることが最初からわかっていた、そんな表情で。

「ワタル！」

またサチが叫んだ。まだ信じられなかった。だってここは日本から七千キロ離れた遠い外国の北緯五十五度の街だ。

もうサチの頬が寒さでリンゴみたいに赤くなっていることまでわかる。ぼくは叫び返した。

「サチ！」

それしか言葉を思いつけなかったのだ。答えるかわりに、サチが飛びついてきた。

両腕でぼくの首にぶら下がってくる。

「うぐ」

苦しい。でも、嬉《うれ》しい。ぼくもサチの体を力いっぱい抱きしめた。幻影ではないことを確かめるために。

「やっぱり、ここだったか」

サチが耳もとで囁《ささや》き、クロにそうするように、かぎ爪《づめ》のかたちにした両手でぼくの髪の毛をくしゃくしゃにする。それからぼくの顔をのぞきこんできた。

「やっと会えたね」

「なんで、ここにいるんだ」

夢ではないはずだけれど、ようやくまともに出てきたぼくの声は、夢の中で喋《しゃべ》っているようにくぐもっていた。サチは得意気にぐるりと黒目を動かして言う。

「だって、いつか一緒に外国へ行こうって言ったじゃない」

答えになってない、と思う。

「それって、アフリカにフラミンゴを見に行く話じゃなかったっけ」

「どこだっていいの。ワタルがどうしても一人でロシアへ行くって言うから、あたしも同じ時に、ここに来れる方法を探したんだ。ちょうどいいツアーがあって、それで

――」

『ロシアバレエ&オペラを巡る旅～八日間』というツアーだそうだ。日程のうちの三日間がシビルスク。確かにここにはロシアでも有数のバレエ団の劇場がある。

「ワタル、博物館のこといろいろ調べてたでしょ。だから、絶対にここへ来るって思って。よかったよ。明日にはここを出なくちゃならなかったんだ」

ぼくが早々と諦《あきら》めたように、ロシアではツアーだとほとんど自由行動ができない。サチは昨日も今日も『シビルスク・バレエ団観劇』『白樺《しらかば》工芸ショッピング』というスケジュールを仮病を使ってサボって、ここへ来ていたんだそうだ。

「ね、だから言ったでしょ。すぐにそっちへ行くって」

携帯で最後に聞いたサチの言葉だ。まさかそんな意味だなんて思ってもみなかった。

サチはマシンガンみたいに喋った。ぼくもだ。たった十日ほど会っていないだけなのに、二人とも十年ぶりに再会したかのようだった。

「あの日、あいつがあたしを追いかけてきたのも、あたしがビザとかバウチャーなんかを揃《そろ》えてるのがバレちゃったからなんだ。ワタルと一緒に行くと思ったみたい」

シベリア鉄道の乗り心地について話してる場合じゃないことはわかっていた。ぼくは急に糊《のり》づけされてしまった口を、むりやりこじ開ける。

「……ねぇ、サチ」

「ん？」

慣れないマスカラがダマになっているまつ毛をぱちぱちさせて、見つめ返してくる。ぼくが父親を殺してしまったことを知らないのだろうか。それともぼくが犯人だと疑っていないのか。

「俺、とんでもないことしちゃって」

「なんのこと？」

サチが首をかしげた。

「サチの親父《おやじ》さんを――」

「ああ、気にしなくていいよ」

気にするな？

「頭を十針縫ったけど、悪いのはあいつのほうなんだから」

「十針？」ということは死んでない？

「十五針だったかな」

なんてこった。やっぱりぼくは思いこみの王者。この十日間、ずっと胸につり下がっていたダンベル並みの重りが、すとんと体から抜け落ちた。

「でも、ぜんぜん動かなくなっちゃったから、俺、てっきり──」

「酔っぱらって寝ちゃう時もそうなんだよ、あれは。まぶたも動かなくなる」

なんだか昔、よく似た会話をした記憶がある。

「救急車の音で目が覚めて、あわてて逃げてきたって。あたしを殴ったことがバレるのが怖かったんじゃないのかな。ユキヤのことで警察に目をつけられてるからね。それより、よかったよ、ワタルが無事で」

そう言えば、サチの左目のまわりは、まだうっすら青かった。

「あの日のあたしの顔を見て、お母さんも目が覚めたみたい。離婚するって。気づくの遅すぎだと思うけど」

大きく、大きく息を吐いてから、ぼくはあらためて、思いきりサチを抱きしめた。サチの頭が同じ高さになるまでかかえあげる。奇妙な東洋人の男女に、通行人たちは呆《あき》れ顔をしている。頭巾《プラトーク》姿のお婆《ばあ》さんが立ち止まって、ロシア製のサワークリームを口いっぱい頰張ったような顔を向けてきた。構うもんか。ぼくはサチにキスをした。

サチがぼくの口の中で言った。

「苦ひい」

たとえサチがぼくの行き先を知っていたとしたって、六十五億の人間がいるこの広い地球上の片隅でめぐり合えたんだ。奇跡としか思えなかった。

「そうだ、お土産があるんだよ」

サチが背負ったデイパックから紙袋を取り出す。中身はモスクワの地下鉄マップがプリントされたTシャツだった。サチと、サチに言わせると「オペラおたくのオバサンたち」の一行は、五日前に飛行機でモスクワに到着し、最初の三日間はオペラを観《み》たり、美術館に行ったりしていたそうだ。

お土産をバッグに詰めず、ポケットへねじこめるかどうか試していたぼくに、サチが不思議そうな顔をする。

「ねぇ、その中、何が入ってるの? カボチャ?」

どうしよう、アイスマン。返してこようか。

45

スノーモービルを貸してくれというと、学校へ出かけるところだったビーチャは、ひと昔前のマイケル・ジャクソンみたいなステップで後戻りしてきて、親指を立て、アメリカ風に「オッケー」と言った。

「ただし親父には内緒だよ、説教が大好きだからさ。ウォトカを飲んでる時なんか、最悪」

父親がいるっていうのは結構面倒なものみたいだ。まぁ、ぼくにもいることはいるから、少しは気持ちがわかるが。

「オーケー」

ぼくもビーチャに合わせて親指を立てた。

「ところで、ワラル。あの子は誰さ？　昨日、泊まったのって、もしかして――」

窓の外を指さしてから、ビーチャがぼくに笑い猫みたいな顔を向けてきた。屋根付きのバス停留所にぽつんと立っているサチのことだ。万国共通のジェスチャーなんだろうか、ぼくの脇腹《わきばら》をつつく真似《まね》をする。

ぼくが帰ってきたのはついいましがた。昨日の夜は、バフミティフさんに伝えておいたとおり外泊をした。ただし、泊まったのは、「この街にいる知り合い」のシロコゴロフの家ではなく、サチが宿泊しているホテル。

二人で街を歩いている時も、他のツアー客に見つからないように時間差攻撃で部屋に入った後も、サチは妙なかたちにふくらんでいるスポーツバッグが気になる様子で、ぼくの目を盗んで触ろうとするから、そのたびにあわててとめた。

ベッドの縁しか二人で座れる場所がない部屋で問いつめられて、しかたなく中身が何であるかを白状したら、サチはこれ以上はないってほど、目玉を大きくふくらませた。

「……信じられない。馬鹿だとは思っていたけど、ワタルは馬鹿じゃない……大馬鹿だ」

返してきなよ。サチは苦手なヘビを見るような目をバッグへ向けて、そう言う。どう考えても、もう無理だ。

「……じゃあ、どうするの、それ」

「もとの場所に返す」

「もとの場所って？」

「わからない。山のほうだと思う」

どこでもよかった。人の目の届かない雪の中であれば。

だから話したくなかったんだ。思ったとおり、サチは一緒に行くって言いだした。

「だめ。絶対」

「行く。絶対」

「だめったら、だめだ。だって明日はモスクワに戻るんだろ」

「午後早めにホテルへ帰ればだいじょうぶ」

「俺の共犯になっちまうんだぞ」

「だって、ワタルはちゃんと見張ってないと。一人にしとくと、もっと変なことしそうだもん」

「案外、束縛するタイプなんだな」

「漢字で書けない言葉を無理して使わなくてもいいよ」

「束縛ぐらい書けるよ」

「じゃあ、書いてみて。書けなかったら、あたしも行く」

ぼくはライティングデスクに置いてあるペンを手にとった。

結局、一緒に行くことになった。

二人乗りのスノーモービルの旅が快適だったのは、最初のうちだけだった。後部座席から聞こえていたサチの歓声は、除雪されていない道に入り、波にもまれるように車体が揺れはじめると、悲鳴に変わった。

「ワタル、だいじょうぶなの」

「うん」

たぶん。スピードもあんまり出してないし。

ぼくはまず、一昨日ビーチャと出かけた時と同じコースをたどることにした。ビーチャは時速六十キロで飛ばしていたが、初心者で後ろにサチを乗せているぼくは、その半分ぐらいのスピードで進む。

スピードが出せないのは、頬にあたる風がひどく冷たいせいでもある。冷たいというより痛い。ニットキャップをかぶっているのに寒さで脳味噌《のうみそ》まで凍りそうだった。ひとつしかないフルフェイスのヘルメットはサチに渡した。シビルスクは昨日の午後から再び冷えこみはじめ、空はどんよりした色合いの雲に覆《おお》われていた。

めざしているのは、運転の練習をした白樺林の先。梢《こずえ》の向こうに、銀色に輝く丘陵が見えたのだ。

アイスマンが発見された正確な場所を、ぼくは知らない。それほど近くであるはずはないのだが、サチを昼過ぎまでにホテルに送り返すためには、そこまでが限界だった。

風に雪が混じりはじめている。いつのまにか道の両側からは民家も、鉄塔も、サイロも、人間はもちろん人間の存在を感じさせるいっさいのものが消えていた。

白樺林を迂回《うかい》するように越えて、丘陵に近づくと、両側どころか、三百六十度すべてが雪だけになった。

白白白白白。

冬のシベリア鉄道からの風景を母さんはそう表現したけれど、いま、ぼくらがいる世界を文字で表すとしたら、こうだ。

白白白白白白白白白白白白白白白白白白白白白白白白白白白白白白白白白白白白白。白白白白白。

少しずつ、白一色の大地が登り勾配《こうばい》になり、割れたガラスを思わせる丘陵の尾根が間近に見えてくる。

丘陵の麓《ふもと》にあたる斜面の手前で、いきなりスノーモービルが動かなくなってしまった。「ガソリンはたっぷり入ってるから、心配ないよ」ビーチャはそう言っていたはずなのだが。

「どうしたの」

サチが不安そうな声を出す。ただでさえ雪深い場所なのに、柔らかい雪が積もりはじめたからだ。埋もれて動かなくなるから新雪の中に乗り入れちゃだめだ、ビーチャにそう教えられていたことを、その事態になってから思い出した。

「これ以上は無理だ。ここからは歩きじゃないと」

ぼくは、まだ遠い丘陵の頂を見つめて言った。正直に言えば、ここにアイスマンを置いてさっさと帰りたかったのだが、ここじゃだめだ。

右手に山小屋が見えた。たぶん夏のあいだだけ使われる猟師小屋だろう。春になり、雪が溶けたらアイスマンが発見されてしまう。いや、その前に冬眠から目覚めた動物たちに食い荒らされてしまう。誰も褒めてはくれないだろうが、ぼくには勝手に持ち出した責任がある。アイスマンを安らかに眠らせるのは、一年中、氷に閉ざされた、永久凍土でなくちゃならない。

「ここから先は俺一人で行くから、サチは待ってて」

ヘルメットを脱いだサチが、少し短くなり、黒に近い色に戻した髪をぶるりと振る。

「やだ」

「だめだって。これは俺の独りよがりの、ただのわがままなんだから。サチには関係ない。ついてきたって、寒いし、疲れるだけだよ」

疲れるどころじゃない。下手をしたら命が危ない。雪はどんどん激しくなっている。サチを連れていくわけにはいかなかった。

「あそこで待ってて」

猟師小屋を指さした。中に入れるのかどうかはわからないが、少なくとも屋根がある。

猟師小屋の先の雪の斜面を一人で登りはじめると、

「ワタルー」

聞き慣れた、たて笛の「ラ」の声。

サチが後ろをついて来ていた。でも、何歩も行かないうちに、足を滑らせて、斜面からころげ落ちてしまった。ぼくは尻《しり》をそりにして下へ戻り、人のかたちに開いた穴の中から、サチを抜き出した。

「ほら、無理だって。やめときな」

顔を雪まみれにしたサチが悔しそうに言う。

「気をつけてね、ワタル」

「うん、すぐに帰ってくる」

「死んじゃやだよ」

「そんなわけないだろ」

ぼくはサチの言葉を笑いとばした。サチの目を見ないで。

スポーツバッグをリュックのように背負って、斜面を登り切る。ここから先はすべて登り勾配だ。ぼくは上をめざして歩きはじめた。

どのくらい登っただろう。吹きつける雪が眉《まゆ》に張りついて氷になった。着られるだけの服を着こんできたのに、体の震えが止まらない。手袋の中の指は凍りつき、一度でも関節を鳴らしたら、たちまちもげてしまいそうだった。悲しいほど軽かったバッグの中のアイスマンを重く感じはじめた。

何のためにこんなことをしているんだ。人には非難され、笑われるだろう。だけど、ぼくの足は止まらなかった。アイスマンを還《かえ》すべき場所に辿《たど》り着いたら、わかるかもしれない。理由があるから行動するんじゃなくて、理由がわからないから行動する。ずっとそうしてきた。

雪だけじゃない。風も強くなってきた。目を開け続けて、自分がどこにいるのかを確かめるのが、ひと苦労だった。氷が張ったように凍りついた頬は、もう痛みすら感じなくなっていた。

雪風の甲走った音に、さらに高い声が重なった。

「ワタルー」

後ろからサチの声が聞こえてきた。

「待ってー」

振り返ると、雪だるまみたいにコートを真っ白にしたサチが手を振っている。なんてこったい。

雪まみれでぼくに追いつくと、息を弾ませて言った。

「あたしも、一緒に、行く」

「だめだよ、死んじゃったらどうするんだ」

「ほら、やっぱり」

「帰りな」

「もう遅いよ。一人じゃ帰れない」

後ろを振り返って、肩をすくめる。ぼくらがつけてきた足跡が、降り続く雪のために消えようとしていた。どっちにしたって、遠くの視界は、

白白白白白白白白白白白白白白白白白白白白白白白白白白白白白白白白白。

「きれいだね、雪。あたしはナクル湖のフラミンゴのほうがよかったけど」

サチは鼻の根もとにしわを寄せて笑う。さっき、やけに素直に諦《あきら》めたのを、おかしいと思うべきだったのだ。

「最初から、そのつもりだったな」

「なんのこと？」

雪風は、いまや吹雪だった。

スノーモービルを放棄してもう何時間が経《た》っただろう。白い幕になった雪の先に隠れた太陽は、もう天頂から滑り降り、西に傾きはじめているはずだ。それなのにまだぼくとサチは、どこにあるのかわからない目的地に向けて歩き続けていた。屏風《びょうぶ》のようにそそり立つ岩肌が吹雪を遮っている場所へ、追い詰められるようにへたりこむ。

「ああ、いけない。そろそろホテルを出る時間だ」

腕時計の雪を払いのけながら、サチはたいして気にするふうもなく呟《つぶや》いた。勝手にツアーを抜け出すと、ロシアではいろいろと面倒なことになりそうだった。いざとなったら、大使館に駆けこむよ。それがどこにあるのか知りもしないくせに、お気楽な口調で言う。

「俺と一緒にここへ来たことは、ぜったいに黙ってるんだぞ。バレたら、共犯者だ」

きつい調子で言ったつもりだったのだが、凍えてうまく動かない唇と舌が、「た」の発音をすべて「ら」にしてしまったから、まるっきり迫力がない。

「言ったって、信じてくれない気がする」

サチは「て」が「れ」になっている。

「刑務所行きになっちゃうぞ」

「だいじょうぶだよ。ワタルのお父さん、偉い教授なんでしょ。きっとうまく話をつけてくれるよ。なんてったって、父親なんだから」

父親をヘビより嫌っていたサチの言葉とは思えない。

「父親って、そういうもの？」

寂しそうな調子でサチが答える。

「うーん、そういう時もある。うちにもあった、大昔」

「もし俺が捕まったら、出てくるまで、待っててくれる？」

「三年ぐらいならね」

「冷たいな」

「この雪よりましだよ」

ぼくらは立ち上がって、再び歩きはじめた。

「どっちの牢獄《ろうごく》に入れられるんだろう。日本の？　ロシアのだったらやだな。食事にコメ、出ないだろうし」

「ああ、おコメ、食べたい。あったかい焼きおにぎりがいい」

どうでもいいことをぼくらは語り続けた。そうしていないと体が動かなくなってしまいそうだったのだ。

また雪が激しくなってきた。目を開けているのがつらい。

丘陵の中腹でぼくらは足を止めた。吹雪に霞《かす》んではいたが、ここからは遠くの光景が見通せた。この先には幾重にも丘陵が連なっているようだった。

右手は深い崖《がけ》。丘陵と丘陵がすり鉢状の谷間をつくっている。ぼくとサチが初めて出会った、秘密の森を数十倍深く広くしたような場所だった。

「よし、ここにしよう」

凍りついたスポーツバッグのジッパーを、やはり凍りついた指で繰り返しこすって温めて溶かし、アイスマンを取り出すと、サチが悲鳴をあげた。震え声で聞いてくる。

「……この人が、ワタルのお父さん？」

昨日の夜、サチにはすべてを話した。小学五年生のあの日からの全部を。なにしろ時間は朝までたっぷりあった。ぼくは答える。

「――だった人」

はじめまして、と気の利《き》いた挨拶《あいさつ》をするつもりだったらしいサチは、愛想笑いを浮かべようとして、こびりついた雪を顔から落とし、アイスマンの目玉のない眼窩《がんか》を覗《のぞ》きこむ。すみやかに目をそらして何度も首を横に振った。

「やっぱり、ワタル、馬鹿。大馬鹿」

馬鹿なりに、歩きながらずっと考え続けていた。アイスマンの解放は、ぼく自身の解放なのかもしれないって。ひとつの儀式だ。南の島では、若い男たちが一人前と認められるためには、つる草でバンジージャンプをしなくちゃならないっていう話を聞いたことがある。きっとぼくは自分がジャンプするかわりに、アイスマンにジャンプしてもらおうとしているんだ。

崖の縁にアイスマンを横たえた。骨折させてしまったぐらつく首をやり直しをくり返して仰向《あおむ》かせ、関節がはずれた足をできうるかぎりで真っすぐに伸ばす。そうしている間にも、吹雪がアイスマンを圧倒的な白の中に塗りこめようとする。何度も顔の雪を払った。眼窩から積もり立ての雪をほじり出した。

ぼくは、凍えて、た行の言えなくなった唇を開く。

「長い間、ありがとう」

眼球のない目で慈悲深く見つめ返しているアイスマンに、心からそう言った。

体をそっと押すと、アイスマンが棒切れみたいな足から先に、切り立った斜面を滑り降りていった。

崖が凹凸するたびに大きく揺れる首は、甘えた考えだと人には言われようとも、ぼくには、ぼくがこうしたことに、こうしようと考えるに至ったぼくの十七年十一カ月に、頷《うなず》いてくれているように見えた。関節がゆるみ、ふらふら揺れる右手は、ぼくらにさようならの挨拶をしているようだった。

下りは楽だと思ったのだが、そうはいかなかった。行きとは違うルートに迷いこんでしまったらしい。いきなり急斜面が現れて、ぼくらは何度も足を滑らせた。そのたびに全身にまとわりつく雪が少しずつ体温を奪っていく。

「お母さんの言ってたとおりだ。遠くの山の頂上しか見えなくて、自分の靴ひとつ磨けない男には、気をつけろって。そのまんまだな」

サチが雪まみれの顔をくしゃくしゃにして笑う。ぼくについてきたことを、これっぽっちも後悔していない、この先のことはまるで心配していない、そんな表情で。ぼくにそう思わせたかっただけかもしれない。サチを安心させるために、笑い返したかったが、うまくいかなかった。寒さで顔が凍りついていたせいじゃない。ここから戻れるのかどうか、本当にわからなくなってしまっていたのだ。

やっぱり、そうか。ぼくたちを雪原の中に埋めこもうとするような吹雪の中で、ぼくは思った。地球はぼくらの味方じゃない。母なる大地だなんて考えているのは、人間の片思い。地球に優しく、人間はそう言うけれど、当の地球は人間に優しくしようなんて最初《ハナ》から思っていない。

地球は恐れ、怯《おび》えるべき敵だ。怯え続けるのが嫌なら、せいいっぱい闘うべき相手だ。いま取るべき最良の方法を考えて。

ぼくらはひたすら歩き続けた。ころびながら、つまずきながら、滑りながら。

強い風でサチのコートのフードは役に立たなくなっている。ぼくはニットキャップを脱いでサチに渡した。

サチはすぐにそれを突き返してくる。

強引にかぶせると、マフラーを引き抜いて、ぼくに突き出した。

「なめるなよ、極限状態には女のほうが強いんだから」

ぼくはサチを守っているつもりなのだが、サチはサチでぼくを守っているつもりのようだった。ぼくは喜んでサチのマフラーを頭に巻いた。

また急斜面。いままでの斜面が児童公園の滑り台に思えるほど、急で長い。手助けを拒んで、そのたびに足を滑らせていたサチが、初めて手を差し出してくる。ぼくはその手を強く握りしめた。

ぼくは決めた。もしここから抜け出せたら、この先ずっとサチと一緒に生きていこうと。サチが何をどうしてもちんちんが立たない、しわしわの婆《ばあ》ちゃんになっても、ぼくが何をどうされてもちんちんが立たない、よぼよぼの爺《じい》さんになっても。

たとえ明日、氷河期がやってきたとしても。

ぼくは雪原で狩りをし、サチが守っている洞窟《どうくつ》へ獲物を運ぶ。そして二人で肉を食うんだ。それがどんな肉でも。

ぼくらが生きているあいだに、もし地球が滅びることになったとしても、その日をサチと二人で迎えよう。「いろいろあったけど、楽しかったね」って言い合うんだ。サチがそれをどう思うかはわからない。いい返事が聞ければいいのだけれど。

焼きおにぎり、焼きおにぎり、と呟き続けているサチに言ってみた。

「ねぇ、サチ、帰ったら」

「なに？」

「一緒に暮らそう」

突風がぼくの声を吹き飛ばしてしまった。サチが首をかしげる。

「味噌《みそ》おにぎり？」

どのくらい歩いただろう。サチは数歩歩いては、すぐにころんでしまう。寒さと疲れで、足がうまく動かせなくなっているようだった。

「ちょっと休もうか」

そうは言ってみたものの、休む場所なんてなかった。行きに休憩所にした絶壁の姿がどこにも見当たらない。まったく違う場所へ足を踏み入れてしまったのか、降り積もる雪が、地形を別の姿に変えてしまったのか、どちらなのかもわからなかった。

白くなった眉をつり上げて、サチが言う。

「へいき」

「ちょっとだけ」

雪の中で座りこんだら、かえって危険である気がしたが、そう言うしかなかった。

「あるく」

小学生の頃みたいに、サチが三文字ごっこを始めたことがわかった。遊んでいるんじゃなくて、唇が凍えて長く喋《しゃべ》るのがつらくなってきたからだ。よしっ。ぼくはサチの腕を自分の肩にかけて、雪の中へ踏み出した。そうだよ、まだかろうじて足が動くぼくが、二人ぶん歩き続ければいいんだ。

サチは驚いた顔をしたが、素直にぼくに体を預けてきた。体と体をくっつけ合うと、不思議なことに、冷えきったお互いの体が、ほんの少し温まった。

「ごめん」サチが言う。

「ううん」こっちこそ、ごめん。妙なことにつきあわせちまって。ぼくはもう二文字、言葉をつけたした。

「ぼくは」

「なにさ」

「ずっと」

「はいな」

「サチと」

「なあに」

「いるよ」

「あはは」サチが笑った。

どこまで行っても雪。

どこまで行っても白。

目の前には、地球上にぼくら二人しか存在していないんじゃないか、そんな気さえしてくる光景が広がっていた。

ぼくらは氷河期のような真っ白な世界の、六十五億分の二だった。人類の歴史を思えばちっぽけな、地球の誕生から考えればごくごくちっぽけな、十七年目と十八年目の歴史をけんめいに引きのばそうとしていた。一歩ぶんでも長く。

いつしかぼくは確信していた。だいじょうぶ、ここをうまく抜け出ることができるって。

だって、隣にサチがいるから。そうなるに決まっているんだ。

隣にサチさえいれば、ぼくは何にだってなれる。

人類がみんな、たった一万年間のこの短い夏休みが、いつか終わることに気づいていなくても、ぼくはサチと一緒に宿題を片づけて、新しい季節に備えようと思う。もし、本当にこの世界にぼくたちだけが取り残されたとしても、二人だけでまた新しい歴史が始められる。本気でそう思えた。

見渡すかぎりの雪の中で、ぼくは考えていた。

ぼくがこの地球上に生まれてきたことを。

サチがこの地球上に生まれてきたことを。

二人が出会って、いまここにいることを。

すべてがただの偶然。

だけど、ぼくには、奇跡の必然だ。

自分がずっと探し続けていた答えより、いまぼくの腕の中にある温《ぬく》もりのほうが、確かだった。もしかしたら、これが本当の答えかもしれない。

「サチ、見て」

ぼくは白一色の風景の向こうを指さした。

サチがぼくの肩を支えに背伸びをして、指の先に目を凝らす。

白く霞んだ視界の向こう、まだはるか遠くだけれど、雪が積もった屋根らしきものが見えた。猟師小屋だ。

ぼくらは凍えた頬をくっつけあって、同じ風景を見つめ続けた。

本当は怖かったんだろう。サチが泣きだした。

初めて知ったよ。

雪の中でも涙は温かいってこと。

解説

北上次郎

荻原浩はストレートな話をほとんど書いたことがない。かならずどこかに、ひねりを加えている。たとえば、第十回の小説すばる新人賞を受賞したデビュー作『オロロ畑でつかまえて』は弱小広告プロダクションが、過疎《かそ》化に悩む村の再生プロジェクトに取り組むというもので、その奇想天外な村おこし作戦が面白かった。続篇の『なかよし小鳩《こばと》組』は、その倒産寸前のユニバーサル広告社が今度は暴力団小鳩組のイメージアップ作戦に取り組むというもので、ここでもひねりは健在。もちろん奇想天外な設定だけではなく、デビュー作が群を抜くキャラクター造形で読ませたように、この第二作もアル中でバツイチのコピーライター杉山の家族小説として読ませたことは書いておかなければならないが、荻原浩の作品の特徴の第一は、その「ひねり」(言葉を変えれば、ケレン)にある。何のためにひねっているか、ということについては後述する。

私にとどめをさしたのは『母恋旅烏《たびがらす》』だ。これは、息子夫婦が遠くに住んでいてなかなか会いにきてくれないと嘆くおばあちゃんのために息子夫婦を演じたり、あるいは親に死に別れた娘のために父親を演じてあげたりする「レンタル家族派遣業」を営む元大衆演劇のスター花菱清太郎一家の話で、これだけでも十分にひねっているが、それだけでないことがすごい。レンタル家族派遣業は前半の話で、後半になるともっとひねっていくのだ。長女が歌手になり、長男は上京し、妻も家出。家族がばらばらになって、清太郎は巡業一座の座長となって旅芝居の話になるのである。この構造が素晴らしい。前半もぶっ飛んでいるが、後半もぶっ飛びものの展開でひたすら読ませる傑作だ。

『神様からひと言』で、ようやく普通のサラリーマンを主人公にしたのかと思うと、これが全然普通ではなく、クレーム対応に悩まされるお客さま相談室の話だったし、『ママの狙撃銃《そげき》』はなんと主婦が殺し屋で登場するからびっくり。このあたりで、どうもこの作家はおかしいぞ、とようやく気がつく。奇想天外な話がこれだけ続くというのは偶然ではありえない。そこに作者の意図があるからにほかならない。ではなぜ荻原浩が、こういうふうにひねっているのか。問題はそこにある。その意味で、この『四度目の氷河期』は最大のヒントになるかもしれない。

本書『四度目の氷河期』を未読の方は、この先は読まれないようにお断りしておく。ネタばらしに近いことを書いてしまうので、本文をお読みになってからにしていただきたい。はい、もういいですか。

まず、本書のストーリーを分解してみよう。本書は十八歳になる直前の主人公ワタルが語り手となって進行していく。その現在に追いつくまではずっと回想だ。最初は四歳のとき、デパートの屋上にヒーロー戦隊ショーを見にいった日の記憶である。ほかの少年たちがみな父親に肩車してもらっているのを見て、「ねぇ、ぼくにもあれをやって」と母親に頼んだこと。小柄な母親はよろけながら肩車してくれたけれど、戦隊ショーはよく見えなかったこと。つまり、父親の不在に、ワタルが最初に気がついた日の記憶がまず語られるのである。

次は、幼稚園に入園すると、ほかの子供たちと自分が異なっていることに気づくこと。いきなり叫んだり、外に飛び出したり、弁当を手づかみで食べたりするので、小児科でADHD（注意欠陥・多動性障害）と診断されるが、母親はその診断結果は認めないこと。そして、小学校に上がると、風貌《ふうぼう》が日本人離れしているので、「父《てて》なし子」「外人の子」といじめられること。こういう回想がどんどん積み重なっていく。

お父さんは死んだ、というだけで母親は教えてくれないし、学校では友達もいない。

その孤独な思春期が描かれていく。サチという少女、悪がきのトラ、拾ってきた犬クロ、ワタルのまわりにいるのは彼らだけだ。本書『四度目の氷河期』は、そのワタルが大学に入るまでの物語だ。

ストーリーを大雑把に分解してしまえば、これだけの話にすぎない。ようするに、父親のいない少年が、父を恋うる話だ。自分の出自を疑う話、と言い換えてもいい。幼稚園から小学校、中学校、高校までの少年の日々が描かれ、キャラクター造形には定評のある作家だから、その挿話の一つずつはなかなか読ませる。しかし、粗筋だけを聞いていると新鮮味の欠けた、退屈な話のように思えるのは致し方ない。これまでに何度も似たような話を読んできているので、荻原浩の作品の素材にはふさわしくない、と言ってもいい。

ところがすでに読了した読者ならおわかりのように、とても豊穣《ほうじょう》で、スリリングで、鮮やかな小説だ。キーワードは、クロマニヨン人と槍《やり》投げ。読書の興を削《そ》いでしまうのでこれ以上の詳しい紹介は避けるけれど、この二つのキーワードを強引に挿入することで、何度も読んだことのあるような青春物語が実に新鮮な話に転化するのだ。そのアクロバットな芸の冴《さ》えに感服する。

つまり、荻原浩がいつもケレンたっぷりな話を作り上げるのは、ストレートな話は書かないという職人作家のおそらくは矜持《きょうじ》でもあるけれど、そのことによって、普通に書けば陳腐すれすれの話や見慣れたはずの風景を一変させることが出来るからだ。ボノボに人間の言葉を習得させる研究センターを舞台にした『さよならバースディ』を想起すればいい。あの複雑な舞台装置とケレンたっぷりな趣向が、最後にディスプレイに現れる「あいしてる」という文字を、私たちに届けるためのものであったことを想起すれば、本書におけるクロマニヨン人と槍投げの意味も明らかだ。

本書は青春小説であると同時に家族小説でもあるが（なぜサチを登場させたのかというところに家族小説の強調が隠されている）、斬新《ざんしん》な物語が我々の前に現出するのもそのためにほかならない。少年が父を恋うるだけの話が、どうしてこれほどリアルで、切実で、スリリングな物語になるのか。まるで魔法を見ているかのようだ。

（平成二十一年八月、文芸評論家）

この作品は平成十八年九月新潮社より刊行された。

伊坂幸太郎著 **オーデュボンの祈り**

卓越したイメージ喚起力、洒脱な会話、気の利いた警句、抑えようのない才気がほとばしる！　伝説のデビュー作、待望の文庫化！

伊坂幸太郎著 **ラッシュライフ**

未来を決めるのは、神の恩寵か、偶然の連鎖か。リンクして並走する4つの人生にバラバラ死体が乱入。巧緻な騙し絵のごとき物語。

伊坂幸太郎著 **重力ピエロ**

ルールは越えられるか、世界は変えられるか。未知の感動をたたえて、発表時より読書界を圧倒した記念碑的名作、待望の文庫化！

吉田修一著 **東京湾景**

岸辺の向こうから愛おしさと淋しさが押し寄せる。品川埠頭とお台場を舞台に、恋の行方をみつめる最高にリアルでせつない恋愛小説。

吉田修一著 **長崎乱楽坂**

人面獣心の荒くれどもの棲む三村の家で、駿は幽霊をみつけた……。高度成長期の地方侠家を舞台に幼い心の成長を描く力作長編。

吉田修一著 **7月24日通り**

私が恋の主役でいいのかな。港が見えるリスボンみたいなこの町で、OL小百合が出会った奇跡。恋する勇気がわいてくる傑作長編！

恩田陸著
六番目の小夜子

ツムラサヨコ。奇妙なゲームが受け継がれる高校に、謎めいた生徒が転校してきた。青春のきらめきを放つ、伝説のモダン・ホラー。

恩田陸著
図書室の海

学校に代々伝わる〈サヨコ〉伝説。女子高生は伝説に関わる秘密の使命を託された——。恩田ワールドの魅力満載。全10話の短篇玉手箱。

恩田陸著
夜のピクニック
吉川英治文学新人賞・本屋大賞受賞

小さな賭けを胸に秘め、貴子は高校生活最後のイベント歩行祭にのぞむ。誰にも言えない秘密を清算するために。永遠普遍の青春小説。

三浦しをん著
格闘する者に○《まる》

漫画編集者になりたい——就職戦線で知る、世間の荒波と仰天の実態。妄想力全開で描く格闘の日々。才気あふれる小説デビュー作。

三浦しをん著
秘密の花園

それぞれに「秘めごと」を抱える三人の女子高生。「私」が求めたことは——痛みを知ってなお輝く強靭な魂を描く、記念碑的青春小説。

三浦しをん著
風が強く吹いている

目指せ、箱根駅伝。風を感じながら、たすき繋いで、走り抜け！「速く」ではなく「強く」——純度100パーセントの疾走青春小説。

北村薫著　スキップ

目覚めた時、17歳の一ノ瀬真理子は、25年を飛んで、42歳の桜木真理子になっていた。人生の時間の謎に果敢に挑む、強く輝く心を描く。

北村薫著　ターン

29歳の版画家真希は、夏の日の交通事故の瞬間を境に、同じ日をたった一人で、延々繰り返す。ターン。ターン。私はずっとこのまま?

北村薫著　リセット

昭和二十年、神戸。ひかれあう16歳の真澄と修一は、再会翌日無情な運命に引き裂かれる。巡り合う二つの《時》。想いは時を超えるのか。

角田光代著　キッドナップ・ツアー
産経児童出版文化賞フジテレビ賞
路傍の石文学賞

私はおとうさんにユウカイ(=キッドナップ)された! だらしなくて情けない父親とクールな女の子ハルの、ひと夏のユウカイ旅行。

角田光代著　さがしもの

「おばあちゃん、幽霊になってもこれが読みたかったの?」運命を変え、世界につながる小さな魔法「本」への愛にあふれた短編集。

角田光代著　しあわせのねだん

私たちはお金を使うとき、べつのものも確実に手に入れている。家計簿名人のカクタさんがサイフの中身を大公開してお金の謎に迫る。

野中柊著　ガール ミーツ ボーイ
息子とふたり暮らしの私に訪れた、悲しみと救済。喪失の傷みを、魂が受容し昇華するまでを描く。温かな幸福感を呼びよせる物語。

仁木英之著　僕僕先生
日本ファンタジーノベル大賞受賞
美少女仙人に弟子入り修行!? 弱気なぐうたら青年が、素晴らしき混沌を旅する冒険奇譚。大ヒット僕僕シリーズ第一弾！

誉田哲也著　アクセス
ホラーサスペンス大賞特別賞受賞
誰かを勧誘すればネットが無料で使えるという「2mb.net」。この奇妙なプロバイダに登録した高校生たちを、奇怪な事件が次々襲う。

本多孝好著　真夜中の五分前
five minutes to tomorrow side-A　side-B
双子の姉かすみが現れた日から、五分遅れの僕の世界は動き出した。クールで切なく怖ろしい、side-A から始まる新感覚の恋愛小説。

道尾秀介著　向日葵の咲かない夏
終業式の日に自殺したはずのS君の声が聞こえる。「僕は殺されたんだ」。夏の冒険の結末は。最注目の新鋭作家が描く、新たな神話。

佐藤友哉著　子供たち怒る怒る怒る
異形の連続殺人者〈牛男〉の血塗られた手から、ぼくたちは逃げ切ることができるのか？デッドエンドを突き抜ける、六つの短編。

新潮文庫最新刊

北原亞以子著
夢のなか 慶次郎縁側日記
嫁き遅れの縹緻よしにも、隠居を楽しむ慶次郎にも胸に秘めた想いがある。江戸の男女の心の綾を、哀歓豊かに描くシリーズ第九弾！

志水辰夫著
青に候
やむをえぬ事情から家中の者を斬り、秘密裡に江戸へ戻った、若侍。胸を高鳴らせる情熱、身体を震わせる円熟、著者の新たな代表作。

乙川優三郎著
さざなみ情話
人生の暗がりをともに漕ぎ出そうと誓う、高瀬舟の船頭と売笑の女。惚れた女と命懸けで添い遂げようとする男の矜持を描く時代長編。

荻原浩著
四度目の氷河期
ぼくの体には、特別な血が流れている——誰にも言えない出生の謎と一緒に、多感な17年間を生き抜いた少年の物語。感動青春大作！

楡周平著
ラストワンマイル
最後の切り札を握っているのは誰か——。テレビ局の買収まで目論む新興IT企業に、起死回生の闘いを挑む宅配運輸会社の社員たち。

米澤穂信著
ボトルネック
自分が「生まれなかった世界」にスリップした僕。そこには死んだはずの「彼女」が生きていた。青春ミステリの新旗手が放つ衝撃作。

四度目《よんどめ》の氷河期《ひょうがき》

新潮文庫　お－65－5

平成二十一年十月一日発行

著者　荻《おぎ》原《わら》浩《ひろし》

発行者　佐藤隆信

発行所　株式会社 新潮社

郵便番号　一六二―八七一一
東京都新宿区矢来町七一
電話 編集部(〇三)三二六六―五四四〇
読者係(〇三)三二六六―五一一一
http://www.shinchosha.co.jp

価格はカバーに表示してあります。

印刷・二光印刷株式会社　製本・憲専堂製本株式会社

ISBN978-4-10-123035-1 C0193